Michael Dreher

Engel der Dämonen

Bisher veröffentlichte Romane von Michael Dreher:

Die Engel der Dämonen-Romane:
1. Begegnung
2. Rache

Weitere Romane sind in Vorbereitung.

Michael Dreher

Engel der Dämonen
2
Rache

Roman

Bibliografische Information der Deutschen Nationalbibliothek: Die Deutsche
Nationalbibliothek verzeichnet diese Publikation in der Deutschen
Nationalbibliografie; detaillierte bibliografische Daten sind im Internet über
http://dnb.dnb.de abrufbar.

Umschlag: Angela Carrasco/ Michael Dreher
Herstellung und Verlag:
BoD – Books on Demand, Norderstedt
ISBN 978-3-7392-4347-4

Diesen Band widme ich meiner lieben Mutter. Danke für alles.

Prolog

Dienstagmorgen. Zwei Tage nach meinem Trip zur Hölle. Gestern lag ich noch im Bett und wurde von meinen beiden Erzengeln angewiesen keine Fragen zu stellen. Oder mit irgendjemandem darüber zu sprechen. Und heute saß ich, als wäre nichts gewesen, mit meiner Mutter am Frühstückstisch und diskutierte wild gestikulierend mit ihr, über Camis, na sagen wir mal „Wohnsituation." *Wie schräg ist das denn bitte? Die Welt war einfach so wieder heil und ich durfte nicht fragen wieso und musste es für mich behalten? Warum?*

„Du tickst doch nicht mehr ganz richtig. Cami hier einziehen? Wo soll sie denn schlafen?"

„Äh…"

„Okay, blöde Frage. Trotzdem ist es doch viel zu eng dort oben in deinem Zimmer."

„Wir kriegen das schon hin, keine Sorge. Und wenn der Rest ausgebaut ist, wird das schon passen." Mit dem „Rest" meine ich die andere Hälfte des Dachstuhls, in dem ich wohnte. An dieser Stelle sollte ich vielleicht einmal unsere derzeitige Wohnsituation etwas näher erläutern. Meine Eltern, meine Schwester Maja und ich, wohnten in einem größeren 2-Familienhaus, das allerdings uralt war und bei dem es immer etwas zu tun gab. Momentan war das, das Badezimmer im ersten Stock. Das erst pünktlich zu Weihnachten fertig werden sollte und dann für kurze Zeit in neuem Terrakotta gefliestem Glanz erstrahlte. Mit gemauerten Regalen und selbstverständlich auch einer neuen Tür. Die Alte hatte Cami an ihrem ersten Tag, in ihrer katzenhaften Art, ja zu einem nicht geringen Anteil (geschönt ausgedrückt) in Holzspäne verwandelt. Auf jeden Fall wohnte ich unterm Dach in einem großen Zimmer, dass die Hälfte des Hauses einnahm, während die andere Hälfte einmal meine Wohnsituation mit Bad und Küche vervollständigen sollte. Direkt unter mir wohnte Maja im ersten Stock, in dem sich auch das Esszimmer und die elterliche Küche befand. Darunter wiederum war das große Wohnzimmer mit dem eisernen Ofen, das Schlafzimmer meiner Eltern und deren Bad. Ein Hauswirtschaftsraum, von dem es hinab in den Keller ging, vervollständigte unser Haus. Dahinter kam dann eine überdachte, hölzerne Terrasse zur einen Hälfte, zur anderen eine Fläche aus Waschbetonplatten, von dort aus man in eine kleine, vollkommen von Efeu überwachsene Gartenlaube kam (die auch schon bessere Tage gesehen hatte). Ein kleiner Teich und liebevoll angelegter Garten rundeten das Haus im ländlichen Stil ab.

„Bis das soweit ist, liege ich schon lange unter der Erde. Ich warte jetzt schon seit zwei Jahren darauf, dass dein Vater die Hecke hinterm Haus schneidet. Allein das Bad dauert ja nun auch schon…, ach ich will gar nicht drüber nachdenken." Ich verdrehte die Augen und zwickte mich einmal unauffällig in den Unterarm. *Nein, immer noch kein Traum und tot bin ich scheinbar auch nicht. Mist. Verdammt tut das weh!*

„Ja, ja, ist ja okay Mama."

„Ja, ja, heißt… ach was solls. Weißt du was? Sie darf bei dir wohnen. Unter einer Bedingung." *Oh Gott, jetzt kommts.*

„Ja?"

„Sie zahlt ihre Verpflegung selbst." *Fuck!*

„Ähm, aber… ok… ich brauch mehr Taschengeld." Ich seufzte und ließ die Schultern hängen.

„Und ich nen Geldscheißer." *Und ich nen Therapeuten, einen Psychologen, Psychopharmaka und ganz wichtig. Nen Lolli. Danke. Ach nein, sagen wir lieber Zwei. Denn ich bin nämlich hochgradig traumatisiert, weil ich gestern in der Hölle fast gestorben wäre! Oder… nein eigentlich doch nicht, oder zumindest fühlt es sich nicht anders an als sonst. Wie fühlt sich denn ein Trauma an? Vielleicht wie leere Batterien in der Maus während eines Counter-Strike Matches? Wenn ja, dann Fuck, bin ich doch traumatisiert!*

Wenn nicht ist alles in Ordnung. Dennoch sollte ich vielleicht, (nur zur Sicherheit versteht sich) noch ein paar schwarze Klamotten mehr tragen... oder Schwärzere.

„Ach ja, das ist gestern von deiner Schule gekommen." Sie hielt mir einen Brief unter die Nase. *In dem sicher nichts Gutes drin steht.*

„Sie sagen du hättest nun drei Mal unentschuldigt gefehlt." *Wir hätten die Welt echt untergehen lassen sollen...* Sie wedelte mit dem Stück Papier regelrecht vor mir herum und biss herzhaft in einen Marmeladentoast.

„Ah ja, sagen die das ja?"

„Ja. Und weißt du was ich darauf sage?" Ich ließ den Kopf hängen. *Taschengeldkürzung.*

„Nein, was?"

„Lass mich meine Zeitung zu Ende lesen, wir reden heut Abend darüber!" Ich schluckte hart.

„Ja Mama." *In der Hölle war es wesentlich angenehmer.* Mit hängenden Schultern trottete ich wieder hinauf zu Cami, die alle Füße von sich gestreckt, auf dem Bett lag. Die Zunge hing ihr aus dem Mund und von der Matratze herunter. Ich schaute mir das ein paar Minuten an, bevor ich mich für die Schule fertigmachte. So stellt man sich den ersten Tag nach der Wiederauferstehung vor. Von der Hölle in die Hölle. *Ich wette Jesus musste das nicht.*

Ich kam vier Stunden später so fröhlich wie noch nie und mit Flo im Schlepptau wieder zu Hause an. Leicht schwankend zwar, aber wir kamen an, zumindest bei der Haustür. Denn auch nach mehreren Versuchen bekam ich den Schlüssel nicht ins Schlüsselloch. Es war ja auch irgendwie vier oder sogar fünffach vorhanden. Dann kotzte ich einmal in Mamas Buxbaum und auf einmal warens nur noch Zwei. *Hey geil!* Was grade so zu schaffen war. Ich stieß die Haustür auf und wir schleppten uns ein paar Treppenstufen hinauf. Was schon wesentlich besser gelang als das Verlassen des Busses. Bei dem zuerst Flo mit dem

Gesicht voran auf dem Pflaster landete und danach ich mit der Wange auf seinen Hinterkopf klatschte. Und das, obwohl wir gar nicht so viel getrunken hatten. Glaube ich zumindest. Vielleicht wars auch mehr als gedacht. Oder aber auch weniger als angenommen. Und ich bildete mir das nur ein. Jedenfalls fühlte ich mich schön blau und Florian ziemlich grün. *Aber zu meiner Verteidigung muss ich natürlich sagen: Ich bin eventuell doch ein klein wenig traumatisiert. Ich darf das. Also in der Schule trinken.* Unsere Lehrer sahen das zwar anders. Aber das war uns egal, wir waren fast zeitgleich aus unseren Klassenzimmern eskortiert worden. Das war lustig. *Der Brief an unsere Eltern wird das wohl eher nicht werden. Aber egal, ein Brief mehr oder weniger macht den Kohl auch nicht fett.* Trotzdem lachten wir, als wir die erste Treppe geschafft hatten (was eine Schnecke sicherlich schneller bewältigt hätte). Zumindest, bis wir einen spitzen durchdringenden Schrei hörten, dass uns die Ohren klingelten, und zumindest ich das Gefühl bekam auf einen Schlag wieder nüchtern zu sein. Ich hickste einmal und kicherte allerdings immer noch recht dämlich. Trotzdem bekam ich relativ viel mit, vom kurz darauf stattfindenden Gespräch zwischen Cami und meiner Mutter. Aber das natürlich auch nur, weil ich Flos Mund zuhielt. *Manchmal sollte man einfach den Mund halten.*

„Oh mein Gott, oh mein Gott, oh mein Goooooott!"
„Was ist denn los Camaela?" Fragte sie erschrocken und stürmte vom Esszimmer in die Küche.
„Wir, wir… haben keine Erdbeermarmelade mehr da…" Ich lugte vorsichtig über den Treppenabsatz. Meine Mutter hielt sich entnervt die Stirn und schüttelte den Kopf. *Moment, warum ist die um die Uhrzeit zu Hause?*
„Und deshalb schreist du am frühen Vormittag die ganze Straße zusammen? Wenn Michi aus der Schule kommt, soll

er dir Geld geben, dann kannst du dir ja selbst beim Edeka Eine kaufen."

„Selbst…", flüsterte sie zu sich selbst und lies winkend die Frau einfach stehen. „… kaufen?" Kopfschüttelnd ging Die zurück ins Esszimmer, in dem sie, den Geräuschen nach, ihr Bügelbrett aufgestellt hatte. „Camaela, Camaela, Camaela…" Während Cami ganz in Gedanken verloren die Esszimmertüre nahm und die Treppe zu meinem Zimmer hinauf stieg. Vorsichtig schlichen wir hinterher. *Meiner Mutter wollte ich jetzt schließlich nicht begegnen.* Wobei Flo mir immer wieder ein wenig zu dicht auf die Pelle rückte.

„Alter?" Er sah mich ahnungslos an und zuckte mit den Schultern.

„Was? Ich will nur schnell hoch und mich in deinen Sessel pflanzen, das ist alles." Ich rollte mit den Augen.

„Damit es dich doppelt dreht und du mir erst recht alles vollreiherst?" Er grinste dümmlich, wobei sein Kopf leicht wippte, als würde er nicken.

„Du kennst mich so gut." *Oh man.* Ich sagte nichts mehr und drückte die Türklinke nach unten, da wurde die Türe plötzlich aufgerissen und wir polterten Beide total überrascht zu Boden.

„Hi Schatz." Grinste ich Cami an, die uns mit den Händen in den Hüften anschaute und die Zähne bleckte.

Während Cami und ich einige Minuten später auf dem Bett saßen, und sie mir noch einmal gründlich die Situation vorkaute, war Flo schon nach ein paar Sekunden in meinem Sessel eingedöst und schnarchte seelenruhig vor sich hin.

„Also noch mal bitte? Warum soll ich dir Geld geben? Hattest du nicht vor kurzem noch 500 Euro herumliegen?" Cami zuckte unschuldig mit den Schultern und spielte abwesend mit ihrem Schweif.

„Weiß nicht. Ist vermutlich weg. Aber deine Mutter hat gesagt du sollst mir was geben, also gibs mir." Ich grinste verstohlen und überhörte den ersten Teil des Satzes gekonnt.

„Ich solls dir geben ja?"

„Ja hat deine Mutter gesagt. Sie ist voll nett." Ich begann lauthals loszulachen. Cami war doch manchmal ganz schön naiv für ihre 2517 Jahre.

„Meine Mutter hat also gesagt ich solls dir geben ja?"

„Ja. Also los. Ich brauchs ganz dringend." Erneut lachte ich und Cami sah mich schon ganz verwirrt an.

„Na dann komm." Wir gingen zum Schreibtisch, an dem Flo mittlerweile ziemlich schief hing… und auf einen Block sabberte. *Na lecker.* Flink klaute ich ihm aus seiner Hose einen Fünf Euro Schein und gab ihn ihr. Sie sah mich bestürzt an.

„Was?"

„Du kannst doch nicht?"

„Klar kann ich, den hat er mir nämlich mal beim Popcorn kaufen geklaut. Da warens allerdings noch zehn Euro." Sie grinste breit und klatschte aufgeregt in die Hände.

„Dankeschön. Ich machs auch ganz bestimmt wieder gut. Versprochen." *Ich weiß auch schon genau wie…* Ich grinste gemein und dreckig.

„Kein Problem. Soll ich mitkommen? Du warst ja noch nie allein einkaufen."

„Nö nö, deine Mutter hat gesagt ich soll sie mir selbst kaufen."

„Ok, na dann. Halt, warte, was willst du eigentlich kaufen?" Sie grinste breit, dass ihre Fangzähne gruselig aufblitzten und mich überbekam das Gefühl, es mit einem Junkie zu tun zu haben. *Ah, alles klar. Erdbeermarmelade…*

„Äh, ich glaube ich sollte doch mitkommen."

„Und ich glaube, ich bin schon groß und schaff das allein."

„Wenn du meinst." Sie gab mir einen innigen Kuss und ging stolz zur Tür. Auf halbem Weg blieb sie stehen und drehte sich um.

„Was ist ein Edeka?"

„Schatz, das ist ein Edeka." Erstaunt schaute Cami auf das Gebäude, das kaum so groß wie ein kleines Fußballfeld war. „Jetzt bin ich da schon so oft drüber geflogen. Aber das wusste ich nicht. Und da drin gibt's Marmelade ja?" Flo schnaubte genervt und rieb sich demonstrativ die Ohren, die durch Camis „Wiedergutmachung" ordentlich gelitten hatten.

„Und zum Glück Alkohol." Er schaute mich finster an.

„Das zahl ich euch noch heim. Ihr Verrückten."

„Jammer nicht, Cami hat dich doch nur wachgeflüstert." Ich hielt mir lachend den Bauch.

„Kann dich doch nicht seelenruhig pennen lassen, wenn sich mir hier die einmalige Chance bietet, mit euch einkaufen zu können? Niemals." Er knurrte und warf seine Zigarette auf den Boden.

„Aber wir waren doch…"

„Das Klamottending zählt nicht."

„Menno, warum nicht?"

„Da hatten wir Geld." Flo lachte gut gespielt. Eigentlich hatten wir da ja auch kein Geld, aber ein Kleinganove schon, der für uns allerdings eher unfreiwillig bezahlte.

„Haha, Schenkelklopfer… los lass mal gehen. Und bitte schnell." Oh ja ganz bestimmt. Ich lachte innerlich teuflisch und ging den Beiden hinterher. Na das kann was werden. Die Leute schauen ja schon mich allein an. Wie schauen Die erst, wenn ich da mit Flo und Camaela auftauch? Manche davon kennen mich schon, da konnte ich noch nicht einmal laufen. Ich stolperte. Also bevor ich als Kind laufen konnte. Camaela kicherte und nahm mich an die Hand. Flo schaute mich abfällig an. Er wirkte eifersüchtig. Wie immer.

„Schatz, ich glaube dein Freund will auch an die Hand genommen werden." Ich sah Flo an, und dann seine Hände, die tief in den Hosentaschen vergraben waren.

„Denk nicht mal dran. Du nimmst niemanden an die Hand außer mir!" Dann sah ich sie grinsend an und trat einen

Schritt zurück. Cami legte den Kopf schief und zeigte bestürzt auf sich.

„Ich? Nein, nein, nein, er ist dein Kumpel. Nicht in zweitausend Jahren." Flo streckte motzig die Zunge heraus und nahm Tempo auf. Meine Freundin lachte triumphierend.

„So, endlich allein. Dann erzähl mal, wo ist die Marmelade?" *Soso, zweitausend Jahre, dann nimmt sie ihn an die Hand? Das muss doch zu schaffen sein.*

„Also links von uns ist erst mal der Bäcker."

„Gibt's da Marmelade?"

„Nein."

„Dann will ichs auch gar nicht wissen." Grinsend und unter mehreren entrüstet dreinschauenden Augenpaaren gingen wir durch ein kleines Drehkreuz hinein. *Ja ja, kuckt nur, auf dem Dorf kriegt man so was nicht oft zu sehen und ihr braucht ja etwas, über das ihr euch das Maul zerreißen könnt.* Während Cami total erstaunt das Obst und Gemüseregal bewunderte, schaute ich sie an. Ich schluckte. Da blieb absolut kein Raum für Spekulation oder Fantasie. Ihr kleiner schwarzer Faltenmini entblößte fast zur Gänze ihren wundervoll knackigen Po, während ein viel zu knappes Top knapp ihren Bauchnabel bedeckte. Im tiefsten Winter. *Hui, das gibt Gerede. Und jetzt bückt sie sich auch noch. Oh mein Gott.* Am liebsten hätte ich ihr den Rock tiefer gezogen. Begnügte mich aber für den Augenblick damit, mich hinter sie zu stellen. Was, im Nachhinein, nicht weniger anzüglich aussah.

„Was ist das denn Schatz?" Fragte sie mich da und hielt mir eine Salatgurke vors Gesicht. Ich wurde knallrot.

„Sieht voll eklig aus. Und so was esst ihr?" Ich riss sie ihr aus der Hand und legte sie schnell zurück.

„Ja, manchmal."

„Marmelade?" Schon fast wehleidig schaute sie mich an, als Flo um die Ecke geschlendert kam. Eine Dose Bier in der Hand. Und die Gurke war vergessen.

14

„Nein, Bier." Er öffnete sie und nahm einen Schluck.
„Marmelade ist zwei Regale weiteeeeerrr..." Da hatte sie ihn
schon umgerannt und war verschwunden. Leider war unser
kleiner Dorfedeka nicht besonders groß und Camis Schwanz
dafür sehr ausladend. Klimpernd und krachend fiel ein
Getränkeständer zu Boden und eine große Anzahl an PET
Colaflaschen rollte umher. *Ah ja, sie ist beim falschen
Regal.* Ich half Florian auf und ging Richtung Süßigkeiten.
Schon aus der Entfernung war ihr Schwanz zu sehen, der
über den Regalen wie ein Periskop stand. Als ich bei ihr
ankam, schaute sie mich traurig an.
„Er hat mich angelogen."
„Hab ich gar nich, selbst Schuld, wenn du in den falschen
Gang rennst wie eine Gestörte." Sie fauchte ihn lautstark an.
Er schaute nur in seine Bierdose, drehte sie um und warf sie
weg. Derweil zog ich Cami schnell weiter zum richtigen
Regal. Augenblicklich loderten ihre Augen heller, als hätten
wir den heiligen Gral entdeckt. Ihr Grinsen zog sich von
Ohr zu Ohr. Und dann… rutschte mir das Herz in die Hose.
Denn wie aus dem Nichts schob sie auf einmal ihren Kopf
ins Regal und rieb sich wie eine Katze an den
Marmeladengläsern. *Morgen in der Zeitung: Freundin geht
mit Marmeladenglas fremd.*
„Erd… beer… marmelaaaaaade." Sie begann zu schnurren
und ihr Schweif fegte über meinen Kopf hinweg durch ein
Regal mit verschiedensten Teebeuteln.
„Sag mal, irgendwie riechts hier verschmort, oder bin ich
das?" Flo roch an seiner tarnfarbenen Jacke, wobei er sich
einen großen Schwall Bier in den Kragen kippte. *Hat der
sich jetzt tatsächlich noch eine Dose geholt?!*
„Nö, bins nicht. Ich riech geil." Er grinste breit und ich
schüttelte den Kopf, bevor auch mir der Geruch in die Nase
stieg.
„Schatz ich glaube du kommst jetzt besser da raus."
„Nö. Marmelaaaaaade."

„Ich glaub du hast mit deinen Augen eben was angezündet."
Ruckartig zog sie ihren Kopf heraus, taumelte zurück und
landete mit dem Gesicht voran im Teebeutelregal.

„Aber keine Marmelade oder?" Ich half ihr auf und
schüttelte den verneinend den Kopf, nur um sie direkt erneut
an das Marmeladenregal zu verlieren.

„Erdbeermarmelade ist die supertollste Erfindung
überhaupt." Plötzlich stoppte sie ihre
Marmeladenliebkosung und schaute mich schräg aus dem
Regal an. Ihre Nase zuckte über alle Maßen süß.

„Ich glaube du hattest Recht, es riecht doch verbraaa…" Da
explodierte mit lautem Knall ein Glas Erdbeermarmelade
unter der Hitze. Augenblicklich fiel Cami theatralisch auf
die Knie.

„Neeeiiiiiin!" Im selben Augenblick tauchte da Flo grinsend
neben mir auf, eine 2L Coke in der Hand.

„Ich hab gehört du hast was angezündet?" Da drehte er
schon den Deckel auf.

„Rache ist süß!" In einer explosiven Fontäne schoss die
Cola Richtung Cami, doch die glitschige Flasche wehrte
sich vehement, sodass sie schließlich wie ein
Feuerwerksvulkan zur Decke spritzte. Wie ein Blitz stand
meine Freundin wieder und kreischte schrill, bevor sie einen
großen Satz nach hinten machte, gegen ein Regal mit
Schreibwaren fiel und zur Kasse stürmte. Mit Leichtigkeit
sprang sie auf das Warenband, von dort zur Decke um dann
wie ein Gecko durch die automatische Türe zu krabbeln, die
in einem Scherbenhaufen zusammen fiel. Ich sah Flo mit
versteinerter Miene an. Dem fiel die Flasche aus den
Händen.

„Dude, dein rechtes Auge zuckt." *Ähm ja…*

„Ich hätte vielleicht besser ne Pepsi genommen was?"
Eigentlich wollte ich ihm in dem Moment eine klatschen,
aber ich war zu geschockt mich zu bewegen.

„Ich stell die vielleicht mal besser hin, und dann sollten wir
gehen." Er hob die leere Coke vom Boden auf und stellte sie

in ein Regal. Ich sah mich verstört um. Es war ein völliges Chaos. Ich schluckte. Da schlug mir Flo auf die Schulter und ich schüttelte mich erschrocken.

„Au!"

„Können wir?" Ich sah ihn verwirrt an, griff mir völlig neben der Spur ein unversehrtes Glas Erdbeermarmelade, nickte und rannte mit ihm hinaus. Auf dem Weg fingen wir beide an, hysterisch zu lachen. Kaum zur Tür hinaus, übersah ich dann noch einen Mann, prallte von ihm ab, als wäre ich gegen einen Elefanten gelaufen, und fiel zu Boden. Ich rieb mir den Kopf und blickte in einem Anfall von Panik auf das Marmeladenglas. Erleichtert streichelte ich Es und warf dann einen flüchtigen Blick auf einen stämmig gebauten Mann, kaum dreißig Jahre alt, in einer Bundeswehruniform. Sein Gesicht kam mir irgendwie seltsam bekannt vor, doch ich hatte keine Zeit ihn danach zu fragen.

„Kommst du?" Hastig rappelte ich mich auf und rannte hinter ihm her. Ungläubig schaute ich noch einmal zurück, als der Unbekannte im Edeka verschwand. *Seltsam.* Ich schüttelte den Kopf und zuckte mit den Schultern. *Déjà-vu.*

Der Mann stand einige Sekunden vor dem Eingangsbereich des kleinen Lebensmittelmarktes. Sein kantiges Gesicht war von tiefen Gedankenfalten durchzogen, die kleinen grünen Augen zu schmalen Schlitzen verengt. *Dieser Junge…* Er drehte sich noch einmal um und blickte zur Decke. *Und was war eben an der Fassade des Marktes nach oben verschwunden? Konnte das ein Mädchen gewesen sein?* Er rümpfte die Nase und warf einen Blick in den Laden. Es war ein heilloses Durcheinander. Verkäuferinnen huschten kopflos umher und andere telefonierten völlig aufgelöst. Misstrauisch beäugte er den Gang aus der Ferne, der aussah als hätte ein Massaker darin stattgefunden. Und plötzlich fand er sich wieder in der städtischen Leichenhalle, sah die grauenhaften Bilder wieder aufflackern, die sich so sehr in

17

seine Gedanken und Gefühle gebrannt hatte. Wie sein Bruder vollkommen zerfetzt und regelrecht zerstückelt auf dem kalten Metalltisch lag, kaum noch identifizierbar. Er schüttelte die Bilder ab und wischte sich mit dem Zeigefinger übers Gesicht. Ungläubig betrachtete er eine salzige Träne. Als würde ein Schalter umgelegt werden, erfüllte ihn auf einmal ein Gefühl der Freude. So sehr, dass er sogar lautstark zu lachen begann. Die unzähligen kleinen Puzzleteilchen, die er seit Wochen gesammelt hatte, die Vielzahl an schlaflosen Nächten schienen sich mit einem Mal bezahlt zu machen. Und das nur aufgrund seiner neu entwickelten Traubensaftsucht. *Wer hätte das gedacht.* Der Junge mit dem eigenwilligen Kleidungsstil, das Mädchen mit dem Minirock, das Blut. Das konnte kein Zufall sein. Wie groß war die Chance, diese Beiden zusammen in einem Kaff wie Diesem zu finden? Es gab keinen Zweifel, nein, es durfte keinen Zweifel geben, ER durfte nicht zweifeln. Nicht jetzt. Nicht bei einer so wichtigen Sache, wie Dieser. Seine Gedanken überschlugen sich. *Es gibt sie wirklich... Und die Polizei hat die Ermittlungen aus Mangel an Beweisen und unglaubwürdigen Zeugenaussagen eingestellt. Es gebe keine verwertbaren Spuren, keine DNA oder Fingerabdrücke. Zudem wäre ein Mensch körperlich angeblich gar nicht in der Lage gewesen, vier Männer auf solch unfassbar bestialische Art und Weise zu töten. Die Suche eingestellt. Bei einem verfluchten Vierfachmord?! Pah!* Er schlug wütend und gleichermaßen vom Glück überwältigt, gegen den Rahmen der automatischen Schiebetür. Dann sah er wieder zur Decke und verfolgte die, kleinen, gleichmäßig angeordneten Löcher bis zur Kasse zurück. Er knirschte mit den Zähnen, schob den Unterkiefer nachdenklich nach vorn und begann zu überlegen. So schnell hatte er gar nicht damit gerechnet, sie zu finden. Man hatte ihm zwar gesteckt, dass sie möglicherweise in diese Richtung davon geflogen wären, doch das er sie ausgerechnet in diesem winzigen Kaff entdecken würde, überstieg seine Gedanken. Zackig drehte er sich auf dem Fuß und holte noch auf dem Parkplatz ein Handy hervor. Er wählte eine Nummer und eine Männerstimme meldete sich. „Du wirst es nicht glauben. Ich hab sie tatsächlich gefunden. In einem kleinen Ort namens Sulzdorf. Kaum ein paar Kilometer von Schwäbisch Hall entfernt. Ruf die Anderen an, sie sollen sich die nächsten Monate nichts vornehmen. Es gibt viel zu tun, sollte sie wirklich so stark sein, wie ich vermute."

„Geht klar."

„Ach und, such mir mal die Nummer raus von dem Kerl mit den Antiquitäten."

„In Ordnung."

„Oh, und ruf deinen Bruder an."

„Welchen, du weißt, ich hab Vier."

„Den in Polen." Der Angerufene schwieg.

„Der mit den Waffen…"

„Sag das doch gleich."

„Ja, ja, tus einfach." Damit legte er auf und schob es zurück in die Hosentasche. Er massierte sich den Nasenrücken und schüttelte genervt den Kopf. *Heutzutage lassen die beim Bund echt jeden rein.*

„Na warte du Monsterschlampe, dich kriegen wir und dann schick ich dich höchstpersönlich zur Hölle."

„Hey sie da, gehen sie aus dem Weg, hier möchten vielleicht noch Leute einparken!" Er schreckte aus seiner Welt auf und sprang zur Seite, um dem alten Opa mit seinem Mercedes Platz zu machen.

„Man man, die Jugend von heute. Lernt beim Bund auch Nix mehr." Er ignorierte den alten Mann und ging zu seinem Wagen, einem älteren, schwarzen Jeep, den er an der Straße abgestellt hatte. *Nicht mehr lange, dann wird die Rache mein sein, Miststück!*

Einen Monat später. Zwei Tage vor Heiligabend. Elf Uhr Morgens.

„Ist jetzt Weihnachten?"

„Nein, noch nicht."

„Wann gibt's endlich Geschenke?"

„An Heiligabend."

„Wann ist Heiligabend?"

„An Weihnachten. Sag mal ist dir schon wieder langweilig? Keine Lust mehr auf fernsehen?" Fragte ich Camaela, die gerade auf dem Bett lag und mit ihrem Schwanz spielte.

„Nö eigentlich nicht. Du siehst doch, ich bin schwer am Zocken."

„Zockst du mit Dem etwa um Geld?"

„Nö, um Erdbeermarmelade. Was soll ich denn mit Geld? Tz tz, du solltest mich echt besser kennen." *Ja, was sollst du mit Geld. Vielleicht mich unterstützen? Schatz du bist nämlich nicht billig.* Ich schüttelte den Kopf, während ein Ellenbogen auf dem Schreibtisch ruhte und meinen Kopf mit der Faust stützte.

„Sag mal kann dein Anhängsel auch noch was anderes außer Stein-Schere-Papier?"

„Öhm, keine Ahnung, ich hab noch nie was anderes mit ihm gespielt. Außerdem gewinne ich da immer. Wieso sollte ich deswegen was anderes spielen?" Recht hatte sie, auch wenn ich mich erinnern konnte, dass sie ein einziges Mal verloren hatte. *Wie kann man gegen seinen Schwanz, an dessen Ende eine knöcherne Schere sitzt, verlieren? Ich mein, wenn man weiß, dass mein Gegenüber nur Schere machen kann, kann man ja nur Stein machen und gewinnen. Oder?* Camaela war manchmal schon ein seltsames Ding.

Gedankenversunken sah ich ihr bei ihrem Spiel zu. Sie sah süß aus, in ihrem schwarzen Nachthemd, das sich von ihrer sanften ockerfarbenen Haut abzeichnete. Gut, ihre Hörner und Klauen verliehen dem Ganzen etwas Surreales. Ihre leeren, von Flammen erfüllten Augenhöhlen etwas Makaberes, dennoch war sie süßer als eine Tonne Zuckerwatte. Selbst als sie doch wieder den Fernseher anschaltete und sich erneut durch irgendwelche kitschigen Weihnachtsfilme zappte. *Bei denen mir grundsätzlich erst einmal schlecht wird. Ihr aber offenbar bei Jedem, die Freude der ganzen Welt aus den langen spitzen Ohren quillt.*

Plötzlich vibrierte mein Handy neben mir und weckte mich aus meinen Gedanken auf. *Manno, ich träum doch so gerne.* Etwas widerwillig nahm ich es in die Hand und wollte es gerade entsperren, als ich eine, etwas ungewöhnliche Bewegung in Camaelas Richtung registrierte. Sofort legte ich es zurück.

„Hast du dich da grade etwa mit dem Fuß hinter deinem Ohr gekratzt Schatz?" Hastig warf sie die Fernbedienung vor sich auf das Laken.

„Was? Nein, warum? Hab doch zwei Hände und sogar nen Schwanz dafür."

„Na dann, ich dachte ich hätte etwas in der Richtung gesehen." Ich zuckte mit den Schultern und wandte mich wieder dem Handy zu. *Wer mir wohl gesimst hat?* Doch kurz darauf konnte ich diese Bewegung aus den Augenwinkeln erneut sehen.

„Aha, ertappt! Äh?"

„Ift waf?"

„Warum hast du die Fernbedienung im Mund Schatz?"

„Keine Hand frei. Muffte miff krapfen."

„Also hast du dich doch mit dem Fuß hinterm Ohr gekratzt?" Sie spuckte die Bedienung aus.

„Schon möglich."

„Halt, warum kratzt du dich? Hast du Flöhe?" Sie streckte mir die Zunge so weit heraus, dass sie mich damit fast an der Hand berührt hätte.

„Flöhe? Wo? Nein, bin ja nicht Strolchi." Wieder kratzte sie sich mit dem Fuß hinterm Ohr. *Naja, solang sie nicht anfängt sich abzulecken…*

„Was, Strolch hat Flöhe?" *Halt nein, geht ja gar nicht. Im Winter gibt's keine Flöhe.*

„Nein, ich wollte dass meine Haare so gut riechen wie Deine. Wegen Weihnachten und so. Seitdem beißt es mich überall." Ich begann zu lachen.

„Du hast dir die Haare gewaschen?" In dem Moment wurde mir bewusst, dass ich sie noch nie bei der Körperpflege angetroffen hatte. Ich schluckte, der Gedanke war doch ein klein wenig verstörend. *Aber vielleicht brauchte sie das auch gar nicht?* Sie riecht ja auch nicht einmal schmutzig, zwar verwesend, aber nicht schmutzig.

„Ja, mit dem Zeug, das auf deinem Waschbecken steht, das so schön blau leuchtet." *Blau leuchtet?*

„Oh scheiße Schatz, das war mein Mundwasser. Kein Wunder das dich das beißt, da ist Alkohol drin!"

„Ups. Deshalb roch das nach deinen Küssen und nicht nach deinen Haaren." Ich schüttelte den Kopf. Das konnte man auch zweideutig verstehen.

„Wird Zeit, dass du lesen lernst Liebes." Sie winkte ab, kratzte sich aber in derselben Sekunde.

„Ach was. Ich brauch das nicht, hab doch meinen Lieblingsvorleser immer bei mir."

„Ja das sehe ich. Aber jetzt waschen wir dir erst mal mein Mundwasser raus ja?" Sie nickte energisch und stand auf.

So subtil ich konnte, versuchte ich an ihr zu riechen. Konnte aber nichts Besonderes feststellen. Wie immer roch sie nach Erdbeeren und einem starken Hauch Verwesung. Und ausnahmsweise auch nach einer starken Note Menthol.

„Hast du da grade eben an mir gerochen?!"

„Was? Äh, nö, ach quatsch. Pff. Warum sollte ich…" *Mist ertappt.*

„Na dann." Ich schloss zu ihr auf und nahm sie an der Hand, an der ich sie ins Bad führte. Kaum drinnen schloss ich

unter den misstrauischen Blicken Camis ab, drehte die
Brause auf und bat sie, sich über die Badewanne zu beugen.
„Was gibt das, wenns fertig ist?"
„Na ich spül dir die Haare aus."
„Mit Wasser?"
„Ja?"
„Äh, das Beißen ist schon viel weniger geworden. Ich, äh,
ich brauch das nicht."
„Oh doch, das brauchst du." Leicht in Panik schaute sie sich
um. Es gab kein Entkommen vor der Brause.
„Wag es nicht die Tür kaputtzumachen, um abzuhauen
Schatz." Sie knurrte verhalten, nachdem ich ihren
verdächtigen Blick auf die Türe bemerkt hatte.
„Du bist doof. Ok, w, warte. Ich hab ne Idee. Mit Feuer
wird immer alles sauber." *Wie bitte?* Bevor ich reagieren
konnte, hatte sie eine Hand vor den Mund genommen und
einen Feuerstrahl nach oben umgeleitet. Augenblicklich
standen die, in Alkohol getränkten Haare lichterloh in
Flammen. *Ah, so brät, äh putzt man sich in der Hölle.*
„Mist… aaaaaaaahhh ich brenne! Schatz tu was, ich
brenne!" *Und die Einrichtung ebenfalls…*
„Ja ich sehe es…" Wie ein kopfloses Huhn rannte sie im
Badezimmer herum. Wobei der Badezimmerschrank Feuer
fing. Ein Handtuchregal ebenfalls. Das Bambusrollo, die
Bromelie. *Wie kann denn die Bromelie brennen?!* Der
Badvorleger, meine Hose und die Holzdecke. Ihr
Nachthemd und ihre Augen. *Ach halt, die brennen ja schon
immer.* Ich sah mich völlig irritiert um. *Gut, es brennt
einfach alles. Das eskalierte jetzt aber schnell.* Zum Glück
hatte ich die Duschbrause noch in der Hand und spielte
Feuerwehrmann. Bis das ganze Bad unter Wasser stand.
Dampfend und nach Rauch stinkend, bis ich kaum die Hand
vor Augen sah. Mittendrin Camaela, die mich anschaute wie
ein begossener Pudel, von dem gerade die letzten Fetzen
eines schwarzen Nachthemds abfielen. Sie spuckte eine
kleine Fontäne heißen Wasser in die Luft.

„War es echt nötig mich nass zuspritzen?" *Ohhh jaaaa.*
Mit Freude betrachtete ich Camis Brüste, von denen
vorwitzig die Tropfen herab perlten. Augenblicklich sah sie
mich versext an und biss sich sinnlich auf die Unterlippe,
bevor sie mir staubtrocken entgegnete:
„Klar, mich kann der Herr nass machen, aber sich selber
vergisst er zu löschen." *Wie? Ja ich vergess mich zu lö... oh
scheiße!* Panisch sprang ich von einem Bein auf das Andere,
während Cami mir zurief: „Zieh sie aus, zieh sie aus!" Und
dann stand ich plötzlich ohne Hose da und aus irgendeinem
Grund auch ohne Boxershorts. Erleichtert blies ich die Luft
aus meinen Lungen und sah in die lüstern geschlitzten
Augen meiner Freundin, die mich total scharf musterten.
„Hat die etwa auch gebrannt?"
„Oh ja Schatz das hat sie und jetzt brenne ich."
Plötzlich presste sie ihre Lippen wild auf Meine und drückte
mir ihr Becken entgegen. Ich wurde gegen die Badewanne
gepresst. Wie ein rolliger Puma blickte sie mich an und griff
nach meinem besten Stück, das sie mit wenigen
Bewegungen für sich bereit machte. Fauchend schob sie ihr
Becken auf ihn, das ihre Flammen für einen Moment wild
flackerten. In eleganten, schlangenartigen Bewegungen
waren ihre Beine neben mir und sie saß auf mir. Schlimmer
als Kreide auf einer Tafel schabte ihre Schwanzschere über
die Fliesen, bevor unsere Finger zueinanderfanden und sich
ineinander gruben. Es war als würde Das ihn beruhigen,
denn er fuhr plötzlich um uns herum und wickelte uns
komplett in sich.
„Oh ja Schatz nimm mich", hauchte sie mir zischend ins
Ohr und ich stieß sie hart und schnell. Ungezügelt trieb sie
sich meinen Aufstand immer tiefer in ihr Intimstes, als
wollte sie mit mir verschmelzen. Ihr Schwanz drückte uns
dabei immer wieder enger zueinander, dass ich kaum
Kontrolle über unsere Bewegungen hatte. Sie kontrollierte
uns.
„Nicht so schnell, nicht so schnell, ich komm sonst gleich."

„Ja Schatz ich weiß." Ich konnte kaum etwas erwidern, da war es schon um mich geschehen. Ich stöhnte laut auf, als ich all meine Kraft in ihr entlud und erschöpft nach hinten sackte. Sie lächelte mich überglücklich an und ich konnte nur zurücklächeln. *Wow, das war mal ein Quickie.*
„Und wie erklären wir das nun deinen Eltern?" Völlig verausgabt blickte ich mich um und zuckte mit den Schultern.
„Strolch wars."

Leider hätte uns das niemand geglaubt. Nicht mal Flo hätte das. So standen wir Zwei extrem widerwillig in frischen Klamotten wieder im Bad und putzten und trockneten und improvisierten so gut wir konnten. Was uns auch recht gut gelang. Obwohl ja eigentlich ich die meiste Arbeit machte. Camaela saß nur im Schneidersitz auf der Toilette und schaute mir zu. Aber gut, das wars auf jeden Fall wert. Und die Schäden waren auch nicht so gravierend wie erwartet und würden sich mit etwas Geld und Spucke. Viel Geld und Spucke. Sicher bald in Luft aufgelöst haben. Die Bromelie hatte das übrigens schon.
Wir waren kaum eine Minute zurück in meinem Zimmer, da klingelte das Handy auch schon auf dem Schreibtisch. Und ich wurde das Gefühl nicht los, das es das schon länger tun musste. Wobei es natürlich nicht klingelte. Vielmehr rockte es.
„I will be King, I will be King, I will be King, I'll rule forever…" *Ja ich stand neuerdings auf eine Band, die Kissin Dynamite hieß. Kann ich ja Nix dafür, dass das Lied so klasse ist. Gut, der Songtext tut natürlich sein Übriges. Ich gebs ja zu.*
„Willst du da nicht mal ran gehen Schatz? Ich glaub das Lied läuft jetzt schon zum dritten Mal."
„Oh, äh ja." Schnell schob ich es auf und ein ziemlich genervter Florian schallte aus dem Lautsprecher.

„Jo, Alter wo warst du denn? Ich versuch dich bestimmt seit ner Stunde zu erreichen. Hab dich sogar angesimst, obwohl du weißt, wie ich das hasse."

„Sorry, kleiner Badnotfall."

„Hast du wieder mal Bananensaft getrunken?"

„Wie? Hä? Nein. Außerdem war das Bananennektar." *Wie immer vergisst der mal wieder nur das Falsche. Nie das Richtige.*

„Klugscheißer. Also nicht?"

„Nein."

„Super, also dann… hast du Zeit?"

„Wofür?"

„Weihnachtsgeschenke kaufen."

„Soso, seit wann hast du denn Geld?"

„Was glaubst du, warum ich dich anrufe und frage, ob du Zeit hast?" Florian war wie immer chronisch pleite. Zigaretten und Alkohol waren eben nicht billig.

„Für wen willst du denn bitte Geschenke kaufen? Soviel ich weiß ist dein Vater auf Geschäftsreise. Außerdem, seh ich etwa aus wie n Geldautomat?" Und seine Mutter war schon gestorben, als er gerade mit mir zusammen das Laufen lernte.

„Du musst dir auch alles merken. Ja gut ok, ich hab mir gedacht ich kauf eine Kleinigkeit für…", er machte eine kurze Pause, „…ist Ela in der Nähe?"

„Das hab ich gehört, das gibt Prügel mein Fröschchen", rief Cami mir sofort vom Bett zu. Ihren übergroßen Elfenohren entging nichts. Vor allem nicht Florians Spitzname für sie, den sie überhaupt nicht mochte.

„Sag ihr, sie soll herkommen, wenn sie was will. Und im Moment sind meine Haare blau, nicht grün."

„Nein, das sag ich ihr nicht sie soll schön hier bleiben bis Heiligabend. Also für wen willst du was einkaufen?"

„Das sag ich dir, wenn du kommst, das muss unser Grillanzünder nicht wissen."

„Ey!"

„Cami aus, sitz, platz." Schmollend setzte sie sich wieder im Schneidersitz aufs Bett und verschränkte die Arme noch zusätzlich. Ihr Schwanz schwang allerdings noch länger bedrohlich erhoben hinter ihr, wie eine Kobra, bereit tödlich zuzuschlagen.

„Musste das echt sein? Du weißt, es war mein Fehler, und nicht Ihrer." Kurz herrschte Stille in der Leitung. In der ich nachdachte wie Cami nach dem Genuss von Alkohol ein Lokal fast komplett niedergebrannt hatte. Nur weil ich sie überredet hatte, mit uns anzustoßen. *Tja, Höllenfeuer plus Alkohol... ganz schlechte Mischung. Wie man ja eben auch wieder gesehen hat. Getrunken oder in den Haaren. Macht keinen Unterschied.*

„Ja, gut ok. Tut mir Leid. Kommst du jetzt oder was?" Ich seufzte kurz, warf einen Blick zu Cami und sagte ihm zu, nachdem wir noch ein paar belanglose Worte gewechselt hatten. Wortlos schob ich es zu und setzte mich zu Cami an die Bettkante.

„Alles klar bei dir?" Fragte ich meine Freundin und nahm sie in den Arm.

„Ja, es geht schon, das wird er mir büßen, sobald du mich wieder raus lässt."

„Oh man. Wäre es nicht langsam mal besser, ihr würdet euch vertragen?"

„Wir? Niemals!"

„Sag niemals nie, du dachtest schließlich auch wir besiegen den Golgathaner nie. Und, sieh uns an, wir haben ihn abserviert."

„Das ist was Anderes, das ist ein Flo! Ein Floho!" Sie schüttelte sich und schauderte demonstrativ.

„Jetzt reicht es aber mal, er ist eben mein Bester und obendrein auch noch mein einziger Kumpel. Was wäre wohl, wenn ich nur mit Frauen und Erzengeln rumhängen würde? Vermutlich würde ich dann voll verweichlichen, und eher ne beste Freundin, als nen Freund abgeben. Wär dir das lieber?"

„Gutes Argument, aber eine beste Freundin bist du ja schon. Du warst schließlich mit mir einkaufen. Zwei Mal." Cami kicherte und ließ sich nach hinten fallen.

„Mist. Aber würde eine beste Freundin das machen?" Ich beugte mich über sie und drückte ihr einen liebevoll sinnlichen Kuss auf, während ich meine Hand auf ihren Bauch legte und sanft darüber strich. Sie legte ihre Arme um meinen Nacken und blinzelte verführerisch.

„Vermutlich nicht." Sie grinste und zog mich näher an sich. Ihre Zunge fand den Weg in meinen Mund und wand sich um Meine. *Seltsam, vorhin schmeckte sie nicht so stark nach Erdbeeren.*

„Wann hast du, wie…?" Ihr Schwanz verschwand hinter dem Nachttisch und erschien wieder mit einem leeren Glas Erdbeermarmelade. Sie zuckte keck mit den Schultern.

„Also du telefoniert hast, dachte ich, genehmige ich mir ein Glas."

„Seit wann bunkerst du denn Marmelade hinter unserem Nachttisch?"

„Och, schon ne ganze Weile. Tja, wenn du nicht zur Verfügung stehst, brauche ich eben einen ebenso süßen Ersatz." Sie grinste mich breit an und warf mir einen betörenden Augenaufschlag entgegen. Ich grinste zurück.

„Ach ja, brauchst du den?"

„Ohhh, ja!"

„Und was soll ich essen, wenn ich süßen Ersatz brauche? Ne` Tafel Schokolade?"

„Iiih Schatz, du bist eklig. Schokolade. Bäh. Nimm lieber Marmelade. Da du mich ja aber immer vernaschen darfst, brauchst du keinen Ersatz." Ich lachte auf und schüttelte den Kopf.

„Aber, aber nicht böse sein Schatz. Auch wenn du Schokolade isst. Ich liebe dich trotzdem."

„Ich dich auch, und das, obwohl du mir gerade wieder Löcher in die Matratze machst."

„Ups." Schnell zog sie ihre Hörner aus der Matratze und legte den Kopf auf die Seite. Reumütig schaute sie mich an, als ich mich für einen Moment neben sie legte. Sie rutschte näher und küsste mich flüchtig auf die Nasenspitze.

„Wann kommst du wieder?" Fragte sie mich plötzlich.

„Ich, äh…"

„Ich hab doch jedes Wort gehört, angefangen vom Jo, über seine Beleidigung bis hin zur Uhrzeit. Und blind bin ich auch nicht. Also tu nicht so überrascht."

„Ich, äh…"

„Hör auf so zu tun als wärst du sprachlos, rück sofort raus mit der Uhrzeit."

„Naja, ich schätze ich bin so gegen Fünf wieder da, ist das ok für dich?"

„Lass mich überlegen… Hmm… NEIN!"

„Vier?" Sie kniff die Augen zusammen.

„Drei?" Sie überlegte kurz, starrte mit dem Blick ins Leere und kam dann wohl zu dem Schluss, dass es ok war.

„Ok, ist gebongt, aber du musst mir etwas mitbringen. Und wehe du kommst mir mit leeren Händen nach Hause."

„Du klingst als wären wir schon zehn Jahre verheiratet."

„Zehn Jahre sind zwar nicht lange, aber der Gedanke ist schön." Sie grinste abwesend. Und mir wurde etwas mulmig. An so etwas hatte ich noch gar nicht gedacht.

„Ähm, ähm, und was hättest du denn gerne?" Versuchte ich schnell das Gespräch in eine hoffentlich bessere Richtung zu lenken.

„Was hätte ich wie?" *Oha, sie hat überhaupt nicht zugehört.*

„Äh ja. Tja, das wüsstest du wohl gerne." *Weiß sie es gerade nichteinmal mehr selbst?*

„Ja."

„Ich sags dir aber nicht. Überrasch mich."

„Toll."

„Hey, etwas motivierter bitte. Du weißt was dich erwartet, wenn du das richtige Geschenk mitbringst."

„Wir hatten doch grade erst?" Wortlos setzte sie auf, spreizte die Beine etwas und hob ihren ohnehin schon knappen Rock an. Sodass ich einen Blick auf die hervorblitzenden Knochenplatten zwischen ihren Beinen erhaschen konnte, die im Spalt vor Feuchtigkeit glänzten. *Ok überredet.*

„Ok, ich bin dann mal weg." Hastig warf ich mich vom Bett, knallte auf den Boden, sprang auf und knallte mit der Nase gegen das Aquarium, drehte mich um 180° und stolperte dann durch das Zimmer zur Türe. *Halleluja.*

„Männer. So leicht um den Finger zu wickeln."

„Das hab ich gehört."

„Ups, ach egal, du magst es ja schließlich." Schon schloss ich die Tür hinter mir und stieg durch den noch unfertigen Dachstuhl, die Treppe nach unten in den ersten Stock. Durch den Flur ging es eine weitere ziemlich abgelaufene Holztreppe nach unten zur Haustüre. Mit Schwung öffnete ich das schwere Ding und starrte sogleich in das verdutze Gesicht von Raphaela, die gerade mit dem Finger auf die Klingel drücken wollte.

„Hi Raphaela, ich wette du willst zu Cami." Der Erzengel nickte.

„Da hast du völlig Recht, zu wem sollte ich auch sonst. Zu dir? Sicher nicht." *Gehässig wie immer.* Sie schüttelte ihre platinblonden Locken und versuchte mich nicht anzusehen.

„Ich freue mich auch, dich zu sehen. Gibt's einen bestimmten Grund, dass du schon so früh hier auftauchst?"

„Nicht wirklich. Flo hat mich eben angerufen und gemeint Cami könnte etwas Gesellschaft gebrauchen, da du ja offenbar einkaufen musst. Warum du das nicht selbst kannst, muss ich glaube ich gar nicht wissen." Seit wann muss *ich einkaufen?* Offenbar hatte er ihr nicht gesagt, dass er Derjenige war, der einkaufen ging. *Oh Gott, hat das Geschenk vielleicht etwas mit ihr zu tun?* Unweigerlich musste ich grinsen, während sie sich an mir vorbei durch die Eingangstüre zwängte.

„Ist was?" Knurrte sie mich an und nahm die ersten Stufen der Treppe.

„Nö, nö, viel Spaß euch Beiden. Und du weißt ja, nichts erzählen. Und nicht rauslassen."

„Ja, ja, ist schon klar. Ausnahmsweise bin ich da mal einer Meinung mit dir. Aber nur um meiner Süßen willen."

„Sehr gut, also psssst. Tschau, tschau." Mit den Worten schloss ich die Tür hinter mir und dachte wieder über das, was gerade eben passiert war nach. Und mir fiel das Grinsen aus dem Gesicht. Flo, du wirst doch nicht wirklich…

„Bevor du etwas sagst. Ja, ich will ein Geschenk für Sarah äh Raphaela kaufen." Die ganze Busfahrt über hatte ich an nichts anderes denken können. Zu Recht wie sich gerade herausstellte.

„Oder doch Sarah? Man ist das verwirrend. Und nein, ich versuche damit nicht bei ihr zu landen."

„Ist egal. Aber puh, hast du ein Glück."

„Wieso ich?"

„Weil ich dir sonst eine geklatscht hätte."

„Ach so. Du hast doch nicht ernsthaft gedacht ich würde versuchen sie zu erkaufen oder etwa doch?" *Mist, wie konnte ich nur so blöd sein und überhaupt an so etwas Abwegiges denken? Bei meinem Kumpel der Frauen abfüllt und erst dann mit ihnen ins Bett hüpft.*

„Öhm."

„Du bist mir ja ein toller Freund. Als ob ichs nötig hätte mir so eine olle Kampflesbe anzulachen. Bin doch nicht blöd."

„Um mal die Tatsache außer Acht zu lassen, das Raphaela soweit ich weiß nicht lesbisch ist, bin ich ja wirklich ein toller Freund. Ich lass dich ja schließlich mit meinem Geld, ich wiederhole mit meinem Geld! Ein Geschenk für die beste Freundin meiner Freundin kaufen, die dich noch nicht einmal mag. Und mich auch nicht."

„Auch wieder wahr."

„Also. Warum willst du ausgerechnet Ihr etwas zu Weihnachten schenken? Sie wird dir sicher nichts schenken. Außer vielleicht ihren Fuß in deinen Nüssen."

„Abwarten. Außerdem, darf ich ihr nichts schenken? Hey es ist Weihnachten, schenken sich da Menschen nicht einfach so etwas?"

„Menschen? Sie ist doch gar keiner. Bist du schon blau? Wir reden hier über Raphaela. Generalin der himmlischen Heerscharen. Tausende Jahre alte Erzengelfrau und so weiter…" Flo starrte mich mit finsterer Miene an, während wir lässig in die Einkaufsstraße schlenderten. Plötzlich ging mir ein Licht auf.

„Oh mein Gott, du magst sie? Ist es das?"

„Hä? Am Arsch. Bin ja nicht so ein Masochist wie du. Ich mag meine Frauen vorzugsweise nett und nicht tödlich."

„Na gut, ok. Warum dann? Raus mit der Sprache."

„Ja ja, ist ja schon gut. Ok, ich dachte, vielleicht wird sie dann wenigstens etwas netter. Wie Freunde halt sein sollten."

„Alter, du hast nen Knall. Aber gut, was solls. Wenns funktioniert. Klasse. Wenn nicht, kriegst du eins in die Fresse. Eine Win-win-Situation sozusagen für mich."

„Ich fass es nicht, dass wir befreundet sind." Ich nickte ihm zu.

„Glaub es oder nicht. Ich auch nicht." Wir bogen in die Fußgängerzone, die man hauptsächlich unter Gelbinger Gasse kannte.

„Was willst du ihr denn eigentlich schenken?"

„Schmuck."

„Und wieso sind wir dann gerade in die Fußgängerzone gelaufen? Der Schmuckladen ist doch fast neben der Bushaltestelle."

„Keine Ahnung, ich dachte du weißt, wo wir hin müssen."

„Ich kann nicht wissen wo wir hin müssen, wenn du mir gerade erst gesagt hast, dass du Schmuck kaufen willst."

„Klugscheißer."

„Ach."

„Sollten wir nicht mal umdrehen, wir laufen immer noch in die entgegengesetzte Richtung."

„Das fällt dir aber früh ein. Dann mal Kehrtwendung."

„Aye, aye Kapitän." Wir drehten auf dem Fuß um und trotteten auf dem holprigen Kopfsteinpflaster zurück zum Bushaltehäuschen. Vorbei an geschmückten Tannenbäumen und einer überaus interessant geschmückten Topfpalme. Von dort bogen wir nach links, an der Bäckerei vorbei und um eine Kante. Der Duft von frischen Backfischen lag in der Luft. *Sehr weihnachtlich, findet ihr nicht?* Überall hingen bunte Lichterketten an den Fassaden, über uns hing eine Girlande, in dessen Mitte ein großer Stern platziert war. So schön es auch nach oben hin aussah, nach unten war es alles andere als weihnachtlich. Das Pflaster war von braunem Schneematsch bedeckt, der jeden Tritt zu einer Schlammschlacht machte. Ganz zu schweigen von nassen Schuhen und dem kalten Wind, der einem um die Ohren pfiff. *Oh du, schöne Weihnachtszeit.*

„Kommst du langsam mal rein, ohne dich kann ich schlecht einkaufen." Ich sah mich verwirrt um, ich hatte gar nicht bemerkt wie Flo in das Geschäft gegangen war. Gedanken verloren hatte ich selbst das Klingeln der Eingangstür überhört.

„Ja, ja, schon da." Schnell rutschte ich über den Boden, schlitterte über drei steinerne Treppenstufen, um gegen die gläserne Tür zu donnern, die gerade vor mir zu fiel. *Danke Flo.* Ich wollte gerade nach dem Türgriff greifen, als diese wieder aufschwang und ich ins Leere fasste.

„Was machst du denn da?" Starrte Flo mich an. Ich sagte nichts und zwängte mich, leise murrend an ihm vorbei in das Geschäft. Endlich wieder Wärme. Augenblicklich spürte ich, wie sich meine Muskeln entspannten. Und meine Nase lief… *Hoffentlich findet er schnell etwas. Je schneller er etwas findet, desto schneller komme ich wieder heim zu meiner heißen Camaela.* Camaelas Körpertemperatur lag erheblich höher, als die eines Menschen, von daher war „heiß" wortwörtlich zu verstehen. Es dauerte keine ganze Minute, da hallte Florians Freudenschrei durch den kleinen Laden. Gefolgt von einem Weiteren und noch Einem.

„Hast dus dann bald?" Fragte ich ihn schon völlig genervt, während er an den Vitrinen vorbei rutschte. Mir war es offen gesagt peinlich, mit ihm unterwegs zu sein, während er so lautstark seine Freude kundtat.

„Wir sind doch grade erst rein gekommen. Nur kein Stress hier."

„Ja und? Sag mal wie bist du eigentlich auf die verrückte Idee gekommen, Raphaela Schmuck schenken zu wollen?"

„Ich, äh, ich dachte das passt gut zu ihrer Rüstung."

„Woher willst du wissen, was zu ihrer Rüstung passt?"

„Ich äh, na gut ok, hab ich geraten. Ich dachte alle Frauen stehen auf Schmuck, da wird das auch bei ihr gut ankommen. Oder kennst du ne Frau, die nicht auf teuren Schmuck abfährt?" Ich tat so als würde ich überlegen und lehnte mich gegen eine Säule.

„Da fällt mir grad ganz spontan meine Freundin ein, die würde das eher einschmelzen und sich dafür was zu essen kaufen. Ach, jetzt reden wir also von teurem Schmuck auch noch. Sehr interessant."

„Na gut, die ist aber auch die große Ausnahme. Klaro, mit billigen Klunkern brauch ich doch bei einem Erzengel nicht ankommen oder?"

„Dann, die Kleine in meiner Klasse, du weißt schon, die mit den dunklen Locken. Nein brauchst du nicht, hast schon recht."

„Siehst, ich denke mit. Ja, ok, die würde nie mit Ohrringen oder Piercings geschweige denn einer Kette in die Schule kommen."

„Dann die große Dürre mit den kurzen Haaren, die immer so einen langen Rock trägt und eventuell die…"

„Ja, ok ich habs kapiert. Es gibt ein paar mehr unattraktive Frauen, als gedacht. Erzähl mir mal lieber schnell, aus was Raphaelas Rüstung ist, bevor ich den Glauben an die Frauen noch ganz verlier." Ich begann zu lachen.

„Was weiß ich, so wie sie strahlt, gehe ich davon aus, dass sie aus Gold oder Platin ist. An was hast du eigentlich so gedacht, du sagtest etwas von teurem Schmuck. Du weißt aber schon, dass meine Ressourcen so gut wie erschöpft sind? Und das, obwohl mich Camaelas Geschenk nicht einmal etwas gekostet hat."

„Gold oder Platin? Was denn nun? Das ist ein gewaltiger Unterschied. Öhm ich dachte da so an Ohrringe. Wie viel Kohle hättest du denn noch frei?"

„Oh der Herr kennt sich neuerdings also mit Edelmetallen aus ja? Würde eher auf Gold tippen im Übrigen. Hmm, so an die Fünfzig Euro schätze ich."

„Perfekt, das müsste reichen." *Verdammt voll in die Falle getappt.* Nur wenige Sekunden nach unserem Gespräch, das wir in voller Lautstärke geführt hatten und somit in dem winzigen Geschäft einem startenden Airbus A 380 gleichkamen, gesellte sich eine Verkäuferin zu uns. Aufmerksam musterte die ältere Frau in ihrem grauen Blazer mit passendem Rock uns. Offensichtlich entsprachen wir nicht so ganz ihrer Vorstellung von einer perfekten Kundschaft. Was man ihr auch nicht verübeln konnte. Ein Punk und ein halber Goth in einem teuren Juweliergeschäft, wirkten da halt doch recht deplatziert. In etwas herablassendem Ton begrüßte sie uns, zwar freundlich, aber dennoch irgendwie von oben herab.

„Grüß Gott, die Herren, was kann ich für sie tun?"

„Wir, oder viel mehr ich, suche für eine Freundin ein paar passende Ohrringe, haben sie da etwas zur Auswahl da?" Die Verkäuferin wirkte überrascht angesichts Florians gewählter Ausdrucksweise. *Tja, der Herr kann auch anders, wenn er denn nur will. Was ja leider nur nicht so oft vorkommt.* Es dauerte eine Sekunde, bis die Verkäuferin ihre Haltung wieder fand, aber seine Ausdrucksweise hatte wohl das Eis gebrochen. Sie wurde zusehends netter und zuvorkommender. *Tja man sollte eben nicht vom Äußeren auf das Innere schließen. Das weiß ich nur zu gut.* Bereitwillig zeigte sie ihm ein Paar Ohrringe nach den anderen, bis sie schließlich an einem Paar goldener Kreolen längere Zeit verharrten.

„Gold ja?" Ich nickte und ließ den Kopf auch gleich hängen.

„Die sind gut, die nehme ich", sagte er, kurz bevor er mich am Ärmel meiner Jacke zu sich zog.

„Was meinst du, die würden ihr doch sicher gefallen oder?"

„Klar, wenn sie das Preisschild liest, sicher."

„Ja, 49,99 Euro sind schon ordentlich. Aber ernsthaft bitte."

„Ja, sehen schon toll aus, das wird dann wohl nur nen leichten Klaps geben."

„Haha. Immer noch besser, als ständig beim Vögeln aufgespießt zu werden."

„Pass auf, du, ich lass dich gleich die Ohrringe abarbeiten."

„Ich hab nix gesagt." Sofort drehte er sich um und pfiff in die Luft. *So ists brav.* Während die Verkäuferin die schwarze Schatulle in eine kleine Tüte packte, gab ich ihr meinen hart verdienten *(geschnorrten)* Fünfzigeuroschein und überließ ihr den einen Cent als Trinkgeld. *Wow bin ich heut wieder großzügig.* Dankend verabschiedeten wir uns und verließen den Laden. Noch einen Moment standen wir auf der kleinen Treppe, und Florian verstaute die Tüte in seiner Manteltasche. Es hatte wieder einmal angefangen zu schneien. Ein leichter Wind blies uns die kalten Flocken ins Gesicht.

„Und jetzt?"

„Jetzt gehen wir noch in einen Imbiss und holen uns ein ganzes halbes Hähnchen für Cami."

„Ein ganzes halbes?"

„Oder ein halbes Ganzes wie es dir lieber ist." Flo verdrehte die Augen. *Ja ich kann auch dumme Sätze von mir geben. Dafür bin ich sogar berühmt berüchtigt.* Wir schlenderten durch den Schneematsch, bis hin zu unserem Lieblingsimbiss. Der nicht weit von dem Eiscafé lag, in dem Camaela das Blutbad veranstaltet hatte. *Tja, Frauen schlägt man eben nicht. Schon gar nicht wenn sie nicht von der Venus, sondern aus der Hölle kommen.* Wir machten einen großen Bogen um das Eiscafé, bogen um eine Kurve und standen vor unserem Imbiss. Während Florian ohne zu zögern die Tür aufwarf und die Glocke läutete, verweilte ich einen Augenblick vor dem Geschäft. Zwanzig Meter weiter, auf der gegenüberliegenden Straßenseite befand sich das

„Alte Schlachthaus", das bis vor zwei Monaten unser Lieblingslokal war. *Bis es komplett ausgebrannt ist, aufgrund eines Alkoholunfalls. Ihr wisst schon.* Seit der Neueröffnung waren wir nur einmal darin, es hatte seinen alten rustikalen Charme verloren, was sehr Schade war.

„Kommst du mal endlich rein, ich dachte du musst um drei wieder bei deiner Herrin sein."

„Wie, wo was?" Gedanken verloren starrte ich ihn an, dann meine Uhr und dann wieder ihn. Es war nicht mehr lange hin bis zum nächsten Bus.

„Herrin, sehr witzig."

„Stimmt doch, sie hält dich an einer ziemlich kurzen Leine."

„Tja was will man machen, sie ist nun mal die Stärkere von uns beiden." Florian seufzte nur.

„Du und dein veraltetes Rollenbild wieder."

„Ja, ja."

„Tz, tz." Wir holten uns das Hähnchen und gingen, uns anschweigend, zurück zur Bushaltestelle.

Kaum hatte ich die Tür zu meinem Zimmer aufgestoßen, quetschte sich Flo an mir vorbei und Raphaela kam auf mich zu.

„Ein halbes Hähnchen, wie originell", tönte sie geringschätzig und griff sogleich nach der duftenden Tüte.

„Woher weißt du…?"

„Camaelchen hat euch schon gerochen seit ihr durch die Haustür kamt." Kaum hatte sie das gesagt, sprang Diese vom Bett auf und riss Raphaela das Hähnchen aus den Händen. Schnupperte kurz daran, stellte die Tüte dann aber doch brav ab und kam überglücklich lächelnd auf mich zu.

„Danke, danke, danke mein Schatz, du weißt immer was ich will."

„Sag jetzt nicht, dass ist genau das Geschenk, das du wolltest?" Cami nickte Raphaela zu und fiel mir anschließend um den Hals.

„Mein Schatz weiß immer, mit was er mich rumkriegen kann. Stimmts nicht?" Ich nickte und grinste, bevor ich ihre Zunge in meinem Mund fühlte. Schnell winkte ich den anderen zu, sie sollten doch bitte verschwinden.

„Muss das jetzt sein?" Beanstandete Raphaela sofort, die es noch immer nicht leiden konnte, wenn wir uns unsere Liebe zeigten. Auch Flo schien nicht sonderlich begeistert.

„Wofür bin ich denn dann mitgekommen, wenn du uns eh gleich abschieben willst?" Maulte er und setzte sich in meinen schwarzen Ledersessel.

„Keine Ahnung, war ja nicht meine Entscheidung, du bist halt einfach mitgegangen", rief ich ihm zu, während ich mit Cami in den Armen Richtung Bett stolperte. Hätte Raphaela Pupillen, sie hätte sicherlich genervt mit ihnen gerollt.

„Gut, ihr habt es geschafft, ich verschwinde. Bevor ich noch kotzen muss." Rief sie uns zu und ging ihres Weges.

„Ich, ich komm mit, warte auf mich." Hörten wir Flo hinter Ihr herrufen.

„Was willst du denn?" Bellte Raphaela ihn an und verschwand aus der Tür, mit ihm im Schlepptau.

„Meinst du da läuft irgendwas?" Fragte ich Cami, die mich soeben aufs Bett gezogen hatte.

„Zwischen denen? Niemals. Und hör jetzt auf damit, du zerstörst sonst noch die Stimmung."

„Nach dem seltsamen Einkauf vorhin, könnte ich schwören da ist irgendwas im Busch."

„Klar und ich bin die Kaiserin von Deutschland."

„Hmm", ich zog eine Augenbraue nach oben.

„Würdest du jetzt bitte aufhören? Ich versuche mich gerade bei dir für das Hähnchen zu bedanken."

„Als ob du auf eine Stimmung angewiesen wärst. Das hat dich doch noch nie gestört, wenn ich dich nur mal an vorletzten Dienstag erinnern dürfte."

„Das war eine Ausnahme."

„Und der Montag davor oder auf der Flucht vor dem Golgathaner im Schwimmbad in Paris?"

„Ja, ja schon gut, hast gewonnen, können wir jetzt aber bitte Sex machen, bevor das Hähnchen kalt wird. Ich hab Hunger." Sofort stieg ich von ihr herunter.

„Dann iss lieber vorher etwas, ich hab keine Lust zwei Tage vor Weihnachten zum Arzt beziehungsweise zu Ärztin Raphaela zu müssen, weil du mich mal wieder als dein Abendessen betrachtet hast."

„Das war nur ein Mal bisher."

„Und dabei würde ich es gerne auch belassen. Ok?"

„Ja, Chef." Schmollend salutierte sie und ging an mir schwanzwedelnd vorbei zu der noch dampfenden Tüte. In, für Sie üblicher, Rekordzeit schlang sie das Geflügel hinunter, schleckte sich mit der Zunge über die Lippen und kam zu mir zurück.

„Auf geht's."

„Ja Herrin." Kaum hatte ich das ausgesprochen zerrte sie schon an meinen Klamotten. Ich fiel zurück aufs Bett, als sie mir die Hose von den Beinen riss. Wie der Wind entledigte sie sich dem hauchdünnen Stück Stoff über ihren Kopf, das sie Top nannte, während ich mir den Pullover auszog.

„Wieder kein Vorspiel?" Sie schaute mich mit tadelndem Blick an und streifte mir die Shorts von den Schenkeln. *Das war dann wohl ein Nein.*

Verräterisch zuckten ihre Ohren, während ich einige Zeit später kurz vor dem Orgasmus stand.

„Ich höre etwas kommen."

„Wer soll denn um die Uhrzeit kommen? Außer dir und mir, natürlich."

„Deine Mutter."

„Nee, die ganz bestimmt nicht… was?!" Da ging auch schon die Tür auf und meine Mutter kam herein. Schnell versuchte ich mir die Decke zu greifen, um meine Blöße zu bedecken, doch Cami war schneller. Und Kräftiger. In meiner Not griff ich mir Camis Top vom Boden und knüllte es vor meinem besten Stück zusammen.

„Herrgott, kannst du nicht anklopfen?" Keifte ich meine Mutter an und sah an mir herunter. *Oh Kacke, da hätte ich mir ja gleich ein Stück Klopapier nehmen können.*

„Hallo Frau Mai." Warf Cami mit freudig tanzender Stimme ein. Ich war immer wieder überrascht wie gut Cami sich verstellen konnte. Denn sicher kochte sie gerade vor Wut und war ganz gar nicht begeistert über den unangemeldeten Besuch.

„Hallo Camaela. Du hättest ja auch abschließen können. Und Entschuldigung, ich hatte nicht damit gerechnet, das ihr, na ja grade dabei seid."

„Naja, jetzt sind wir nicht mehr „dabei". Was ist los? Du kommst doch sonst auch nicht ohne anzuklopfen herein und schon gar nicht um die Uhrzeit. Im Übrigen, wir sind jung, wir sind frisch verliebt, immer noch, wir haben Ferien und wir sehen beide blendend aus. Hallo, da kann man sich doch eigentlich denken, dass man Montagabend miteinander schläft."

„Ja, ja, ist ja schon gut ich habs kapiert. Eigentlich wollte ich euch nur sagen, dass dein Vater und ich morgen den Christbaum kaufen werden. Wir also ein paar Stunden nicht da sein werden. Und das deine Schwester bis Heiligabend bei ihrem Freund ist."

„Und wegen so etwas kommst du hier rein und versaust uns den Abend? Na danke. Dann viel Spaß beim Einkaufen, das ihr ja einen Schönen mitbringt. Dürfen wir jetzt weiter machen?"

„Ja dürft ihr. Wir sehen uns dann morgen Nachmittag. Ach und das ihrs wisst. Nur weil wir noch nicht übers Bad geredet haben, ist das noch lange nicht aus der Welt."

„Äh, aber…"

„Nichts aber. Du kannst nicht immer Strolchi für alles die Schuld geben. Wenn wir morgen wiederkommen. Wird darüber noch diskutiert. Ist das klar?"

„Ähm…ja ok." Gab ich kleinlaut zurück. Scheiße irgendwann musste das ja mal kommen.

„Und immer schön Kondome benutzen." Ich zuckte zusammen, als die Tür zufiel und widmete mich dann Cami.

„Was hast du meiner Mutter denn erzählt?"

„Ich? Gar nix. Strolch wars." Sie kicherte hinter vorgehaltener Hand.

„Schaaaatz?"

„Ja, ja, mir ist da vielleicht was rausgerutscht, als du nicht da warst."

„Was denn?"

„Nur das Strolch ausversehen das Bad in Brand gesteckt hat. Mehr nicht. Ich schwörs." Ich seufzte. Cami sah mich mitleidig an.

„Tut mir Leid."

„Schon okay. Und nun?"

„Hab ich keine Lust mehr, lass uns schlafen." *Als hätte ich es nicht geahnt. Verdammt. Gibt's nicht so etwas wie Henkerssex?* Brav wie immer kuschelte sie sich an meine Brust, dass sich ihr heißer Atem um meinen Hals schlang. Mit ihrem Schwanz zog sie die Decke bis zu unseren Hüften hoch. Bevor sie noch ein „Schlaf gut", hauchte und einschlief. Oder zumindest so tat. Und mich mit der Angst an den morgigen Tag allein ließ.

3

Als ich durch die ersten Sonnenstrahlen des Tages erwachte, war Camaela schon einige Stunden auf den Beinen. Ihre Seite des Bettes war schon abgekühlt. Also entschied ich, ebenfalls aufzustehen, obwohl mein Handy erst neun Uhr morgens anzeigte. Wecker besaß ich ja schließlich nicht mehr. Camaela hatte bisher jeden zerstört, sie mochte das Klingeln nicht. Ich zog mir ein paar Shorts an und ließ die Rollos hoch. Wie ein greller Blitz blendete mich buntes Licht, das von einer dicken Schneeschicht reflektiert wurde. Schnell ließ ich die Rollos wieder hinunter, als ich die Weihnachtsdekoration der Nachbarn sah. Lichterketten und bunter Schmuck zierten mehrere Vorgärten. Jetzt war es nicht mehr zu leugnen. Noch einen Tag bis Heiligabend. Ich seufzte erleichtert. Morgen musste ich nichts mehr vor Camaela geheim halten. Dann würde ich ihr mein Geschenk für sie überreichen und sie wäre überglücklich. Sie würde wie ein Kleinkind aus dem Staunen nicht mehr herauskommen. Wenn sie Augen gehabt hätte, sie würden vor Freude leuchten. Noch ein paar Minuten saß ich auf dem Bettrahmen und malte mir den morgigen Abend aus. „Warum grinst du denn wie ein Honigkuchenpferd?" Holte mich da plötzlich Camaelas Stimme wieder in die Realität. *Wie hatte sie sich nur wieder angeschlichen?* Und obwohl ich solche Aktionen gewohnt war, war ich starr vor Schreck. „Süße was soll denn das? Wegen dir krieg ich irgendwann noch mal nen Herzinfarkt."
„Den du dann ja auch verdient hättest." Sie grinste teuflisch, sagte aber nichts weiter. Ich begann sie anzustarren, obwohl ich wusste, dass sie es nicht mochte, doch von ihr kam keinerlei böse Reaktion.
„Warum ich grinse? Ah nichts, nur die Vorfreude auf morgen." Augenblicklich legte Cami ihr breitestes Grinsen auf.
„Du freust dich bestimmt auch schon, hab ich recht?"

„Sieht man das denn?"

„Nööööö gar nicht." Sie begann, Auf und Ab zu hüpfen.

„Jaaaaaaaaa, das wird toll, Geschenke, der Weihnachtsbr…, ups, äh Geschenke und nicht zu vergessen Geschenke." *Was meint sie mit ups?*

„Du wiederholst dich. Whow, whow, whow. Warte, warte, was ist mit dem ups?"

„Och nüüüüx." *Das hört sich nicht gut an. Sie versucht etwas zu verbergen.*

„Raus mit der Sprache."

„Ok, du Schatz, aber bitte nicht böse sein Ja?" Ich? Niemals.

„Ach wieso denn?" Sie japste etwas und biss sich auf die Unterlippe, während sie ihre Hände faltete und ihr Schwanz wie ein Pendel im Takt schlug.

„Ok, ich muss dir nämlich etwas beichten." *Ich wusste es. Oh mein Gott. Und jetzt bloß nicht vom Pendel ablenken lassen.*

„Oha, was denn?" *Tick, tack, Tick, tack. Verdammt.*

„Ich, na ja ich hab…" *Wenn sie schon zu stottern anfängt, muss das ja etwas ganz Übles sein.*

„Na was, sag schon."

„Ich hab die Gans, die im Kühlschrank lag…" *Oh heilige Scheiße, ich wusste es, ich hab es geahnt. Scheiß auf das Pendel! Das hier ist der Weltuntergang!*

„Sag nicht du hast Die weggefuttert?"

„Doch genau das." *Oh verdammt und dabei hatten wir doch erst letzten Dienstag die Apokalypse.* Maja hatte Cami einen Löffel Erdbeermarmelade stibitzt. *Nicht lustig sage ich euch. Nicht lustig. Ich krieg davon immer noch Albträume. Oh halt, Ruder zurück. Doch kein Weltuntergang. Die Geschäfte haben heute ja noch offen. Und morgen früh auch fällt mir gerade ein.* Ich wischte mir den imaginären Schweiß von der Stirn. Kam aber nicht umhin in Panik zu geraten.

„Du hast was?!"

„Ich habe die Gans im Kühlschrank weggefuttert und den Teufel angewiesen alles wieder geradezubiegen." *Sie hat was?!*

„Hoppla, das wollte ich jetzt gar nicht sagen. Manno."

„Sag das noch mal."

„Ich habe die Gans, die im Kühlschrank war weg gemampft?"

„Nicht das, das andere."

„Ach so, ich habe Gabriel angewiesen, den Scheiß, den er verursacht hat, wieder rückgängig zu machen. Die ganzen Toten, die Zerstörung und all das."

„Ich wusste es. Ich wusste es! Die Welt wurde also wirklich resettet. Die ganze Zeit. Seit einem Monat. Von wegen mein Zimmer wurde repariert."

„Entschuldige Liebling, wir dachten, es wäre besser wir erzählen dir das erst einmal nicht."

„Wir? Ach lass mich raten. Das war Raphaelas Idee." Cami nickte schuldbewusst.

„Sie meinte, das wäre besser so, dass es dich vielleicht überfordern könnte."

„Mich überfordern? Ach quatsch. Flo und Maja vielleicht. Aber das Einzige, was mich wirklich überfordert hat, war die Tatsache, dass ich mit niemandem darüber sprechen durfte. Ich wäre fast geplatzt." Ich lief aufgebracht im Zimmer umher und kaute auf meiner Unterlippe herum. Eine der wenigen Gemeinsamkeiten, die ich mit Cami hatte.

„Ok. Halt, halt, halt. Der Teufel hat das gemacht? Sollte er sich nicht freuen über so viele Tote?"

„Jein, eigentlich nicht, und nein, aber naja, wir kennen da jemand, der es kann."

„Gott."

„Richtig. Wobei wir beim nächsten Thema wären. Setz dich lieber."

„Ach, nach dem Hammer haut mich nichts mehr um. Wieso, was ist denn noch? Willst du mich etwa vorzeitig ins Grab bringen?"

„Ich hab dir doch erzählt, dass Gott die Freundin ausgespannt wurde. Vom Teufel."

„Jaaaaa und?" Fragte ich sie misstrauisch beäugend.

„Naja, mir ist da etwas eingefallen."

„Ja?"

„Ähm, naja, wie sag ich das jetzt am besten, ohne das du gleich böse auf mich bist." Mir schlug das Herz vor Anspannung bis zum Hals. *Was will sie mir da gerade noch sagen?*

„Tut mir Leid, tut mir leid. Tut mir leid." Sie holte einmal tief Luft.

„I, ich war diese Freundin. Ich hätte das schon viel früher sagen müssen… ich hatte es nur, naja, vergessen. Damit hab ich dann wohl den Krieg zu verantworten. Auweia. Ich hab mich da wohl ein klein wenig hinreißen lassen." Mir fiel die Kinnlade herunter und mein Herz stand augenblicklich still. Ich war völlig geschockt. Und sagte, nein schrie fast, das Erstbeste, was mir in den Sinn kam.

„Ein klein wenig hinreißen lassen?! Hast du dann etwa auch mit denen geschlafen?"

„Hä? Nein, wie kommst du denn darauf? Du warst doch mein Erster. Dummerchen."

„Dass Du das gesagt hast weiß ich, aber ich weiß jetzt nicht, was ich dir nach dieser Beichte noch glauben kann. Ich meine, dass die Welt resettet wurde, ihr mich quasi angelogen habt und du die Gans weggefressen hast, verkrafte ich noch. Einigermaßen. Schließlich geschah das eine ja mit guter Absicht und das andere, na ja passiert halt, weil du eben du bist. Aber das du dich einfach so hinreißen lassen hast, mal eben von Gott zu Gabriel zu wechseln ist echt zu viel für mich. Wer kann schon sagen, wann du dich das nächste Mal „hinreißen" lässt. Vielleicht ist ja Flo dann dein Nächster. Wie wär das?!"

„Was redest du da?! Bitte nicht." Tränen verdampften aus ihren Augen, und Meine waren auch schon ganz wässrig. Auch wenn das jetzt schon Tausende von Jahren zurücklag, schmerzte es, als wäre es gestern gewesen. Obwohl ich nicht genau sagen konnte warum.

„Dann vielleicht ein Anderer und vielleicht lässt du Gabriel dann mich mit resetten! Tut mir leid, aber das ist grad echt zu viel für mich. Ich brauch jetzt erst einmal Zeit für mich."

„Aber Schatz…"

„Nichts aber." Ich schnappte mir meine Klamotten, schlüpfte hinein und stürmte zur Türe. Wütend aber zugleich auch traurig verließ ich das Zimmer und schlug die Tür donnernd zu. Hinter mir hörte ich noch Camaela, die mir ein Trauriges: „Ich liebe dich doch", hinter her rief. Doch ich ignorierte es. Mit schnellen Schritten stampfte ich durch den unfertigen Dachstuhl und nahm beide Treppen so schnell ich konnte.

„Schatz warte bitte…" Hörte ich sie hinter mir rufen.

„Ich wollte doch nur…"

Fast hatte ich das Gefühl die alten Holztreppen würden unter meiner Wut brechen so sehr bebten sie. Aber war es wirklich nur Wut? Ich wusste es nicht, aber etwas anderes schwang in mir mit, dass mich zugleich unendlich traurig machte. Die schwere Eingangstüre hatte ich schnell aufgerissen, zu schnell. Sie krachte gegen die Wand im Flur und Putz rieselte herunter.

„Hey, was soll denn das? Du drückst dich aber nicht vor dem Gespräch hörst du?" Hörte ich meine Mutter sagen, die mir entgegen kam, offenbar waren sie schon zurück vom Christbaumkauf. Ich würdigte sie keines Blickes und stapfte weiter.

„Hörst du?" Doch ich ignorierte auch sie.

„Schatz warte bitte… bitte…" Konnte ich Cami mit verheulter Stimme rufen hören und meine Mutter sie fragen: „Was ist denn hier los?!" Dann hatte ich sie hinter mir gelassen und kämpfte mich durch den Schnee, der dick auf dem Bürgersteig glitzerte. Jeder Schritt glich einer Tortur, einerseits knirschte der Schnee ekelhaft unter meinen Schuhen, andrerseits wegen Camaela. Ob sie wusste, was sie mir damit angetan hatte? Vermutlich nicht, sonst hätte sie es sicher für sich behalten. Sicher hatte sie sich bestimmt nichts dabei gedacht, wie immer, so war sie eben. Trotzdem war es wie ein Schlag ins Gesicht. Ich vergrub meine Hände tief in den Jackentaschen. Mehrmals rutschte ich aus und stürzte, was meiner Unbeherrschtheit jedoch keinen Abbruch tat und meine Wut nur noch mehr anfachte. Planlos ging ich immer weiter, in Gedanken das soeben gehörte immer wieder durchspielend. Ja Camaela war etwas, nein sehr naiv und ist eben, na ja Camaela halt. *Trotzdem!* Auch noch Minuten später konnte ich es immer noch nicht fassen. Sie wechselte mal eben so, mir nichts dir nichts den Freund als wären es zwei Paar Schuhe. Dass die Freunde Gott und Der Teufel waren, darüber wollte ich gar nicht erst nachdenken. Zumal es einfach so unfassbar war. Sie war mit Gott und sogar dem Teufel zusammen?! *Sie hat sich einmal ausspannen (hinreißen) lassen? Wer sagt das, das nicht noch einmal vorkommt? Klar gehören da zwei dazu aber… Andrerseits liegt das jetzt schon viele Tausend Jahre zurück. Vielleicht ist sie heute eine Andere?* Mir tat der Kopf weh und der kalte Wind fror allmählich meine Nase zu einem Eiszapfen. Ich trat gegen einen Schneehaufen, der in einer weißen Wolke auseinanderfiel. *Verdammt. Camaela, was hast du wieder getan.* Ich griff mir ein Stück Schnee und formte einen Schneeball daraus. *Ja, es war richtig es mir zu erzählen, aber was wenn sie noch mehr solcher Geheimnisse hat. Will ich die dann überhaupt wissen?* Kraftvoll schleuderte ich den Ball in Richtung eines Baums, doch anstatt daran zu zerschellen, verfehlte ich um einige Meter. Und mir wurde etwas klar. Mir fiel es wie Schuppen von den Augen. *Ja ich will es wissen. Einfach alles. Ich liebe sie auch wenn es manchmal wehtut. Sie hat richtig gehandelt und ich… falsch. Und um das zu erkennen, brauch es erstmal einen kleinen Schneesturm. Ich bin echt so ein Idiot.* Ich schlug mir mit der Handfläche auf die Stirn und augenblicklich wurde es da nass und kalt. *Idiot hoch zwei.* An meiner Hand klebten noch einige Schneeklumpen, die ich mir gerade ins Gesicht geklatscht hatte. Rasch wischte ich mir das schmelzende Etwas aus den Augenbrauen. *Wir befinden uns in einer Beziehung und in einer Beziehung redet man über solche Dinge. Oder etwa nicht? Ich zumindest nicht. Ich laufe lieber davon. Und ich hab total überreagiert. Wegen etwas, das zweitausend Jahre her ist. Scheiße.* Ich knurrte wütend über mich selbst und drehte ich mich auf der Stelle um. Ich konnte kaum reagieren, da wurde ich plötzlich unsanft zu Boden gestoßen.

„Ey, was zum…! Was soll der Scheiß!" Ich spuckte Schnee und versuchte mich zu wehren. Doch meine Angreifer waren zu zweit und überaus breit gebaut.

„Halts Maul!" *Heilige Scheiße werd ich grade entführt?!*

„Lasst mich los ihr Penner!" Schrie ich und bemerkte den Gestank nach alten Socken in der Dunkelheit. *Ist ja widerlich. Also so lass ich mich bestimmt nicht entführen.*

„Und drauf da." Hörte ich noch jemanden sagen, bevor ich zu Boden ging und alles um mich herum Schwarz wurde.

Noch immer steckte mein Kopf in dem Sack, als ich langsam zu mir kam. Das Atmen fiel mir schwer. Noch immer stank der Sack nach alten Socken und noch immer wusste ich nicht, was hier gerade passierte. Neu waren die Schmerzen in meinem Hinterkopf, die sich pochend immer weiter nach unten fraßen. Auch neu war das Gefühl der Beklemmung, das sich langsam in meinem Körper festsetzte. Ich spürte, wie meine Hände hinter mir zusammengebunden waren. Mit einer Art Strick wie ich glaubte. Auch meine Füße waren festgebunden, allerdings an den Beinen des Stuhls, auf dem ich saß. *Gut, immerhin weißt du dass man dich entführt hat.* Auch wenn ich das nun mit Sicherheit sagen konnte, so wirklich gut hörte sich der Gedanke nicht an. Da hörte ich, wie sich eine metallene Türe öffnete und wieder zufiel. Mehrere Personen kamen auf mich zu. Dann spürte ich etwas an dem Sack ziehen. Ich kniff meine Augen zu, als er mit Gewalt von meinem Kopf gezogen und auf den Boden neben mir geworfen wurde. „Hey du, aufwachen, du bist hier nicht im Ritz", schrie mich jemand an. Eine Sekunde zögerte ich, doch ein Tritt gegen mein Schienbein ließ mich meine Meinung schnell ändern. „Aua! Ich bin ja wach, ich bin ja wach. Kein Grund mich hier gleich zu treten."

„Sieh mal einer an, er ist wach. Wie schön", sagte Einer. Langsam öffnete ich meine Augen, noch blendete mich das Licht von mehreren Deckenleuchten und ich blinzelte. Recht schnell fand ich mein Augenlicht wieder und sah vor mir im Halbkreis stehend mehrere Männer und Frauen. Sechs um genau zu sein. Alle trugen sie Skimasken oder Strümpfe über dem Kopf. Wenn es vor fünf Minuten noch nicht klar war, jetzt war es glasklar. Das war eine Entführung. Und trotz meiner misslichen Lage fühlte ich, wie in mir der Mut aufkeimte und zu Wut wurde. Rasender blanker Zorn! *Niemand entführt mich! Niemand! Und schon gar nicht wenn ich gerade dabei bin meiner Freundin zu verzeihen.*

„Hey, was soll der Scheiß, wer seid ihr? Macht mich sofort los ihr Wichser." Zornig zerrte ich an meinen Fesseln, dass der Stuhl nur so wackelte und drohte umzufallen. Entschied dann jedoch, es besser sein zu lassen. Schlimmer als gefesselt auf einem Stuhl zu sitzen, musste es schließlich sein, gefesselt mit einem Stuhl auf die Schnauze zu fallen.

„Wir sind die Demon Hunter. Mehr musst du nicht wissen", sagte Einer ganz links, der etwas beleibter schien. Eigentlich war er sogar richtig fett.

„Sehr origineller Name. Ich rate mal so frei aus dem Bauch heraus. Ihr jagt Dämonen? Solltet ihr das nicht in Weinsberg tun?" Der Fette schaute zu Einem in der Mitte.

„Was ist in Weinsberg?" Die Frau neben ihm schlug ihm auf den Hinterkopf.

„Die Klapse Blödmann."

„Ey! Wir sind nicht verrückt, du Arsch!"

„Sehr richtig, sind wir nicht und deshalb sagt er uns jetzt wo seine kleine Dämonenfreundin ist, nicht wahr?" Fragte Der Mittige, der offenbar das Sagen hatte.

„Dämonenfreundin? Ihr tickt echt nicht mehr ganz richtig." Und ich überlegte ob es nach unserem Streit eine gute Idee wäre nach Camaela zu rufen. *Sie hätte mich hier in keinen zehn Sekunden rausholen können. Naja, in zwanzig, sie würde noch mit ihren Kadavern spielen. Aber sollte ich ihnen das antun? Erst mal abwarten was hier gespielt wird.*

„Oh doch. Wir sind sogar sehr klar im Kopf. Deine kleine Schlampe hat meinen Bruder und drei unserer Freunde umgebracht. Oh du weißt gar nicht wie richtig wir ticken." Sagte wieder Der in der Mitte und trat einen Schritt vor. Offenbar war er wirklich der Anführer dieser lustigen Truppe. *Ups, ich wusste das rächt sich noch mal. Sie musste mit seinem Kopf aber auch Baseball spielen. Ob ich jetzt nach Cami rufen sollte?*

„Och das tut mir aber Leid für euch. Und was wollt ihr da von mir?"

„Wir wollen wissen wo sie steckt, damit wir sie auf direktem Wege zurück in die Hölle schicken können, wo sie herkommt", meldete sich wieder der Dicke zu Wort. *Sehr intelligent scheinen die ja nicht zu sein.*

„Woher wollt ihr wissen, dass sie aus der Hölle kommt? Soviel ich weiß, gibt es weder Dämonen noch Erzengel oder sonst was." *Gut ich bin manchmal auch nicht besonders schlau.*

„Erzengel?" Fragte wieder der Anführer.

„Ups, verdammt. Äh zurück zum Kontext. Habt ihr denn überhaupt jemals einen Dämonen gesehen, geschweige denn einen getötet?"

„Nun ja", meldete sich der Dicke, der unter seinem Strumpf wohl eine Glatze trug.

„Sei still, das muss er nicht wissen", meldete sich nun die Frau neben dem Anführer zu Wort, deren langes gelocktes Haar über die Bänder einer rosafarbenen Skibrille wallte. „Also nicht."

„Aber wir haben Zeugen, die dich mit deiner Freundin vor drei Monaten beobachtet haben, wie sie unsere Kumpels ohne mit der Wimper zu zucken umgebracht hat." Der dicke Glatzköpfige schien wohl der Gesprächigste zu sein. *Gut für mich. Der Dümmste redet zuviel und ich komme so an meine Informationen.*

„Und wie ihr danach weggeflogen seid. Das ist der Beweis."

„Ihr habt sie doch nicht mehr alle. Erstens gibt es so was wie Dämonen nicht, zweitens war euer Zeuge sicher voll blau und drittens könntet ihr niemals etwas gegen einen echten Dämon ausrichten."

„Wir wussten es, du weißt also über Dämonen Bescheid."

„Klar, ich hab genug Horrorfilme gesehen, um zu wissen, dass man mit Maschinengewehren keinen Dämon killen kann."

„Hör auf uns zu verarschen und sag uns endlich wo sie ist, " spuckte der ganz Rechte mit einem osteuropäischen Akzent, bevor er von seinem Anführer zu Recht gewiesen wurde.

„Lass gut sein, er wird uns nicht sagen wo sie ist, aber das muss er ja auch gar nicht", dann wandte er sich wieder mir zu, „hab ich nicht Recht? Sie wird zu uns kommen. Um ihn zu retten."

„Wir haben uns gestritten, sie kommt garantiert nicht. Aber ihr dürft sie gern suchen gehen. Sagt mir dann bescheid wieviel ihr abgenommen habt. Und hey, wenn ihr so gut organisiert seid wie ihr tut, dann dürftet ihr sie doch locker finden können. Eine schwarzhaarige Sexbombe dürfte ja auch nicht soooo schwer zu finden sein."

„Och das tut mir aber Leid für euch. Vermutlich hast du da Recht, aber da wir im Moment keine Zeit dafür haben, werden wir dich trotzdem als Dämonenköder benutzen. Ist das nicht ein super Plan?" *Nein ist es nicht ihr Vollidioten. Sollte Camaela hier auftauchen werdet ihr alle sterben. Aber gut. Mir solls recht sein. Trotzdem werde ich euch nicht den Gefallen tun und ein guter Köder sein.*

Seit Stunden war die Sonne schon untergegangen und der letzte Rest Wärme mit ihr. Die Luft war eisig und der auffachende Wind verstärkte das Gefühl noch. Trotzdem saß ein trauriges Erzengelmädchen zusammengekauert und eingehüllt in ihre Flughäute auf der Spitze des Kirchturms. Ihr Schwanz um das Kreuz gewickelt, ihre Krallen in die schwarzen Dachziegel geschlagen. Sie wollte ihren Freund suchen, der seit dem frühen Mittag verschwunden war, doch ihre beste Freundin hatte ihr geraten, ihm etwas Zeit zu lassen. Doch mittlerweile war es nach Mitternacht und er war noch nicht zu Hause. Bei seinem besten Freund war er nicht, auch nicht in seiner Lieblingskneipe. Da hatte sie sogar angerufen, obwohl ihr das Telefon immer noch äußerst suspekt war. Doch langsam drohten die Sorgen sie zu überwältigen, wobei sich schon, seitdem er durch die Haustür gegangen war eine seltsame Unruhe in ihr ausbreitete. Jede Minute die verging wurde das Gefühl stärker. Ratlos verbarg sie ihr Gesicht in den Händen.

„Warum habe ich ihm nur davon erzählt, warum nur?"

„Weil du nur ehrlich sein wolltest Kleines. Das macht man so in einer Beziehung." Raphaela tauchte, in der Luft flatternd, neben ihr auf. Noch immer waren ihre vier riesigen weißen Flügel an einigen Stellen angesengt vom Kampf mit dem Golgathaner.

„Meinst du?" Cami sah traurig zu ihr auf.

„Ja, mein ich und jetzt lass uns gehen. Du kannst bei mir schlafen."

„Danke. Aber ich denke ich werde heute nicht schlafen. Nicht solang Michael nicht bei mir ist."

„Dickkopf." Camaela versuchte sich ein Lächeln zu entlocken.

„Der wird schon zurückkommen. Ihm geht es bestimmt gut, er wird sich irgendwo voll laufen lassen und rumheulen. Wie jeder Kerl."

„Und wenn er nun betrunken irgendwo auf der Straße liegt?"

„Dann kannst du beruhigt schlafen und dich auf die Jagd nach Frischfleisch machen." Auf der Stelle schubste Camaela ihre Freundin, die wild mit den Armen ruderte. „Hey."

„Du bist mir eine Freundin."

„Ach komm, der wird morgen schon wieder bei dir sein. Vertrau mir. Der lässt sich doch Weihnachten nicht entgehen. Und wenn nicht pack ich dich an die Leine und du kannst ihn mit deiner Supernase erschnüffeln."

„Dein Wort in Satans Ohr. Weil ich das eben nicht kann. Bei diesem Sauwetter versagt meine Nase. Ich könnte ihn nicht einmal riechen, wenn er neben mir stehen würde, glaube ich. Meine Nase ist sozusagen kaputt."

„Na toll, dann müssen wir ihm eben die Leine anlegen, wenn er wieder auftaucht. Damit er nicht wieder verschwinden kann."

„Das ist eine gute Idee." Camaela schenkte Raphaela ein kleines Lächeln, auch wenn ihr nicht nach Lächeln zumute war.

„Na geht doch. Kommst du jetzt mal langsam rein? Hier ist es echt kalt. Deine Augen sind auch schon ganz klein." Zögerlich nickte das gefallene Erzengelsmädchen und stand von ihrem Sitzplatz auf.

„Süße, du holst dir ja noch den Tod in den Kleidern. Also du hättest ihn dir holen können, wenn wir nicht bereits…" Cami sah an sich herunter auf ein knappes Top und ein paar Jeans Hotpants.

„Nächstes Mal suche ich mir vorher nen Mantel Mami. Ich bin halt einfach losgeflogen."

„Ich geb dir gleich Mami. Tz, tz. Typisch."

„Lalala."

„Was soll das denn jetzt?"

„Nüx, nüx." Raphaela knurrte zähneklappernd.

„Können wir jetzt endlich gehen, mir frieren, glaube ich, schon die Federn zusammen."

„Stell dich nicht so an. Seit wann ist dir eigentlich kalt? Ich erinnere mich noch gut an Paris. Wer hat da getönt, wir sollen uns nicht so anstellen, es ist doch gar nicht so kalt?"

„Keine Ahnung wer das war, ich war das jedenfalls nicht." Cami knuffte ihre Freundin gegen die Schulter.

„Nö, ist klar." Derweil stand Camaela auf und spreizte ihre Flügel aus, dass die Flughaut zwischen den Knochen nur so spannte. Mit einem beherzten Sprung warf sie sich in den kraftvollen Wind und ließ sich von ihm in die Lüfte tragen. Raphaela schlug einmal wuchtig, das ein paar Federn aus ihren Flügeln durch die Luftwirbel tanzten, die sich zu ihren Füßen bildeten. Wild flatterten die langen schwarzen und blonden Haare um ihre Köpfe. Sie gewannen an Höhe, verschwanden für einen Sekundenbruchteil in den weißen Wolken und stürzten wieder in die Tiefe. Sie segelten über die Dächer und drehten waghalsige Kunststücke in der Luft, bevor sie bei Michaels Haus ankamen. Mit ihren langen

Krallen ergriff sie den Fenstersims und faltete die Flügel gekonnt zusammen.

„Du willst also nicht bei mir schlafen", sagte Raphaela, während sie hinter ihr in der Luft stand und sie wie eine Katze durch das offene Fenster kletterte.

„Nein, ich denke ich werde die Chance einmal nutzen und das Bett für mich allein beanspruchen. Aber wir können das ja mal nachholen, so ganz offiziell. Wenn du magst." Raphaela überlegte kurz.

„Eine Pyjamaparty. Hmm ja cool. Ok, ich werd dann mal, bevor ich gleich am Boden aufschlage und in tausend Eiswürfel zerspringe. Mach dir nicht so viel Sorgen. Hab dich lieb."

„Oki, schlaf gut. Ich dich auch." Da hatte sie sich schon umgedreht, winkte kurz und flog dem Mond entgegen.

„Bis gerade eben habe ich mir keine Sorgen mehr gemacht. Dumme Kuh und was ist eigentlich eine Pyjamaparty? Ich trag doch überhaupt keinen Schlafanzug", murmelnd zuckte sie mit den Schultern, während sie das Fenster hinter sich schloss und die Lichter im Zimmer löschte.

Seit einer geschätzten Ewigkeit saß ich nun schon allein auf meinem Stuhl in der riesigen Fabrikhalle. Mich beschlich langsam der Verdacht, dass sie mich hier allein sitzen gelassen hatten und schlafen gegangen waren. *Man bin ich bescheuert. Ich hätte längst hier heraus sein können, hätte ich nur nach Cami gerufen. Aber nein, ich wollte es ihnen ja besonders schwer machen. Außerdem, hätte sie mich überhaupt hören können?* Daran hatte ich vorher noch gar nicht gedacht. *Vielleicht befand ich mich in einer anderen Stadt, oder sogar einem anderen Land? Kacke.* Durch die großen Fabrikfenster sah ich die Sterne leuchten und gähnte. *Aber wie soll man denn in so einer Situation bitteschön schlafen?* Ich seufzte und malte mir das Szenario aus, dass es gegeben hätte, wenn ich meine Dämonenkräfte noch gehabt hätte. Ich hätte die Seile wie Spaghetti zerrissen, hätte die Typen alle platt gemacht und wäre durch die Decke ins Freie geflogen. In Null Komma Nix wäre ich wieder bei Camaela gewesen. Aber nein, die mussten ja schon nach kurzer Zeit wieder verschwinden. Ich stampfte mit dem Fuß auf und musste feststellen, dass die Seile, die meine Fußgelenke am Stuhlbein festhielten, locker waren. Ich grinste verschmitzt. *Das ist doch schon mal ein Anfang. Mit etwas Geschick dürfte ich hier Ruck Zuck raus sein.* Leider war eben Solches, etwas das ich nicht besaß, nicht einmal im Ansatz. *Verdammt. Egal.* Ich musste es trotzdem versuchen. Ich rüttelte und strampelte das Ich fast umkippte. Das Klappern der Stuhlbeine hallte durch die Halle, die bis auf ein paar Kisten leer war. Langsam lockerte sich der Strick. Sehr langsam. *Lockerte er sich überhaupt?* Mit jeder Minute, die verrann, schwand meine Hoffnung, die Fesseln doch noch lösen zu können. Bis es mir irgendwann doch noch gelang und ich einen Fuß herausziehen konnte. Jetzt war ich ein einbeiniger Stuhlhüpfer. Allerdings nur kurz, nach nur einem Meter verlor ich das Gleichgewicht und stürzte hart. Jetzt hätte ich mir gerne den Kopf gerieben, doch die Fesseln ließen nicht einmal zu, dass man sich am Hintern kratzte. Also blieb ich einfach liegen und lauschte dem pochenden Schmerz. Vom Stuhlhüpfer zur Schildkröte, schlimmer konnte es nicht mehr kommen. Dachte ich. Da sah ich aus den Augenwinkeln, wie sich ein kleiner brauner Schatten meiner Position näherte. Vierbeinig, pelzig und mit einem langen Anhängsel am Ende seinen kleinen Körpers. Das hatte mir noch gefehlt. Eine Ratte tippelte fröhlich schnuppernd auf mich zu. Einige Zeit beobachtete ich sie, wie sie in der Halle herumstreunte. Über die Kisten hüpfte und dann auf die Idee kam, mit mir spielen zu wollen. *Natürlich wollte sie nicht mit mir spielen. Bin schließlich ein ausgezeichneter Mitternachtssnack.* Sie setzte sich vor mein Gesicht, das platt gedrückt auf dem Beton lag, und beschnupperte mich gründlich. Da kam mir eine Idee. Vielleicht hätte sie ja Lust die Stricke durchzubeißen. Klingt blöd und das war es auch. Aber lieber eine dumme Idee, als gar keine.

„Hey Kleine, magst du nicht dem großen Menschen, der da vor dir liegt ein wenig helfen und die Seile durchknabbern?" Keine Reaktion.

„Manno. Doofes Nagetier." Zehn Sekunden später folgte dann doch eine.

„Autsch! Du kleines Argh." Hatte mir das kleine Monster tatsächlich in die Nase gebissen. Ich hätte sie vielleicht nicht beleidigen sollen. Kurz darauf folgte der nächste Biss. Diesmal zog sie an meiner Unterlippe.

„Ey lass das!" Rief ich, und war froh, dass es nur eine Kleine Ratte war.

„Autsch!" Dann noch einmal in die Nase. „Ja, ja, ist ja gut, ich habs kapiert. Ich bin ein großes Stück Speck." *Ich hab mich in letzter Zeit echt etwas gehen lassen, wenn ich jetzt schon wie ein Rattenimbiss aussehe.* Ich seufzte laut und sie rannte davon. Stunden später hatte sie ihre Meinung dann aber doch wieder geändert und zumindest angefangen das Seil um meine Handgelenke anzufressen. Allerdings hatte sie dabei keinen Unterschied gemacht zwischen Strick und Handgelenk und die Lust hatte sie auch recht schnell verloren. Was dazu geführt hatte, dass ich mit schmerzenden Heften liegen blieb, aber immer noch gefesselt war.

Einige Zeit später lag ich, was für eine Überraschung, immer noch da, seufzend, stöhnend und entmutigt. Die Ratte war verschwunden und draußen wandelte sich das tiefe Blau in ein Orange und ein Lila. Die Luft in der Halle war merklich abgekühlt, sodass sich vor meinem Mund eine deutlich sichtbare Wolke beim Ausatmen bildete. Meine letzte Hoffnung schwand immer schneller dahin. *Gleich würden die Demon Hunter (was für ein beschissener Name) wieder kommen und die Fesseln sicher erneut festziehen, oder aber ich würde hier innerhalb der nächsten Stunden erfrieren.*

Mein Martyrium schien überhaupt nicht enden zu wollen, und meine Kräfte schwanden. Ich zitterte am ganzen Leib vor Kälte und Übermüdung. Doch an Schlaf war nicht zu denken. Meine Wange, auf der ich lag, fühlte sich mittlerweile taub an und das Killerfellknäuel hatte wieder begonnen, mich zu attackieren. *Sollte ich das hier überleben, wird meine erste Amtshandlung sein, eine Rattenfalle aufzustellen.* Ich gähnte fast ohne Pause und rechnete, warum auch immer jede Minute mit Besuch. Vielleicht war es die Hoffnung auf eine Befreiung aus meiner misslichen Lage, oder einfach nur die Wut jemanden deshalb anschreien zu können. Auch wenn ich dafür vermutlich keine Kraft mehr hätte aufbringen können. Doch noch immer war es still in der großen Halle. Nicht mehr dunkel aber noch immer still. Erst jetzt spürte ich, dass die Stricke, die meine Handgelenke hinter der Stuhllehne hielten, sich sehr locker anfühlten. *Warum hatte ich das nicht schon vor Stunden bemerkt?* Und neben der aufgegangenen Sonne, ging mir ebenfalls ein Licht auf. Meine Hände waren zwar zusammengebunden, nicht jedoch am Stuhl befestigt. Sogleich rutschte ich wie eine Raupe nach vorn. *Raup, raup.* Und befreite mich so von dem Stuhl, richtete mich auf und… fiel ein weiteres Mal auf die Nase. Die Fessel an meinem linken Bein. *Toll.* Die hatte ich in meiner Euphorie wohl vergessen. Zum Glück stellte sie kein großes Hindernis mehr dar und ich konnte mich endgültig davon befreien. *So ihr Wichser ich bin dann mal weg.* Denkste. Die einzige Tür, die aus dem Raum führte, war verschlossen und das gewaltige Tor konnte ich nicht öffnen. Da stach mir die große Fensterfront oberhalb der kurzen Wand ins Auge. *Sollte ich mich da durch Werfen?* Ohne große Anstrengung erklomm ich den Stapel Kisten, um auf Fensterhöhe zu kommen. Ohne Hände einen Berg zu erklimmen, sah zwar total bescheuert aus, war aber doch irgendwie recht einfach. Schließlich und endlich stand ich nun vor dem Fenster. *Sollte ich es wirklich wagen in Actionfilmmanier durch ein geschlossenes Fenster springen? Mir bleibt wohl keine andere Wahl. Hollywood ich komme!* Mit Anlauf rannte ich gegen die Scheibe… die keinen Millimeter nachgab und ich wie ein Flummi davon abprallte. Den Kistenberg rückwärts mit mehreren Überschlägen wieder hinunter fiel und dann auf dem Boden liegen blieb.

„Autsch…" *Und ich dachte, in der Hölle gegrillt zu werden war schmerzhaft.* In meinem Kopf drehte sich alles und jeder, wirklich jeder Knochen und Muskel in meinem Körper schmerzte. Wieder blieb ich einfach nur liegen. Ich war nur um Haaresbreite davon entfernt zu resignieren und mich mit der Tatsache abzufinden Weihnachten in einer Industriehalle zu verbringen. Ohne Essen und ohne Toilette. *Verdammt. Warum hatte ich nur daran gedacht. Naja immerhin war es wieder etwas wärmer geworden. Tod durch Verwandlung in ein Eis war somit wenigstens ausgeschlossen. Aber ob das im Moment etwas Gutes war?* Plötzlich hörte ich wie eine metallene Türe zu geschlagen wurde und der Funken der Hoffnung entflammte in mir zu einem Waldbrand. Sofort rannte ich zu der Tür, als sich diese auch schon öffnete. Einer der Kerle von gestern trat ein. Es war Der, mit dem osteuropäischen Akzent. Überrascht sah er mich durch einen Strumpf an, bevor ich ihn mit meinem Kopf rammte. Wie ein Stier, mit gesenktem Kopf traf ich ihn in die Magengegend und drückte ihn gegen die hinter ihm liegende Wellblechwand. Er stöhnte auf. Die erwartete Gegenwehr blieb aus und so rannte ich durch die Tür in einen kleinen Aufenthaltsraum, aus dem eine weitere Tür ins Freie führte. Ohne Probleme drückte ich mit dem Kopf die Klinke nach unten und warf mich hinaus. Eisige Luft schlug mir entgegen. *Ich hätte wohl doch lieber drinnen bleiben sollen.* Nun stand ich wieder im Schnee und fror. *Sollte ich nun einfach um Hilfe rufen oder los rennen? Oder erst rennen und dabei um Hilfe rufen? Nein, besser los*

laufen und nichts tun. Was wenn Cami mich aber hören konnte, und zu meiner Rettung eilen würde? Damit würde ich den Vollidioten noch einen Gefallen tun. Nein das konnten die sich abschminken. Aber mal anders gedacht, was wenn Cami sauer auf mich war, und mich überhaupt nicht retten kommen würde? Das wäre wirklich übel. Also lassen wir das lieber. Ich entschied mich also dagegen um Hilfe zu rufen und watete durch den Schnee, ohne zu wissen, wo ich war. *In irgendeinem Industriegebiet ja, aber wo? In welcher Stadt, in was für einem Stadtteil? Fuck! Wo zur Hölle bin ich?!* Auch nach unzähligen Minuten irrte ich ziellos und völlig unterkühlt durch die Straßen. Ein leichter Schneesturm kam dann auch noch auf und meine Glieder wurden mit jedem Schritt schwerer und schwerer. Mein Gesicht spürte ich schon lange nicht mehr und ich fühlte, es wurde Zeit um Hilfe zu rufen. Andernfalls würde das wohl mein Letztes Weihnachten werden. Falle oder nicht. Und wenn mich sowieso niemand hören konnte, machte es ja auch keinen Unterschied mehr, ob ich nun rief oder nicht. Und ich rief, und wie ich rief. So laut ich noch konnte. Aber nicht nach Camaela. *Auf die Idee hätte ich auch schon früher kommen können...*
„Raphaela!"

„So jetzt reichts, ich gehe ihn suchen. Ich konnte die ganze Nacht nicht schlafen ohne ihn. Ich dachte zwar es wäre schön ein großes Bett für sich allein zu haben, aber das war es ganz und gar nicht. Ich brauche einfach die Haare auf seiner Brust um mich anzukuscheln und ich brauche die Wärme seiner Schenkel, an die ich mich schmiegen kann und ich brauche…"
„Würdest du bitte aufhören mir wird schon ganz schlecht davon", unterbrach Raphaela sie, während sie auf der Bettkante saß. Auch Florian war nicht begeistert von ihrer Schilderung und schüttelte sich im ledernen Sessel.
„Zu viele Informationen, zu viele Informationen."

„Ihr seid ja nur neidisch, weil ich jemanden hab zum Kuscheln und ihr nicht. Pah." Abfällig verschränkte Camaela die Hände vor der Brust und drehte sich zur Tür.

„Berichtige, im Moment hast du niemanden."

„Den wir aber schnell wieder finden sollten. Ihr wisst, was heute für ein Tag ist?"

„Nein wissen wir nicht. Halloween stimmts?" Antwortete Raphaela schnippisch.

„Musst ja nicht gleich so rumzicken. Wir sollten Micha aber echt schleunigst wieder finden. Weil seine Eltern sicher nicht so gelassen reagieren werden wie wir."

„Wer ist hier gelassen? Schau dir Cami doch nur mal genau an. Ein einziges Nervenbündel ist das und nicht anderes."

„Hey, ich bin gelassen, siehst du wie gelassen ich bin." Demonstrativ atmete sie die Luft durch den Mund aus, wobei sich ihre Wangen aufblähten, als hätte sie einen Ball darin.

„Schön, dann bist du eben gelassen. Aber gleich nicht mehr. Denn seine Eltern wollen sicher gleich mit ihm zusammen den Christ…, äh Tannen…, ach scheiße! Irgendwas halt machen, so!"

„Toll, Flo, fast hättest du die Überraschung versaut."

„Die weiß doch eh längst alles. Die weiß sogar mehr als wir."

„Trotzdem. Punkt. Aber viel schlimmer ist natürlich, was wir seinen Eltern sagen?"

„Hast du sie noch alle? Wir sagen ihnen natürlich nichts. Vielleicht taucht er ja auch gleich wieder auf."

„Jetzt hast du sie nicht mehr alle. Ich kenne Micha schon ne ganze Ecke länger als du. Er würde nie an Heiligabend einfach so verschwinden. Selbst wenn er so blau ist wie ich, haha Wortspiel." Grinsend zeigte Flo auf seine blauen Haare. „Würde er auf jeden Fall da sein. ER hat noch kein Weihnachten verpasst. Also Cami, du kannst ihn nicht riechen, aber du kannst ihn doch sicherlich hören hab ich recht?" Cami nickte.

„Wenn er also redet, oder um Hilfe ruft, finden wir ihn."
„Naja, möglich wärs ja…"
„Wieso wir? Du wirst schön hier bleiben und seine Eltern beschäftigen, während wir losfliegen."
„Ihr seid kacke."
„Ha, ich habs!" Ging da plötzlich Cami lautstark ein Licht auf und beide Freunde sahen erschrocken zu ihr hinüber.
„Er ist ein Fisch. Kein Frosch mehr, sondern ein Fisch."
„Cami Schätzchen, gehen wir." Während Florian noch den Kopf schüttelte, stiegen die beiden Erzengel durch das Dachfenster, breiteten ihre Schwingen aus und segelten davon.
„Toll, und was erzähl ich jetzt seinen Eltern?"

„Das war eine blöde Idee, ihn bei diesem Scheiß, Pardon, Mistwetter zu suchen, ich habe das Gefühl mir fallen gleich die Flügel ab."
„Jammer nicht, flieg weiter, was wenn er bei diesem Schneesturm draußen umherirrt. Allein, halb erfroren und ohne Essen."
„Dass du wieder ans Essen denkst, wundert mich nicht. Aber ihn nicht gleich auffressen, wenn wir ihn gefunden haben."
„Ich, doch nicht, aber ich könnte ihn ja ein wenig grillen, so zum Aufwärmen."
„Untersteh dich, und ich muss nachher wieder seine Verbrennungen heilen, damit du ihn nach Strich und Faden durchvögeln kannst. Oh nein meine Liebe."
„Verdammt. Dann halt wenigstens Augen und Ohren offen."
„Das tue ich doch immer, aber ich höre mit meinen Ohren nicht einmal halb so gut wie du. Was auch ein Vorteil sein kann. So muss ich euch wenigstens nicht dauernd hören."
„Hey so laut sind wir doch gar nicht. Na gut manchmal könnte ich doch einen Gang runter schalten. Aber Schatzi ist

einfach soooo gut." Raphaela steckte sich den Finger in den Rachen.

„Du hast mir als Jungfrau echt besser gefallen." Da horchte Camaela plötzlich auf, ihre Ohren richteten sich immer wieder neu aus. Wie kleine Satellitenschüsseln. Beide Erzengel stoppten in der Luft.

„Du, ich höre etwas."

„Was denn?"

„Da ruft jemand deinen Namen." Fragend schaute Cami zu ihrer Freundin.

„Meinen? Bist du dir sicher? Denn die meisten Menschen rufen wenn dann nach Raphael. Schließlich bin ich ja ein Schutzpatron."

„Nein, ich bin mir sicher. Ich höre deutlich ein A am Ende. Das kann nur mein Schatz sein. Aber wieso ruft er nach dir und nicht nach mir?"

„Vielleicht traut er sich nicht, weil ihr euch gestritten habt?"

„Meinst du?" Raphaela nickte.

„Dann wartest du hier und ich fliege zu ihm."

„Nichts da, trotzdem ist er noch mein Freund. Ich komme mit."

„Und wenn er noch nicht mit dir redet? Ich hab keine Lust auf irgendwelche peinlichen Momente, brrr. Du sagst mir die Richtung und fliegst zurück. Kannst ja Flo ein wenig unter die Arme greifen." Verhalten knurrte sie, zeigte aber mit dem Finger in eine Richtung und flog wortlos zurück. Minutenlang kämpfte sich Raphaela durch das Schneegestöber, bis sie am Boden, in der Mitte einer Straße eine Gestalt liegen sah. Fast komplett von Schnee bedeckt und vollkommen reglos. Auf der Stelle zog sie ihre Flügel ein, landete aus einigen Metern Höhe im Schnee und rannte darauf zu.

4

Ich spürte die warmen heilenden Hände auf meinem
Rücken, spürte wie das Leben meinen Körper
zurückeroberte. Göttliche Kraft strömte für einen, viel zu
kurzen Augenblick durch meine Adern. So warm und
herrlich, wie ich es schon einmal erleben durfte. Wohltuend
wie eine heiße dampfende Dusche überkam mich ein Gefühl
der Glückseligkeit. Sie ließ mich nach Luft schnappen und
brachte mich zum Erwachen. Im Schnee liegend und völlig
desorientiert, sah ich die Gestalt, die über mich gebeugt,
neben mir saß. Ihre goldene Rüstung strahlte noch heller als
sonst.

„Raphaela." Gewaltige Flügel aus unendlich vielen weichen
Federn entfalteten sich zu ihren Seiten, legten sich
schützend um uns und ihre starken Arme hoben mich aus
meinem frostigen Beinahegrab.

„Alles wird gut. Camaela wartet schon auf dich", sagte sie
mit gütiger Stimme, als sie zum Sprung ansetzte. Und
schlagartig wachte ich aus meinem benebelten Zustand auf.

„Aaaaaaahhh!" Verängstigt sah ich mich um und sah in
Raphaelas frostiges Gesicht.

„Shit, ey, auf was für einem Drogentrip war ich denn
gerade, du hast dich ja angehört wie ein Engel."

„Ah, der Herr ist wach. Klar habe ich mich wie ein Engel
angehört, ich bin ja auch Einer."

„Du siehst zwar wie einer aus, aber davon bist du so weit
entfernt wie Camaela von Miss Piggy."

„Ich lass dich gleich fallen und erzähl Cami sie soll sich
einen neuen Freund suchen, ihr Alter ist leider ein
übergroßer, platt gedrückter Eiswürfel." Ihr Griff lockerte
ein wenig und ich sah mich schon auf dem Boden kleben
wie eine Flunder.

„Halt, halt, ich sag ja nix mehr. Ist ja gut. Im Übrigen,
versuch mal einen Eiswürfel platt zu drücken. Das geht gar
nicht."

„Wollen wir wetten? Was, nix? Das ist aber schlecht. Ein oder zwei Danke Raphaela wären schon nicht verkehrt."

„Möglich. Aaaaaahhh!" Sie hatte zum Sturzflug angesetzt. Mein Herz setzte aus. Dann lies sie mich fallen. Ich landete in einem Schneehaufen am Straßenrand. Vollkommen geschockt hielt ich mir die Brust. Dann landete sie vor mir und baute sich, mit den Händen in den Hüften auf.

„Wie war das?"

„Danke, danke, danke."

„Geht doch, warum nicht gleich so?" Ich schluckte den Klos in meinem Hals herunter und brachte keinen Ton mehr heraus.

„Und jetzt erzähl mal. Warum hast du nach mir gerufen und nicht nach unserer Süßen? Noch am Schmollen wegen dieser Lappalie? Und warum zum Allmächtigen liegst du bei diesem Scheißwetter hier im Schnee. Todeswunsch gehabt?" Noch immer pochte mein Herz in einem ungesunden Tempo. Raphaela schüttelte leicht genervt den Kopf und hielt mir ihre Hand auf die Brust. Gleichzeitig wurde ich wieder ruhiger.

„Oh man, musste das sein?" Sie sah mich tadelnd an.

„Ja, ok musste es wohl. Noch mal. Danke dir, ich kann dir gar nicht genug danken, dass du mir schon wieder das Leben gerettet hast."

„Sehr gut. Aber dank nicht mir. Ich tu das ja nicht für dich. Zumal Camaela die ganze Arbeit gemacht, du weißt ja, Ohren in XXL." Ich grinste und sie zog an ihren Ohren, die ebenso in einer Rüstung steckten, wie der Rest ihres Körpers.

„Das werde ich, das werde ich. Und nun zu deiner Frage." Ich holte tief Luft.

„Ich wurde gekidnappt. Von ganz bösen Typen mit Strümpfen auf ihren Köpfen." Ich stand schwerfällig aus meinem Schneesessel auf und klopfte mich etwas ab.

„Strümpfe, ah ja."

„Ja." Sie verschränkte die Arme vor der Brust um sich mit einer Hand an die Stirn zu fassen und sich genervt abzuwenden. Dann lief sie ein paar Schritte um mich herum. Sie hielt mich wohl für nicht mehr ganz dicht. Sie kam wieder auf mich zu und und beugte sich zu mir herunter. Dann sah der Engel mich scharf an und legte musternd den Kopf schräg.

„Wer ist denn so blöd und entführt dich?" Sie musterte mich ausgiebig und schauderte. „Ich meine, du bist ärmer als Jesus, und siehst recht, naja sagen wir mal, dumm aus. Was also wollten die von dir?" *Soviel zum Thema Engel.*

„Einen Dämon."

„Einen was?"

„Diese Typen nennen sich die Demon Hunter und sind auf der Suche nach Camaela. Sie glauben sie wäre ein Dämon und wollen sie umbringen. Wie bescheuert. Deshalb habe ich dich gerufen und nicht sie."

„Du weißt schon, dass ein Mensch niemals unsere Cami umbringen könnte?"

„Klar weiß ich das. Bin ja nicht blöd."

„Da bin ich mir nicht so sicher."

„Ey! Naja egal. Auf jeden Fall, sie wollten mich als Köder benutzen. Und ich bin nunmal ungern ein Köder und locke meine Freundin in eine Falle."

„Du hast dich nicht getraut nach ihr zu rufen, stimmts?" Ich presste die Lippen zusammen und grummelte vor mich hin. *Ich hasse es, wenn ausgerechnet Die Recht hat.*

„Dacht ichs mir doch. Und da opferst du lieber dich? Du bist echt bescheuert. Cami würde doch eine Falle eh nicht bemerken, selbst wenn man sie ihr beschreiben würde, mit Zeichnung und allem drum und dran. Herrgott das ist Camaela. Das verbrennende Feuer Gottes. Würde ihr jemand eine Falle stellen, wäre derjenige tot, bevor er gemerkt hätte, dass sie in die Falle getappt ist." Sie schlug mir mit der flachen Hand auf die Stirn, dass ich direkt rückwärts umfiel.

„Aua!"

„Jammer nicht." Sie half mir wieder hoch und sah mich nachdenklich an. Dann seufzte sie und schüttelte den Kopf. „Fein. Es war trotzdem eine noble Geste, wenngleich sie aus einem dämlichen Grund gemacht wurde. Weißt du, obwohl du nen Knall hast, hat sie mit dir ja vielleicht doch einen ganz akzeptablen Fang gemacht. Aber nur vielleicht." *Oh mein Gott, die Welt geht unter. Raphaela macht mir ein Kompliment. Jetzt bloß nicht ausflippen. Gaaaanz ruhig bleiben.*

„Ja, siehst ich bin doch nicht so doof, wie ich aussehe." *Ach mist, verkackt.* Sofort sah sie mich mit gerunzelter Stirn an. „Gut doch, hast Recht."

„Ich hab immer recht und jetzt komm her." Misstrauisch sah ich sie an.

„Warum?"

„Weil ich keine Lust hab den ganzen Weg mit dir zurückzulaufen. Das tu ich mir ganz bestimmt nicht an."

„O, okay." Ängstlich näherte ich mich ihr und sie legte ihre Arme um meinen Rücken.

„Memme." Und wir hoben ab. Doch schon wenige Minuten später hörte ich sie erleichtert seufzen.

„Halleluja, wir sind da."

„Wow, das ging aber schnell."

„Du warst ja auch nur zwei Orte weit weg."

„Was?!"

„So, bevor wir gleich landen, musst du mir aber noch etwas verraten. Wie kommen die darauf, dass Cami ein Dämon ist?"

„Oh das, naja, sie hat am zweiten Tag auf der Erde ein Eiscafé aufgemischt und dabei ein paar Leute umgebracht, eigentlich nichts Großartiges. Scheinbar hat uns da jemand beobachtet. *Das Ich wusste, dass uns jemand beobachtet hatte, ließ ich vorsichtshalber mal unter den Tisch fallen.* Das Sie ein Erzengel ist, können sie ja nicht wissen."

„Ahja, soso, scheinbar. Hmm, na gut. Tja, das ist unsere Camaela."

„Ohhh, jaaa." Wir landeten wie gewöhnlich auf dem Fensterbrett. Und kaum hatte sie mich auf den Laminat entlassen, stürmte mir Cami entgegen. Ich hatte zwar nicht mit einer überschwänglich freudigen Begrüßung gerechnet, aber dass mir eine unangenehme Gänsehaut den Nacken hinunter fahren würde, dass sich mir sogar die Nackenhaare aufstellten, damit hatte ich nicht gerechnet. Wie ein Velociraptor, mit klappernden Klauen rannte Camaela auf mich zu. *Ich sags euch, schaut niemals, aber auch auf gar keinen Fall Jurassic Park an, wenn die eigene Freundin selber wie ein Dinosaurier auf euch zu sprinten, und euch den Kopf abbeißen könnte! Oder wie in meinem Fall. Nicht ein paar dutzend Mal! Und denkt vor allem nicht daran, wenn sie genau Das gerade tut. Schon gar nicht, wenn sie sauer, verletzt oder sehr sehr hungrig sein könnte. Oder alles auf einmal.* Ihre Reißzähne waren nur noch wenige Meter von meinem Gesicht entfernt. *Schnell lenk dich ab, lenk dich ab, bevor sie noch denkt du hast Angst vor ihr.* Die ich natürlich nicht hatte. Na gut ein kleines bisschen. Was wenn sie sauer war? War ich eigentlich noch sauer? *Scheiße, nicht dran denken. Such etwas um dich abzulenken.* Panisch suchte ich den Raum ab. *Verdammt, was ist, wenn der Velociraptor vor mir echt ist? Oh heilige Scheiße!* Ich berichtige mich. Ich hatte wirklich, wirklich Angst! Obwohl Raphaela neben mir stand und mich im Notfall hätte beschützen können. So wie ich sie kannte, wäre ihr das aber im Leben nicht eingefallen. Und wenn, dann nur vielleicht um mich hinterher nicht wieder heilen oder sogar wiederbeleben zu müssen. Zum dritten Mal. Ich schluckte schwer und versuchte cool zu wirken. Instinktiv sah ich zu Flo hinüber, der sich anscheinend wirklich die Mühe machte, vom Chefsessel aufzustehen und mich zu begrüßen. Oder doch nicht, er hat nur eine Zigarette vom Boden aufgehoben. *Fauler Hund. Oder vielleicht ja doch?* Nein, wieder nichts, diesmal war ihm ein Kaugummi aus der Tasche gefallen. *Idiot, was steckt er ihn auch in die Hosentasche mit dem riesigen Loch?* Da spürte ich Camaela schon. Sie sprang auf mich und ich fing sie automatisch auf. Ihre Augen loderten in strahlend schönem Gelb. Ihre lange Zunge schleckte über meine Wange und ihre Mundwinkel waren zu einem extrabreiten Grinsen verzogen. Es war wie im Film, ein perfektes Wiedersehen. Voller Freude und romantischen Gefühlen. Wäre da nicht...

„Du bist wieder da, du bist wieder… du, du….“ Auf der Stelle hörte ich, wie ein Film in meinem Kopf riss, während sie fragend zu Flo schaute.

„Arsch.“ Ich hatte mich wohl zu früh gefreut.

„Arsch? Ok, du, du Arsch! Was fällt dir ein, einfach einen Tag vor Weihnachten zu verschwinden? Und boah schmeckst du eklig. Bäh!“ Angeekelt schwang sie ihre Zunge durch die Gegend. Die Flo am Kopf traf und ihn vom Stuhl riss. Der donnerte mit dem Kinn voran zu Boden und stöhnte vor Schmerzen.

„Ups.“ Sie grinste unschuldig, während der sich den Kopf rieb und sich mit verwirrtem Blick aufrappelte.

„Tja, was erwartest du von einem Entführungsopfer? Dass er nach Rosen duftet?“ Mischte sich Raphaela wie gewöhnlich ungebeten in unser Wiedersehen ein, benutzte Flo als Fußabtreter für ihre goldenen Highheels und nahm auf dem Bettrand Platz. Arrogant betrachtete sie ihre, ebenfalls goldenen Fingernägel und ignorierte uns. Während Flo grummelnd vom Boden aufstand und Raphaela böse Blicke zuwarf. Die Sie ebenso giftig erwiderte.

„Ent- was? Jemand hat meinen Freund gekidnappt? Wo sind diese Typen, aus denen mach ich Gulasch.“ Sie fletschte die Zähne und fuchtelte mit ihren Klauen wild herum, sodass ich sie nicht mehr halten konnte und sie aus meinen Armen heraus ein Rad rückwärts schlug. Fauchend ging sie in Angriffsstellung. Beunruhigend baute sich ihr Schwanz hinter ihr auf. Die Schere klappte nervös auf und zu. Dann hielt sie plötzlich inne, und blickte sich verlegen um. Ihr Schwanz beruhigte sich und ihre Körperhaltung wurde wieder offener. Erst nachdem alle sie einige Zeit angestarrt hatten, entspannte sie sich jedoch gänzlich und schaute mich aus großen flammenden Höhlen an.

„Ähm, du bist doch noch mein Freund oder?"

„Klaro, ich geb doch nicht das Mädchen meiner Träume wegen so etwas Dummem auf. Pff. Ich hoffe du verzeihst mir meine Überreaktion. Es tut mir ehrlich Leid, dass ich so ausgeflippt bin. Ich weiß auch nicht warum."

„Supi." Sie schlug lasziv die Augen auf und zu und lächelte mich schüchtern an.

„Natürlich verzeih ich dir, war ja auch irgendwie meine Schuld, du Mann meiner Träume. Ich entschuldige mich bei dir auch. Ich hätte dir schon viel früher davon erzählen müssen." Neben uns stöhnte Raphaela, die aber noch immer ihre Nägel begutachtete.

„Ich hab ein kleines Wiedersehensgeschenk für dich."

„Ach ja?"

„Ja, ist mir gerade eingefallen." Da bedeckte sie mein Gesicht auch schon mit vielen kleinen Schmetterlingsküssen.

„Ich bin so froh, dass du wieder da bist." So zärtlich und sanft wie ich es noch nie bei ihr erlebt hatte, küsste sie meine Stirn mit der Beule, meine Augen, meine Nase und zuletzt meinen Mund. Ihr Daumen streifte meine Unterlippe, ihre Zunge teilte meine Lippen und fuhr ganz tief in mich, bevor unsere Münder zueinander fanden. Und sich in einem langen Wiedersehenskuss vereinigten, der seinesgleichen suchte.

„Habt ihrs dann bald? Deine Mutter kommt sicher gleich um uns zum Essen zu holen und so wie du aussiehst, gibt's für dich heute nix zu futtern." Unterbrach Florian uns unhöflicherweise.

„Scheiß aufs Essen, geht ihr schon mal runter wir kommen gleich nach", rief ich ihm zu und küsste Camaela weiter.

„Wie du willst. Gehen wir Raphaela." Sie nickte und erhob sich elegant.

„Weißt du, wenn ich an deinen Namen denke, muss ich immer spontan an Raffaello denken. Keine Ahnung warum." Diese seufzte und schlug ihm mit der Hand auf den Hinterkopf.

„Ey meine Haare." Gab Flo grimmig zurück, bevor die Beiden durch die Tür verschwanden. Raphaela war spontan von meiner Mutter eingeladen worden die Weihnachtsfeiertage mit uns zu verbringen. Wobei sicher Camaela irgendwie dahinter steckte. Wie Die wohl auf das karge Essen an Heiligabend reagieren würde? Würstchen und Kartoffelsalat. Wie jedes Jahr. Und auch wie immer war Florian an Weihnachten bei uns. Was mich ziemlich freute, war es doch ein Stück Normalität. Schließlich feierte er schon, seit ich denken konnte, mit uns. Normalerweise kam auch sein Vater. Der aber diesmal auf Geschäftsreise war und es nicht rechtzeitig schaffte. Wir vermuteten, er würde am ersten oder zweiten Weihnachtsfeiertag zurückkommen. Vorsichtig ließ ich Camaela, die inzwischen wieder an mir hing, herunter und ging zum Kleiderschrank.

„Ist jetzt wieder alles gut zwischen uns", fragte sie reumütig, „ich wollte nicht dass etwas zwischen uns steht. Niemals würde ich dich verlassen, oder sogar betrügen. Nie, niemals, das musst du mir glauben." Ich kramte nach ein paar frischen Klamotten und sah ein paar Mal kürzer zu ihr hinter. Bis mein Hirn irgendwann registrierte, was Cami gerade trug. Oder besser nicht trug. An offener Schranktür stand ich auf einmal wie angewurzelt. Ist das ein Gürtel oder ein Stück Schnur? Mein Mund trocknete aus. Ich wusste ja das meine Camaela unglaublich heiß war und die knappsten Kleider am Körper trug, die aufzutreiben waren, aber das toppte mal wieder alles. Gut, ein Gürtel war jetzt vielleicht übertrieben, aber trotzdem bedeckte kaum ein Stück Stoff ihren Oberkörper. Soweit ich sehen konnte war es ein pinkfarbenes Top ohne Träger, bei dem sich alles, aber auch wirklich alles darunter abzeichnete. Heilige Mutter Gottes! Und dann noch dieser Rock, ebenfalls pink und kaum länger als die breite Seite eines Din-A4 Blattes. Mit einem Gürtel, der nur so vor Strasssteinen glitzerte. Plötzlich verschwand sie für einen Moment hinter dem großen Terrarium. *Oh ein paar fleischfressende Pflanzen blühen auch mal wieder.* Langsam kam ich wieder zu mir und schüttelte den Kopf.

Hastig schlüpfte ich noch etwas geistesabwesend in frische Klamotten, für eine ausgiebige Dusche war jetzt keine Zeit. Ich hoffte, sie nach dem Essen nachholen zu können. Stinkend in die Kirche muss ja dann doch nicht sein. *Oh Shit, die Kirche! Davon weiß Cami ja noch gar nichts. Verdammt.*

„Schatz?" Sie streckte ihren Kopf hinter dem Terrarium hervor und sah mich an.

„Äh, ja Schatz das weiß ich doch, und wenn du mir sagst, dass du das nicht wieder tust, glaube ich dir. Hey, wie du sagtest, dazwischen liegen ein paar Tausend Jahre. Mach dir bitte keine Sorgen. Es ist alles wieder gut. Ich hatte ja genügend Zeit darüber nachzudenken."

„Wirklich alles?"

„Ja Süße."

„Sehr gut, dann kriegst du jetzt dein Geschenk."

„M, mein Geschenk?" Ich sah mich verwirrt um. Hab ich was verpasst?

„Ich dachte das waren die Küsse?"

„Nein. Nein." Sie ging zum Bett, setzte sich darauf und winkte mich zu sich. Misstrauisch kam ich ihrer Aufforderung nach und setzte mich dazu.

„Ist alles in Ordnung", fragte ich sie und legte eine Hand auf Ihre.

„Sag mal Schatz, willst du eigentlich immer noch etwas über meine Familie erfahren?"

„Deine Familie? Äh."

„Meine Brüder. Ich denke ich bin jetzt so weit."

„Oh, okay. Wow. Äh ich weiß nicht was ich sagen soll." *Und das, obwohl ich nach der letzten Offenbarung so ausgerastet bin?*

„Sag einfach nichts Schatz, hör einfach zu." Ich war ein wenig überrumpelt, so kurz nach meiner Entführung und dem anstehenden Weihnachtsessen. Dennoch versuchte ich Feuer und Flamme zu sein, machte den Fernseher aus, der die ganze Zeit stumm vor sich hinlief, und rückte näher an sie heran. Ich nahm ihre Hände und hielt sie einfach. Im Schneidersitz saßen wir uns gegenüber, als sie wie schon einmal tief Luft holte. *Wozu macht sie das eigentlich? Sie muss doch überhaupt nicht atmen.* Und ich versuchte nicht unter den hochgerutschten Rock zu sehen.

„Also, der Grund, weshalb ich nicht darüber sprechen wollte, war der…puh…", sie machte eine Pause und ihre Stimme wurde mit einem Mal hart wie Stein, „…ich habe sie gehasst. Jahre, Jahrhunderte, ja sogar Jahrtausende lang. Manius und Ivar." Sie stieß deutlich hörbar die Luft aus ihrer Nase, während ich versuchte, mir meinen anfänglichen Schock nicht anmerken zu lassen.

„Manius war zwei Jahre älter als ich, Ivar Eines. Sie haben mich drangsaliert, geschlagen und verhöhnt. Ich war ihr Spielzeug, mit dem Sie machen konnten, was sie wollten. Gleichberechtigung oder Emanzipation gabs damals schließlich noch nicht. Seit ich denken konnte, haben sie mich behandelt als wäre ich Dreck. Und Mutter war machtlos, sie standen ja unter Vaters Schutz und gegen ihn auflehnen war undenkbar. Schließlich war er der Mann im Haus, der Versorger. Und so vergingen die Jahre, bis, naja, bis ich gestorben bin. Was im Grunde das Beste war, was mir passieren konnte." Sie seufzte laut und ich drückte ihre Hände behutsam.

„Wow, das ist heftig."

„Hey nicht unterbrechen. Das hier ist echt nicht leicht für mich. Dass du jaaaaa immer nett zu deiner kleinen Schwester bist. Es geht nämlich noch weiter." Ich schluckte, nickte und zog einen Reißverschluss über meine Lippen. „Danke. Jedenfalls war ich sie erst mal los, doch wie du ja weißt, ging es dann ja tausend Jahre später abwärts."

„Wie könnte ich das vergessen." Sie knurrte mich an und schlitzte die Augen.

„Ich hab nix gesagt."

„Das will ich dir auch geraten haben. Naja, eines Tages hat es sich dann eben zugetragen, dass ich den Beiden über den Weg gelaufen bin. Was wahrlich eine ziemlich große Überraschung war. Die Hölle ist ja nicht gerade klein. Sie haben mich gleich erkannt, zu dem Zeitpunkt sah ich noch Engeliger aus." *Engeliger?* Wie gern hätte ich sie auf das nicht Existieren des Wortes aufmerksam gemacht, traute mich aber zugunsten meiner Gesundheit dann doch nicht.

„Du kuckst mich so komisch an, ist was?" *Mist ertappt.*

„Ich weiß was du denkst. Engelig ist doch kein Wort bla bla. Mir aber vollkommen Käse!" Ich verkniff es mir, mit den Augen zu rollen. *Das heißt Wurst.*

„Kannst dir nun sicher schon denken, was dann passiert ist. Die Beiden dachten doch tatsächlich ich wäre eine Leiche und wollten da weiter machen, wo sie aufgehört hatten. Ist das zu fassen? Ich?! Eine Leiche?! Als ob ich damals so schlecht ausgesehen hätte! Pah! Jedenfalls hab ich den Beiden dann schön langsam sämtliche Gliedmaßen ausgerissen und den erbärmlichen Rest einem Rudel Leichenfledderhunde zum Frühstück serviert. Eigentlich total dämlich, schließlich wurden sie kurz darauf wiedergeboren, aber mir tat das damals verdammt gut. Rache ist eben doch süß. Jetzt weißt du, warum ich nicht darüber reden wollte." *Eigentlich nicht, aber na gut.*

„Schatz manchmal bist du echt widerlich, weißt du das? Das waren jetzt definitiv zu viele Informationen."

„Du wolltest es wissen. Nun weißt du es. Sei dankbar, du weißt, dass ich nicht gern über meine Vergangenheit rede. Weil es Dinge gibt, auf die ich nicht stolz bin und sie mir wehtun, wie am ersten Tag, wenn ich darüber rede. Schon gar nicht nach der letzten Sache." Ich verschlang unsere Finger miteinander und schaute ihr tief in die Augenhöhlen. „Das bin ich Liebling und ich will auch weiterhin, dass Du mir davon erzählst. Es gibt sicher noch vieles, das ich nicht von dir weiß. Doch ich möchte noch immer alles von dir wissen. Jetzt noch mehr als je zuvor. Wenn du mich lässt." Ich senkte demütig den Kopf. Sie schluckte schwer und senkte den Kopf ebenfalls, bevor sie langsam näher rutschte und mir um den Hals fiel. Ich hörte sie an meinem Ohr schluchzen.

„Du bist einfach toll. Ich werd dir ganz bestimmt alles erzählen. Alles. Versprochen." Ich strich ihr übers Haar.

„Und du erzählst mir auch alles ja?"

„Ist doch klar." *Gibt's bei mir denn etwas zu erzählen?*

„Danke."

„Wofür denn?"

„Einfach alles. Und das du mich nie wieder so allein lässt ja?"

„Versprochen Süße. Ich bin immer für dich da. Aber weißt du was?" Sie kam von meiner Schulter hervor und sah mich fragend an, kleine Tränen verdampften zwischen uns.

„Unten warten leckere Würstchen und Salat auf dich. Magst du dich nicht mal da drauf stürzen?"

„Oh ja, aber nur mit dir. Und bitte ohne Salat." Ich lachte auf und setzte sie vorsichtig an der Hüfte vor mich.

„Ohne Salat, geht klar. Aber ich muss vorher noch mal kurz wohin."

„Aber nicht wieder kidnappen lassen. Ja?" Sie wischte sich übers Gesicht und rieb sich die Augen, bevor sie vom Bett sprang und mich anlächelte.

„Nein, nein." *Esseiden die Typen lauern mir auf der Toilette auf. Was höchst verstörend wäre.*

„Und Schatz?"

„Ja?"

„Würdest du dir vielleicht noch ein T-Shirt drüber ziehen? Es reicht, wenn meine Eltern dich kennen und nicht auch noch deine Nippel." Cami sah an sich herunter und zupfte an dem kaum vorhandenen Stoff.

„Oh. Aber Flo hat gesagt das geht so."

„Flo fängt sich aber auch noch eine." Augenblicklich lachte sie und die Schwere ihres Herzens ließ merklich nach.

„Oki. Darf ich, darf ich?" Nun war es an mir, zu lachen.

„Klaro. Aber nicht am Esstisch ja?"

„Danach aber ja, ja?" *Wozu brauchen wir Weihnachten? Lasst uns Floschlagnachten einführen!*

„Aber gern."

„Superdupermegatoll! Du bist echt der beste Freund, den sich ein Mädchen wünschen kann."

„Und du das beste Mädchen, dass sich ein Mann wünschen kann." Sie begann, vor Freude zu kreischen und auf und ab zu hüpfen. Ich grinste breit und freute mich mit ihr, während ich die Türe öffnete.

„Ach ja Schatz?" Ich drehte mich noch einmal um.

„Ja?"

„Du hast dein T-Shirt falsch herum an." Was? Ich sah an mir herunter. Och komm schon.

5

Nachdem ich auf der Toilette war, mein Shirt gedreht und mich etwas frisch gemacht hatte, trat ich schlussendlich auch noch ins Esszimmer. Alle saßen schon ungeduldig wartend am Tisch, der dafür extra ausgezogen wurde. Schließlich war es ein Vier Personen Tisch und keiner für Sechs. Flo saß zu meiner Rechten und Cami (die meiner Bitte zum Glück nachgekommen war) zu meiner Linken, während ich am einen Ende Platz genommen hatte. *Super, welcher Idiot hat diese beiden Streithammel gegenüber gesetzt?* In dem Moment kam meine Mutter mit einem dampfenden Topf voller Saitenwürstchen aus der Küche. „Wo bleibst du denn? Hast du dich im Bad verlaufen?" Beanstandete sie augenblicklich.

„Nein, er ist bestimmt ins Klo gefallen", setzte Maja noch Einen drauf.

„Ja bestimmt. So. Ich hoffe die Sitzverteilung ist euch so recht. Es wurde doch etwas eng. Und da keiner Wünsche geäußert hat, habe ich euch eben so gesetzt. Könnt euch aber jederzeit umsetzen, wenns euch nicht passt." *Was für eine Überraschung.* Naja, immerhin saß Raphaela neben Maja und die wiederum hatte ihren Platz gegenüber meiner Mutter gefunden. Mein Vater saß am anderen Ende des Tisches. *Naja kann man erstmal so lassen.* Ich reckte meinen Hals etwas und beobachtete ihn ein wenig, wie er gerade damit beschäftigt war unseren Kater, den schwarz weiß gefleckten Strolch, davon abzuhalten ein Tischbein als Kratzbaum zu benutzen. Belustigt sah ich ihm zu, als sich Flo zu mir hinüber beugte und mir etwas ins Ohr flüsterte. „Keine Sorge Alter, wir haben deiner Mutter erzählt, du warst mit Cami nochmal in der Stadt um letzte Geschenke zu besorgen, so dürftest du aus dem Schneider sein. Nur den Weihnachtsbaum schmücken musste ich für dich übernehmen." *Das waren aber echt unfreundliche Geschenke…*

„Du hast den Baum geschmückt?!" Direkt prustete er los.
„Nee Mann, hab dich nur verarscht. Als ob ich jemals den
Weihnachtsbaum schmücken würde." Ich lachte
ausgelassen. *Ein fast normales Weihnachtsfest.* Erleichtert
lies ich mich in den Stuhl sinken, der laut knarzte. In
Gedanken sah ich zu Camaela, die wie hypnotisiert auf den
weiß und blau glitzernden Christbaum starrte und dabei
ihren Hals fast um 180° verdreht hatte. Ihr Schwanz schlug
unaufhörlich gegen die Stuhllehne und ihr Mund stand so
weit offen, dass locker noch eine Gans hineingepasst hätte.
Oh mein Gott, die Gans!
„Sag mal, habt ihr, ihr auch das mit dem Weihnachtsbraten
erklärt?" Flüsterte ich Flo so leise wie nur irgendmöglich
zu.
„Braten? Wieso was ist mit dem?" Flüsterte… Nein
eigentlich rief Flo zurück. Sofort horchte meine Mutter auf.
„Was soll mit welchem Braten sein?"
„Nix nix", beschwichtigte ich sie sofort.
„Na, den hat Cami doch weggefressen."
„Sie hat was?!"
„Psst!"
„Tschuldigung."
„Sag nicht, ihr wusstest davon nichts?"
„Nein, woher denn? Willst du mir damit sagen morgen fällt
das Essen aus?"
„Na, das hoffe ich nicht, kannst ja mal subtil nachfragen.
Vielleicht hat meine Mutter weiter gedacht als wir."
„Gute Idee." Sofort wandte er sich an meine Mutter, die
gerade Raphaela eine Wurst reichte.
„Sag mal, was gibt es denn morgen zum Essen?" *Ok, mein
Fehler, Flo kennt das Wort subtil gar nicht.*
„Tja, ich hatte ja ursprünglich Gans geplant, aber die scheint
wohl Beine bekommen zu haben und ist davon gelaufen.
Zum Glück hatte ich noch einen Hasen im Gefrierschrank.
Also gibt es morgen gebratenen Hasen." *Das ist ja noch
einmal gut gegangen.* Da beugte sich Cami mir zu.

„Schaaaaaatz, warum stellt ihr Menschen euch eigentlich einen Baum ins Wohnzimmer, den ihr dann auch noch anzündet?"

„Wir zünden doch nicht den Baum an, wir zünden die Kerzen daran an."

„Das sehe ich aber anders."

„Wie kommst du denn darauf?"

„Sieh doch selbst." Und ich sah… nichts. Alles wie immer.

„Da ist nichts."

„3…2…1…"

„Feuer. Mama, der Baum brennt!" Sofort sprangen alle vom Tisch auf, als Maja begann, wild mit den Armen zu fuchteln. Ohne zu zögern, rannte meine Mutter in die Küche. Amüsiert stand Camaela neben mir, während meine Mutter mit einem Eimer Wasser wieder kam.

„Ich hab es schon gerochen, als es nur geglimmt hat." Beantwortete sie, meine, noch nicht gestellte Frage.

„Und warum hast du vorher nicht schon was gesagt?" Mischte sich Flo ein, bevor sein Gesicht in den Senf auf seinem Teller gedrückt wurde.

„Weil mir langweilig war. Ich dachte das gibt ein wenig Action."

„Flo, was hast du denn wieder gemacht?" Fragte meine Mutter, die den Eimer meinem Vater gegeben hatte.

„Er ist ausgerutscht." Sagte ich und musste mir ein Grinsen verkneifen. Camis Schwanz war wirklich gefährlich. Mittlerweile war der Baum schon ein richtiges kleines Lagerfeuer, das die weiße Holzdecke mit schwarzem Ruß bedeckte. *Wo leeren die den das ganze Wasser hin?*

„Das Wasser muss auf dem Baum", sagte Raphaela in gewohnt ruhiger Art und setzte sich auf die Couch und schlug die Beine übereinander. Der brennende Baum in unmittelbarer Nähe, kümmerte sie scheinbar nicht.

„Mein Vater warf ihr einen grimmigen Blick zu und zeigte ihr das Loch im Eimer, bevor er wieder in der Küche verschwand.

„Ok, keiner kuckt. Cami tu was, bevor wir hier der Weihnachtsbraten sind." Übertrieben panisch winkte Raphaela ab und drohte Flo gleichzeitig mit der ewigen Verdammnis.

„Nein, nein Cami tu ja nichts!" Doch zu spät, nach einer Sekunde Bedenkzeit, griff die sich den Würstchentopf und leerte ihn zielsicher auf die Flammen. Verwundert sah Raphaela sie an.

„Tja, manchmal benutze ich mein Hirn auch." Erleichtert ließ ich mich auf den Stuhl sinken und sah zu Flo, der ebenso erleichtert vor sich hin grinste. Während im Hintergrund das unerträgliche Piepsen des Rauchmelders hallte. Ich sah noch Camis Grinsen, als sie ihren Schwanz in das Gerät donnerte und es mit sofortiger Wirkung verstummte.

„Aber das ist wohl eher die Ausnahme", berichtigte Florian und duckte sich eher zufällig unter ihrem Schwanz weg. Raphaela ließ die Situation immer noch kalt. Kühl sagte sie: „Ihr wisst schon das man heute auch elektrische Lichterketten benutzen kann?"

„Was du nicht sagst Sarah", sagte meine Mutter etwas entnervt von Raphaelas arroganter Art.

„Wir dachten eben, wir verwenden mal wieder die echten Kerzen, nur für dich und Camaela, weil ihr doch zu Gast seid und Cami auch noch nie Weihnachten gefeiert hat. Hätte ich früher gewusst, dass du nur am Meckern bist, hätte ich natürlich eine Elektrische benutzt." *Auweia mir schwante nichts Gutes.*

„Ich mecker doch gar nicht, sehen sie, ich sage etwas Nettes über den Baum. Wie schön schwarz der ist und dieser Würstchenschmuck. Einfach genial." Alle sahen wir zu dem dampfenden Baum und mussten anfangen zu lachen. An den verbrannten Ästen des Baums hingen ein paar Würstchen wie Lametta. *Die sogar schön glänzten.*

„Und jetzt? Fragte Flo und wischte sich den Senf aus dem Gesicht, der da sicher schon fünf Minuten klebte.

„Jetzt hilft mir jemand, den Baum zu entsorgen." Sofort meldete sich Raphaela und eilte meinen Eltern zu Hilfe.

„So was Blödes, ich hab noch Hunger."

„Du hast immer Hunger. Dann nimm dir schnell noch ne Wurst vom Baum, bevor er in den Garten kommt." Sagte ich zu Cami, die ziemlich geknickt aussah.

„Weihnachten ist blöd, da wird man Wochenlang hingehalten und dann gibt's nichtmal genug zu Essen."

„Mach dir keine Sorgen, morgen und übermorgen gibt's dafür umso mehr. Und hey es gibt ja dann auch noch Geschenke", versuchte ich sie zu trösten.

„Na das will ich auch hoffen. Und was machen wir bis dahin?"

„Warten. Fernsehen."

„Warten? Wie wärs mit Sex?"

„Solang du nichts gegessen hast auf gar keinen Fall. Ich steh nicht so auf Piercings, das weißt du und außerdem sind Raphaela und Flo auch noch da."

„Die können ja mitmachen."

„Da spring ich vorher lieber vom Kirchturm."

„Das können wir auch machen. Ich saß da gestern Abend drauf. Von da oben kann man sich herrlich in die Tiefe stürzen."

„Du hast sie ja nicht mehr alle."

„Du auch nicht."

„Ja, weil ich mit einem Dämon wie dir zusammen bin."

„Witzbold. Sei lieber froh dass ich kein echter Dämon bin. So mit Stacheln und Hörnern und Fangzähnen."

„Du hast gerade dich beschrieben, das weißt du schon?"

„Mist."

Wir warteten. Na gut, ich wartete. Nach einer langen und ausgiebigen Dusche zwar, aber ich wartete. Camaela lag mit Raphaela auf dem Bett, während irgendein Weihnachtsfilm lief. Der allerdings uninteressant zu sein schien. Die Beiden waren mehr mit tuscheln und einer seltsamen

Geheimniskrämerei beschäftigt. *Wenn das mal keine Verschwörung gibt.* Flo saß unten im Esszimmer und spielte mit meiner Schwester auf der Playstation. Doofes Weihnachten.

Irgendwann klopfte es und meine Mutter kam ins Zimmer. „Ich wollte euch nur daran erinnern, dass heut Abend noch Kirche ist. Also nehmt euch nichts Großes vor." *Ach verdammt, da war ja noch was.* Sofort starrten mich die beiden Erzengel eiskalt an. Ich schluckte.

„Ups, hab wohl vergessen zu erwähnen, das wir bei uns an Weihnachten immer erst in die Kirche gehen und danach erst Bescherung machen."

„In die Kirche soso. Nee, ich passe." War Raphaelas einziger Kommentar, bevor sie von Cami fixiert wurde.

„Ich passe auch." Ich stützte den Kopf angestrengt auf die Hand. Und hörte Cami zu, wie sie Raphaela etwas zuflüsterte.

„Warum habe ich gerade gesagt, dass ich passe? War doch ganz schön auf der Kirche." Raphaela schüttelte den Kopf und rollte sich auf den Rücken.

„Diesmal geht's aber hinein. Und das muss ich nicht haben. Da wird über Gott und Jesus geredet. Dämliche Gottesdienste abgehalten und bescheuerte Lieder gesungen. Das hatte ich jetzt die letzten 2000 Jahre. Mir reicht das fürs Erste." Cami kratzte sich am Kopf.

„Ah ja." Für einen Moment schien sie innezuhalten und warf dann eine Hand in die Luft.

„Bin dabei, wann geht's los? Aber danach gibt's endlich Geschenke ja?" Völlig überrascht schauten wir beide sie an.

„Deine Neugier bringt dich noch irgendwann um. Also, ein zweites Mal. Ja gibt es."

„Super dann bin ich ja beruhigt. Hä? Wieso Neugier?" *Und ich in höchstem Maße beunruhigt.*

„Keine Neugier?" Cami schüttelte den Kopf, bevor sie ihren Irrtum bemerkte und energisch nickte.

„Was jetzt? Ja oder nein? Manchmal versteh nichtmal ich dich. Also, Micha, du bist dran. Übersetz." Ich seufzte.

„Ihr ist einfach nur langweilig." Wortlos schaute Raphaela zu Cami. Die extra breit grinste und mit den Füßen strampelte wie ein kleines Kind.

„Wisst ihr, ein wenig verarscht komme ich mir jetzt ja schon vor."

„Geil." Gab ich unüberlegt und ebenfalls grinsend meinen Senf dazu. Drehte meinen Stuhl aber schnell weg, als ihre blauen Erzengelaugen wütend zu glühen begannen.

„Lalala. Hab nix gesagt. Ignorier mich einfach. Ich bin nicht mal hier." Camaela lachte lautstark.

„Ich geb dir gleich lalala. Was soll der Scheiß mit dem lalala überhaupt? Ich lalala dir gleich eins. Vollpfosten." *Soll ich darauf noch etwas erwidern? Neeeeeee.* Sie zeigte mir noch den Mittelfinger und die Spannung im Raum nahm kurz darauf merklich ab. *Yes, einmal richtig entschieden.* Ich lies die beiden dann auch einfach weiter „fernsehen" und checkte im Internet die neusten Nachrichten, während ich über Cami grübelte. *Ist vielleicht keine gute Idee einen gefallenen Erzengel mit Langeweile in die Kirche zu nehmen oder?*

Stunden der Langeweile vergingen, als schließlich und endlich Florian nach oben kam und uns Bescheid gab. *Halleluja. Oh mist, zu früh.* Raphaela nahm das als Stichwort und machte sich direkt durchs Fenster aus dem Staub. Sie könnte aber auch irgendwann mal wieder die Türe nehmen. Ich dachte nicht weiter darüber nach und suchte im Kleiderschrank ein paar passende Sachen raus, die nicht gleich die halbe Gemeinde verschreckten und den Eindruck vermittelten ich wäre mit dem Teufel im Bunde. *Haha, ich war mit etwas viel Schlimmerem im Bunde.*

Ich kam gerade aus dem Bad, um mich zu richten (*schon das zweite Mal heute. Ich glaub ich strahle demnächst*), als ich meine Schwester sah, die züchtig wie noch nie, im Vorraum zu meinem Zimmer stand und wohl Camaela durch die offene Zimmertüre beobachtete, wie sie sich umzog.

„Machts Spaß meine Freundin zu bespannen? Ist da was Besonderes?" Fragte ich irgendwann und ging zu ihr.

„Nö nö, ich schau mir nur Camaela an."

„Ja, das sehe ich." Dann seufzte sie plötzlich und legte eine Hand auf meine Schulter.

„Warum macht sie denn nicht die Türe zu?" Sie seufzte und schüttelte den Kopf.

„Bruderherz, ich hab dich wirklich lieb,… aber du bist ein Vollidiot. Du kannst doch Cami nicht so mit in die Kirche nehmen. Das ist schließlich ne Kirche und kein Puff!"

„Wie denn? Echt nicht? Sowas aber auch. Ich dachte da drin geht's doch sonst auch ordentlich rund, wenn man die Nachrichten schaut. Und außerdem, warum, bin ich deswegen der Idiot? Sie zieht eben an was ihr gefällt."

Wenn sie wüsste, was sie vorhin an hatte…

„Du bist voll doof. Also was ist nun?"

„Was soll sein? Lass sie halt. Ist doch ihre Sache." *Oh ja, doof stellen ist wirklich lustig.*

„Mama!" *Ich glaubs nicht!* Nur Sekunden später kam unsere Mutter angelaufen und kam die knarrende Treppe ein paar Stufen hinauf.

„Was ist denn jetzt schon wieder?" Wortlos zeigte Maja auf Cami.

„Sie hat was von deinen Kleidern an und?" Ich begann, augenblicklich wie bekloppt zu lachen und meine Schwester schien gleich zu platzen.

„Sie will so in die Kirche!"

„Und? Soweit ich weiß, hast du letztes Jahr auch nicht wirklich mehr angehabt, aber es war ja auch ziemlich warm." Sie begann, mit zusammengepressten Lippen zu kreischen und die Fäuste an ausgestreckten Armen zu ballen. Dann schnaubte sie und stampfte die Treppe hinunter. Bevor sie wütend die Tür ihres Zimmers hinter sich knallend zu schlug. Meine Mutter prustete und ich lachte immer noch.

„Nee nee", sagte sie und kam wieder zur Ruhe, „aber sie hat schon irgendwo recht. Sag Cami bitte, sie soll sich doch etwas mehr anziehen ja? Und ihr legt doch sonst auch immer so viel Wert auf Privatsphäre. Macht eure Türe am besten auch noch zu."

„Ja, Mama", gab ich zerknirscht zurück und schaute meine Freundin an. Sie streckte mir die Zunge heraus und knallte nun ihrerseits die Tür zu. *Die Türe ist immerhin geschlossen.*

„Danke Mama", rief ich ihr resigniert zurück und hörte meine Mutter noch lange weiter lachen. *Einer bekloppter als der Andere in dieser Familie.* Ich setzte mich auf den Absatz vor meiner Zimmertür und wartete auf meine Freundin. Immer wieder hörte ich es fauchen und zischen dahinter. Kleider wurden herumgeworfen und Camis Klauen klapperten immer wieder von einem Ende des Raums zum anderen, bis schließlich die Tür aufgerissen wurde.

„Fertig. Und?" Überwältigt schaute ich sie an, wie sie da lasziv an den Türrahmen gelehnt stand. Mir fehlten die Worte. Bis…

„Hey ist das mein T-Shirt?!"

„Sorry Schatz, musste improvisieren. Hatte keinen längeren Rock." *Dann zieh ne Hose an! Kirche ist scheiße!*

Gemeinsam beschritten wir den Weg zur Kirche, die ja nur einhundert Meter entfernt war. Immer wieder schaute meine Mutter auf Camis ausgefallenen Rock, den sie aus einem meiner Lieblingstotenkopfshirts gemacht hatte. Genau wie Maja, und viele andere Leute, die sich Richtung Kircheneingang schoben. Augenscheinlich war meiner Mutter das ziemlich peinlich. Ganz im Gegensatz zu Flo, der ja auch nicht gerade passender für die Kirche angezogen war. Zum Glück hatte er aber mehr an. Alles andere wäre eklig gewesen.

„Das ist sie also. Hmm, sieht von hier unten echt winzig aus." Ich folgte ihrem Blick nach oben. Konnte ihr aber nicht zustimmen. Ich fand unsere Kirche ziemlich beeindruckend, für eine Dorfkirche, in einem Ort mit kaum 2700 Einwohnern.

„Wollt ihr oben sitzen, oder lieber unten?" Fragte meine Mutter.

„Camaela ist lieber oben", kicherte meine Schwester, noch bevor Cami „Oben!" rufen konnte. Ich grinste breit und wir betraten die schmale Wendeltreppe hinauf zur Empore. Muffiger alter Holzgeruch trieb uns entgegen. Wir nahmen uns jeder ein Liederbuch und setzen uns auf eine Bank, die der Brüstung am nächsten war. Mit großen Augen registrierte Camaela jedes Detail, der recht jungen St. Margarethenkirche. Die nach dem zweiten Weltkrieg neu aufgebaut werden musste. Dann beugte sie sich darüber, dass ihr fast die Brüste aus dem Top gefallen wären.

„Warum sind wir nochmal hier?"

„Um Jesus Geburt zu feiern, Schatz."

„Jetzt? Er hat doch erst in ein paar Monaten. Oder nicht?" Sie kräuselte die Stirn.

„Weißt du was, ich geh mal kurz raus seinen Papa fragen." *Na hoffentlich hat das niemand gehört.* Stürmisch stand sie auf und riss mich an der Hand mit.

„Willst du mit?" *Ich muss ja wohl, so wie du mich hinterher schleifst.*

„Ja ja."

Kaum vor dem großen Sandsteinbauwerk angekommen, schaute sie zum Himmel. Die weißgraue Wolkendecke klarte augenblicklich auf.

„Duuu, sag mal, wann hat dein Sohn noch gleich Geburtstag?" Fragte sie, als würde sie mich oder jemand anders fragen. Plötzlich ging ein kaum spürbares Raunen durch die kahlen Büsche vor dem Kirchenplatz. Cami seufzte.

„Und, was sagt er?"

„Ich zitiere wortwörtlich: Keine Ahnung. Frag ihn selbst." Ich begann laut loszuprusten. *Das kenn ich irgendwoher. Mein Vater war genauso.*

„Und wo ist Der grade bitteschön?" Wieder kam Bewegung in die blattlosen Äste der Büsche und Bäume in der Nähe, diesmal jedoch begleitet von einem leisen Flüstern und einem leichten Windhauch.

„Jamaika?"

„Geil. Jesus ist hier, auf der Erde? Und auch noch auf Jamaika?"

„Sieht so aus. Gibt's da irgendwas Besonderes, oder warum grinst du so doof?" Sie legte den Kopf schief.

„Nö nö. Und wer grinst hier doof?"

„Na du."

„Gar nicht." Sie zuckte nur mit den Schultern.

„Bestimmt gibt's da viel Alkohol. Weißt du, Jesus ist wegen seiner Wasser in Wein verwandeln Geschichte, ständig blau. Das war immer urkomisch, wenn er dann versucht hat zu schwimmen. Der hat sich da ständig blaue Flecken geholt und sich am nächsten Tag dann beschwert, warum ihm alles wehtut."

„Hä?"

„Wasser ist für ihn wie normaler Boden, sonst könnte er ja nicht drauf laufen. Manchmal bist du schon etwas doof gell?" *Ja klar, das ist auch so total logisch. Warum bin ich nicht selbst drauf gekommen.* Ich schüttelte den Kopf. *Und das ausgerechnet von meiner Freundin! Der Blondine schlechthin. Aber ich bin doof. Klaro.*

„Ein paar mal haben wir Erzengel ihn damit total reingelegt. Haben ihn mit Wasser übergossen und ihm weisgemacht er war schwimmen. Nach einem Köpper in einen See lief er wochenlang mit gebrochenem Genick herum. Das war zum Schreien. Sein Kopf lag total auf der Seite, bis sein Vater ihn dann aber wieder geradegebogen hat. Gott würde es ja nie zugeben, aber er fand das auch witzig." *Okay? Ich stell mir das jetzt nicht so lustig vor.* Verstohlen tastete ich mein Genick ab. Engel scheinen einen recht seltsamen Humor zu haben.

„Autsch."

„Ach was, war halb so wild. War ja im Himmel. Da gibt's eh keine Schmerzen. In der Hölle übrigens auch nicht. Außerdem war sein Tod glaube ich, wesentlich unangenehmer." *Unangenehm würde ich eine Kreuzigung ja jetzt nicht gerade nennen aber ok.*

„Vermutlich. Oh, das ist praktisch."

„Wie mans nimmt. Wenn du erst merkst, das dir ein Arm fehlt, wenn du was damit essen willst, ist das schon blöd."

„Äh." Mir lief ein kalter Schauer über den Rücken.

„Ok, fürs Erste reicht es mal mit den Gruselgeschichten Schatz. Lass uns lieber wieder reingehen. Außerdem ist mir kalt." Sie nickte zwar nur, aber in ihrem Blick konnte ich direkt einige Hintergedanken ablesen. *Hoffentlich fängt sie nicht an mich in der Kirche aufzuwärmen.*

Wieder zurück auf der Empore, spielte mittlerweile die Orgel und Cami hielt sich direkt die Ohren zu.

„Was ist das denn für ein Lärm?!"

„Nur die Orgel."

„Ist ja schlimmer als Dione, wenn sie versucht zu singen." Da beugte sich meine Mutter zu uns herüber mit dem Finger auf den Lippen.

„Psst!" Cami tat so als würde sie mit den Augen rollen und kuschelte sich an mich heran.

„Guten Abend liebe Gemeinde…" Fing der Pfarrer gerade die Predigt an und Cami begann lautstark zu gähnen.

„Wer ist eigentlich der Typ da am Kreuz?"

„Äh, Jesus?"

„Ah, das erklärt einiges. Hab mich immer über die Löcher in seinen Händen gewundert." Erneut gähnte sie, wobei ihre Zunge bis weit über die Empore hinausgestreckt wurde.

„Schatz, hast du Lust rumzumachen?" Ich schaute sie verwirrt an.

„Das ist eine Kirche?"

„Ja ich weiß. Also, Lust?"

„Das darf man hier nicht. Außerdem sitzen meine Eltern neben mir?"

„Das ist ja doof. Dann werd ich diese Kirche mal anzünden. Pff, darf man nicht mal rumknutschen. Wie blöd ist das denn." Sie blähte die Wangen auf und ich hielt ihr hastig mit Daumen und Zeigefinger die Lippen zusammen.

„Wag es nicht." Sie blickte mich verdattert mit ihrem Entenschnabel an, bevor sie langsam die Luft aus dem Mund ließ und versuchte nach meinen Fingern zu schnappen.

„Böse Cami."

„Püh." Sie verschränkte die Arme vor der Brust und drehte sich weg. Nur…, ich drehte ihren Kopf wieder Richtung Pfarrer. Was sie mir mit einem knurrenden Geräusch quittierte.

„Wir sprechen nun gemeinsam den Psalm 23." *Ja, ja, wen interessierts.* Camaela gähnte ein weiteres Mal und legte dann ihren Kopf in meinen Schoß.

„Schatz, du kannst doch jetzt nicht schlafen."

„Klar kann ich, mir ist langweilig. Ich kann aber auch gern die Augen aufmachen und zusehen wie deine Hose brennt. Dann ist mir vielleicht nicht mehr so langweilig."

„Äh nee, nee, lass mal." Ich streichelte ihr über den Kopf und versuchte nicht vor Peinlichkeit im Boden zu versinken. Da tauchte plötzlich auf meiner linken Schulter Majas Gesicht auf.

„Hat deine Freundin sie noch alle, hier zu schlafen?" Ich zuckte mit den Schultern.

„Los, weck sie auf."

„Nö, mach du doch. Bin doch nicht bescheuert."

„Na guu…aaahhh!" Da rutschte wie von Geisterhand Majas Kleid bis zum Bauchnabel herunter. Hätte sie kein Bustier oder so etwas darunter getragen, ich wäre direkt erblindet. Panisch kreischend rannte sie durch die Reihen nach draußen, gefolgt von dutzenden erschrockenen Besuchern. Und einem, sich totlachenden Florian, der von meiner Mutter mit einem Todesblick getadelt, sofort hinterher rannte. Camaela grinste gruselig und hinter mir schlängelte sich ihr Schwanz durch die Bänke.

„Was war das denn?" Fragte meine Mutter und Cami antwortete eiskalt, mit dem Kopf noch immer in meinem Schoss:

„Sie hat ihr Kleid verloren." Ohne weiter darauf einzugehen schüttelte sie den Kopf und tat so, als wäre nichts passiert. Eine ihrer Spezialitäten. Die Gemeinde stimmte derweil ein Weihnachtslied an, dem ich zwar folgte, aber nicht mitsang. Es war einfach zu… weihnachtlich.

Die Minuten vergingen zäh wie ein Schweizer Käse in der Mikrowelle. Irgendwann bemerkte ich Liederbücher, die von ihren Plätzen fielen.

„Bist du wach?" Fragte ich leise meine Freundin.

„Ja, gerade aufgewacht. Was ist?"

„Dein Schwanz macht komische Sachen glaub ich." Sie verrenkte ihren Hals, dass es fast unmenschlich aussah und sah zu ihrem Anhängsel, dass gerade ertappt in der Bewegung stehen blieb und ein Liederbuch fallen lies.

„Ups. Naja du kennst ihn ja, macht immer was er will. So wie deiner ja auch." Cami lachte schelmisch und legte einen Zeigefinger auf die Beule in meiner Hose.

„Oh, Fuck." Unauffällig legte ich meine Hände darüber, was aber nun, mit Camis Hand darunter nicht gerade besser wirkte.

„Immerhin wirft mein Schwanz aber nicht mit Liederbüchern nach der Orgelspielerin." Augenblicklich traf mich ihre Zunge klatschend im Gesicht.

„Ups", lachte sie, „sei froh das, dass kein Liederbuch war." Ich lachte und gab ihr einen Stupser auf die Nasenspitze.

„Wann gibt's denn nun endlich Geschenke?"

„Nach der Kirche."

„Weck mich, wenn nach der Kirche ist." *Mach ich Schatz.*

6

Camaela und ich waren mitunter die Letzten, die die Kirche verliessen. Sie war kaum wach zukriegen. Also trug ich sie Huckepack hinaus. Draußen erwartete uns schon Raphaela, die lässig auf einer Mauer saß und vor lachen fast herunter gefallen wäre.

„Du siehst aus wie Jesus, der sein Kreuz mal wieder herumträgt." Ich brummte sie an und lugte zu Camaela, die friedlich an meiner Schulter schlief.

„Das Kreuz trag ich gern, auch wenn das voll aufs Kreuz geht."

„Oh, da will jemand witzig sein. Und wie wars denn so? Wenn ich mir Cami so anschau, wie immer."

„Joa, bis auf ein paar fliegende Liederbücher und Camis Gesicht in meinem Schoss wars das auch." Nun lachte ich, über Raphaelas versteinerte Mine.

„Gehen wir nach Hause. Ich will endlich was auspacken."

„Aber nur Geschenke."

„Geschenke, wie, was, wo?" Wie der Blitz hüpfte Camaela von mir herunter und schaute sich um.

„Ey, da sind ja gar keine." Ich nahm sie an der Hand und lief los.

„Aber gleich." Sie vollführte einen Luftsprung und gähnte im selben Augenblick.

„Na wie war dein erster Gottesdienst?"

„Gottesdienst? Ey ich putz aber nicht!" Raphaela fasste sich an die Stirn.

„Wie war deine erste Kirche, Blondie?"

„Whoa, wer ist hier blond?" Wir starrten sie beide an.

„Äh, ganz cool denke ich. Vor allem die vielen Bücher. Flogen echt super. Das machen wir noch mal."

„Das sah eben aber ganz anders aus, du Schnarchnase."

„Ich war halt müde."

„Du kannst gar nicht müde sein, du schläfst nur weil du willst."

„Maaaaaan mach mir halt alles madig. Blöde Erzengeltante." Ich grinste nur breit und sagte nichts. „Mach ich doch gar nicht. Ich sag nur wies ist." Jetzt fangen die Zwei auch noch an zu zanken. *Ich bin wirklich nie aus der Hölle herausgekommen.*

Mit ziemlicher Verspätung kamen wir Drei in unserem Haus an und kurz darauf auch im Esszimmer. In dem uns eine gewaltige Überraschung erwartete. Wobei gewaltig natürlich ein klein wenig übertrieben war. Übertrieben klein.
Wir hatten wieder einen Baum. Wobei…
„Tadaaaahh", riefen Flo und Maja im Chor und präsentierten uns unseren neuen Weihnachts,… äh Busch? Hatten die Beiden doch tatsächlich einen der großen Buchsbaumbüsche, die normal in Tontöpfen auf der Terrasse standen, ins Haus geschleppt und geschmückt. *War Camaelas Schwanz gegen Kleid Aktion gar nicht mal schlecht gewesen.*
„Besser als nix."
„Habt ihr gut gemacht", lachte meine Mutter und streichelte Maja und Flo über die Köpfe, die sich beide vehement dagegen wehrten.

Kurz darauf war es dann endlich soweit, jeder hatte seine Geschenke unter dem Christbusch deponiert und wartete gespannt auf die Auspackerlaubnis.
„Na dann, packt mal aus, ich hoffe wir haben für alle das Richtige gefunden." Camaelas Augen waren größer als ihr Kopf, als ich ihr ein Päckchen mit ihrem Namen reichte. Das in rotes Geschenkpapier mit weißem Band eingewickelt war.
„Das ist von mir Süße", sagte Raphaela und lächelte freundlich. Doch Cami hatte nur Augen für das Geschenk. Mit rasender Geschwindigkeit schlitzte sie das Papier auf, durchschnitt mit ihren Krallen die Bänder und zerfetzte wie

ein Schredder den Karton. Meine Mutter hielt sich schockiert die Hand vor den Mund.

„Vor…" Verdutzt schaute sie in das Papiergemetzel und zog einen zerfetzten Jeansminirock hervor, als wäre es eine tote Ratte.

„…sicht." Verdattert schaute sie auf den Jeansstoff und hielt ihn sich vors Gesicht.

„Ach, das kann man flicken", hörte ich Flo vom Tisch rufen. *Ja bestimmt, wie deine Klamotten. Ein Hoch auf die Sicherheitsnadel.* Ich rechnete in dem Moment schon mit Camis Enttäuschung und wollte sie schon tröstend in den Arm nehmen, als sie plötzlich voller Freude aufsprang und ihre beste Freundin herzlich umarmte.

„Danke, danke, danke. Der ist vooooooll hübsch."

„Gerne doch Liebes. Ich weiß doch wie sehr du auf Miniröcke stehst." *Hallo, der ist kaputt?* Voller Ungeduld legte sie ihn beiseite und schaute mich an wie ein junger Hund. Ihr Schwanz putzte aufgeregt die Fliesen. Schnell gab ich ihr ein weiteres Geschenk. Hob ihr aber den Zeigefinger vor die Nase.

„Aber nicht kaputtmachen ja?" Sie streckte mir die Zunge heraus und fuhr zaghaft fuhr sie mit dem Zeigefinger über das Papier.

„Besser so ja? Andere bräuchten dafür ein Teppichmesser. Sie hatte gerade einen, fast schon chirurgischen Schnitt gemacht, als meine Mutter uns plötzlich alle erstarren ließ.

„Sag mal Camaela, haben deine Eltern eigentlich nichts dagegen, dass du hier mit uns feierst?"

„Äh…" Camis Zeigefinger rutschte wie ein heißes Messer durch das Geschenk. *Super, noch ein Geschenk im Arsch.*

„Die haben bestimmt nix dagegen", warf Flo ein und grinste dabei dümmlich.

„Warum nicht?"

„Na weil die doch tot sind."

„Na weil die getrennt leben."

„Cami lebt alleine." Meine Mutter schaute uns erstaunt an. Raphaela und ich töteten Flo mit unseren Blicken.

„Florian, kommst du mal bitte mit? Wir müssen mal eben ein Gespräch über Privatsphäre führen." Sagte Raphaela eiskalt, doch Flo schien den Braten gerochen zu haben und weigerte sich. Ohne zu zögern packte sie ihn am Kragen, warf ihn vom Sofa herunter und schleifte ihn ins Badezimmer.

„Aua, das tut doch weh."

„Das tat weh? Dann freu dich schon mal auf unser „Gespräch."

„Oh Fuck!" Die Tür wurde zugeschlagen. Dann donnerte es dumpf. *Autsch, das war dann wohl sein Kopf auf dem Badewannenrand.* Dann ein erneuter Schlag. Jetzt ist er wohl auf den Boden gedonnert. Dann konnten wir ein helles warmes Licht unter der Tür hindurchscheinen sehen. *Uuuund da hat sie ihn wohl wieder geheilt.* Flo rieb sich noch die Stirn, als die Tür aufging und er mit einem unsanften Tritt hinausbefördert wurde. Wir starrten ihn mitleidig an, wie er sich den Hintern rieb und vor sich hin murmelte.

„Und der ollen Zicke schenk ich auch noch was…"

„Ich sollte wohl besser nicht nachfragen, was das gerade sollte oder?"

„Nope. Und um deine Frage zu beantworten Mama, für Cami sind ihre Eltern gestorben."

„Aha." Etwas misstrauisch noch, nahm sie die Antwort dennoch hin.

„Oh, okay, dann macht mal weiter." *Man, man das war knapp.*

„Darf ich jetzt weiter machen?" Fragte Cami vorsichtig und wir nickten. Kaum eine Sekunde später fiel der Rest des Deckels, des, ansonsten sauber verpackten Geschenkkartons zu Boden. Augenblicklich wich ihre Freude einer riesigen Enttäuschung, als sie, in den vor ihr liegenden Karton sah.

„Super, wenns jetzt hier drin blitzt und donnert, bist du Schuld. Da hast du ja eine ordentliche Gewitterwolke über ihrem Kopf beschworen." Hörte ich Raphaela kopfschüttelnd sagen.

„Wieso ich?" Wortlos zeigte ich auf meine Eltern.

„Ihre Schuld."

„Ja, ja. Immer rausreden."

„Ja. Außerdem, warts mal ab."

„Und das soll nun mein Geschenk sein? Ein Stück Papier. Das ist jetzt nicht dein Ernst. Wochenlang werde ich gefangen gehalten nur für das da?" Entrüstet zeigte sie auf die zerfetzte Karte im Inneren, die ich für sie rausholte und sie mir ansah. Sie war kaum noch zu entziffern. Ich wusste jedoch, dass es sich um einen Gutschein von meinen Eltern handelte. Die ja nicht wissen konnten und auch nicht durften, dass sie nicht des Lesens mächtig war. Was im Augenblick ja aber ohnehin keinen Unterschied machte. Also flüsterte ich ihr das „Gelesene" rasch ins Ohr. Die daraufhin Luftsprünge und waghalsige Drehungen vollführte, außer sich vor Freude. Sie stürmte auf meine Mutter zu und umarmte sie überschwänglich.

„Danke, danke, danke, das ist das beste Geschenk das ich jemals bekommen habe." Sie löste sich, hielt inne und sah zu Raphaela.

„Äh das Zweitbeste." Die grinste nur triumphierend.

„Keine Ursache, ich hoffe es gefällt dir. Wir waren uns nicht sicher, ist es doch ein wenig, na ja ausgefallen. Aber Michael meinte das würde dir gefallen." Energisch schüttelte sie den Kopf.

„Nein, nein, es ist perfekt", sie linste zu mir herüber und grinste verschmitzt, „ich frage mich wie das ein bestimmter Jemand noch toppen will." *Das frage ich mich auch. Wie toppt man sein Alter, aufgewogen in Gourmeterdbeermarmelade? Also siebzehn Gläser? Da hatte ich mal wieder nicht nachgedacht. Ich sollte das mit dem Denken echt aufgeben. Oder aber vielleicht auch nicht?* Ich grinste innerlich schon voller Schadenfreude.

„So jetzt mein Geschenk Schatz."

„Aber immer doch." Ich reichte ihr mein selbst eingepacktes Minigeschenk, ohne Schleife, ohne Geschenkpapier und ohne Weihnachtsflair. Ich war im Einpacken eine Niete, so etwas machte normalerweise meine Schwester. Also schnappte ich mir eine Zeitung und benutzte sie als Geschenkpapier. Was sogar Cami auffiel.

„Das ist aber hässlich, und du bist dir sicher, dass es kein Müll ist? Ich entsorge es gern für dich."

„Mach es auf und nörgel nicht."

„Tu ich doch gar nicht, das war nur eine Feststellung und ein Angebot." Ohne Probleme hatte sie die Zeitung in Fetzen gerissen und starrte wieder fragend auf eine Karte, die Darin lag.

„Bevor du fragst, das ist ein Gutschein für ein ganzes Spanferkel, nur für dich."

„Ein, echtes ganzes Schwein am Spieß, nur für mich allein? Boah, du bist echt der beste Freund den man sich vorstellen kann." *Tja so toppt man Marmelade.*

„Gott, das muss dich sicher ein Vermögen gekostet haben."

„Ach na ja, du warst es wert und jetzt lass uns nicht mehr darüber reden, das tut man an Weihnachten nicht." Dass ich Bael, den Kleinganovendämon mal wieder beim Dealen auf dem Schulhof erwischt hatte, und ihn erpresste, wenn er mir das nicht finanzieren würde, würde ich ihn an Camaela verpfeifen, musste sie ja nicht wissen. Schnell lenkte ich das Thema zu den anderen.

„Und Flo was hast du so bekommen?" *Außer Kopf und Hinternschmerzen. Und ich hab ihn sogar noch gewarnt.*

„Das kann ich dir erst sagen, wenn ich mich durch Rapha, äh Sarahs Zeug gekämpft habe." Wir betrachteten den Geschenkeberg skeptisch. Geschätzte neunzig Prozent der Geschenke waren Ihre. *So eine Enttäuschung.*

„Deine Eltern müssen dich echt mögen."

„Ach, naja, bin halt ein Engel." Sie zwinkerte uns zu, stand auf und schob mit dem Fuß eines ihrer Geschenke beiseite.

„Da, das sieht nach Einem für dich aus." Flo und ich legten die Köpfe schräg beim Anblick des Kuverts.

„Oh ja, das sieht nach etwas aus, das mir mein Alter schenken würde." Er riss es auf und hielt mir ein Stück Papier vor die Nase.

„Dein Vater schenkt dir auch ein Stück Papier? Ihr seid echt merkwürdig. Packt Papier in Papier ein. Das wäre ja so, als würde ich ein Schwein in Schwein einpacken. Schenken sich denn alle Menschen nur Papier?" Mischte sich Cami ein. *Aber wir sind merkwürdig. Ja genau.*

„Nein. Das ist ein Scheck. Dein Vater schickt dir einen Scheck?"

„Wow, cool, ein Scheck", kurze Stille von Cami, „was ist ein Scheck?"

„Den kann man einlösen und bekommt dafür Geld von der Bank", erklärte ich ihr.

„Jap, glatte 500 Euro. Der Deal, den er in Übersee getätigt hat scheint wohl einiges an Provision abgeworfen zu haben."

„Holla, das ist nicht schlecht, meinen Glückwunsch. Was macht denn dein Vater eigentlich?"

„Hey danke. Keine Ahnung, vielleicht ist er Drogenkurier, vielleicht Banker. Was weiß ich, ist mir auch egal, solange pünktlich die Kohle fließt, ist es mir Schnuppe. Kannst ihn ja selbst fragen, er müsste ja morgen hier aufschlagen."

„Ich will auch so einen Scheck."

„Ruhe auf den billigen Plätzen, du hast die Erdbeermarmelade und das Schwein bekommen."

„Das du nicht in Schwein verpackt hast oder?"

„Nein, natürlich… hmm das wäre gar keine schlechte Idee. Schwein im Speckmantel."

„Gott, seid ihr ein krankes Paar. Hey sagtest du nicht es hat dich nichts gek…" Hastig hielt ich ihm den Mund zu und machte das allgemeingültige Zeichen, für Kopf ab mit der anderen Hand.

„Psst." Puh, das war knapp, dachte ich und sprang schnell weiter im Kontext.

„Sarah, willst du nicht auch langsam mal auspacken?"

„Warum? Willst du sehen, wie ich mich blamiere?" Ich linste grinsend zu Flo.

„Ich glaube, das macht jemand anders für dich." Sie stöhnte und lies sich zu uns herab.

„Und was meinst du, wie lange es dauert bis Sarah deine Ohrringe findet?" Flüsterte ich Flo ins Ohr.

„Ich tippe auf die nächsten Zehn Minuten, könnten aber auch noch Zehn Stunden werden. Kuck dir den Berg doch mal an. Dagegen ist der Mount Everest ein Hügel. Die wühlt sich gleich bestimmt durch Dutzende von Klamotten und Schmuck und was weiß ich nicht alles."

„Ja, ihre Adoptiveltern haben sich echt nicht Lumpen lassen."

„Ja, ich wünschte ich hätte solche Eltern."

„Hey, du hast gerade eben 500 Euro bekommen. Im Übrigen kannst du mir so deine Schulden zurückzahlen."

„Geht nicht, das Geld ist schon ausgegeben."

„Wie bitte?"

„Ja, hab noch Schulden, hier und da." *Man man, wie kann man sein Geld nur so schnell verballern.*

„Wow, was ist das? Die sind ja wunderschön", lenkte uns Raphaelas Freudenschrei ab. Offensichtlich hatte sie die Kreolen gefunden.

„Wow, schau dir das mal an, die passen super zu meiner Rü… äh Haaren", sagte sie zu Cami, „von wem die wohl sind?" *War ja klar. Keine Karte.*

„Ich sag nur soviel, es hat blaue Haare und ist zum ersten Mal in seinem Leben sprachlos." Merkte ich an, während ich mit dem Daumen auf Florian zeigte.

„DU?!" Völlig geschockt sah sie Florian an, nachdem sie die Ohrringe angelegt hatte. Flo nickte nur und schluckte den Klos in seinem Hals herunter. *Oh ja, dieser Moment war die fünfzig Euro auf jeden Fall wert.*

„Warum schenkst ausgerechnet DU mir Ohrringe? Sag jetzt aber nicht, die sind dafür weil du mit mir in die Kiste willst?"

„Das habe ich ihm auch schon vorgehalten."

„Nein, wieso, darf man denn einer Freundin nicht mal was schenken?" Sie überlegte kurz und sah ihn scharf an.

„Seit wann sind wir Freunde?" Sie machte eine fast theatralisch lange Pause.

„Gut, ok, es ist Weihnachten, dann glaube ich dir ausnahmsweise, aber glaub ja nicht, ich schulde dir jetzt irgendwas."

„Das habe ich auch nicht erwartet." Immer noch sichtlich verwirrt schaute sie auf die Ohrringe und wieder zu ihm.

„Na, dann gut, äh danke."

„Bitte."

Die Geschenke, die meine Schwester bekommen hatte, waren nicht wirklich erwähnenswert. Geld und Schmuck von ihrem aktuellen Freund. Keine Ahnung wie der gerade hieß. Jörg, Jonas, vielleicht Manuel. Von mir gabs nen Kaktus *(einfach immer wieder ein Spaß mitanzusehen, wie sie jede Zimmerpflanze tötet)* und von meinen Eltern eine CD von Rihanna. Meine Eltern hatten von uns ein Wellnesswochenende bekommen, in den Schweizer Alpen. Zu dem sogar Florian und Raphaela etwas beigesteuert hatten. Zwar nicht wirklich viel, aber immerhin. *Geiziger Erzengel halt. Bestimmt war sie mal ne Schwäbin oder so.*

Der Abend war ziemlich ruhig und harmonisch ausgeklungen. Wie es eigentlich eher unüblich war bei uns. Wir Fünf hatten vor dem Fernseher gesessen und einen Weihnachtsfilm angeschaut. Meine Eltern waren früh schlafen gegangen und Flo wurde von Raphaela spät in der Nacht nach Hause geflogen. So hatten Cami und ich mal wieder etwas ruhige Zeit für uns, in der sie mir übermäßig für ihr Geschenk dankte. Und das bis zum Mittag des ersten Weihnachtsfeiertages. Zugegeben, geschlafen haben wir auch noch ein bisschen. Wobei ich natürlich nur für mich selbst sprechen kann. Leider wurde sie etwas früher, als ich, vom Duft des gebratenen Hasen, der zu uns hochzog aufgeweckt. Logisch, dass ich da natürlich mit aufgeweckt werden musste. In dem sie mich vom Bett warf, weil ich auf ihrem Schwanz gelegen hatte *(Gott klingt das pervers)*. Wir zogen uns an und gingen hinunter. Es war ein ziemlicher Lärm aus Gesprächsfetzen. Daraus schloss ich, dass Florians Vater es noch rechtzeitig geschafft haben musste. Florian und Raphaela waren ebenfalls schon da, die sich lauthals Kraftausdrücke an den Kopf warfen. Ich verzog das Gesicht. *Will ich wirklich in dieses Irrenhaus?* Ich kam nicht mehr zu einer Übereinkunft, zu schnell hatte Camaela die Tür aufgeworfen und mich mitgezogen. Sofort blieb sie wie angewurzelt stehen. Alle starrten uns an. Etwas, das Cami ja überhaupt nicht mochte.

„Ah, da seid ihr ja endlich", sagte meine Mutter sofort, die gerade das Rotkraut auf den Tisch stellte, „ich dachte schon ich müsste euch wecken."
„Du kennst doch Cami, die muss man nicht wecken, wenn's ums Essen geht." Cami knurrte Flo grimmig an, dann schob sie mich vor sich. *Man, man, das gleicht ja langsam einer Großveranstaltung.*
„Hallo, Micha, lang nicht gesehen", begrüßte mich Flos Vater, Michael Niemann freundlich. Ein Mann mit kurzem dunklen Haar, kantigem Gesicht und gekleidet in einen Anzug, der teurer schien, als unser Auto. Im Prinzip eine ältere Version von Flo, nur komplett gegenteilig gepolt. Sein Vater verkörperte alles, was Flo aufs Blut hasste. Den Kapitalismus in Reinkultur. Vermutlich war Flo aber gerade nur deshalb so gegen das System, weil sein Vater ein Teil davon war. Seltsamerweise verstanden sie sich dennoch

ausgesprochen gut. Was möglicherweise auch daran lag, das er kaum zu Hause war. Herr Niemann stand vornehm auf und reichte mir die Hand. *Und ja, sein Vater heißt wirklich wie ich. Irgendwie immer wieder seltsam.*

„Hallo, ja, ist schon einige Monate her. Darf ich vorstellen, meine Freundin, Camaela." Ganz Ladylike, wenngleich doch etwas schüchtern, kam Cami hinter mir hervor und schüttelte ihm die Hand. Auch wenn er sich nichts anmerken ließ, konnte ich doch an seiner Reaktion sehen das Cami ordentlich zugepackt hatte.

„Ganz schön strammer Händedruck, deine Kleine", sagte er und rieb sich die Hand.

„Tja, na ja sie trainiert regelmäßig."

„Ja, essen", mischte sich Flo ein, „könnt ihr euch mal hinsetzen ich hab Hunger."

„Das ist doch normal Camis Spruch", sagte Raphaela und grinste sie an. Sie trug ihre neuen Kreolen, die ihr außerordentlich gut standen. Schleunigst setzten wir uns, um ja nicht noch mehr dumme Sprüche zu provozieren. Wir saßen kaum zwei Minuten meldete sich dummerweise meine Blase und ich musste mich ausgerechnet mit dem dümmsten Spruch, den ich mir vorstellen kann, vom Tisch verabschieden.

„Ich muss mal eben für kleine Königstiger." Und löste damit eine kleine Lawine aus.

„Für kleine Königstiger? Ein dümmerer Spruch ist ihm wohl nicht eingefallen was?"

„Ja, vor allem weil an ihm nichts klein ist." Florian verschluckte sich an seinem Hasen, als Cami ihm so wohl überlegt ins Wort fiel. Raphaela und Maja grinsten vor Schadenfreude. Gut das ich im Moment nicht im Raum war, sonst wäre ich vermutlich rot angelaufen und vor Scham im Boden versunken. Zumal der ganze Tisch Camis Bemerkung gehört hatte und so jegliches Gespräch mit einem Mal verstummt war. Doch es ging noch schlimmer.

„Für kleine Königstiger benutzt er doch sonst nie. Das ist sicher nur ein Synonym für etwas wie…"

„…wie ficken?" Flo hatte Maja das Wort gekonnt abgeschnitten. Obwohl sie es nur geflüstert hatte, spuckte er fast sein Essen wieder aus.

„Naja, ich hätte es etwas subtiler ausgedrückt…"

„…wie vögeln?"

„Naja, ich meinte damit eigentlich miteinander schlafen, aber gut. Sicher steht Cami auch gleich auf. Wetten?"

„Um?"

„Deinen Nachtisch." Flo schlug, ohne zu zögern, auf die Wette ein. Erst hinterher klärte Raphaela ihn auf, das er gerade sein Vanilleeis mit heißen Himbeeren verwettet hatte.

„Ich muss mal eben weg", sagte da plötzlich Camaela und ging zur Tür hinaus. Verwundert schaute meine Mutter ihr hinterher und dann auf ihren Teller.

„Nanu, sie hat doch noch nie was übrig gelassen?"

„Tja, hab ichs nicht gesagt, nun gehört dein Eis mir." Tönte Maja gewiss des Sieges und strich Flo neckend über die Haare. Kaum eine Minute später kam Cami wieder an den Tisch geschwebt. Alle schauten sie verwundert an.

„Was? Ich hab nur das Fenster oben zu gemacht. Michael hat gesagt immer wenn es anfängt zu regnen oder zu schneien soll ich es zu machen." Immer noch starrten sie alle an. Weder regnete, noch schneite es. Zumindest noch nicht.

„Was? Soll ich es wieder aufmachen?"

„Ähm, nein, nein."

„Tja, du hast deine Wette verloren, nun ist dein Eis meins." Nun tröstete Flo meine Schwester, die beleidigt die Arme vor der Brust verschränkte. Da kam ich gerade aus dem Badezimmer.

„Vielleicht kriegst du ja noch einmal eine Chance, dein Eis zurückzugewinnen." Die zwei sahen mich mit großen Augen an.

„Ja, euch hat man bis ins Bad gehört. Das nächste Mal dürft ihr gern leiser sprechen." Das taten sie das ganze Essen über dann auch. Sie tuschelten das ganze Essen über nur noch. Ich vermutete sie handelten Wettregeln und Wetteinsätze aus. Da Raphaela schon nach kurzer Zeit davon genervt war, machte sie sich noch vor dem Nachtisch davon. Am liebsten wäre ich mitgegangen, denn die Gespräche der Erwachsenen waren einfach nur ermüdend und nicht sehr interessant. Mit Flo und Maja war auch nichts anzufangen und meine Freundin war, na ja mit Essen beschäftigt. Was eigentlich schon alles erklärte. Sie vertilgte sogar das Eis, nachdem sie es mit ihrer Handwärme in Soße verwandelt hatte. Die Himbeeren bekam allerdings ich. „Wenns keine Erdbeere ist, will ich sie nicht." Waren ihre Worte.
Später am Abend servierte meine Mutter anlässlich unseres Besuchs dann noch Kaffee und Kuchen, dem Cami gekonnt aus dem Weg ging und sich auf mein Zimmer verzog.
Sofort tuschelten die beiden Verschwörer wieder.
„Sagt mal, habt ihr nix Besseres zu tun, als über uns zu lästern?"
„Wir sind weder am Lästern, noch lästern wir über euch."
„Genau, wir äh reden über das Essen."
„Klar und ich bin der Papst. Als ob euch das Essen so zusammenschweißen könnte. Aber ich bin dann noch mal weg. Wenn ihr mich bitte kurz entschuldigen würdet."
„Laut Cami ist da nix kurz." Maja kicherte mit Florian im Chor, das ich nur den Kopf schütteln konnte und so schnell wie möglich im Bad verschwand. Trotzdem hörte ich sie noch. Leider.
„Der wird nie alt was?"
„Ja, nich? Wenn er uns aber auch immer diese Steilvorlagen liefert."
„Haha, du hast Steil gesagt." *Gott sind die zwei doof. Aber immerhin kommen die mal miteinander aus. Wenn es auch auf meine Kosten ist.*

„Was ist das für ein Lärm, hört ihr das auch Kinder?" Hörte ich Herr Niemann sagen, während ich gerade dabei war mir die Hände zu waschen.

„Alter Paps, Kinder?"

„Klaro, was sonst? Bei dem Benehmen, das ihr heute so an den Tag legt, kann man euch nur als Kinder bezeichnen." Wieder rumpelte es.

„Da, schon wieder. Habt ihr das gehört?" Alle hielten inne.

„Ach, sind bestimmt nur Camaela und Micha, dies gerade mal wieder miteinander treiben." Augenblicklich verschluckte meine Mutter ihren Kaffee auf Florians Kommentar, und hätte ihn fast über ihren Kuchen geprustet. „Also Flo."

„Ähm, ja wie denn das, ich bin doch hier." Verwundert sahen mich alle an, als ich aus dem Badezimmer kam und im Küchendurchgang stand.

„Ich seh mal nach ihr. Vermutlich ist es nur der Fernseher."

„Oder sie macht mit Sarah eine Kissenschlacht. Boah wär das geil. Ich komme wohl besser mal mit."

„Den Teufel tust du. Außerdem ist Sarah doch eh nicht da. Blödmann. Du kannst dich ja noch ein Weilchen mit meiner Schwester vergnügen."

„Du hast sie ja nicht mehr alle."

„Wer vergnügt sich mit mir?" Streckte Maja ihren Kopf, wie ein Erdmännchen in die Höhe.

„Nichts nichts, vergiss es." Riefen wir ihr im Chor zurück.

„Das war mir klar, dass du jetzt das denkst, was ich nicht gedacht habe. Ich geh jetzt Mal nach oben."

„Was hat der wohl gedacht?" Hörte ich Flo noch laut denken, bevor ich die knarrende Holztür hinter mir schloss. Mit einer gehörigen Portion Misstrauen nahm ich die Treppe. War Raphaela denn vielleicht doch wieder da? Lärm gab es allerdings Keinen mehr. Ich öffnete die Tür einen Spalt breit.

„Komm ruhig rein Schatz", ertappte mich Cami. Erschrocken öffnete ich sie und trat mit einem großen

Schritt ein. Als befände ich mich auf geheimer Mission, spähte ich durch mein Zimmer. Cami war jedoch nicht zu sehen. Eine meiner Bananenpflanzen lag umgeworfen am Boden. Vorsichtig ging ich daran vorbei und stieß auf die schwarze Skaterjeans die Camaela den Tag über getragen hatte. Sie sah zerfetzt aus. *Holla, genau wie die Tapeten! Fuck!*

„Alles in Ordnung bei dir? Was ist passiert? Wir haben von unten laute Geräusche gehört."

„Nichts. Alles in Ordnung." Doch ihre Stimme war ganz und gar nicht davon überzeugt. Sie klang zittrig, als hätte sie geweint.

„Ach ja? Danach sehen meine Tapeten aber nicht aus", sagte ich, um die Situation etwas aufzulockern und ging ein paar Schritte weiter, bis ich auf Höhe des Terrariums stand. Da stand sie vom Bett auf und kam hinter dem gläsernen Kasten hervor. Ich wollte ihr nicht gleich auf die Pelle rücken und trat einige Schritte zurück. Dann fragte ich sie noch einmal.

„Was ist passiert, geht's dir gut?"

„Sehe ich so aus, als obs mir gut ginge?" Fragend sah ich sie an und sie seufzte. Sie zeigte auf sich mit beiden Zeigefingern. *Wenn ich jetzt was Falsches sage, bin ich vermutlich tot.*

„Ich denke nicht?"

„Yay, das ist schon mal ein Anfang. Gut." Wieder zeigte sie auf sich, diesmal Eindringlicher.

„Okaaaaay?"

„Halloho? Bist du blind, brauchst du ne Brille?"

„Öhm, ist dass ne Fangfrage?"

„Nein ist es nicht, warum sollte es? Kuck doch mal hin du Doofi."

„Ich kuck ja, ich kuck ja."

„Du sollst kucken, nicht starren."

„Hä?" Das war wohl die falsche Antwort gewesen, denn sie knurrte und knirschte mit den Zähnen. Auch hatte sie die Fäuste geballt und ihr Schwanz schwang gefährlich umher.

„Ist ja schon gut Schatz, war doch nur Spaß."

„Dann hast dus also bemerkt?"

„Was?" Die Krallen an ihren Füßen bohrten sich tief in den Laminat und ihre Augen flammten auf.

„Grrr." Knurrend drehte sie sich auf dem Fuß um und schlug mit ihrem Schwanz nach mir. Wie eine Abrissbirne traf mich ihre Schwanzspitze am Oberschenkel und fegte mich so um. Ich rieb mir den Kopf, nach meiner Landung.

„Aua, das tut doch weh."

„Tja, verdient ist verdient." *Maaaan, was will die von mir?!* Misstrauisch verfolgte ich Camis Schwanz, der wie eine Schlange vor ihr schlängelte und kurz davor war, mir in den Fuß zu beißen. Da ging mir ein Licht auf.

„Und?"

„Ist dein Anhängsel mutiert?"

„Ah, der Herr hat es gemerkt."

„Du weißt nicht was mutiert bedeutet oder?"

„Doch, doch, das heißt, dass es gewachsen ist und praktischer."

„Na ja…" Sofort schwang ihr Schwanz wieder umher, bereit ihn wie einen Morgenstern einzusetzen.

„Ist ja gut, ist ja gut."

„Und, was fällt dir noch auf?"

„Wie noch mehr?" Mit tödlicher Präzision donnerte die schwerere Schere in einen Unterschrank, nur Zentimeter von mir entfernt.

„Hey, pass doch auf, du könntest mich damit umbringen." *Was ist denn in sie gefahren?! Ich habs. Das Rotkraut wars. Ganz bestimmt. Das hätte sie nicht essen dürfen. Und nicht nur, weils Meins war.*

„Was wen ich das beabsichtige?"

„Schon gut, schon gut. Nur nichts überstürzen." *Oh mein Gott, denk nach, denk nach, was hat sich noch an ihr verändert?* Angestrengt musterte ich ihren Körper von unten nach oben. Was nicht leicht war, schließlich war sie ab der Hüfte nackt. *Gut, nicht ablenken lassen. Noch einmal von vorn.* Ganz genau sah ich mir ihre Füße an, oder versuchte es zumindest. *Nicht nach oben sehen, nicht nach oben sehen. Mist. Bewegten sich die Knochenplatten zwischen ihren Beinen oder bildete ich mir das ein?* „Würdest du mal aufhören mich mit deinen Augen zu befummeln und dich darauf konzentrieren meine Aufgabe zu lösen?"

„Ich, äh, ja." Ich rief mir noch einmal ihren Körper in Erinnerung. Es dauerte ein paar Sekunden, mein Hirn war noch träge vom Essen und der Schmerz an meinem Schenkel war auch nicht dienlich. Doch dann sah ich es. Glasklar. Ihre Krallen waren größer und besaßen regelrechte Widerhaken auf der Oberseite. Quasi Krallen, die man beidseitig nutzen konnte. Außerdem ragten aus ihren Kniescheiben je zwei lange dreieckige Dornfortsätze hervor. Jeder so lang wie meine gesamte Hand. Vorsichtig sah ich ihr ins Gesicht. Finster sah sie mich an, darauf wartend mich wie Beute zu schlagen oder mir endlich zu gratulieren. Ihre Zähne blitzten auf und auch da erkannte ich Veränderungen. Ihre gesamten Zähne, waren von haifischähnlichen Zähnen ersetzt worden. Ich schluckte angesichts der Mordwerkzeuge in ihrem Mund und konnte meine Augen nur schwerlich davon lösen. Ihre Hörner waren weiter nach hinten gebogen und ihre Haare besaßen plötzlich rote Strähnen Auch ihr Scheitel lag anders und sie waren gerade noch schulterlang. Was ihr sehr gut stand. Dennoch war ihre neue Erscheinung zunächst ein ganz schöner Schock für mich, sodass es mich kurz schwindelte.

„Ist alles ok Schatz? Warte ich hab dich." Mich stützend, begleitete sie mich zum Sessel und legte mich darauf ab. Vor Schmerzen verzog ich das Gesicht, als mein Oberschenkel den Sessel berührte. Fürsorglich lächelnd kam sie näher und küsste liebevoll die Stelle.

„Was ist passiert, ich meine wie? Geht's dir gut?" Fragte ich Cami und beobachtete sie ein Weilchen, bevor ich beiläufig zu den Wänden sah.

„Und was ist eigentlich mit meinen Wänden passiert?" Ohne die Küsse zu unterbrechen antwortete sie.

„Meine Flügel sind aufgesprungen, als die Veränderung eingetreten ist. Entschuldige Schatz."

„Ach halb so wild, da kleben wir Poster drüber."

„Ich will eins mit Erdbeermarmelade drauf."

„Ist gut. Und das Andere?"

„Da darfst du von mir aus noch ne heiße Frau aufhängen."

„Au ja, dich in Postergröße, das wärs." Cami lachte gezwungen.

„Willst du mir nicht mal erzählen, was eben passiert ist?" Sie stoppte ihre Behandlung und blickte mich aus großen Augen an. Dann wandte sie sich ab und begann ihre Unterlippe unschlüssig durchzukauen.

„Du weißt, du musst nicht."

„Ja schon. Hmm…", hauchte sie, stand auf drückte mir einen Kuss auf die Wange, so leicht wie ein Luftzug.

„Nein, es ist vielleicht besser ich erzähle dir jetzt davon."

„Aber vorher solltest du dir eine Hose anziehen, für den Fall das jemand hereinkommt." Sie sah an sich herunter und zog schelmisch grinsend ihr Top nach unten.

„Ich weiß was Besseres." Ich konnte kaum schauen, da lag sie unter meiner Decke.

„Kommst du?"

„Also, gut zuhören, ich erzähl das nur einmal Schatz. Es war etwa 500 Jahre nach der Geburt des Golgathaners, oder wie ihr Menschen es sagen würdet, dem Tod von Gottes Sohn. Als Gabriel den Krieg gegen Gott ja leider verloren hat und er mitsamt seiner Gefolgschaft, also mir, Jophiel und Uriel aus dem Himmel geworfen wurde. Soweit weißt du das ja schon." Ich nickte.

„Sehr gut. Nun kommt was Neues. Das Ganze hatte nämlich einen großen Haken. *Noch einen Größeren, als in die Hölle geworfen zu werden???* Es gibt keine Erzengel in Der Hölle. Oder naja, hätte es nicht geben sollen. Doch Gott hat schlichtweg vergessen, uns diesen Titel zu nehmen. *Na ich weiß ja nicht. Gott und vergessen?* Worum ich wirklich froh bin. Wir Vier wären sonst ohne unseren Erzengelstatus und die damit verbundenen Kräfte Dämonenboxsäcke geworden. Weißt du, wir sind nicht gerade nett zu denen da unten gewesen. Sie waren für uns nur dreckiger Abschaum. Wertloser Abfall. Ich muss zugeben, wir waren, oder die da oben, sind immer noch, eingebildete hochnäsige arrogante Aristokraten. Sehen sich als Elite der Welt. Die Krieger Gottes eben. Dabei haben die Engel nicht einmal einen freien Willen.

Jedenfalls landeten wir in einer unwirklichen und uns unbekannten Welt. Wir konnten von Glück sagen, dass wir Gabriel bei uns hatten. Er war nicht nur der oberste Kommandant, der himmlischen Heerscharen, er war auch unser Anführer. Ein ausgezeichneter Taktiker und unglaublich starker Krieger. Er beschützte uns, er führte uns. Ich schulde ihm mein Leben." Cami legte den Kopf in den Nacken und seufzte.

„Was er wohl gerade tut?" Sie bemerkte meinen starrenden Blick.

„Oh, entschuldige, äh, ja. Sein Plan war es, den damaligen Herrscher der Hölle aufzusuchen. Ihn um Schutz, Asyl zu bitten. Was für eine gewaltige Lüge das doch war. Er hat den Titel Herr der Lügen wahrlich verdient. Es war ein beschwerlicher und gefährlicher Marsch gewesen. Unsere Flügel konnten wir in der schwefelig stinkenden und brennenden Luft nicht benutzen. Hatten wir sie auch nur kurz draußen, fingen sie Feuer und verbrannten von außen nach innen, wie trockenes Stroh. Es war eine schwere Zeit, in der wir all unsere Kräfte aufbringen mussten. Tag für Tag, Nacht für Nacht. Zwanzig Jahre lang irrten wir durch dieses brennende tote Land, auf der Suche nach Baal, dem damaligen Teufel."

„Zwanzig Jahre?!" Camaela nickte.

„Ich halt kaum ne Stunde bei einer Wanderung durch."

„Ach, wenn du von unzähligen Dämonen verfolgt wirst, die dich bei lebendigem Leib fressen wollen, läufst du auch länger Schatz." *Vermutlich.*

„Es verging keine Minute, in der uns nicht ein Dämon oder ein anderes Höllenwesen angriff. Ich kann es nicht genug sagen, hätte es Gabriel nicht gegeben, ich wäre heute vermutlich nicht hier. Dann würde ich in der Hölle schmoren wie eine normale Seele, wie ein räudiger Mörder oder Vergewaltiger." Sie schauderte und sah mich ernst an.

„Wusstest du, dass Selbstmörder gar nicht in die Hölle kommen? Sie kommen wie jeder andere Mensch auch, in den Himmel, wenn er nicht gerade jemanden beklaut hat. Gut nich?"

„Keine Ahnung, ich hab nicht vor mich demnächst umzubringen Schatz."

„Ist auch besser so. Im Himmel würds dir eh nicht gefallen, glaub mir. Aber zurück zum Thema, sonst sitzen wir morgen noch hier."

„Ach, mir macht das nix, die Anderen denken eh wir haben hier hemmungslosen Sex oder machen eine versaute Kissenschlacht zu Dritt."

„Zu dritt?"

„Raphaela."

„Ist doch gar nicht da."

„Ja eben."

„Die sind doof, aber jetzt. Psst. Mund halten. Wir waren vollkommen am Ende, als wir es irgendwann zu Baals Flammenpalast geschafft hatten. Den Gabriel später niedergerissen hatte, um das mal zu erwähnen. Ich weiß nicht wie, aber Gabriel hat es geschafft, dass man ihm eine Audienz beim Teufel gab. Uns andere hat man allerdings nicht in den Palast gelassen. Offenbar waren wir ihm zu unbedeutend. Nachdem Gabriel den Palast betreten hatte, schlossen sich die Tore aus brennendem Gestein hinter ihm. Tage, Wochen und Monate warteten wir an den Stufen des Palasts, dessen Mauern aus Lava bestanden und dessen Zinnen gespickt waren mit den Köpfen derer, die ihn herausgefordert hatten. Riesige brennende Stacheln ragten hinter dem Gebäude hervor, die in unerträglichem Schmerz zuckten. Während vor den Toren zwei haushohe Statuen eine ewige Wache hielten. Eine davon war Berial nachempfunden, die Andere kannte ich nicht. Zumal sie sehr angeschlagen war.

Nach vielen Monaten des Wartens schien es endlich ein Ende zu haben. Die Tore explodierten vor unseren Augen. Durch ungeheure Kraft waren sie hinaus gesprengt worden und auf der Treppe zu unseren Füßen zerbrochen. Aus der Dunkelheit trat Gabriel, in der Hand, die Spitze des Speers des Schicksals. Der Speer mit dem ein Römer damals ein Loch in Jesus Bauch stieß. Wir wussten nicht, dass er in seinem Besitz war. Noch immer war die Spitze blutverkrustet und strahlte eine ungeheure Macht aus. Eine Macht, die sogar einen Teufel niederstrecken konnte. Gabriel schien verändert, ich konnte die dunkle Energie spüren, die nun durch seine Adern pulsierte. Als wir ihn darauf ansprachen sagte er:

„Der Erzengel ist tot. Es lebe der Teufel." Er hatte uns von Anfang an belogen. Wir alle waren geschockt von der Entwicklung, doch als er uns sagte, die Hölle wäre nun Unser, schworen wir ihm trotz seiner Lügen die Treue. Dass mit der Herrschaft, nicht nur Privilegien kamen, verschwieg er uns. Wir waren nun die Herrscher der Hölle, doch zu welchem Preis. Unsere menschenähnliche Hülle begann sich vom ersten Tag an aufzulösen. Wir wurden zu dämonischen Engeln. Zugleich verflucht und doch gesegnet. Das diese Änderungen nicht schleichend, sondern in Schüben auftraten, hatte nur einen Grund. Unsere Willensstärke. Sie konnte uns für Jahre und Jahrhunderte vor einer Veränderung bewahren, wenn wir uns Dieser nur stark genug widersetzten. Wie du siehst habe ich mich ganz gut gehalten. Gabriel dagegen verwandelte sich innerhalb weniger Tage vollständig. Er brauchte seine Engelshülle nicht mehr, so sagte er. Er war jetzt der Teufel. Mit der Kraft von Hunderten von uns, da schien es logisch, das er einen Körper brauchte, der Seiner würdig war. Größenwahnsinniger Idiot. Jophiel hatte von uns allen die meiste mentale Stärke. Er hatte sich seinen Erzengelskörper bis zuletzt fast komplett erhalten. Naja, bis Gabriel ihn vernichten musste. Uriel war etwa so weit fortgeschritten wie ich jetzt. Naja, vielleicht ein klein wenig Dämonischer."

„Das heißt, irgendwann siehst du so aus wie Berial?"

„Gott, mal Gabriel nicht an die Wand, hoffentlich nicht. Das wäre wirklich die Hölle." *Oh ja, das wäre es. Sex mit einer Lavakuh!*

„Wow, da hast du ja ein gewaltiges Abenteuer hinter dir. Da kann der Herr der Ringe einpacken."

„Oh ja, das war es. Aber wer bitte packt was ein Schatz?"

„Nix, nix, nicht so wichtig. Und wie geht es jetzt weiter? Kann ich dich irgendwie unterstützen?"

„Ja. Du könntest mir helfen, meine Garderobe auszumisten. Ich hab mich gerade an Hosen gewöhnt, schon kann ich sie nicht mehr anziehen." Cami seufzte deprimiert.

„Doch kannst du schon, du machst sie nur beim Ausziehen sofort kaputt."

„Haha. Auf Wiedersehen lange Hosen, willkommen zurück Minirock."

„Gibs zu, du mochtest meine Hosen doch eh nie."

„Ja schon, aber nur Röcke sind mir auf Dauer zu langweilig."

„Wir finden schon eine Lösung." Ich strich ihr übers Haar und warf ihr eine Strähne aus dem Gesicht.

„Mir gefallen deine Strähnchen und deine neue Frisur."

„Danke. Ich finde sie jetzt nicht so toll. Aber ich werde mich wohl damit arrangieren müssen. Sowie mit allem. Du kannst dir gar nicht vorstellen, was das für ein Schock war, als mir eines Tages diese Hörner gewachsen sind. Ich hab fast eine Woche nur geheult. Zumal auch niemand für mich da war. Meine beste Freundin konnte mir ja nicht beistehen, sie war im Himmel. Und ich fühlte mich für eine lange Zeit wie ein Monster, entstellt für immer. Zum Glück habe ich mich irgendwann daran gewöhnt. Und heute bin ich sogar ganz froh über die meisten Dinge. Wie den Schwanz, oder die Krallen an den Flügeln."

„Eben, das wird schon. Solange du mir nicht mit deinen neuen Zähnen die Zunge oder was Wichtigeres abbeißt, kriegen wir das schon hin. Diesmal sind wir ja beide da und ich werde dir so gut ich kann beistehen um mit der Veränderung zurecht zu kommen. Ich bin sicher Raphaela wird dir auch helfen." Ein gezwungenes Lächeln huschte über ihre Lippen.

„Danke, bist ein Schatz. Du hast sicher Recht, dieses Mal wird alles anders. Ich liebe dich."

„Ich dich auch. Wir schaffen das schon. Dieses Mal wird es besser. Versprochen."

„Jap." Normale Mädchen hätten jetzt sicher Tränen vergossen, bei Cami verdampften kleine weiße Wölkchen.

7

Geschafft haben wir dann auch was. Die Weihnachtsfeiertage. Wobei die eigentlich eher uns geschafft haben. Noch Tage später fühlte ich mich so vollgefressen, dass ich glaubte, nie wieder essen zu müssen. Was man von Cami natürlich nicht behaupten konnte. Sie hatte in einem unbeobachteten Moment sogar die Knochen des Hasen verspeist. Einige Minuten stand meine Mutter da verwundert am Tisch und grübelte über die verschwundenen Knochen nach. Was wirklich sehr lustig erschien, wenn man wusste wohin sie verschwunden waren. Ob sie jemals dahinter kommen würde, dass in ihrem Haus ein fleischfressendes Monster lebte? Ich hoffte es nicht. Allerdings hoffte ich inständig darauf, dass das neue Jahr etwas weniger nervenaufreibend werden würde. Denn kaum war Weihnachten vorbei, stand ja auch schon wieder Sylvester an. Das ich so schnell wie möglich hinter mich bringen wollte. Jeder Feiertag bedeutete für mich einen weiteren Riss in meinem Nervenkostüm. Wirklich Lust darauf, mein sauber geschnorrtes Geld in die Luft zu pusten hatte ich sowieso nicht. Ich würde es aber wohl trotzdem machen, um Camaela ihr eigenes Feuerwerk zu gönnen. Es wäre egoistisch von mir, sie am ersten Feuerwerk ihres Lebens nicht teilhaben zu lassen. Nur weil ich mir das Geld sparen wollte. Also schlenderte ich am 31. Dezember durch die Geschäfte auf der Suche nach dem eindrucksvollsten und günstigsten *(möglichst beides in einem)* Feuerwerk.

„Hey, Georg, meinst du nicht, dass es eine dumme Idee ist dem Typen auf offener Straße hinter herzuschnüffeln?"
„Wenn Marc meint es ist ok, dann wird es wohl so sein. Und wenn du mich fragst, ist hier so viel los, der wird uns gar nicht bemerken."
„Marc hat auch gemeint die Fesseln sind fest genug, dass er nicht abhauen kann, du hast ja gesehen, wie fest die waren."

„Ich will den Chef jetzt nicht in Schutz nehmen oder so, aber wir haben alle gesehen wie angefressen die Seile waren. Sicher hatte er Hilfe. Vielleicht kann er mit Tieren sprechen oder so."

„Ach du hast sie ja nicht mehr alle. Er hat zwar eine Dämonenfreundin, was ich höchst widerlich finde, aber mit Tieren sprechen? Quatsch, ich tippe eher auf einen Kobold oder so, der ihm geholfen hat, und als Roman die Türe geöffnet hat, ist er verschwunden."

„Ja, der arme Roman. Ein Kobold also, hmm klingt plausibel. Oh, er geht weiter, hinterher." Der Kräftige der beiden, gab dem Dicken ein Handzeichen und ging voraus, während ihr Opfer in ein weiteres Geschäft einbog.

„Hey, meinst du das ist ein Dämonenladen?" Der Kräftige mit den kurz geschorenen Haaren sah den Dicken verwundert an.

„Kann es sein, dass du langsam paranoid wirst? Das ist genauso wenig ein Dämonenladen, wie der Süßwarenladen und der Laden davor. Jeder weiß doch, dass Dämonen keine Läden besitzen. Sie sind in der Politik, aber sie führen keine Geschäfte."

„Wer weiß wer weiß. Vielleicht ist das ja ein Dämonenladen." Sagte er während ihr Opfer in ein weiteres Geschäft einlenkte.

„Nein ist es nicht, Herrgott, pass lieber auf, dass er uns nicht entwischt. Marc reißt uns den Kopf ab, wenn wir ihn nicht wieder einfangen."

„Ja, ja, schon gut. Ähm, wo ist er denn hin?" Der Kräftige verpasste dem Dicken einen Schlag auf den Hinterkopf, bei dem er mit der Hand von seiner Glatze abrutschte.

„Aua."

„Hast du dir deine Glatze etwa wieder mit Creme eingerieben?"

„Schon möglich." Er zeigte ihm die Hand mit der schleimigen Handfläche.

„Ich hab dir schon so oft gesagt, setz dir ne Mütze auf anstatt dir immer wieder dieses eklige Zeug auf die Rübe zu schmieren."

„Lass mich doch. Überleg dir lieber, was wir dem Chef sagen. Du bist schließlich der Schlauere von uns beiden."

„Ach hast du das auch schon erkannt. Äh, stimmt, ich weiß. Ähm… wir sagen ihm seine Dämonenfreundin hat ihn beschützt. Ganz einfach."

„Aber das ist doch gelogen."

„Na und? Ich schlag dich gleich noch mal, wenn du jetzt was Dummes sagst."

„Ich, äh…", der Kräftige hatte schon seine Hand erhoben, „…hab Hunger." Schnell trat der Dicke ein paar Schritte zur Seite.

„Hey, da ist er wieder. Boah hat der große Tüten in der Hand, meinst du da sind Dämonensachen drin?" Sogleich fing er sich wieder eine von seinem Partner.

„Das sind nur Raketen du Schwachkopf."

„Ich, äh, das wusste ich."

„Hinterher." Da war der Dicke schon in eine Frau mit langem, platinblonden Haar gelaufen. Wäre diese Frau nicht übermenschlich stark gewesen, er hätte sie mit seinen 100 Kilo sicher umgeworfen. Stattdessen griff sie ihn sich am Kragen, während er gerade ein: „Entschuldigung", stammelte. Ohne ins Schwitzen zu geraten, zog sie ihn sich an ihre Lippen und flüsterte ihm etwas zu.

„Wir sind keine Dämonen. Wir sind Engel, aber wenn ihr meine Freundin und ihren Freund nicht in Ruhe lasst, werden wir euch trotzdem ohne mit der Wimper zu zucken vernichten. Ist das verständlich gewesen? Richte das deinem Chef aus." Verängstigt nickt der Dicke zustimmend.

„Georg, Georg", rief er sogleich nach seinem Freund, der schon einige Meter vorausgelaufen war. Trotzdem bemerkte er sein Rufen und drehte sich um.

„H, hier, hier, ist gerade ein Dä, äh Engel!" Da war die Frau längst im Menschengetümmel verschwunden. Der Kräftige kam zu ihm zurückgelaufen.

„Was ist los, wir verlieren ihn noch." Verwirrt schaute der Beleibte sich um.

„Hier war gerade ein Dämon, äh, die sagte sie sind keine Dämonen, sondern Engel. Wir sollen Marc ausrichten, wir sollen aufhören sie zu jagen, sonst werden sie uns alle umbringen. Ich schwörs." Er schluckte schwer und war völlig außer Atem, als hätte er ein Wettrennen veranstaltet. Sein Gesicht rot und der Schweiß stand ihm auf der Stirn.

„Bist du wieder gerannt? Ich hab dir doch schon so oft gesagt du sollst nicht rennen, das ist nicht gut für dein Herz und dann hast du immer Halluzinationen, weil dein Gehirn dann nicht genug mit Sauerstoff versorgt wird."

„Nein, bin ich nicht, du musst mir das echt glauben Georg. Ich geh jetzt zurück und werde Marc das sagen. Du kannst ihn ja weiter observieren, aber ich hänge an meinem Leben." Der Dicke kämpfte sich durch die Menschenmenge, bis Georg ihn aus den Augen verlor.

„Ich auch, aber Marc weiß was er tut, da bin ich mir sicher. Er war bei der Bundeswehr." Immer wieder rief er sich diesen Satz ins Gedächtnis. „Er war bei der Bundeswehr." Um sich selbst Mut zu machen. Dennoch konnte er das mulmige Gefühl in ihm nicht vertreiben.

„Hey, Hi Raphaela, was machst du denn hier?" Sagte ich zu Raphaela, die gerade wie ein Geist neben mir auftauchte, als ich in den Bus einsteigen wollte.

„Hallo Micha, ach nichts Besonderes, bisschen Geld ausgeben halt. Und du? Wie ich sehe, hast du gut für heute Abend eingekauft." Ich hob ihr stolz die beiden Taschen vor die Nase. In der einen befanden sich Böller, Knallfrösche, Vulkane und Raketen, während die andere mit Fressalien und Sekt gefüllt war.

„Ich hoffe du hast es nicht übertrieben, du weißt Cami kennt kein Feuerwerk."

„Klar weiß ich das, deshalb muss es ja umso krasser werden."

„Und ich dachte, du kennst Cami. Naja, sag später aber nicht ich hätte dich nicht gewarnt. Und jetzt solltest du mal in deinen Bus steigen." *Warnen, wovor?*

„Halloho?" Sie wedelte mit ihrer Hand vor meinem Gesicht herum.

„Erde an Michael."

„Was?"

„Dein Bus ist gerade vor deiner Nase weggefahren."

„Nein."

„Doch." Ich knurrte sie an.

„Das ist deine Schuld, du mit deinen Andeutungen und Warnungen und so. Du machst mich noch ganz gaga hier."

„Gaga machst du dich nur selber. Dann warte du mal schön auf den nächsten Bus, ich muss weiter shoppen."

„Ja klar, zuerst dafür sorgen, dass ich den Bus verpasse und dann abhauen. Miststück." Da war sie schon fast außer Sichtweite.

„Das habe ich gehört", hörte ich dann aber doch noch, und sah wie sie mich teuflisch angrinste, bevor sie hinter den Menschen verschwand. Und ich durfte jetzt eine halbe Stunde in der Kälte warten. Also setzte ich mich auf eine Bank und wartete. Und wartete, und wartete. Den Sekt musste ich so wenigstens nicht mehr kalt stellen.

Denkste, im nächsten Bus war die Heizung so extrem aufgedreht, das ich in meinen dicken Wintersachen fast geschmolzen wäre. Den Sekt wieder in den Kühlschrank gestellt, war der Tag auch schon wieder fast vorbei. *Wir haben einfach zu lange „geschlafen".* Das der Jahreswechsel kurz bevorstand, schien sie völlig kalt zu lassen. Wie an jedem normalen Tag auch, lag sie vor dem Fernseher. Wie gewöhnlich interessierte sie sich nur für das

Essen an diesem Tag, mit dem sie aber überhaupt nicht zufrieden war. Salate über Salate. Nudelsalat, Heringssalat, Wurstsalat, Grüner Salat, Karottensalat und Kartoffelsalat. Daher verbrachte sie die letzten Stunden bis Mitternacht schmollend mit dem Fernseher. Mit was auch sonst.

Es war kurz vor null Uhr, als die ersten Böller durch den Ort hallten.

„Tz, tz, da kann jemand keine Uhr lesen", murmelte ich, während ich ein paar warme Kleider heraussuchte und Cami half sie anzuziehen. Was natürlich nur mäßig und unter großem Protest von statten ging. Und schlussendlich damit endete, das sie einen Kapuzenpullover mit Carmenausschnitt *(den er natürlich vorher nicht hatte)* und, wie zu erwarten war, doch einen Faltenminirock trug. Brummend und recht widerwillig, ließ sie sich von mir aus dem Haus ziehen. Die Nachbarn waren auch schon vereinzelt vor ihren Häusern und zündeten die ersten Knallfrösche. Ich nahm Cami an die Hand. Die Sie aber gekonnt abschüttelte und sich die Ohren zuhielt.

„Zu laut, vieeeeel zu laut", rief sie, bevor ich ihr eine Hand von den Ohren zog und sie aufklärte, dass das große Geballer noch gar nicht begonnen hatte.

„Oh. Das wird noch lauter? Dann lasse ich die nächste Stunde mal getrost aus." Sie drehte sich augenblicklich auf dem Fuß und wollte zurück zur Haustüre marschieren. Doch ich griff nach ihrer Hand und hielt sie am Handgelenk fest. Meine Eltern, Flo, sein Vater und meine Schwester gingen indes schon voraus zum Nachbarn, bei dem wir, wie jedes Jahr das Feuerwerk zündeten.

„Was soll das? Lass mich los, ich will jetzt wieder rein."

„Nein, das kannst du nicht. Ich…"

„Klar kann ich." Ohne Probleme zog sie mich über den Asphalt.

„Ich hab extra für dich auch ein großes Feuerwerk gekauft. Ich dachte du würdest dich darüber freuen." Sofort blieb sie stehen und drehte sich um.

„Schatz, das war wirklich sehr nett von dir, aber das ist mir entschieden zu laut und wenn du auch solche Böller, wie du sie nennst, zündest, werde ich dir wohl oder übel den Kopf abbeißen müssen." *Davor wollte Raphaela mich also warnen. Warum hatte sie das nicht einfach sagen können?*

„Ok, Kompromiss, du lässt meinen Kopf dran und ich vermeide die Böller ok?" Mit breitem Unschuldsgrinsen sah ich sie an.

„Bitteeeeee." Sie stöhnte und knirschte mit den Zähnen.

„Und wenn ich dir Ohrenstöpsel besorge?" Wieder nur ein Stöhnen.

„Na gut, meinetwegen."

„Yeah." Ich rannte zurück ins Haus und holte eine Handvoll Watte, die sie sich in ihre großen Löffel stecken konnte.

„Und, hörst du mich noch?"

„Was?"

„Ich hab gefragt, ob du mich noch hörst."

„Nein, ich höre dich nicht. Um auf deine Frage zu antworten." Etwas doof starrte ich sie an.

„Aber du hast ja die Frage gehört, sonst hättest du ja nicht antworten können." Sie legte den Kopf schief.

„Ähm, stimmt." Wieder nahm ich ihre Hand und führte sie die Straße hinunter. Diesmal ließ sie sich ohne Wenn und Aber zum Nachbarhaus führen. Der Bürgersteig war dick mit Schnee bedeckt und stellenweise ziemlich glatt, was Cami nicht im Geringsten störte. Mich allerdings schon, denn während ich die Abdrücke meiner Schuhe hinter mir verfolgte, hinterließ sie Pfotenabdrücke und das, obwohl sie aus menschlicher Sicht eigentlich Schuhe trug. Als wir um die Kante bogen, hatten sich schon eine ganze Menge Leute auf dem gepflasterten Platz eingefunden. Eigentlich war es nur eine vergrößerte Einfahrt, die aber genügend Platz bot um einer kleinen Gemeinschaft das Feiern zu ermöglichen. Ich hielt kurz Inne und sah mich auf dem Platz um. Rechts von uns befand sich an der Hausfront eine kleine hölzerne Bank, der gegenüber ein kreisrundes Beet lag, bepflanzt mit einem Baum, der dick vereist war. Kurz vor dem Gehweg waren schon einige leere Flaschen aufgestellt worden, die uns gleich als Raketenabschussrampen dienen würden. Vor der Haustüre konnte ich im Getümmel meine Eltern ausmachen, die mit einigen Nachbarn tratschten. Mit Verwunderung stellte ich fest, das sogar der Nachbar von gegenüber im Ring der Erwachsenen stand. Und das wollte was heißen, schließlich war der besessen von dem Glaube, Camaela sei der Teufel. *Pff, Cami und der Teufel. Wie kommt der bloß auf so etwas?* Er hatte sein Haus mittlerweile verbarrikadiert. Die Fenster mit Brettern vernagelt und verließ sein Haus quasi nicht mehr. Offenbar machte er hierfür eine Ausnahme. Er wirkte allerdings etwas verängstigt und schreckhaft. *Und Der weiß noch nicht mal das vom Golgathaner.* Das genaue Gegenteil davon, war Jana, die Nachbarstochter. Aber Die kannte Camaela ja auch noch nicht. Sie kicherte angeregt mit meiner Schwester um die Wette. Sie war nur ein Jahr jünger als ich und sah wirklich toll aus mit ihren braunen Haaren, die locker über ihre Schulter hingen und die mit ihren haselnussbraunen Augen um die Wette leuchteten. Um ein Haar wäre sie meine Freundin geworden. Hätte sie mir keinen Korb erteilt. Zwei Mal. Drei Mal wenn man den Blumenstrauß dazuzählt, den ich ihr schicken ließ. Und den sie als Besen verwendet hatte. Das war jetzt schon fast vier Monate her. Nur ein paar Wochen später hatte ich Camaela kennengelernt. *Wie sie wohl auf mich reagieren würde?* Langsam ging ich mit Cami an der Hand an den beiden vorbei und wartete eine Reaktion ab, die auch prompt kam. „Hey, hi Michael. Lange nicht gesehen. Danke für die Blumen, die waren wirklich schön. Wer ist deine Freundin?" *Oh diese falsche Schlange. Sie ist wirklich hinterhältig. Mit voller Absicht hast du die Blumen erwähnt.* Verstohlen schaute ich aus den Augenwinkeln zu Camaela, die offenbar aber in dem Moment in Gedanken versunken war. Bevor sie mir unerwartet etwas ins Ohr flüsterte.

„Darf ich sie fressen?" Und ich flüsterte zurück.

„Nein, natürlich nicht. Du hast selbst gesagt du isst keine Menschen. Mehr."

„Na und, ich kann doch mal eine Ausnahme machen. Außerdem ist sie ja kein Mensch. Eher so etwas wie eine Schlange." *Oh wie ich dieses Mädchen doch liebe.*

„Was quatschen die da?" Hörte ich Jana zu Maja sagen.

„Keine Ahnung. Lass uns mal rein gehen, mir ist kalt." Ich wollte mich gerade den beiden wieder zuwenden, als sie einfach aufstanden und sich durch die Haustüre verdrückten. *Naja auch gut.*

„Können wir jetzt aufhören mit flüstern?" Flüsterte mich Cami an und ich flüsterte zurück.

„Ja, können wir."

„Warum flüsterst du immer noch und warum haben wir überhaupt geflüstert?"

„Weil Jana nicht unbedingt hören sollte, das du sie fressen wolltest?"

„Ach so. Warum hast du ihr Blumen geschenkt?"

„Öhm." *Wollte ich ihr wirklich erklären, dass ich Mal scharf auf sie war?*

„Du musst ganz schön dumm gewesen sein, diese Zicke anzubaggern. Gut das du ja jetzt mich hast."

„Warum fragst du eigentlich, wenn du es eh schon gewusst hast?" Cami setzte sich auf die soeben frei gewordene Bank und legte die Beine übereinander.

„Weiß nicht. Nur so. Hey willst du nicht mal dein tolles Feuerwerk aufstellen? Es ist gleich so weit." Ich sah auf meine Handyuhr. Wow Camaelas innere Uhr ging ja wieder wirklich exakt.

„Wow, woher weißt du das? Deine innere Uhr stimmts?"

„Nö, hab auf die Kirchturmuhr gekuckt." Ich fasste mir an die Stirn und schnappte mir dann meine Tüte mit dem Feuerwerk. Ich steckte einige Raketen in die Flaschen und platzierte die beiden Raketenbatterien. Die dicken Böller mussten leider drin bleiben. Mittlerweile war auch Florian zu uns gestoßen. Er hatte Janas älteren Bruder Jan im Schlepptau. Im krassen Gegensatz zu seiner Schwester war Jan so faul wie Flo und ich. Und war trotzdem Haut und Knochen. Was mit seiner Größe von einem Meter neunzig dazu führte, das man ihn leicht mit einer Vogelscheuche verwechseln konnte. Die wilden Dreadlocks taten ihr Übriges, die er seine Haare nannte.

„Hey Flo, weißt du wo Raphaela ist, ich dachte sie wollte auch kommen?"

„Sie hat es sich anders überlegt. Eine ihrer Mitschülerinnen hat sie glaube ich auf eine Party eingeladen, oder waren es ihre Adoptiveltern? Ach was weiß ich."

„Ach so." Sein: „Da wäre ich jetzt auch gern", wurde da auch schon vom ohrenbetäubenden Klang der Kirchturmuhr verschluckt, die Mitternacht schlug. Vor den Häusern, die sich weiter unten in der abschüssigen Straße befanden, zischten auch schon die ersten Raketen gen schwarzen Himmel. Strahlend schön explodierten sie in zig verschiedenen Farben. Rote Sterne, blaue und grüne Leuchtkugeln erhellten die Nacht, goldglitzernde Fontänen wurden neben uns gezündet. Knallend und krachend zuckten Raketen wie gelbe Schlangen über unsere Köpfe hinweg. Pfeifende Feuerblüten und brennende Bienensterne mit langen Schweifen aus silbernen Sternen leuchteten über dem ganzen Dorf.

„Ach mist, ich hab die Böller drinnen liegen lassen", sagte Jan und rannte zurück ins Haus. Camaela stand indessen mit offenem Mund da und starrte in den Himmel. Ihr Schwanz schwang unruhig umher, was wie bei einem Hund von ihrer Freude zeugte. Ich grinste und freute mich mit ihr. Mir fiel ein Stein vom Herzen, als ich sah, wie begeistert sie zu sein schien. Ich schaute ihr eine Zeit lang zu, bis sie mich plötzlich angrinste und ich zurücklächelte. Dann ging ich unter ihren strahlenden Blicken zu einer meiner Raketenbatterien.

„So Stairway to heaven, dann zeig mal, was du drauf hast",
murmelte ich grinsend vor mich hin und kramte in meinen
Taschen nach einem Feuerzeug. Ich kramte und kramte, bis
Flo neben mir auftauchte.

„Brauchste mal Feuer?" Er zog sein Sturmfeuerzeug hervor
und klappte es auf.

„Das hilft mir ungemein", fuhr ich ihn an. Kein noch so
kleiner Funke war entsprungen.

„Verdammt, wie soll ich denn so eine rauchen? Hey Ela
haste mal Feuer?"

„Flo nein!" Da war es schon zu spät. Noch bevor er ihm klar
wurde, was er gerade gesagt hatte, stürmte Cami mit
offenem Mund auf uns zu.

„Cami Schatz nein. Er hat nur Spaß gemacht!"

„Ich mach auch gleich Spaß, wenn ich ihn gut durchbrate.
Du willst Feuer ja kleiner Fisch? Das kannst du haben!"
Hastig warf Flo sein Feuerzeug davon und sprang zur Seite.
Ich konnte schon die heiße Glut in ihrem Rachen sehen,
vermochte aber nicht sie noch zu stoppen. Wie glühende
Lava strömte der rote Feuerschwall aus ihrem Mund. So
hell, das die Vulkane der Nachbarn davor aussahen wie
Streichhölzer. In Sekundenbruchteilen schmolz das
metallene Feuerzeug dahin. Mit ihm der Schriftzug meiner
Raketenbatterie, an dessen Kante es gelandet war.

„Cami!" Schrie ich und warf mich nach hinten in den
Schnee. Und bevor Camaela nur ein: „Ups", herausrutschte,
explodierte das komplette Schwarzpulver. Mit einem lauten
Knall und einem riesigen Feuerball verpuffte mein teures
Feuerwerk zu Asche. Ich wurde durch den Schnee
geschleudert, nachdem ich das Feuer auf meiner Haut
gespürt hatte. Sofort drückten die Erinnerungen an die
Oberfläche, wie ich vor Monaten in der Hölle gestorben
war. Nachdem sich meine dämonische Hülle aufgelöst hatte,
hatte die brennende Luft mich fast aufgefressen. Nur mit
Raphaelas Heilungskräften hatte ich überlebt. Ich schlug mit
dem Hinterkopf auf dem Pflaster auf. Ein paar Meter neben

mir lag Flo auf dem Bauch, den Kopf schützend in die Arme gelegt. Ich beobachtete wie er zu mir herüber sah und sah die Dämpfe von seinen Kleidern aufsteigen. Mir klingelte es in den Ohren, sah alles verschwommen. Noch bevor jemand schreiend zu Hilfe eilen konnte, explodierten Raketen und Vulkane in einer flammenden Kettenreaktion. Vier, fünf, sechs Mal knallte es und der beißende Qualm hüllte uns ein. Stöhnend hustete ich und erkannte mittendrin Camaela, die Krallen in die Ritzen zwischen den Pflastersteinen geschlagen. Schwarz verkohlte Kleider hingen von ihrem Körper. Ihre Haut von der Explosion regelrecht abgeschält. Ihre Nase, ihre Lippen, die Haut in ihrem Gesicht, alles verbrannt. Schwarz verkohlte Knochen waren sichtbar geworden. Ich spürte sie mir zuzwinkern, da wuchs ihre Haut auch schon wieder über die Knochen und das Fleisch. Kurz schloss sie die Augen und als sie sie wieder aufschlug, deutete nichts mehr auf eine Verletzung, ja nicht einmal einen Kratzer hin. *So was will ich auch. Aber bitte mit heilenden Klamotten.* Fast splitternackt war ihre Vorderseite, während die Rückseite unversehrt war.

„Michi!" Rief meine Mutter durch den Qualm, die sich mit den anderen Eltern noch benommen vom Boden aufrappelte. Doch ich reagierte nicht darauf. Zum einen war ich so erstarrt, zum anderen war mit meinen Gedanken nur bei Cami, die wie versteinert wirkte. Offenbar war sie ziemlich überrascht von der Explosion. Auf einmal konnte ich ein paar Arme spüren, die nach mir griffen.

„Schatz ist alles in Ordnung. Geht's dir gut?" Ich hustete und drehte mich benommen zur Seite.

Während sich meine Mutter zu mir herunter bückte, half jemand Flo auf die Beine. Ich vermutete es war sein Vater.

„Ja, ja, geht schon, nur etwas durchgeschüttelt", sagte ich zu meiner Mutter um sie zu beruhigen, während ich gleichzeitig mein Gesicht abtastete. *Verdammt, hatte ich nicht mal Augenbrauen?*

„Und nur leicht angebraten. Kein Grund zur Sorge." *Ich sehe jetzt nur total entstellt aus.* Doch das stellte ich jetzt mal hinten an. Viel wichtiger war gerade Cami, die sich immer noch nicht rührte. Also rief ich nach ihr, um sie aus ihrem Trance ähnlichen Zustand zu holen.

„Cami!" Plötzlich war im dichten Qualm eine Bewegung zu erkennen. Camaela war mit einem übermenschlichen Sprung rückwärts aus der Wolke gesprungen. Verdammt. Sie macht sich jetzt sicher Vorwürfe.

„Oh Gott bin ich froh." Meine Mutter sah sich um, konnte aber nichts erkennen. Unsere Augen begannen zu tränen.

„Wo ist Camaela? War sie nicht bei dir?" Wir husteten gemeinsam. Ich traf zufällig Flos Blick, der mich noch vollkommen entgeistert anschaute.

„Nein, sie ist wieder ins Haus gegangen. Es war ihr zu laut."

„Puh, Gott sei Dank. Ich dachte schon."

„Nein, keine Sorge." Meine Mutter half mir auf, als wir die Feuerwehr hörten. Deren Garage nur zwei Straßen weiter war. Ich lies mich auf die Bank fallen, als Flo auf mich zukam. Er sah nicht wirklich amüsiert aus.

„Alter, was war das denn? Ich wusste zwar dass sie verrückt ist, aber ist sie jetzt völlig durchgeknallt? Sie hätte uns beide umbringen können."

„Ach du kennst sie doch. Sie ist halt etwas feurig. Haha Wortspiel." Mit versteinerter Miene schaute er mich an.

„Ja, gut der war nicht witzig."

„Nein, das war er nicht."

„Sagt grad der Richtige. Der es lustig findet, sie unbedingt ärgern zu müssen. Ja, es war übertrieben, aber das ist eben Cami. Kannst du dir vorstellen wie der Tag bisher für sie war? Mit nichts außer Salat und vielleicht etwas Marmelade. Der Lärm und dem Feuerwerk. Und nicht zu vergessen, das Weihnachten jetzt auch nicht sooooo lange her ist. Und dann kommst du mit deinem Ela und nem echt blöden Witz. Da rastet doch jeder Mal aus." Flo grummelte.

„Ja, aber wenn wir ausrasten, fackeln wir uns nicht ab."

„Nein, wir betrinken uns bloß bis zur Bewusstlosigkeit." Flo hustete krächzend.

„Oh, das täte jetzt wirklich gut." Ich schlug ihm auf die Schulter.

„Hey, siehs mal positiv. An das Silvester werden wir uns lange erinnern." Da konnte er schon wieder grinsen.

„Stimmt. Der Tag an dem Micha seine Augenbrauen verloren hat."

„Ja, ja mach dich nur lustig darüber. Oh man was für ein Chaos." Lachend und grinsend blickten wir auf den Platz. Der Rauch legte sich und hinterließ einen Ruß geschwärzten Platz, bedeckt mit Feuerwerksfetzen. In dem Moment bog ein Feuerwehrauto um die Ecke.

„Weißt du, bei dem was deine Freundin ständig anzündet, solltest du nach der Schule Feuerwehrmann machen, da geht dir die Arbeit nie aus." Ich sah Flo breit grinsend an, während zwei oder drei Feuerwehrmänner vom Wagen sprangen.

„Ohhh jaaaa."

Bevor man mich auch nur ansehen konnte, hatte ich mich nach Hause verdrückt um nach Cami zu sehen. Bis auf einen trockenen Husten und etwas Kopf und Rückenschmerzen ging es mir ja auch ganz gut.

„Schatz bist du da?" Klopfte ich an meiner Zimmertüre.

„Bin nicht da, komm in tausend Jahren nochmal." Ich schüttelte den Kopf und trat dennoch ein. Ihr Schwanz lugte hinter dem Terrarium vor. Sie saß also im Bett.

„Na da hast dus ja ordentlich krachen lassen Schatz."

„Du bist mir jetzt böse nicht wahr?" Ich setzte mich zu ihr. Sie hatte ihren Kopf in ihre Hände gestützt und die Mundwinkel nach unten gezogen.

„Ach was. Ok, na gut ein kleines bisschen. Was hast du dir nur dabei gedacht?"

„Ich, ich war einfach so wütend. Er hat wieder diesen schrecklichen Namen benutzt und dann dieser Lärm. Weißt du wie laut das war? Das komische Zeug, das du mir in die Ohren gestopft hast hat gar nix gebracht."

„Ich kanns mir vorstellen. Warum hast du denn nichts gesagt? Ich hätte dich sofort zurückgebracht."

„Du sahst so glücklich aus, ich wollte dir das nicht nehmen. Du hast dich so gefreut."

„Aber Schatz, wenns dir dabei nicht gut geht, wär das doch völlig in Ordnung gewesen."

„Echt?"

„Ja klar. Jetzt komm her. Kleine Verrückte du." Ich nahm sie fest in den Arm und strich ihr über den Rücken.

„Wir können nur hoffen, dass niemand deine Akrobatikeinlage gesehen hat, auch wenn die wirklich filmreif war."

„Bestimmt nicht, da war doch so viel Lärm und Rauch und…"

Plötzlich flog die Tür auf und meine Schwester stürmte herein.

„Seid ihr hier?"

„Nein." Wir hörten wie die Türe geschlossen wurde und sie zu uns trampelte.

„Wir haben ein Problem." Sie schnaufte schwer.

„Herrgott, kannst du nicht anklopfen?"

„Ich bin deine Schwester, ich muss nicht anklopfen."

„Ja gerade deshalb erst recht. Und was ist jetzt so problematisch?"

„Jana. Sie hat Camis Sprung gesehen."

„Oha!"

„Darf ich sie fressen?"

„Nein!" Riefen Maja und ich im Chor und Camis lies sich laut stöhnend nach hinten fallen. Dann erhob sie sich wieder.

„Foltern?"

„Nein!" Kaum hatte sie die Matratze berührt, stand sie schon wieder.

„Verstümmeln?"

„Nein!"

„Menno. Darf ich sie dann wenigstens einweihen?"

„Auf gar keinen Fall!"

„Gut, dann gehe ich jetzt was essen. Ich darf hier ja gar nix."

„Du hast unser Feuerwerk in die Luft gejagt, also nein, darfst du nicht, aber das ist mal eine gute Idee. Vielleicht bist du danach nicht mehr so zickig, Schatz." Sie streckte mir die Zunge heraus und schubste mich einfach um.

„Hey!" Empört richtete ich wieder auf und sah gerade wie Maja sich dünnmachte, um nicht mit Cami aneinanderzugeraten. Sie war kaum aus der Tür, da sprudelte es aus meiner Schwester heraus wie ein Wasserfall.

„Wir standen da halt in der Küche, haben gequatscht und haben einen Prosecco getrunken und mit einem Mal fliegt Camaela am Küchenfenster vorbei."

„Und dann?"

„Hab ich mich voll zum Affen gemacht, konnte sie aber nicht so ganz davon überzeugen, dass da eben Camis Hintern vorbeigeflogen ist."

„Nicht so ganz?"

„Ja, gut mir ist dabei das ein oder andere Mal das Wort Hölle oder auch Erzengel rausgerutscht."

„Das war ja klar. Deshalb weiht man auch nur Freunde ein."

„Willst du damit sagen wir sind keine Freunde?"

„Du bist meine Schwester. Also nein." *Das nein, habe ich sogar extra noch betont.*

„Püh, na gut, dann sieh zu wie du den Karren aus dem Dreck ziehst. Ich würde dir aber nicht empfehlen deine Freundin doch noch von der Leine zu lassen. Das könnte sonst vielleicht unsere Nachbarschaftsfreundschaft belasten." Sie drehte sich auf dem Fuß und stapfte aus dem Raum. Wie für sie üblich wenn sie wütend war, schlug sie die Tür so hart zu, dass das Holz vor Schmerzen zitterte. Einen Moment lang blieb ich einfach so stehen, wie sie mich verlassen hatte, bevor mein Gehirn wieder anfing zu arbeiten. Um das wieder hinzubiegen musste ich zu harten Bandagen greifen. Ich zückte mein Handy und drückte die Kurzwahltaste. Es klingelte, unterlegt mit der Musik einer Punkrockband.

„Flo?"

„Jo, wer sonst."

„Wir haben ein Problem."

„Ich weiß, du bist unter die Millionäre gegangen, während ich am Hungertuch nage."

„Wie?"

„Du weißt schon dass ich nur zwei Stockwerke unter dir in eurem Wohnzimmer sitze?"

„Und?"

„Nix. Wollts nur gesagt haben. Was gibt's denn?"

„Komm du zuerst hoch."

„Nee, zu faul."

„Fauler Hund. Lass mich raten du hast den ganzen Sekt, der zum Anstoßen gedacht war, allein getrunken?"

„Woher weißt du das nur immer. Wurde ja eh nicht mehr gebraucht. Feiert ja nu keiner mehr." Ich öffnete die Tür. Auf der Treppe stand ein, etwas angeheiterter Flo völlig neben sich stehend und auf sein Handy glotzend. Dann hickste er einmal.

„Ich hab deine Fahne gerochen."

„Angeber."

„Wa…, ach vergiss es." Ich winkte ab und winkte ihn herein. *Wie war er so schnell die zwei Treppen nach oben gekommen?*

„Wehe du kotzt mir ins Zimmer." Er zeigte sich selbst auf die Brust.

„Ich? Niemals, es war ja nur eine Flasche."

„Ja, eine zwei Liter Flasche." Er murrte und ließ sich in meinen Chefsessel fallen.

„Ja mein Gott, ich hab halt einen Schock. Ich darf das. Aber, bevor ich dir doch noch auf den Boden reiher, solltest du mir mal erzählen was los ist." Er hickste erneut.

„Boah, ich glaub der letzte Schluck war schlecht."

„Jana hat Cami beobachtet, als sie ihren Megasprung vollführt hat."

„Ach du Scheiße."

„Lass mich erstmal ausreden."

„Ok, weiter."

„Und Maja hat es nicht geschafft, es ihr auszureden."

„Und wieso sitz ich dann hier und nicht Jana, oder vielleicht Raphaela?"

„Weil du sie abfüllen sollst, bis sie nen Blackout hat. Mit etwas Glück vergisst sie ja, dass was sie gesehen hat."

„Das ist die dümmste Idee, die ich seit dem Camaela, Wodka Desaster von dir gehört habe."

„Danke, das weiß ich selbst. Aber wenn sie funktioniert ist sie nicht doof."

„Gut, bin dabei. Darf ich sie auch flachlegen?" Da polterte es am Fenster.

„Ihr zwei seid echt die armseligsten Idioten, die ich kenne. Du, bist armselig weil dir nix Besseres einfällt, und du bist armseliger, weil du mit einer Betrunkenen schlafen willst. Euch kann man echt keinen Tag alleine lassen. Da will man mit seiner Adoptivfamilie mal gemütlich Sylvester feiern und dann passiert sowas." Kopfschüttelnd kletterte Raphaela vom Fensterbrett, schloss das Fenster und setzte sich aufs Bett.

„Was zur Hölle tust du denn hier?" Fragte ich, konnte mir die Frage aber schon selbst beantworten.

„Lass mich raten, meine Schwester hat dich auf dem Handy angerufen, weil sie uns nicht getraut hat. Richtig?"

„Richtig, und ihre Sorge war wohl auch berechtigt. Auf eine dümmere Idee seit ihr zwei Deppen schon lang nicht mehr gekommen."

„Hey, das war seine Idee", zeigte Flo hastig auf mich.

„Danke, bist mir ja ein toller Freund."

„Ich weiß."

„Das war sarkastisch gemeint. War ja klar dass du dich auf Raphaelas Seite stellst. Notgeiler Sack."

„Hey."

„Wag es ja nicht, auch nur daran zu denken. Du bist ja völlig blau. Trotzdem werde ich nicht zögern mein Schwert zu ziehen und dich zu vierteilen, wenn du mich anfasst."

„Tja, war wohl nix mit dem Seitenwechsel." Wieder knurrte Flo.

„Du kannst ganz ruhig sein, dich würde ich am liebsten sofort vierteln. Ich hab dich doch extra noch gewarnt. Raketen und ein Feuer speiendes Mädchen, deren Augen auch noch brennen, passen nicht zusammen. Nicht in einer Million Jahren. Ich glaube, das hätte sogar Flo kapiert." Sie warf ihm einem abschätzigen Blick zu um ihn ausführlich zu mustern.

„Nein, doch eher nicht", sagte sie weiter, nach dem sie ihn ertappt hatte wie er bei ihrem Anblick sabberte wie ein treudoofer Hund.

„Bist du jetzt mal fertig? Deine Warnung war ja auch nicht gerade leicht zu verstehen."

„Nein, noch nicht ganz. Ich dachte du bist so schlau und kapierst sie trotzdem. Was wohl ein Irrtum war." Sie schlug die Beine übereinander und zerkratzte mit ihrer Rüstung mal wieder mein Bett.

„Aber, macht euch mal keinen Kopf, ich kümmere mich darum. Wie immer." *Wie immer, worauf wollte sie denn da nun wieder hinaus?*

„Wo ist denn meine Süße eigentlich?" Suchend sah sie sich um, und als sie sie nicht finden konnte, wandte sie sich an mich.

„Rate." In dem Moment erbrach sich Flo auf meinen Laminatboden.

„Sie ist essen." Beantwortete sie sich ihre Frage selbst.

„Ja, unten. Wo ich jetzt auch hingehe, bevor ich auch noch kotzen muss." Ohne weitere Worte, gingen wir zur Tür hinaus und ließen Florian auf dem Sessel sitzen. Ich hörte ihn noch ein: „Tschuldigung", stammeln, bevor wir die Treppe hinunter gingen.

Derweil saßen gut hinter einem immergrünen Busch versteckt, zwei Gestalten im Schnee, dick eingepackt in weiße Skiausrüstung. Die eine war ein Mädchen, deren braunes Haar ihr über die rosafarbenen Plüschohrenschützer fiel. Mit beiden Händen hielt sie sich krampfhaft an einer Digitalkamera fest, die ganz neu zu sein schien. Neben ihr saß ein kräftiger junger Mann mit kurz geschorenen schwarzen Haaren, der sein Gesicht in ein Fernglas gepresst hatte.

„Heilige Mutter Gottes", schreckte er auf, dabei war sein polnischer Akzent deutlich zu hören.

„Hast du das gesehen?" Fragte er sie, nachdem er sich ein wenig von seinem Schock erholt hatte.

„Ohh, jaaa, ich hätte es nie für möglich gehalten, aber Marc hatte Recht. Sie ist wirklich ein Dämon, egal was Georg und Patrick gesagt haben. Die ist nie und nimmer ein Engel, die zwei haben sich wohl ihr Hirn weggefroren." Der Pole schmunzelte.

„Vermutlich. Hast du alles aufgenommen?"

„Ja, klar, oder meinst du ich halte mich zum Spaß daran fest?"

„Ja, das hatte ich befürchtet." Sie schlug ihm mit einem ihrer Strickhandschuhe auf den Hinterkopf.

„Hey. Pass auf, nachher entdeckt man uns noch."

„Im Dunkeln? Während jeder Idiot zum Himmel schaut? Wohl kaum."

„Jeder Idiot, nur wir nicht."

„Bist du ernsthaft daran interessiert, da jetzt hoch zu schauen?"

„Möglich." Was für sie der Anlass war ihn ein weiteres Mal zu schelten.

„Zicke."

„Schwachkopf."

„Gut wäre das auch geklärt. Gehen wir schnell zurück und zeigen ihm das Video. Bevor die Feuerwehr anrückt. Oh man, das wird ihn sicher brennend interessieren."

„Glaube ich weniger, ich denke er wird mehr daran interessiert sein, mit mir zu schlafen. Erst danach sieht er sich die Bilder an. Wetten?"

„Um was?"

„Deinen Mp3 Player."

„Und was kriege ich, wenn ich gewinne?"

„Eine Nacht mit mir?"

„Abgemacht. Halt Moment, das ist doch eine Falle. Sicher hast du was in der Hinterhand, dem er nicht widerstehen kann."

„Ach Roman. Na sicher habe ich etwas, dem er nicht widerstehen kann." Sie nahm den Chip aus der Kamera und schob ihn sich in den Ausschnitt.

„Verdammt."

„Tja, du hast schon zugesagt. Damit gehört dein Player so gut wie mir."

„Schlampe."

„Danke, ich weiß. Gut, lass uns gehen, bevor ich noch vor Verlangen sterbe." Sie warf ihm einem hinterlistigen Blick zu, den er mit einem Knurren beantwortete, bevor sie in geduckter Haltung hinter einem Bauernhaus verschwanden.

8

„Camilein!"

„Raphaelchen!" Als hätten sie sich einen Monat nicht gesehen, fielen sich die beiden in die Arme. Herzten sich und freuten sich und… dann gab Raphaela ihr eine Ohrfeige, die es in sich hatte. Ich lehnte lässig im Türrahmen und erschreckte mich dermaßen, dass mir die Kinnlade herunter fiel.

„Aua, warum hast du das gemacht?" Cami rieb sich ihre Wange.

„Das weißt du sehr gut. Ja ich mag Flo auch nicht, aber ihn deswegen fast in die Luft sprengen?"

„Aber, aber…" Cami seufzte, als Raphaela zu einer Moralpredigt ansetzte. Was Camaela sichtlich kalt ließ. Sie versuchte nicht einmal etwas zu erwidern. Was allerdings auch ziemlich unmöglich war mit dem ganzen Mund voller Nudelsalat. Den sie mit dem Gesicht eines Veganers, beim Genuss eines Steaks, aß. Offensichtlich war nichts Anderes mehr im Haus.

„Was hast du dir da nur dabei gedacht. In der Öffentlichkeit Feuer zu speien?" Mit verschränkten Armen stand sie vor ihr. Jeder normale Teenager hätte jetzt etwas gesagt, wie: Du bist nicht meine Mutter, ich darf machen was ich will, oder so ähnlich. Nicht Cami. Sie schluckte den Salat herunter und stopfte sich zeitgleich eine weitere Gabel in den Rachen.

„Cami, ich weiß das du gerne isst, aber das ist wichtig. Jemand hat dich gesehen. Gut, es war nur Einer, aber was, wenn es das nächste Mal mehr sind?"

„Schatzi hat gesagt es ist in Ordnung." Verächtlich sah Raphaela zu mir herüber. *Oh Shit.*

„Du hast was?"

„Nicht in dem Kontext, nur das ich ihr nicht böse bin."

„Hau bloß ab du!" So schnell ich konnte verließ ich die Küche und ging wieder hinaus, um mir die letzten Raketen am Nachthimmel anzusehen. *Das neue Jahr fängt ja gut an.*

Ich setzte mich auf das kleine Treppchen vor unserem Haus und hustete. Noch immer zogen stinkende Rauchschwaden durch die Straßen. Niedergeschlagen starrte ich auf den Boden. Das die Raketen oben waren, war mir natürlich bewusst, aber urplötzlich war mir die Lust vergangen. Zu viele Gedanken wollten gedacht und zu viele Fragen beantwortet werden. *Was hatte Raphaela gemeint? Wie wollte sie sich darum kümmern? Sie wollte sie doch nicht etwa verschwinden lassen? So wie in den Krimis, wo die Mafia einfach so Leute verschwinden lässt, die dann irgendwann tot in der Wüste aufgefunden wurden. Halt Moment, wir haben hier keine Wüste. Gut, das kann man dann abhaken. Und wenn ich sie doch einweihen würde? Sie war aber nicht gerade nett. Und was war eigentlich mit den Demon Hunters? Die hatten schon eine halbe Ewigkeit nichts mehr von sich hören lassen.* Da kam mir ein Gedanke, der so abwegig nicht war. Hatte Raphaela vielleicht etwas damit zu tun, das sie uns so urplötzlich in Ruhe ließen? Wenn sie das mit, „wie immer" gemeint hatte? „Hallo Michael." Wurde ich plötzlich von der Seite angesprochen. Mir blieb fast das Herz stehen. Nur widerwillig drehte ich meinen Kopf nach rechts. „Jana." Ungefragt kam sie näher und setzte sich neben mich. „Was machst du hier?" Fragte sie, und ich wusste nicht, was ich sagen sollte. „Ich denke nach", sagte ich schließlich doch noch, um das peinliche Schweigen zu überwinden. „Worüber?" Sie sah mich mit bohrenden Blicken an. „Ach darüber, und jetzt fragst du dich sicher wie es weiter geht, jetzt wo ich euer Geheimnis kenne."

„Ja, das auch. Wobei ich jetzt, wo ich dich so sehe, mich auch frage, warum du so ruhig bist. Als würde es dich völlig kalt lassen."

„Naja, völlig kalt lässt es mich nicht, ich bin schon überrascht. Aber auf eine andere Art und Weise. Ich bin zum Beispiel überrascht ausgerechnet hier einen Engel zu treffen. Oder über die Tatsache, das ein Engel deine Freundin ist. Seien wir mal ehrlich. Camaela ist schon der Hammer. Ich war eigentlich der Überzeugung, du würdest bis an dein Lebensende Single bleiben."

„Lenk nicht vom Thema ab."

„Ja, schon gut. Ich bin nicht überrascht, weil ich schon seit meinem zehnten Lebensjahr an Engel glaube. Mit ihren weißen Flügeln und dem strahlenden Licht, das sie umgibt."

„Alles Lüge", warf ich ihr dazwischen.

„Was deine Freundin anbelangt, magst du vielleicht Recht haben, aber nicht alle sind so. Du musst wissen, ich bin damals vor Acht Jahren einem begegnet." Jana sah in Gedanken zum Himmel hinauf.

„Vielleicht erinnerst du dich noch daran, als ich damals die Gehirnerschütterung hatte und im Krankenhaus lag."

„Weshalb du so eine dumme Zicke geworden bist. Ja, ich erinnere mich."

„Ach sei still, ich versuche dir gerade etwas total Wichtiges über mich zu erzählen. Also lass mich."

„Warum erzählst du mir das überhaupt?"

„Damit du verstehst warum ich nicht durchgedreht bin, als ich erfahren hab, das Camaela kein Mensch ist. Darf ich jetzt weiter erzählen?"

„Tu was du nicht lassen kannst." Entnervt stütze ich mein Kinn in eine Handfläche und gähnte.

„Ein Engel hat mich gerettet. Ohne diesen Schutzengel wäre ich vermutlich damals gestorben. Er hat mich von der Straße geschubst. Andernfalls wäre ich von einem Lastwagen überfahren worden. Ich erinnere mich noch genau, wie die starken Arme mich auf den Bürgersteig geworfen haben.

Wie die Flügel geleuchtet haben, als wären sie aus reiner Liebe gemacht. Ihn selbst konnte ich nicht erkennen, aber ich wusste, sein goldenes Licht war das Licht eines Engels. Dann wurde ich leider ohnmächtig."

„Meinst du nicht, er hat dich vielleicht auf die Straße geschubst? Flügel aus Liebe? Ich glaube mir wird schlecht."

„Sei still!" Ermahnte mich da plötzlich eine Stimme von der Haustür her. Ihr Tonfall war eindringlich und ihre Stimme kraftvoll.

„Raphaela, äh, ich meine Sarah, was willst du hier?"

„Ist schon gut. Wir kennen uns."

„Ihr k, k, kennt euch?" Völlig überrumpelt, begann ich zu stammeln und stand zeitgleich von der Treppe auf um Raphaela Platz zu machen.

„Vielleicht erinnerst du dich nicht mehr an mich, aber ich erinnere mich an dich." Janas Gesicht war wie versteinert. Ich setzte mich derweil auf die Türschwelle. Raphaela setzte sich neben Jana und sah ihr tief in die Augen. Als wollte sie in ihre Seele sehen. *Oder sie waren einfach nur lesbisch. Konnte natürlich auch sein.* In dem Moment drehte sie sich mir zu.

„Denk ja nicht an so einen Schwachsinn. Ich weiß genau was du jetzt denkst", keifte sie mich an. Meine Augen wurden größer und größer, vor Überraschung und der Scham. Woher wussten die Engel immer an was ich gerade dachte? So etwas wie ein siebter Sinn? Oder sie kannten mich einfach nur zu gut, das schien mir am einleuchtendsten. Nicht das ich pausenlos an so etwas dachte, ganz und gar nicht. Allerdings wohl zu oft. Woran sollte Mann auch sonst denken, zwei Frauen, schauen sich tief in die Augen und die eine davon hatte offensichtlich einen Männerhasskomplex. Was meine These im Grunde untermauert hätte.

„Würdest du jetzt mal bitte aufhören darüber nachzudenken? Dir kommt ja schon der Qualm aus den Ohren. Und ich bekomme Kopfschmerzen davon." Keifte sie mich da schon wieder an und ich griff hastig mit beiden Händen nach meinen Ohren. *Ah, glück gehabt, war nur metaphorisch gemeint. Gut schnell etwas anderes denken.* Ich sah um die Hauskante hinüber auf die andere Straßenseite, wo die Scheune unseres Nachbarn stand, direkt zwischen zwei Häusern eingebettet. Das Tor stand offen und helles Licht und Gelächter drangen auf die Straße. Unsere Eltern feierten offensichtlich doch noch ein wenig. Gibt ja auch nix Besseres, als sich nach einem Schockerlebnis erstmal zu betrinken. *Was Camaela wohl gerade macht? Ob Florian sein Erbrochenes schon weggewischt hat?* Ich versuchte einen anderen Gedanken zu fassen, was mir aber nicht gelang, zu neugierig war ich. Also starrte ich in den Himmel, beobachtete meine Atemwolke und lauschte den beiden.

„Woher kennst du mich?" Fragte Jana und ich wünschte mir, ich hätte Popcorn gehabt.

„Wir haben ein gemeinsames Erlebnis, dass uns verbindet. Vor Acht Jahren. Nur ein paar Straßen weiter. Du standest heulend auf der Straße, als ich dich erblickte. Zum Glück sah ich dich, der Lkw-Fahrer hat es nämlich nicht, er telefonierte mit dem Handy."

„D, du bist der Engel, der mich damals gerettet hat?" Raphaela nickte und mir lief ein eisiger Schauer über den Rücken. *Heilige Scheiße!*

„Ja, das war ich. Ich konnte dich gerade noch von der Fahrbahn schubsen." Auf einmal spürte ich Janas stechenden Blick in meinem Gesicht und ich sah zurück.

„Sag mal wieviele Engel hast du eigentlich als Freunde, hä?"

„Öh, war das ne Fangfrage?" Worauf mich Raphaela böse ansah.

„Zwei, es sei denn du möchtest Raphaela abziehen."

„Muss ich aufstehen?" Drohte sie mir da.

„Nö, lass mal, redet ihr mal weiter. Ich bin schon still." Sie wandten sich wieder zueinander.

„Warum bist du damals so plötzlich verschwunden?"
Raphaelas Blick wurde trüber, sie seufzte und blickte nach
unten.

„Ach weißt du, ich musste einfach weiter, du weißt schon.
Noch mehr Menschen retten und so." *Das durchschaue
sogar ich als Lüge, meine Beste.*

„Lüg mich nicht so an. Engel dürfen nicht lügen."

„Das tue ich nicht. Woher willst das überhaupt wissen?"
Auweia jetzt fängt das Drama an. In Gedanken begann ich
mein imaginäres Popcorn zu verputzen.

„Klar tust du das. Niemals hättest du mich nur
weggeschubst und dann liegen gelassen."

„Nein, du hast Recht, das hätte ich nicht."

„Warum tust du dann so, als hättest du es getan?"

„Weil…"

„Ja?" In dem Moment dämmerte mir etwas. Hatte Raphaela
nicht einmal etwas von einem Autounfall erzählt?

„Weil der Lastwagen mich erwischt hat, anstatt deiner."
Jana fiel die Kinnlade herunter. Hätte ich mein Kinn nicht
aufgestützt, es wäre ebenfalls nach unten geklappt. *Ob
Camaela davon wusste?*

„Oh mein Gott." Sie schlug sich die Hände vor den Mund.

„Deshalb wollte ich nicht, dass du es weißt." Raphaela warf
den Kopf nach hinten und starrte in den Himmel.

„Ich wurde über das Führerhaus auf die Ladefläche
geschleudert, bevor der Fahrer das Lenkrad herumriss. Ich
fiel herunter und landete in irgendeiner Gasse. Das Nächste
woran ich mich erinnere, war dass ich im Krankenhaus
aufwachte. Ohne zu wissen wer oder was ich war. Das
Jugendamt hat sich dann um mich gekümmert und mich in
eine Pflegefamilie gesteckt. Ihr wisst ja, ich sehe jünger aus,
als ich bin." Sie zog die Knie an und schlang ihre Arme um
ihre Beine. So emotional hatte ich sie noch nie gesehen,
außer vielleicht bei ihrem Wiedersehen mit Cami. Da
fauchte sie mich auch schon wieder an.

„Wenn du das irgendjemanden erzählst, mach ich dich kalt."
Ich verschluckte mich und hechtete durch die Haustüre. Wo
ich mich in Sicherheit wiegte.

„Was machst du hier?" Fragte mich Flo, der gerade die
Treppe herunter wankte.

„Ich, äh, ach nichts. Was machst du hier?" Versuchte ich
mich mit einer Gegenfrage aus der Affäre zu ziehen.

„Deine Freundin hat mich aus deinem Bett geworfen, also
werde ich wohl oder übel zu unseren alten Knackern gehen
müssen. Ich habe gesehen das in der Scheune noch Licht
brennt, also denke ich, werde ich da wohl noch ein bisschen
mitfeiern, bis mein Vater mich nach Hause fährt."

„Du hast noch vor ein paar Minuten mein Laminat
vollgereihert und willst weiter saufen?"

„Öhm, ja. Warum nicht?"

„Nix, viel Spaß."

„Dir auch."

„Wieso?"

„Cami hat gesagt, wenn ich dich finde, soll ich dich zu ihr
schicken."

„Na, dann hast du mich halt nicht gesehen."

„Vergiss es."

„Warum?"

„Sie ist in der Küche. Sie ist mit mir herunter gekommen,
weil sie glaube ich aufs Klo wollte. Ich könnte mich
natürlich auch irren und sie sagte zum Kühlschrank."

„Und das sagst du mir jetzt?"

„Viel Spaß ich bin weg." Ich kniff die Augen zusammen
und biss die Zähne aufeinander. Kaum war ich die Treppe
oben und Flo aus der Tür verschwunden, stand Cami vor
mir. Die Arme verschränkt, mit bissigem Blick.

„Wie war das? Er hat dich nicht gesehen?"

„Öhm, das hast du falsch verstanden… ach mist, was reimt
sich auf verstanden? Ja, mein Gott, ich…"

„Vergiss es. Nachdem ich heute schon zwei Standpauken
bekommen habe, brauche ich jetzt etwas Entspannung."

Och nein, ich bin doch so müde. Sie packte mich am Handgelenk und schleifte mich unter Janas und Raphaelas schadenfrohem Grinsen die Treppe hinauf, als wäre ich ein Sack voll Reis.
Autsch. Autsch. Autsch. Autsch. Autsch. Autsch. Ah, schon besser. Nein doch nicht, Autsch.

Nachdem mir von der alten Holztreppe alle Knochen wehtaten, war die Nacht dann doch noch ganz angenehm vorüber gegangen. Sie benutzte mich als Spielzeug und verging sich mehrerer Male an mir. Zumindest glaube ich das. Ich bin nach der letzten Treppenstufe eingeschlafen. Da mir aber das ein oder andere wichtige Körperteil brannte, gehe ich einfach mal davon aus, dass sie voll auf ihre Kosten gekommen ist. Als ich aufwachte, lag ich auf dem Rücken in meinem Bett. Die Sonne war schon seit einiger Zeit aufgegangen und schien mir durch die Zwischenräume des Rollos ins Gesicht. Camaela lag quer über meinem Bauch. Alle Gliedmaßen und der Schwanz von sich gestreckt. Splitterfasernackt. Mit dem Mund weit offen stehend, schlief sie seelenruhig mit einem leichten Schnarchen. Ich grinste, dann verfolgte ich ihre Zunge, die irgendwie über meiner Stirn lag und bis unters Bett hing. Ich rollte das Mädchen über meine Beine, bis ich aufstehen konnte, und rutschte von der Bettkante. Ich wollte mich gerade aufrichten, als Camaela mich ansprach.
„Duhu, was meinst du wie es jetzt weiter geht?" Fragte sie mich mit müder Stimme und ich zuckte erschrocken zusammen.
„Ich dachte du schläfst? Was meinst du? Wie es mit Jana weiter geht?"
„Und ich dachte, ich hätte dich gestern so hart rangenommen, dass du heute gar nicht mehr aufstehen kannst. Und, ja! Weil meine Freundin wird sie nicht. Niemals!"
„Meine auch nicht."

„Kann sie ja auch gar nicht, weil ich deine Freundin bin."
„Wie könnte ich das je vergessen."
„Macht euch darum mal keine Sorgen." Mir blieb vor
Schreck fast das Herz stehen, als ich Raphaela in der
offenen Tür stehen sah.
„Seit wann stehst du da, kannst du nicht anklopfen?"
„Klopf, klopf. Hallo Süße, na wie ich sehe, hattest du letzte
Nacht viel Spaß."
„Naja, er ist mir unter den Händen eingeschlafen."
„Was dich aber offensichtlich nicht davon abgehalten hat.
Er ist ja so rot wie eine Tomate, da kriegt man gerade Lust
auf eine leckere Mozzarella Platte."
„Ey, ihr redet da über mich. Du wolltest uns gerade sagen
wir sollen uns keine Sorgen machen. Warum?" Sie schloss
die Tür hinter sich und kam zu uns.
„Ich hatte gestern Nacht noch ein langes und ausführliches
Gespräch mit ihr. Sie wird nichts verraten."
„Weil sie sonst jeder für nicht mehr ganz dichthält?"
„Wenn du es so willst. Ja."
„Dachte ich mir. Bei ihrem guten Streberruf, wäre es keine
gute Idee aller Welt zu verkünden, dass es euch gibt."
Camaela nickte energisch.
„So könnte man es natürlich auch formulieren." Wieder
nickte Cami energisch.
„Schatz ist was? Du zuckst so komisch?" Verdutzt schaute
sie uns an, als hätte sie einen Frosch verschluckt. Einen
Moment schien sie innezuhalten, bevor ihr ein:
„Ich hab Hunger, ich geh jetzt was essen", über die Lippen
kam und sie wie ein Gummiball aufsprang. *Wenn das keine
Einläutung für ein neues Jahr voller Erzengel und Dämonen
ist?* Zum Glück kam sie aber vorher unserer Bitte nach, sich
etwas anzuziehen, dass wäre sonst peinlich geworden.

Es war genau sieben Tage später. Als Florian mich fragte,
ob wir nicht ins Kino gehen sollten. Am selben Abend, nur
wenige Minuten später, fragte Cami mich dasselbe,

zweifelsfrei hatte sie seine Frage mitgehört. Und so passierte es, das ich eine halbe Stunde später in meinem Chefsessel saß und den beiden bei ihrem Streitgespräch zuschauen konnte.

„Was fällt dir ein, meinen Freund ins Kino einzuladen, wenn ich ihn eingeladen habe?" Zeterte Camaela, wohl wissend, dass Flo mich zuerst gefragt hatte.

„Ich hab ihn gar nicht eingeladen, ich wollte bloß mit meinem Kumpel nen Film anschauen. Außerdem hab ich ihn zuerst gefragt."

„Na und, ich geh heute mit ihm ins Kino."

„Nein tust du nicht."

„Doch tue ich."

„Du hast doch gar kein Geld." Das hatte gesessen. Für einen Moment schien er sie aus der Fassung gebracht zu haben.

„Püh, das brauche ich gar nicht, er ist ja schließlich mein Freund, ich brauche kein Geld. Mein Schatz lädt mich sicherlich ein." *Ach tue ich das? Davon weiß ich aber nichts.*

„D, dann lad ich ihn eben ein, dann kommt er sicher lieber mit mir mit." *Das ist doch mal ein Wort.*

„Er geht aber sicher nicht mit einer Krücke ins Kino."

„Was?" Drohend erhob sie ihren Schwanz und schwenkte ihn umher. Auch wenn Florian ihn nicht sehen konnte, so hatte er doch zumindest gelernt, ihre Angriffshaltung zu deuten. Zu oft hatte sie ihn damit schon geschlagen.

„Vergiss es, das zieht nicht mehr."

„Glaubst du ja?"

„Ich hab geübt."

Ditsch!

„Aua. Na gut, hab nicht aufgepasst. Das nächste…"

Ditsch!

„Aua! Ey!" Empört sprang er zwei Schritte zurück und Cami ihm hinterher.

Ditsch!

„Autsch. Hey jetzt reichts aber." Mittlerweile rieb er sich beide Oberschenkel und einen Unterarm vor Schmerz. Es dauerte noch eine ganze Minute *(ich habe sogar extra auf die Uhr gesehen und mitgezählt)* und fast ein dutzend Peitschenhiebe, bis erschöpft aufgab. Ich hatte mich auf meinem Stuhl vor lachen weggeschmissen. Zumindest so lange, bis sie mir mit ihrer Schwanzschere auf den Hinterkopf geschlagen hatte und mich zwang mit ins Kino zu gehen. Glücklicherweise erlaubte sie mir Flo mitzunehmen. *Als wäre er ein Haustier.* So wurden alle für ihre blauen Flecken und die ein oder andere Beule entschädigt. Der eine mehr, der andere weniger. Und ich am wenigsten, denn ich durfte für uns drei bezahlen. Wie immer.

Tja und dann war auch schon wieder Freitagabend. *Irgendwie. Keine Ahnung, wo der Donnerstag geblieben ist.* Auf jeden Fall hatte Florian diesmal schon vorher auf mein Raten klein beigegeben und war zu Hause geblieben. Für ihn war allerdings Raphaela gekommen, um uns zu nerven. „Solange diese Demon Hunter noch hinter euch her sind, könnt ihr doch nicht einfach seelenruhig ins Kino gehen und euch amüsieren. Was, wenn ihr ihnen begegnet?"
„Für den Fall habe ich ja Camaela dabei."
„Das ist es ja gerade, sie wird, wie gewöhnlich ohne Gnade alle umbringen. Hab ich nicht recht?"
„Möglich", antwortete sie keck.
„Hab ich es nicht gesagt?"
„Was gesagt?" Meldete sie sich erneut zu Wort. Offensichtlich hatte sie nicht einmal zugehört. Genervt drehte sich Raphaela um. Ja, selbst als beste Freundin, musste sie sich bei Cami geschlagen geben.
„Komm Schatz gehen wir."
„Ihr könnt doch nicht…" Da hatten wir schon die Türe hinter uns zugeschlagen. Klar können wir.

Wie erwartet war ihre Sorge unbegründet. Aber vielleicht war sie auch einfach nur eifersüchtig, dass sie niemand fürs Kino hatte. Jedenfalls war unsere einzige Begegnung weder bedrohlich, noch anderweitig riskant. Nur höchst merkwürdig war sie und warf die ein oder andere Frage auf. Didi, der erfolglose Bankräuber kreuzte unseren Weg. Allerdings nur kurz, kaum hatte er Cami entdeckt, rannte er wie der Blitz davon. *So schnell habe ich noch nie jemanden laufen mit Krücken rennen sehen.* Dass der schon wieder aus dem Krankenhaus raus war, wunderte mich ziemlich. Schließlich hatte Cami ihn geschlagen. Und nicht, wie sie mich oder Flo ab und an schlug. Didi bekam die volle Kraft eines Erzengels zu spüren. Seine Rippen, und diverse andere Knochen wurden von ihr regelrecht zerschmettert. Außerdem flog er durch ein vergittertes Fenster aus der Bank, auf ein parkendes Auto. Ich musste schmunzeln, als Cami ihm perplex hinterher schaute.

„War das nicht der…?"

„Ja, das war er." *Ob er jemals wieder eine Bank betreten konnte? Aber da war er ja selbst schuld. Man überfällt keine Bank, wenn Flo, Cami und ich gerade Geld abheben wollen. Was wohl aus seinem Komplizen geworden ist?*

„Hey, sieh mal, ein Zettel", rief Cami plötzlich auf. Ich hob den Zettel vom Boden auf und schaute ihn mir an. Es war ein zerknitterter Zeitungsausschnitt, mit einer Anzeige darauf.

„Muss wohl aus seiner Tasche gefallen sein. Sieht nach einer Traueranzeige aus. Hermann Deterich, geboren, blabla, hmm, bei Todesdatum steht der Tag, an dem die Bank überfallen wurde. Kann es sein, dass das sein Komplize gewesen ist? Wenn ja, dann schäm dich Schatz, den armen Bankräuber einfach umzubringen."

„Püh. Der war selbst schuld. Es ist nicht nett, eine Bank auszurauben." Ich lachte auf. *Camaelas Rechtsverständnis hat schon ein paar kleine Macken, nicht?*

„Ja, da hast du recht, das war es nicht. Hmm, wieso sollte er die Traueranzeige seines Komplizen so viele Monate mit sich herumschleppen?" Cami zuckte mit den Schultern.

„Der Mag Papier vielleicht, so wie du und deine Eltern, oder Flo."

„Gut kombiniert Watson. Aber ich denke das ist es nicht." Ich drehte den Zettel nachforschend um. In krakeliger Handschrift stand etwas geschrieben.

„Wer?"

„Nicht so wichtig. Hey, da stehen eine Adresse und ein Datum. 10. 01. Hey, das ist ja schon morgen. Sollen wir da mal hingehen?" Ohne zu überlegen nickte Cami.

Durch unseren Fund wurde der Film zur Nebensache. Gut, das wäre er auch ohne den Zettel geworden, da wir die ganze Zeit, nur wild herumknutschten. Da der Film sowieso langweilig war, war das aber auch nicht weiter schlimm. Leider stand deshalb irgendwann ein Ordner neben uns, der zumindest versuchte, uns zu ermahnen. *Camaela hätte sich halt doch nicht breitbeinig auf meinen Schoss setzen sollen.* Er stand dann leider nur wie angewurzelt da, beim Anblick von Camis rot leuchtendem Gesicht.

„Sie, äh…" Stammelte er nur, woraufhin sie ihn anfauchte und nach ihm schnappte.

„Schatz, nein."

„Püh."

„Ich glaube, wir sollten besser gehen." Sie sah mich irgendwie seltsam an und biss mir dann ohne Vorwarnung in den Unterarm.

„Auuu! Warum?"

„Weisch nich. Mmmmh, du schmeckscht gut."

„Jup, wir gehen dann wohl mal besser." Mit Camis Zähnen in meinem Arm verließen wir das Kino unter den schockierten Blicken der Mitarbeiter.

„Alles in Ordnung, kein Grund zur Panik." Ich winkte ihnen etwas peinlich berührt zu und schüttelte meinen Arm mit Camis Kopf daran.

„Was gibt das, wenns fertig ist? Kannst du mal langsam los lassen?" Nun schüttelte sie ihrerseits den Kopf und mich damit ordentlich durch.

„Lässt du mal los?" Widerwillig öffnete sie ihren Mund. Blut und Sabber tropfte auf den Boden. Fragend schaute ich sie an.

„Es hat mich einfach so überkommen." Ich blickte auf meine Wunde. Es sah aus, als hätte mich ein Haifisch angegriffen. Mitten in Schwäbisch Hall. *Wie soll ich denn das bitte erklären?* Ich versuchte die Wunde notdürftig mit Taschentüchern zu flicken, doch Camaela schleckte sie immer wieder ab.

Wieder zu Hause, dann direkt die nächste Folter. Raphaela erwartete uns. Unter vorwurfsvollem Kopfschütteln heilte sie mich, sagte aber nichts dazu.

„Und, wie war der Film?"

„Weiß nicht, hab nicht so viel mitbekommen."

„Also ich fand ihn langweilig."

„Du hast ihn doch auch nicht gesehen Schatz."

„Sagt wer?"

„Na ich, ich war ja mit dir dort?"

„Ich weiß. Aber während du deine Finger an einem ganz bösen Ort hattest, hab ich mir den Film angeschaut." Raphaela war eine Mischung aus Ekel und Gelächter und ich vollkommen sprachlos.

„Maaaan, wie steh ich denn jetzt da?"

„Na doof, wie immer?" Es war der Moment, in dem ich entschied Raphaela nichts von dem Zettel zu erzählen und sie einfach hinauszuwerfen.

„Hau bloß ab. Musst du nicht längst zu Hause sein?" Raphaelas Blick sprach Bände.

„Ich bin volljährig du Schwachmat, ich kann nach Hause gehen, wenns mir passt."

„Wie wärs dann, mit jetzt?"

„Versuchst du mich grad ernsthaft loszuwerden?"

„Ich? Würd ich doch nie tun, aber da ist die Tür." Ich streckte meinen Arm aus und grinste im Adrenalinrausch. *Oh man, leg ich mich grad wirklich mit der da an?* „Mutig, mutig, aber auch sehr, sehr dumm. Hast Glück, das ich meinen Mocca Latte drin behalten will." Sie umarmte Cami und verabschiedete sich. Völlig geschafft sank ich auf dem Bett nieder. Ich lachte etwas dümmlich und war vollkommen aufgedreht. *Wow, ich hab es wirklich gemacht und Raphaela die Stirn geboten. Ich werde den morgigen Tag nicht überleben.* Cami hatte sich komplett enthalten, sie schien zu sehr mit dem Kleiderschrank beschäftigt zu sein. Doch nun stolzierte sie lasziv wie ein rolliges Gepardenweibchen in meine Richtung. Ihr Schwanz schwang aufgeregt hinter ihr her und ihre Augen leuchteten hell wie nie zuvor im abgedunkelten Raum. Sie grinste lüstern, als sie sich sinnlich über den Bettrahmen beugte, ihre wallende Mähne hinter die Hörner strich und ihren Körper schwungvoll nach vorn zog. Sie bleckte die Zähne und stieg verführerisch über die Matratze. Kraftvoll warf sie die Decke vom Bett. Die Schere an der Schwanzspitze schwang derweil ausladend über die Wand hinweg und hinterließ eine Tiefe Furche im Holz. Schließlich stand sie auf allen Vieren über mir, ihr Gesicht ganz dicht an Meinem. Dann hauchte sie mir mit ihrem heißen Erdbeerschwefelatem etwas ins Ohr.

„Du hast meine Freundin rausgeworfen, obwohl sie so nett zu dir war. Dafür hast du eine Strafe verdient."

„Eine Strafe dafür, dass ich Raphaela nach Hause geschickt hab. Hä? Moment und meine Strafe ist… Sex?"

„Tja, du warst ein böser Junge."

„Ok, keine Erwachsenenfilme mehr für dich, das törnt echt ab."

„Gut so, wer hat gesagt, dass du Spaß hierbei haben darfst? Das soll eine Strafe sein, eine Folter."

„Öhm, soweit ich mich erinnere macht Sex mit dir immer Spaß, na gut, bis auf die paar Mal da…" Weiter kam ich nicht mit meinen Bedenken, da hatte sie sich schon herunter gebeugt und ihren Mund kraftvoll auf Meinen gepresst. Weich wie Samt waren ihre Lippen und schmeckten intensiv nach Erdbeere. Allerdings tat es dennoch ganz schön weh. Als würde man von einem Elefanten geküsst werden. *Aber Hey, so lang sie Spaß hat.*

„Benutzt du neuerdings Labello?"

„Sei still, das soll vielleicht eine Strafe sein und kein Vergnügen."

„Ok, bin schon still."

„Danke. Und ja, tue ich. Hat mir deine Schwester geschenkt. Sie mag Erdbeergeschmack nicht. Voll gruselig. Hast du was dagegen?" Ich schaute sie nur an und versuchte ein Lachen zu unterdrücken.

„Das habe ich auch nicht erwartet. Und jetzt lass mich dich weiter bestrafen." Sie küsste mich wieder innig, bevor sich ihr Oberkörper aufbäumte. Ich spürte, wie sie ihre Hüfte auf mich legte und sie mit ihren Händen an meinen Shorts zerrte. Ihre straffen kleinen Brüste schmiegten sich an meinen Oberkörper, dass es mir für einen Moment schwerfiel zu atmen. Ich half ihr, mich mit strampeln von den Shorts zu befreien. Ihre Lippen wanderten an meinem Hals hinunter und ihre Hände waren an meinen Schultern, während ich meine Finger um ihre Oberarme legte. Plötzlich fühlte ich ihre lange feuchte Zunge, die an meiner Brustwarze leckte und sich wie ein Regenwurm weiter nach unten schlängelte. Wäre das nicht schon verstörend genug, wühlte sich danach auch noch in meinen Bauchnabel, während Cami mir dabei tief in die Augen sah. Sie nahm ihren Blick von mir und folgte ihrer Zunge in tiefere Regionen. In Windeseile hatte sie mein hartes Glied eingewickelt und sog es nun gierig in ihren Mund. In dem Moment bekam ich ein wirklich ungutes Gefühl und blickte auf meinen Arm. *Jetzt bitte nur nicht niesen Cami, nicht jetzt.* Mit großen Augen schaute sie mich an, als ich etwas ängstlich dreinschaute. Sogleich ließ sie von ihm ab, ließ aber die Zunge weiterhin hinaushängen.

„Ist was?"

„Nein, alles in Ordnung, mach nur weiter. Pack aber deine Zunge wieder ein." Sie sah nach unten, auf das glitschige rosa Ding, dass auf meinem Bauch lag und zuckte. Kraftvoll zog sie daran, das es in hohem Bogen auf ihre Stirn klatschte. Wie ein junger Hundewelpe schaute sie und ich musste mir vor Lachen den Mund mit beiden Händen zu halten. Meine Augen tränten. Cami sah selbst ein bisschen verwirrt aus, als sie das Ding von ihrer Stirn hob.

„Kampft du mir nal helfen die Haare vom meiner Tunge zu mehmen?" Ich war kurz davor los zu prusten, doch ihr trauriger Hundeblick holte mich sofort wieder herunter.

„Entschuldige bitte. Na klar." Ich zog meine Beine unter ihr heraus und setzte mich auf.

„Es sind nur Zwei." Ich zog die langen, schwarzen Haare von ihrer Zunge.

„Umd wem es ein gampfes Haarknäuel ift, nimm ef weg."

„So, schon wieder weg. Jetzt aber rein damit, bevor du sie wirklich noch dreckig machst." Sie nickte überschwänglich und sog sie wie ein Chamäleon zurück in den Rachen. Für einen Augenblick sahen wir uns nur in die Augen, als hätten wir vergessen, was wir gerade zu tun gedachten. Ich hatte fast vergessen wie wunderschön sie unter ihrer Raubtierfassade war. Ihre Flammen waren so wundervoll umrahmt von einem leichten Schwung, groß und in ihrer Form irgendwie freundlich. Obwohl man theoretisch durch die Feuer, direkt in ihren Schädel hätte schauen können. Darunter die kleine Stupsnase, die mich an ein Kätzchen erinnerte und Lippen, die so faszinierend waren, das ich sie sofort wieder küssen wollte. Da riss sie mich aus meinen Gedanken.

„Du sag mal, welche Erwachsenenfilme überhaupt? Die darf ich doch noch gar nicht anschauen, nur weil ich 2517 Jahre alt bin, bin ich noch lang nicht volljährig."

„Woher…?“

„Das war Raphaelchens Idee, sie sagte das würde dir gefallen.“

„Diese…“ *Gut, das ich sie rausgeworfen hab.* Ich knurrte bis sie sich an meinen Hals warf und mich heftig küsste. So heftig, das wir nach hinten zurück auf die Matratze fielen.

„Weißt du was, ich würde dich nie mit Sex bestrafen, da gibt es weitaus bessere Möglichkeiten.“ Ich schluckte und mir kam der Satz den sie einmal gesagt hatte wieder ins Bewusstsein. Ich bin ein böses Mädchen, aber ein guter Erzengel. *Wenn ich jemals mit ihr Schluss machen würde, würde sie mir dann etwas antun wie ein Mädchen, oder wie ein Engel? Gott was für ein Gedanke, nie würde ich das tun, sie ist mein ein und alles und ich liebe sie. Punkt.* Da spürte ich einen stechenden Schmerz an meinem Hals.

„Sorry, aber wenn ich mit dir Liebe mache, will ich dass du da auch mitmachst, oder wenigstens schläfst, damit ich machen kann was ich will.“ Ich fasste an meinen Nacken und sah das Blut an meinen Fingern. *Hoffentlich haben wir noch Pflaster im Haus.*

„Bin ja schon da, bin ja schon da.“

„Prima.“ Sofort griff sie nach meinem Glied und knetete es solange, bis es wieder stand. Dann schubste sie mich um und setze sich auf ihn. Sie biss die Zähne zusammen und knurrte, als ich in sie eindrang.

„Ja, das ist toll“, raunte sie und hob ihre Hüften sanft an. Ich fühlte, wie sie mich mit ihrer pulsierenden Hitze umschloss. Ich griff nach ihren Brüsten und begann sie zu streicheln und zu massieren, während sie sich mit ihren Klauen in der schrägen Decke festkrallte. Ihr Körper bewegte sich immer schneller und ich passte mich ihrem Rhythmus an. Die Luft um uns herum wurde heißer. Schweißperlen rannen meine Stirn hinab und tropften auf das Laken. Ihre Krallen zogen nun tiefe Täler durch das Holz, das es Holzspäne und Tapetenschnipsel herab regnete. Immer heißer loderte das Feuer in ihrem Inneren und das Thermometer auf dem

Nachttisch kletterte höher und höher. Dreißig Grad zeigte es bisher und stieg weiter. Das Fenster über uns beschlug und Wasser kondensierte. Tropfen rollten das Fensterbrett hinab und fielen auf Camis Schulter. Sie rannen bis zu ihren Brüsten, bevor sie verdampft waren. Camaela begann zu fauchen, ihre Arme fielen hinunter auf meine Schultern, bevor sie in einem lauten Gebrüll ihren Orgasmus hinausschrie und ihre Krallen in meine Schultern stach. Und dann kam ich ebenfalls. Ich keuchte und ließ den Kopf auf das Kissen fallen. Ihr Körper sank erschöpft auf meinen. Sie legte ihr Kinn auf meine Brust und lächelte mich amüsiert an.

„Würdest du vielleicht?" Ich zeigte mit dem Kinn auf meine Schulter.

„Oh, ja entschuldige." Sie zog die Mordwerkzeuge aus meinem Fleisch und schleckte sie genüsslich ab.

„Das war schön", hauchte sie und leckte sich das Blut von den Fingern. Ich lächelte zurück.

„Ja, das war es." Sie legte ihre rechte Wange auf meine Brust und schloss die Augen. Ich legte meine Arme um ihren Rücken und schloss sie ebenfalls. Noch war ich von Glückshormonen so durchflutet, das ich den Schmerz überhaupt nicht spürte. *Morgen würde zwar das Kopfkissen blutgetränkt sein und der Schmerz mich zu Tode quälen, aber was solls. Gibt Schlimmeres. Und das hier, dieser Moment, war wichtiger.*

Das böse Erwachen kam viel zu schnell. Gerädert, bleich und mit brennenden Schultern kam ich zu mir. Wie erwartet, war mein Kissen schwarz und rot eingefärbt. Neben mir erwartete mich schon Camaela, die mit überkreuzten Beinen auf der Bettkante saß. Einen kleinen Verbandskasten in ihrem Schoss liegend. Augenscheinlich war sie sogar angezogen. Wobei angezogen, nach zweiten, kurzen, weniger benommenen Blick, vielleicht nicht das richtige Wort war. Ein Disturbed Band-Shirt und… naja, das wars auch schon.

„Guten Morgen, oder vielleicht eher Mittag mein Schatz. Wie geht's dir?"

„Och, naja, wie ein Schaschlik. Also ganz gut, denke ich." Cami grinste.

„Schön das du noch deinen Humor hast Liebling. Schau, deine Mutter hat mir das gegeben", sie hielt den Verbandskasten in die Höhe, „damit können wir dich verbinden. Sie denkt du wärst gegen den Schreibtisch gelaufen und hättest dich verletzt." Ich lächelte und hob einen Daumen nach oben. *Gut gelogen Camaela, wirklich gut gelogen.* Obwohl ich das wirklich schon öfters gemacht hatte.

„Ich weiß, du nimmst es mit Humor, aber trotzdem. Ich hoffe du bist mir nicht böse, wegen heute Nacht. Ich würde es verstehen, wenn du jetzt nie mehr mit mir schlafen willst." *Was hat sie denn jetzt auf einmal? Sie ist doch sonst auch nicht so, wenn sie mich anzapft wie ein Oktoberfestbierfass.*

„Was? Ach was, nein, was redest du denn da. Ich könnte dir nicht einmal böse sein, wenn du mir in die Halsschlagader beißen würdest. Das ist doch nichts, das sind nur Kratzer. Ich würde niemals aufhören mit dir zu schlafen. Naja gut, außer vielleicht dir wachsen da unten auch noch Stacheln oder so Zeug." Ich grinste sie an und sie schien froh darüber zu sein. Erleichtert ließ sie die Hände sinken und ich ergriff sie.

„Mach dir keine Sorgen. Ich würde mich jederzeit von dir verletzten lassen, wenn du deinen Spaß hast. Nur bitte nicht absichtlich, so SM mäßig."

„Danke." Sie sah mich an wie am ersten Tag schon einmal, mit schräg gelegtem Kopf.

„Was ist SM?"

„Das ist was für Erwachsene Schatz. Das Thema hat noch Zeit." Sie tauchte ein Küchentuch in etwas kaltes Wasser und tupfte die Wunden ab. Dann trocknete sie die roten Löcher und klebte auf jedes ein Pflaster.

„Seit wann weißt du wie man eine Wunde versorgt?"

„Ich habe früher immer meiner Mutter geholfen. Sie war meistens Diejenige, die die Männer im Dorf behandelt hat, wenn sie verletzt wurden. Was recht oft vorkam. Du weißt, wir hatten in unmittelbarer Umgebung ein Wolfsrudel und Bären und Wildscheine gab es auch, da kam es häufig vor. Wobei die meisten Verletzungen passierten, weil die Jäger in ihre eigenen Fallen tappten. Das fand ich immer so witzig. Sie lagen dann bei uns im Haus, auf einer Pritsche und fluchten." Sie machte eine kurze Pause, plötzlich sah sie irgendwie traurig aus.

„Meine Mutter hat mir da fast jedes Mal eine geklatscht, wenn ich auch nur geschmunzelt habe."

„Das tut mir Leid. Das war nicht sehr nett von ihr."

„Nein, das war es auch nicht. Können wir bitte das Thema wechseln?" Ich nickte, während sie sich die Augenlider rieb. Sie lächelte fürsorglich, als sie über die Pflaster strich, um sie zu kontrollieren.

„Du kannst dich jetzt anziehen. Wann sollen wir eigentlich zu dem Ort auf dem Zettel gehen?"

„Oh mist, das hab ich ja total vergessen. Gut das du mich erinnert hast. Hmm, ich denke wir gehen erst abends. Wenn da irgendwas Komisches läuft, wird es abends sein." Camaela nickte grinsend, während ich in meine Klamotten schlüpfte.

„Was grinst du so?"

„Ach, ich hab nur dran gedacht, eigentlich hättest du Raphaela heute ja schon wieder nötig."

„Ach was, geht schon. Und nötig hab ich sie bestimmt nicht. Ich bin froh, sie mal nicht am Hals zu haben." Sofort verschränkte sie die Arme vor der Brust.

„Ähm, also, naja, ich äh, meine… ach du weißt schon. So können wir heute Abend in Ruhe losziehen. Besser so?"

„Gerade so. Aber du solltest in Zukunft trotzdem netter zu meiner abF sein. Das gestern, war echt doof von dir."

„A, was?"

„Allerbesten Freundin du Dummerchen."

„Ach so, ja ok, ich versuchs. Aber verdient ist verdient." Sie warf mir einen strafenden Blick zu.

„Ja, ehrlich, versprochen. Sie muss dann aber auch netter sein."

„Das ist Raphaelchen, sie ist halt so. Da kannst du nichts dran ändern. Versuch das gar nicht erst." *Aber mich ändern wollen so so.*

„Ach, ich soll es versuchen, sie muss es aber nicht?"

„Sehr richtig."

„Das finde ich aber ziemlich unfair."

„Ich nicht. Du bist mein Freund, mit dir schlafe ich, und sie ist meine Freundin, mit ihr… nicht."

„Das „nicht" hat aber lang gedauert." Unschuldig schaute sie auf die Wand.

„Hey, sieh zu mir und nicht zur Wand."

„Ja, gut wir haben einmal miteinander geschlafen. Wir wollten es mal ausprobieren. Ok? Ein einziges Mal." Ich starrte sie wie versteinert an. *Da erfährt man Dinge…*

„Ein einziges Mal. Und es hat mir nicht gefallen. Hey hör auf mich so anzustarren, du weißt, das mag ich nicht." Ich starrte immer noch.

„Ich starre nicht. Ich versuch nur, mir das mal vorzustellen."

„Also starrst du und stellst dir vor wie wir zwei im Bett waren?" Sogleich erntete ich einen leichten Klaps auf den Hinterkopf, von dem ich ziemlich heftig ins taumeln kam.

„Du Schwein und ich dachte Flo ist der mit den schmutzigen Fantasien in unserer kleinen Runde."

„Hey, hau mich nicht, wer wollte mich heute Nacht bestrafen?"

„Ich nicht,… ich geh dann mal was essen." Leichtfüßig hopste sie zur Tür.

„Hey, so kommst du mir aber nicht davon, meine Liebe."
Sie öffnete die Tür, huschte hinaus und ich ihr hinterher.

9

So ging das noch den ganzen Tag, bis die Sonne sich schließlich verabschiedete und es merklich abkühlte. Erst mit dem Abendessen kamen wir wieder zur Ruhe, schließlich mussten wir uns kurze Zeit später konzentrieren. Wer wusste schon was uns dort erwartete? Und ob uns da überhaupt etwas erwartete.

Mit dem letzten Bus fuhren wir in die Haller Innenstadt, stiegen um und fuhren in das große Handelszentrum und Gewerbegebiet, das so ausgedehnt war, dass es Michelfeld und Schwäbisch Hall miteinander verband. Hier gab es alles. Bekleidungsgeschäfte, Restaurants, Supermärkte, Einrichtungshäuser und Baumärkte. Autowerkstätten, aber auch große Lagerhallen. Im Grunde genommen, alles. Wild durcheinandergewürfelt, aber sehr praktisch angelegt.

Wir stiegen an der Bushaltestelle, vor einem Bekleidungsgeschäft aus, das in der Nähe unseres Zielorts lag. Ein eiskalter Wind peitschte uns entgegen. Auf offener Fläche boten wir einen idealen Angriffspunkt für den aufziehenden Wintersturm. Camaela hatte sich in ihre Flughäute gewickelt und ich einen Arm um ihre Hüfte gelegt. Sie schmiegte sich dicht an mich und wärmte mein Gesicht mit ihren Augen. Ich kramte noch einmal den Zettel aus der Jackentasche, um mich zu vergewissern, dass wir richtig waren. Zum Glück kannte ich mich hier relativ gut aus. Nicht weit von hier gab es eine kleine Bar, in der ich mit Flo oft war. Seit Camis Ankunft war ich allerdings kein einziges Mal dort. Sie hatte mein Leben ganz schön umgekrempelt.

„Gehen wir, oder willst du warten bis wir Eis am Stiel sind?"

„Ja, dann kann ich dich abschlecken, ohne mir die Zunge zu verbrennen." Cami grinste dreckig, dabei hatte nicht einmal ich daran gedacht. Wir folgten dem Bürgersteig, an einer Tankstelle vorbei, die noch hell erleuchtet war und bogen, nach einem schier endlos erscheinenden Marsch nach links ab. Schon nach kurzer Zeit änderte sich das Erscheinungsbild gravierend. Von hübsch dekorierten Geschäften und einladenden Schlemmertempeln, zu kalten, harten Fabrikgeländen. Mit großen Lagerhallen und Industrieanlagen. Wenngleich auch nicht übermäßig Viele. Ich schätzte sie auf etwa zwei Dutzend. Recht weit abseits der meisten Hallen lag die Adresse auf dem Zettel. Eine mittelgroße Halle, schlicht und einfach gebaut. Mit großen Rolltoren. Ein großer Zaun, mit einem eisernen Tor rahmte das Gelände ein.

„Das ist es." Ich zeigte auf ein kleines Schild mit der Nummer des Grundstücks und schaute mich um. Das Tor war verschlossen. Eine Gegensprechanlage war daneben montiert. Bevor ich mir etwas überlegen konnte, hatte mich Cami unter den Armen gepackt und war über das Tor gesprungen. Geduckt, wie zwei Einbrecher rannten wir zur Wand des Gebäudes. Sofort flammte eine Lampe über einer Eingangstür auf.

„Mist." Der Bewegungsmelder über einer Tür hatte uns registriert.

„Was machen wir jetzt?" Fragend sah ich Cami an.

„Was schaust du mich so an?"

„Ach ja, ich hatte für einen Moment vergessen, das ich Alleine hier bin." Da quietschte die Tür im Rahmen. Sofort starrte ich sie an, wie sie den Türgriff in der Hand hielt.

„Was?" Licht drang aus dem Spalt. Sofort schloss sie die Tür wieder.

„Was ist los?"

„Es stinkt wie die Hölle."

„Also ich war das nicht, ich bin zwar etwas nervös aber,…"

„Nein, ich meine wortwörtlich. So stinkt nur ein Dämon."

„Bael?"

„Nein, er riecht anders. Das hier riecht strenger."

„Was soll ein Dämon mit Didi zu tun haben?"

„Weiß ich doch nicht, finden wir es heraus."

161

„Wa…" Sie hatte die Tür erneut aufgerissen und ging ohne jegliche Vorsicht walten zu lassen hinein. Kopfschüttelnd trottete ich ihr hinterher.

Fünf Männer sprangen, offensichtlich überrascht von ihren Stühlen auf, sodass der große runde Metalltisch zwischen ihnen wackelte. Einer schrie plötzlich los.
„Wer seid ihr, was wollt ihr hier? Und wie seid ihr auf das Gelände gekommen?"
„Oh, äh hi. Wir? Ach, wir sind nur zufällig hier vorbeigekommen, wir dachten das wär ein guter Platz zum, äh rummachen." Da mischte sich ein Anderer ein, den ich als Detlef wieder erkannte.
„Oh mein Gott, das ist sie. Das ist das Ding, das Hermann umgebracht, und mich zum Krüppel geschlagen hat. Glaub ihnen kein Wort Klaus." Klaus, dessen Alter ich auf über sechzig schätzte, schien ein ziemlicher Anhänger des Nationalsozialismus zu sein. Denn sein Aussehen erinnerte mich stark an einen SS-Offizier aus dem dritten Reich. *Man, was für ein Klischee, ein Nazi, der Klaus heißt?*
„Das ist also die Kleine, mit den unglaublichen Kräften. Ja? Interessant. Sieht jetzt nicht sonderlich bedrohlich aus, aber gut. Das Äußere täuscht oftmals. Dann zeig uns mal, was du drauf hast." Während Klaus auf einem Stuhl Platz nahm und die Arme auf den Tisch stützte, die Finger ineinanderflocht, stürmten die drei Anderen vorwärts. Detlef hielt sich zurück und beobachtete die Situation misstrauisch. Immer wieder sah er gehetzt zu Klaus. Der mit Argwohn zusah, wie Cami einen nach dem Anderen zu Boden schlug. Nicht übermäßig überrascht, blickte er auf seine Kameraden, die sich vor Schmerzen wanden, aber noch lebten. Ich grinste leicht, als Klaus` linke Hand plötzlich verdächtig in seinen Mantel glitt.
„Camaela, runter. Duck dich!" Versuchte ich Cami zu warnen und hechtete in ihre Richtung, doch ich war zu weit weg. Ein einzelner Schuss wurde abgefeuert und vor mir

schleuderte Cami nach hinten. Ihr Kopf schlug hart auf dem Betonboden auf und für einen Moment blieb sie reglos liegen. Dieser Bastard hatte ihr ohne zu zögern in den Kopf geschossen! Ich warf mich über sie und sah ihr in die Augen, die offen waren, doch keine Flamme, kein Funke loderte in ihnen. Schwarz, tot und leer starrten mich die Augenhöhlen an. Ich nahm sie in den Arm und setzte sie auf. Ein paar Tropfen Blut waren aus der Wunde gesickert und waren an ihrer Nase heruntergeflossen. Wie blutige Tränen waren sie verlaufen und vermischten sich mit meinen. *Sie konnte doch nicht sterben, sie war doch unsterblich…*
Währenddessen rappelten sich die drei Namenlosen stöhnend auf und humpelten Richtung Tisch. Der Schock war ihnen ins Gesicht geschrieben.

„W, was hast du getan? Du kannst sie doch nicht einfach erschießen. Wir wollten uns rächen ja, aber nicht so. Sie war doch nur ein Mädchen." Sagte einer. Und ein Anderer sah ihn ungläubig an.

„Also so schnell hab ich noch kein Mädchen drei Männer auf die Bretter schicken sehen."

„Du?"

„Ja, naja, nein, aber…"

 Doch Klaus steckte sich nur die Pistole zurück in den Mantel.

„Macht euch mal nicht ins Hemd. Wenn ich richtig mit meiner Vermutung liege, und das liege ich ganz sicher, holt ihr besser die Maschinengewehre aus dem Schrank."
Als es keiner wagte sich zu bewegen, wurde seine Stimme energischer.

„Macht schon! Und betet, das ihr sie nicht gebrauchen müsst." Wutentbrannt starrte ich ihn an, doch in dem Moment wurde mir klar. Der Kerl wusste etwas. Er wusste das Cami nicht sterben würde, aber woher? Die Männer waren seiner Anweisung gefolgt und standen nun, jeder mit einem deutschen Sturmgewehr im Anschlag vor uns. Im

Halbkreis hatten sie sich aufgebaut, wartend und mit fragenden Gesichtern.

„Cami", flüsterte ich und küsste sie auf die Lippen, „du musst aufwachen Schatz." Augenblicklich schloss sich die Wunde und ihr Körper schnellte, wie in einem Horrorfilm nach oben. Gerade noch rechtzeitig konnte ich zur Seite springen, als die Männer in Panik das Feuer eröffneten. Ich ging hinter einem Gabelstapler in Deckung, als ein wahrer Kugelhagel losbrach, der jedes Wort verschluckte. Dutzende Kugeln durchschlugen ihr Fleisch und ihre Knochen. Zerfetzten ihre Kleider und hinterließen für den Bruchteil einer Sekunde klaffende Löcher in ihrem Körper, bevor sie wieder heilten. Blut troff in dicken Tropfen vor ihre Füße. Doch sie stand regungslos da. Stand einfach nur da. Ich wandte mich ab und hielt mir die Ohren zu, doch es half nichts. Eine Kugel nach der anderen, donnerte in meinem Kopf. Patrone um Patrone durchsiebte ihren Körper. Klimpernd fielen die unzähligen Hülsen zu Boden. Plötzlich hörten die grausigen Geräusche auf, nur das panische Klicken der Abzüge ertönte noch. Langsam drehte ich mich aus meiner Deckung heraus nach rechts und linste hervor. Camaela stand in einem großen See aus ihrem Blut, vor ihr die Männer, die wie von Sinnen die Abzüge drückten. Ihre Augen waren geweitet und Speichel tropfte aus ihren Mündern. Sie waren völlig weggetreten. Ich konnte Camis Kraft spüren, die förmlich zu explodieren begann.

„ICH HABE EUCH AM LEBEN GELASSEN UND SO DANKT IHR ES MIR?" Brüllte Camaela, die ihren Blick zu Boden gerichtet hatte und ein teuflisches Grinsen auf den Lippen trug. Ihre Stimme war nun nicht mehr menschlich. Nicht mehr süß, nicht mehr liebreizend. Sie war dämonisch, tief und blechern. Als würden zwei oder drei Menschen mit einer Stimme sprechen. Ihre Kleider waren nur noch Fetzen, einer fiel von ihrer Schulter ab. Wie rote Lappen fielen sie in die Lache aus Blut. Kein einziger Kratzer verunstaltete ihren, fast nackten Körper.

Außer Klaus, wagte keiner der Männer zu sprechen.

„Ich hatte also Recht, du bist kein Mensch."

„Was, kein Mensch?" Brachte Didi zitternd hervor, der sich die ganze Zeit über nicht bewegt hatte, geschweige denn eingemischt. Camaela riss sich einen blutgetränkten Stofffetzen von der Brust.

„WILLST DU IHNEN NICHT SAGEN WAS ICH BIN?"

„Wozu?" Didi starrte Klaus geschockt an und griff nach seinen Krücken. Der stand auf und schob manierlich seinen Stuhl zurecht.

„Du weißt so gut wie ich, dass keiner diesen Raum lebend verlässt."

„DA KÖNNTEST DU RECHT HABEN." Cami stolzierte wie ein Tiger von einer Seite zur Anderen. Klaus lachte höhnisch und zog seinen Mantel aus. Vorsichtig legte er ihn über seine Stuhllehne.

„Wollen wir doch mal sehen, wie mächtig du wirklich bist. ERZENGEL!" Camaela fauchte und erhob ihre Krallen zum Kampf. Aus den Augenwinkeln erkannte ich Detlef, der gerade versuchte, mit seinen Krücken davon zu humpeln. Was vermutlich gar kein schlechter Plan war.

„Oh, wie lange habe ich diesen Moment herbeigesehnt Wie lange habe mich danach verzehrt. Endlich, nach zwei Jahrhunderten kann ich beweisen, dass ihr nicht würdig seid uns zu regieren. Ihr Engel seid nur Abschaum."

„Sag mir lieber erstmal deinen Namen, bevor ich von deinem Gelaber noch graue Haare krieg." Klaus knurrte verhalten.

„Ich bin Varanus, der Ältere, Insekt."

„Insekten sind eklig." Entgegnete Cami gelangweilt, mit in die Hüfte gestemmten Händen und gähnte. Klaus zischte.

„Stiiiiiiiirrrb!" Plötzlich preschten beide los. Ihre Körper verwischten in der Geschwindigkeit. Zeitgleich sprangen sie aufeinander zu. Ich hörte Krallen die Fleisch zerrissen, sah wie sie aneinander vorbei flogen. Nur wenige Meter neben meiner Position landete der Dämon, zeitgleich landete Cami an der Stelle, an der er eben noch gestanden hatte. Verdutzt sahen die drei Männer sie an, als sie sich aus der Hocke zu drehen begann und ihren Schwanz wie eine Peitsche zischen ließ. Mit voller Wucht schlug er gegen die Rippen von zwei von ihnen. Ich konnte hören wie ihre Knochen zertrümmert und sie gegen die Wand geschleudert wurden. Ihre Schädel schlugen so hart gegen den Beton, das sie aufbrachen wie Eierschalen. Wie schlafend sanken sie zu Boden. In einer Lache aus roter Farbe.

„Hoppla", lachte Cami auf. Der Verbliebene starrte zu seinen Kameraden. Rotz hing aus seiner Nase. Wie eine Schlange tauchte der Todesengel hinter ihm auf, kletterte behände über seine Schulter und biss ihm kopfüber in die Kehle. Eine dicke Fontäne, dunkelroten Blutes färbte Camis Gesicht und den Boden. Der leblose Körper hing wie eine Puppe in ihren Fangzähnen. Sie schaute für einen Moment in meine Richtung, während das Blut weiter aus seiner Halsschlagader sprudelte. Ich konnte deutlich sehen, wie es ihr Vergnügen bereitete. Wieder und wieder biss sie hinein, riss Stücke aus seinem Körper. Dann schlossen sich ihre Kiefer mit ganzer Kraft und sein Kopf rollte um ihre Füße. Noch immer war der angsterfüllte Blick auf seinen geöffneten Augen zu sehen. Ich fühlte mich, als würden sie mich anstarren. Schließlich übergab ich mich. Sie fiel mit dem Körper um, wischte sich den blutverschmierten Mund am Unterarm ab, der ebenfalls voll Blut war und fauchte im Rausch des Blutes.

„LECKER." Ihr Gesicht war zu einer dämonischen Fratze geworden. Ihre Lippen entblößten die tödlichen Haifischzähne, ihre Nase war kraus gezogen und ihre Augen flackerten wie der Ausbruch eines Vulkans. Düster und bedrohlich mit roten und gelben Lichtblitzen darin. Mordgierig stellte sie einen Fuß auf die Leiche, das sein Torso brach und sie in seinen Eingeweiden stand, bevor sie in unsere Richtung stampfte. Wie ein hungriger Tyrannosaurus bewegte sie sich vorwärts, dass der Boden unter ihren Füßen nachgab und sich tiefe Risse bildeten. Varanus beäugte sie amüsiert.

„Bravo, bravo, du kannst also Menschen umbringen. Was für eine Leistung, ich bin beeindruckt… nicht! Dann ist es jetzt wohl Zeit, dir meine wahre Form zu zeigen was?" Von meiner Position aus sah ich mit Schrecken, wie sich sein Körper in einem Anflug eines Lachens veränderte und aus seiner Kehle ein tiefer gurgelnder Schrei laut wurde. Augenblicklich stoppte Camaela ihre Bewegung und beobachtete gespannt, wie er seine Tarnung fallen lies. Die Nähte seiner Uniformjacke platzten unter der Kraft seines Körpers. Auf seiner Haut zeichneten sich unzählige ovale Formen ab, die sich in ein dunkles Graugrün verfärbten, bevor sie dreidimensional wurden und sich zu dicken Schuppen abspreizten. Er brüllte kraftvoll, als seine Finger zu langen Krallen wurden und die Muskeln unter seiner Haut die dünnen, weißen Hemdärmel auseinanderrissen. Seine Beine knickten nach hinten weg und seine Ferse stellte sich auf. Die Zehen sprengten die schwarzen Motorradstiefel und wuchsen zu drei mächtigen Krallen heran, die seinen massigen Körper trugen. Er hatte seinen Kopf in die Höhe gereckt, als sein Gesicht zu einer echsenartigen Fratze wuchs. Wie die eines Warans. Über seiner Schnauze tauchte eine Kette aus Knochen auf und an seinem Hinterkopf spannten sich zwei dünne Hautsegel über dünne knöcherne Dornen. Wie Fächer standen sie seitlich ab. Ein langer Schwanz peitschte um seine Beine, der an seinem Ende, eine lang gezogene Zange trug. Sie schnappte nervös ineinander und drehte sich um die eigene Achse, während aus einer Öffnung am Gelenk eine Flamme unruhig züngelte. Ein Kamm aus dicken Knochenplatten zog sich von seinem Kopf bis zur Schwanzspitze. Aus kalten grünen Echsenaugen starrte er mich von oben herab an, als seine Verwandlung abgeschlossen schien. Schnell zog ich mich hinter den Stapler zurück. Mein Herz trommelte wie verrückt, ich bekam kaum noch Luft. Das

Monster war locker an die vier Meter groß und überragte damit sogar Berial um einige Köpfe. Der Gigant stampfte auf seinen dicken Drachenbeinen auf Camaela zu. Der Kopf, den er als Kette um den Hals trug, baumelte wild unter seiner Kehle. Er schien zu grinsen.

„SO KLEINES ENGELCHEN, JETZT KANNST DU MAL ZEIGEN WAS DU WIRKLICH DRAUF HAST." Tönte er voll von sich überzeugt. Überrumpelt, aber keineswegs verängstigt grinste Cami.

„Das glaube ich kaum", raunte sie angeberisch und setzte ihren Gang in seine Richtung fort. Plötzlich fletschte sie grimmig die Zähne und verwischte in einer Bewegung. Nur um in der nächsten Sekunde seinen geschuppten Hals zu packen und ihn in einer geschmeidigen Drehung, mit voller Wucht durch die Wand hinter ihr zu schleudern. Dicke Brocken grauen Betons verschwanden krachend in einer großen staubigen Wolke. Nur ein paar Zentimeter linste ich hinter dem Gabelstapler hervor. Nur ein paar schemenhafte Umrisse waren zu erkennen, die Wirbel, die sein Atem verursachten. Der monströse Schädel, der sich schüttelte. Und ein leuchtend grünes Auge, das in der Wolke lauerte. Seine Halswirbel knackten anmaßend und eine gewaltige Pranke tauchte, wie aus einem Albtraum hervor. Brach ein Stück Beton ab und warf es Cami vor die Füße.

„Wenn das alles war, werdet ihr Engel maßlos überschätzt." Er spuckte einmal auf den Boden und zog sich aus dem Loch heraus zurück ins Licht. Seine Fratze grinste noch überheblich, als ihn Camis rechter Fuß in den Bauch traf und er erneut aus der Halle flog. Rücklings landete er auf einem parkenden Kleintransporter, der unter dem Gewicht einbrach. Die Räder stoben zur Seite weg. Eines kullerte und hüpfte viele Meter weit, bevor es langsam auskreiselte. Behände schwang er sich aus der Karosserie, packte ihn mit einer Hand und warf ihn halbherzig in Camis Richtung. Er durchschlug den Beton als wäre er aus Pappe und explodierte in einem großen Feuerball, dass es Metallteile regnete. Dicker schwarzer Rauch türmte sich aus dem brennenden Wrack in die Höhe auf. Camaela war zu dem Zeitpunkt längst hinter ihm und stieß ihm ihre rechte Hand tief in den Rücken. Er knurrte wütend und versuchte den Störenfried mit seinen Klauen zu erwischen. Er spuckte unverständliche Flüche und drehte sich immer wieder um seine eigene Achse.

„Komm da runter ehrlose Kreatur." Camaelas Lachen hallte in der Dunkelheit wieder.

„Warum sollte ich?" Da wischte sein Schweif wie eine Peitsche über seinen Rücken.

„Zu langsam." Noch bevor das Ungetüm sich umdrehen konnte, schlug sie mehrere Räder, Richtung Hallenwand und kletterte lautlos wie ein Geist empor.

„Komm runter da, du feige Taube", bellte er und zog seine Krallen schreiend durch die Wand, das die Funken nur so sprühten.

„Fang mich doch, kleine Eidechse", fauchte sie zurück." Zornig lies er ein urgewaltiges Gebrüll erschallen.

„Spielverderber!" Krähte sie zurück, streckte ihm die Zunge heraus und warf sich dann wie ein Turmspringer vom Dach.

„Aufgepasst, hier komme ich. Huuuuiiiiiii." Sie grinste teuflisch, als ihre rechte Hand zu leuchten begann und ihre Umrisse verschwammen. Wie ein sterbender Stern stürzte sie in die Tiefe. Die Augen des Dämons weiteten sich in fürchterlicher Gewissheit. Nur mit äußerster Mühe konnte er der gewaltigen Kraft des Flammenschwertes entrinnen, als es nur wenige Zentimeter neben ihm in den Boden gerammt wurde.

„Hoppla, daneben." Fast augenblicklich schmolz der Teer im Umkreis eines Tennisplatzes zu einer flüssigen, zähen Masse und ließ auch die Betonplatte der Halle nicht unberührt. Sie knackte und sprang laut. Risse bildeten sich und stellenweise sackte der Boden ab. So schnell ich konnte, kletterte ich auf den Fahrersitz des Gabelstaplers, bevor sich die Maschine leicht neigte. Was leider nicht mein kleinstes Problem war. Ich schwitzte, ob der Hitze wie ein Schwein. Cami machte das ja aber zum Glück nichts aus, wie ich nach einem Blick hinaus feststellen konnte. Sie sah nur überrascht auf ihre Füße, die langsam einsanken. Varanus dagegen konnte sich nicht mehr auf den Beinen halten und klatschte in das schwarze Meer. Das ihn wie unzählige starke Arme umklammerte. Was ihn jedoch nicht davon abhielt, weiter große Reden zu schwingen.

„Oh, ein heißes Bad. Sehr nett. Aber wir sind hier ja nicht zum entspannen." Mit unvergleichlicher Kraft katapultierte er sich aus dem heißen Schlick auf Cami zu, als wäre es Wasser. So überrumpelt, dachte Cami gar nicht daran auszuweichen und wurde von seinen Krallen an der Schläfe getroffen. Wie ein Projektil schoss sie, Kopf voran, neben mir durch die Hallenwand. Ein Betonstück traf mich am Kopf und warf mich auf den heißen Boden. Ich verbrühte mir die Wange, die Handflächen. Mir wurde schwindelig, sah alles doppelt. Zwei Varanusse zogen sich gerade durch die Öffnung in die Halle. Zäh klebte der Teer an ihnen. Jeder ihrer Schritte dröhnte in meinen Ohren, wie die Bässe eines Techno Festivals. Sein Maul war weit geöffnet und dutzende kleiner spitzer Zähne blitzten mordlüstern im Licht der Deckenleuchten. Immer wieder wurde mir schwarz vor Augen, während ich beobachtete, wie das Monster in die Halle trat. Ich spürte etwas meine Schläfe hinunterlaufen. Ich wusste, dass es Blut war. Ich sah es noch an meinen Fingern. Bevor ich umkippte wie ein Sack Reis und das Bewusstsein verlor.

Anstatt die Tür zu nehmen, durchschlug Varanus mit wenigen Hieben die Wand zu Trümmern um sich einen bequemen Einstieg zu ermöglichen.

„Na schon genug Kleines?" Fragte er Cami grinsend. Die tastete gerade sitzend ihren Kopf ab, der fast wieder verheilt war. Sie schleckte sich grinsend das Blut von den Fingern und stand behände wieder auf.

„Noch lange nicht." Sie knurrte rasend vor Wut und ihr brennendes Schwert sauste aus dem Arm. Die Klinge durchschnitt den Beton wie Butter, bevor sie sie leichtgängig über die Schulter warf.

„Sag auf Wiedersehen. Es wird Zeit, das hier zu beenden."

„Eine gute Idee. Ich beginne allmählich mich zu langweilen." Mit einem großen Satz, war er zu dem bewusstlosen Körper herüber gesprungen, dass die Erde erzitterte. Ohne Mühe hob er sie an seinem Kopf nach oben.

Ich erwachte mit dem Gefühl, mein Kopf stecke in einer Schraubzwinge. Dicke graue Krallen ragten über mein Gesicht. Über mir sah ich die Kehle des Monsters aus einer sehr beunruhigenden Perspektive. Varanus hielt meinen Kopf in einer Hand, das meine Füße in der Luft baumelten. Zwei, drei Meter vor mir stand Cami, deren Schwert sich gerade in Luft auflöste und sie aus ihrem Blutrausch erwachte. Sie wirkte geschwächt.

„Dieser Mensch ist wohl deine Achillesferse. Nicht wahr?"

„Wessen Ferse? Lass sofort meinen Freund los oder…"

„Oder was? Kommst du auch nur einen Schritt, werde ich den Kopf deines Freundes zerquetschen wie eine Tomate." Grimmig knurrte Cami, seufzte dann aber niedergeschlagen, sank auf die Knie und setzte sich mit dem Po zwischen ihre Füße.

„Gut, ok. Was willst du?"

„Ich will dass ihr dreckigen Engel aus unserem Reich verschwindet."

„Hä? Du hast sie ja nicht mehr alle."

„Dann verabschiede dich von deinem Freund." Ich spürte wie der Druck auf meinen Kopf unerträglich wurde. Ich wollte um mich schlagen, strampelte mit den Füßen, doch genauso gut konnte ich gegen einen Berg kämpfen. Für einen Moment vergas ich die Schmerzen und machte ein ebenso verwirrtes Gesicht wie Cami. Sie kratzte sich am Kopf. Ich sah zu Varanus auf.

„Du kriegst hier wohl kein Dämonenfernsehen was?"

Er senkte seinen Kopf zu mir herunter. Speichel tropfte mir auf die Haare. *Iiihhgit!*

„Antworte Engel, was redet dein Spielzeug da? Und keine Märchen bitte."

„Es gibt keine Engel in der Hölle mehr. Trottel."

„Sei still, Mensch." Unterbrach mich Varanus und schüttelte mich wie eine Puppe, sodass ich das Gefühl bekam, mein Genick würde gleich brechen. Zum Glück tat es das nicht. Auch wenn es nah dran war.

„Was er sagt, stimmt. Ich bin der Letzte der Gefallenen neben Gabriel." Camis Stimme war so schwer und so traurig geworden, dass ich sie am liebsten sofort in den Arm genommen hätte. Argwöhnisch wurde sie von dem Echsendämonen beäugt.

„Du lügst."

„Nein, tut sie nicht!" Vernahm ich da eine wohlbekannte Stimme hinter mir. Die Augen des Dämons weiteten sich voller Furcht und der Gestank verbrannten Fleisches drang in meine Nase. Über meinem Kopf sah ich helles flackerndes Licht. Augenblicklich lockerte sich sein Griff und ich fiel zu Boden. Eilig rollte ich mich auf den Rücken und sah ungläubig hinauf. Aus seiner Kehle ragten die brennenden Spitzen zweier Flammenschwerter. Schwarzer Qualm umhüllte die Austrittswunden, bevor sie herausgezogen wurden und der überrascht dreinblickende Varanus, sich panisch an die Kehle fasste. Rot-grünes Blut sprudelte heiß zischend zwischen seinen Krallen hervor, troff seinen Hals hinunter und verfehlte meinen Kopf nur um Zentimeter. Ich wollte mich gerade aufrappeln, als mich Cami an der Hand packte und mich über den Boden schleifte. Ihre Augen strahlten überglücklich und voller Erleichterung. Tränen der Freude verdampften in ihren leuchtenden Feuern. Das sie mir gerade die Schulter auskugelte oder mir den Arm ausriss, war mir egal. Hauptsache war, dass wir in Sicherheit waren.

„Das kann nicht sein." Gurgelte und keuchte das Echsenmonster, bevor es auf die Knie sank und sein Kopf donnernd auf den Boden schlug. Das der Beton unter unseren Füßen schwankte. Seine Zunge hing aus dem offenen Maul und seine Augen wurden fahl wie Milchglas.

„Wenn ihr beide euch das nächste Mal umbringen lassen wollt, sagt mir bitte vorher Bescheid. Es war nicht ganz leicht euch zu finden." Mit tadelndem Ton stand Raphaela auf dem Rücken des Kadavers, die Hände in die Hüften gestemmt.

„Äh, hallo Raphaelchen", sagte Cami in gewohnt unschuldig wirkendem Ton, das sogar Zuckerguss bitter dagegen wirkte.

„Nix, Raphaelchen! Ihr hättet mir sagen müssen, dass ihr vorhabt euch mit einem Generationsersten anzulegen." Sie schien ziemlich böse auf uns zu sein. Mit großem Satz sprang sie von seinem Rücken zu uns. *Wenn jetzt noch der Zeigefinger kommt, dann ist die Situation perfekt.*

„Grins nicht so Micha und steh mal auf." *Mist.* Sofort stellte mich Camaela an meinem lädierten Arm auf die Füße. *Autsch!*

„Besser so?" Fragte ich und gab damit die perfekte Zielscheibe ab, für ihren Zorn.

„Nein, gar nichts ist besser. Seid ihr total bescheuert? Mit den Generationsersten ist nicht zu spaßen. Cami du solltest das doch eigentlich wissen. Zumindest einer von euch könnte jetzt auf direktem Weg zur Hölle sein." Sie machte eine kurze Pause.

„Ja, gut ok, bei dir wär das vielleicht gar nicht so verkehrt gewesen. Was fällt dir ein, meine Kleine in so eine Situation zu bringen?"

„Ich, ich..." Da unterbrach mich Cami in meinem Schuldeingeständnis.

„Sag mal Raphaelchen, wenn er Einer der ersten Generation ist. Warum ist er dann tot?"

„Öhm…" Vorsichtig drehte sich Raphaela um. Als lautstarkes, von purem Hass erfülltes Gebrüll die Halle erschütterte.

„Scheiße." Kaum ausgesprochen, wurde Raphaela von einem Hieb durch die Wand geschlagen. Varanus richtete sich behäbig auf und fletschte die Zähne. Zäher Speichel, vermischt mit Blut lief ihm aus dem Maul. Er sah noch wütender aus, als er es ohnehin schon war.

„Erzengel. Pah! Ohne eure Zahnstocher seid ihr nichts! Hört ihr. Nichts!" Schnaubend setzte er sich in Bewegung, wie ein Stier rannte er auf uns zu. Hand in Hand stürmte ich mit meiner Freundin davon. Der Boden vibrierte unter unseren Füßen. Staub und Steine hopsten und tanzten unaufhörlich. Jedem seiner Schritte folgten kleine Erdbeben, als würde eine Herde Elefanten auf uns zu trampeln.

„Ihr könnt nicht entkommen." Schrie das Monster in unseren Nacken. Heiß schlug sein stinkender Atem um unsere Köpfe. *Schneller, wir müssen schneller laufen.* Doch aus Rücksicht auf mich lief Cami nicht in ihrem Tempo davon. Da sah ich ein paar Hundert Meter vor uns Raphaela stehen, mit einem Blick, den ich lieber nicht gesehen hätte. Ich schaute zu Cami, die ihrer Freundin soeben ein Nicken zugeworfen hatte. Ich konnte sehen wie ihre Lippen ein, „alles wird gut formten", bevor man mich auf einmal kraftvoll durch die Luft warf.

„Aaaaaaaaaaaaaaah!"

Ich schlingerte, drehte mich, sah Varanus Faust auf Cami prallen und den Boden immer näher rücken, da fingen mich Raphaelas Arme einfach auf.

„Rraaaaaaaaaaa." Cami lag in einem Haufen Betonschutt, als der Dämon das Loch vergrößerte und auf sie zu stapfte. Sie leckte mit ihrer Zunge über die Stirn.

„Ich blute…schon wieder!" Sie warf sich nach vorn auf ihre Hände, bevor sie sich fast unheimlich langsam erhob. Sie fletschte die Zähne und sah Varanus aus geschlitzten Augen an. Sie grinste diabolisch und Rauch stieg aus ihren Mundwinkeln empor. Ungeduldig erwiderte er ihren Blick. Dann riss sie plötzlich ihren Mund zu einem gewaltigen, dämonischen Brüllen auf und erhob ihre Hände in einer Geste des Bittens. Augenblicklich bebte die Erde und tiefe Risse schlängelten sich mit reißende Geräuschen nach allen Seiten hinweg. Varanus starrte sie unbeeindruckt an, als sein Blickfeld von einer gewaltigen Feuersäule verdeckt wurde. Ich zählte ein Dutzend dieser haushohen Säulen. Und obwohl ich sie vor ein paar Monaten schon gesehen hatte, verschlug es mir auch diesmal die Sprache. Sie waren einfach beeindruckend. Wie riesige, rot brennende Flammentürme, die sich unaufhörlich um sich selbst wirbelten. Erfüllt von der ganzen Hitze der Hölle, waren sie ein unglaubliches Inferno, das alles in seiner näheren Umgebung gnadenlos einäscherte. Die Dachrinne tropfte rot glühend zu Boden. Die stahlverstärkten Eckpfeiler der Halle knickten wie Zahnstocher ein. Quietschend und kreischend neigte sich das Dach in unsere Richtung. Raphaela hatte sofort mitgedacht und mich außer Reichweite geflogen. Wie ein Kartenhaus brach das Gebäude schließlich in sich zusammen und rings um Cami und Varanus bildete sich ein enormer See aus blubberndem Stahl und Beton. Die mächtige Staubwolke verdeckte meine Sicht und verdunkelte den Mond. Die Luft flimmerte bereits.

„Soll mich das jetzt beeindrucken?" Als wäre die Säule aus kühlem, erfrischendem Wasser, machte er einen Schritt hinein und hob die Hände.

„Belebend und frisch meine Kleine. Du lernst wohl nicht aus deinen Fehlern was?"

„Oh doch, das tue ich!" Mit schwarz geflammter Feuerklinge sauste Cami von oben herab, durch die Feuersäule und Varanus Körper. Die Dämonen tötende Klinge schnitt ihn unbarmherzig in der Mitte durch. Sein völlig perplexer Gesichtsausdruck teilte sich in der Kopfmitte und die beiden Hälften lösten sich in einen Regen aus glühender Asche auf. Die Feuersäulen ebbten ab und verschwanden wieder in der Tiefe. Cami kniete nackt und völlig fertig am Boden, die Hände im zähflüssigen Stahl vergraben, der nur schwerlich abkühlte. Ich wäre so gern zu ihr gerannt, doch noch war es zu heiß, ich wäre auf der Stelle darin verbrannt. Feuerwehrsirenen heulten nicht weit entfernt auf. Raphaela packte mich unter den Armen und flog mit mir wortlos davon.

„Zwei Flammenschwerter also ja? Hmm." Versuchte ich die unangenehme Stille direkt zu kippen. Besorgt wagte ich einen kurzen Blick hinter uns. Wie eine gewaltige Fledermaus verschwand Camaela hinter ein paar Fabrikhallen.

„Mach dir kein Kopf, das wird schon wieder. Cami ist recht einfach gestrickt, ein, zwei Gespräche und alles ist wieder beim Alten." Ich sah verwundert zu Raphaela auf.

„Soll mich das etwa aufmuntern?"

„Nein, warum? Ich würde dich eigentlich viel lieber fallen lassen, für das, was du getan hast." Sie sah in die Tiefe und grinste.

„Oh ja, das gäbe eine schöne Sauerei. Aber nein, so etwas würde ich meiner Kleinen nicht antun."

„Da bin ich aber froh." Sie sah zu mir herab.

„Ja, kannst mal sehen wie viel mir Camaela bedeutet. Ich rette sogar den Arsch, der sie und sich total unnötig in Gefahr gebracht hat." Ich wusste nicht mehr, was ich antworten sollte und grummelte nur leise vor mich hin. Woraufhin wir ein paar Minuten in kompletter Stille flogen. Eine Stille, die für mich unerträglich war, lies sie mich doch mit meinen Gedanken, meinen Schuldgefühlen allein. Irgendwann hörte ich Raphaela aber dann doch wieder sprechen. Wenngleich es nur ein leises Flüstern, ein Murmeln war.

„Varanus der Ältere hier auf der Erde. Wer hätte das gedacht."

„Was ist?"

„Ah, äh nichts nichts, nur laut gedacht. Hey du hattest vorhin was gefragt?"

„Ja, keine Ahnung, ich hab mich nur gefragt, warum du zwei Schwerter hast und Cami ein Großes."

„Du musst ja eine Scheiß Angst davor haben über das was du getan hast nachzudenken. Eigentlich sollte ich dir das jetzt nicht beantworten." Wieder hörte ich sie flüstern.

„Mir machen diese Gedanken aber auch Angst…"

„Äh, ja." Sie änderte ihren Griff und hatte so eine Hand frei. „Schau her, ich mach das nur einmal." Ich nickte und aus ihrem Handgelenk wuchs eines ihrer Feuerschwerter. Sie packte es fest und plötzlich verwandelte es sich in eine Streitaxt.

„Wow!"

„Wo hast du denn Die jetzt her?"

„Jeder Erzengel hat seiner Herkunft entsprechende Waffen. Ich habe zum Beispiel eine Axt, die man, wäre es keine Engelswaffe, auch sehr gut auch werfen könnte. Und ein Schild, wie es bei uns Nordmännern zur normalen Bewaffnung gehörte. Ich benutze Die allerdings kaum, weil ich sie nicht so schön finde."

„Deshalb die Schwerter?" Sie nickte.

„Außerdem haben sie mehr Reichweite. Aber das ist nicht so wichtig."

„Was tragen denn die anderen Erzengel so?"

„Man, du stellst fragen. Also Jophiel zum Beispiel, besaß einen Speer. Und Gabriel hat früher immer eine riesige zweihändige Axt getragen."

„Und…?"

„Cami? Ich hab keine Ahnung ehrlich gesagt. Ich hab sie noch nie mit was anderem gesehen als ihrem Buttermesser." Beide lachten wir, doch jeder wusste vom Anderen, dass es nur ein aufgesetztes, gequältes Lachen war. Betreten schauten wir in verschiedene Richtungen.

„Ja, ja Cami. Sie liebt ihren Zweihänder."

„Warum das wohl so ist?" Schon Während ich die Worte aussprach beantwortete ich mir die Frage selbst. Und Raphaela sah mich vorwurfsvoll an.

„Weil es Camaela ist. Schon Klar."

„Richtig. Oh, wir sind da." Eben noch wirklich nett, warf sie mich nun aus einiger Höhe mitten auf die Straße.

„Ups." Schadenfroh schaute sie auf mich herab.

„Was sollte das denn jetzt wieder?"

„Och, ich dachte ich lass dich noch zusätzlich etwas leiden, bis meine Süße dir vergeben hat. Du darfst nicht vergessen was du getan hast." Wie könnte ich. Augenblicklich versank ich in den Vorwürfen, die ich mir machte und mein Herz wurde schwerer. Gleichzeitig dachte ich aber auch an Cami. *Wie es ihr wohl in der Situation geht? Wie geht sie damit um?*

„Oh das sieht schon sehr gut aus. Das gefällt mir."

„Du bist schon ganz schön sadistisch oder?"

„Nur ein ganz kleines Bisschen." Sie ließ nur einen winzigen Spalt zwischen Daumen und Zeigefinger frei, der langsam größer wurde.

„Oder auch ein bisschen mehr." Sie lachte bösartig, bevor sie ganz still und ernst wurde.

„Ich hoffe sie verzeiht dir den Mist nicht, den du angerichtet hast und schickt dich zum Teufel." Sie winkte einmal mädchenhaft und flog rückwärts davon, drehte sich und verschwand hinter dem Kirchturm. Was für eine Schizonummer war das denn bitte?

10

Es kam anders, als von Raphaela prophezeit. Die darauffolgenden Tage zogen sich wie Kaugummi dahin. Anstatt miteinander zu sprechen, gingen wir uns aus dem Weg. Und Raphaela nutzte jede kleine Chance um mich, hinter Camaelas Rücken fertigzumachen. Aber naja, ich hatte es verdient. Hätte ich Raphaela nur von dem Zettel, dem Treffen erzählt. Es wäre vermutlich anders gekommen. Stattdessen warfen Cami und ich uns gegenseitig nur stumme Blicke zu, versuchten uns aber in der Familie so normal wie möglich zu verhalten. Doch sobald wir allein waren, wich sie meinen Blicken aus und ich Ihren. Sie ging vor mir zu Bett und stand vor mir auf. Und wenn sie wach war, gab es sie nur im Doppelpack mit Raphaela. Was keine sonderlich angenehme Erfahrung war. Dagegen war der letzte Beinahetod ja schon fast einem Wellnessurlaub gleichzusetzen. Aber nur Fast. Von Schuldgefühlen geplagt zu werden, weil man dafür gesorgt hat, dass die Freundin dabei zusehen muss, wie man fast ermordet wird, ist nichts was man sich wünschen sollte. Überraschenderweise war der Gedanke an meinen Tod selbst, wesentlich weniger schlimm. Vielleicht weil es nun ja schon öfter vorkam. *Ob man sich daran gewöhnen konnte, ständig fast zu sterben?*

Montagmorgen. Ich saß auf meinem Platz in der Schule, als es zur großen Pause klingelte. Als gäbe es etwas umsonst, stürmten die Massen hinaus und drängten sich die Treppen hinunter auf den Schulhof. Alles Raucher, sicher. Gemächlich schlenderte ich nach dem Massenansturm ebenfalls hinaus. Eigentlich wollte ich gar nicht, es schneite wie verrückt, doch ich dachte ein wenig Ablenkung täte mir gut. Dicht gedrängt standen meine Klassenkameraden unter den Unterständen und qualmten. Dazwischen konnte ich Flo ausmachen, der mit einem Mädchen redete.

„Na, wieder eine neue Freundin?" Überrascht sah er mich an.

„Was machst du hier draußen?"

„Ablenkung suchen und du?"

„Ein Date, was sonst." Verwirrt schaute er sich um, doch das Mädchen war schon in der Masse verschwunden.

„Maaaaaan", ließ er die Schultern hängen und zog an seiner Zigarette, „die war so heiß. Warum hast du mir das versaut?"

„Wer sagt dass ich das war? Vielleicht wars deine Ziggi?" Er schaute auf seinem Glimmstängel zwischen den Fingern.

„Nö, ganz sicher nicht. Na gut, was ist? Darf ich raten? Beziehungsprobleme mit dem Succubus?"

„Musst du das so laut aussprechen, dass es die ganze Schule hört?"

„Öhm, joa. Hey mach dir mal nicht ins Hemd, hier hört dir eh keine Sau zu."

„Ja, allen voran, DU!"

„Also hatte ich Recht. Du hast Probleme mit Ela." Er kannte mich einfach zu gut.

„Ja."

„Dann schieß mal los."

„Wärst du gestern vorbei gekommen, wüsstest du längst Bescheid. Ich hätte wirklich seelisch und moralische Unterstützung gebrauchen können."

„Du glaubst doch nicht allen Ernstes, dass ich bei dem Wetter gestern, den weiten Weg auf mich nehm, nur weil du mit deiner blutgierigen Zicke Stress hast." *Weiter Weg? So weit wohnen wir jetzt auch wieder nicht auseinander.*

„Doch das glaube ich, kann ich dir jetzt mal davon erzählen?" Er rollte gelangweilt mit den Augen und nahm einen tiefen seufzenden Zug seiner Zigarette, während ich ihm die Situation schilderte. Mehrmals wechselten sich Gelächter und nachdenkliches Murren ab.

„Hmm", sagte er schließlich.

„Was hmm?"

„Hmm, wir haben die Klingel überhört und sollten zurück in unsere Klassen." Erschrocken sah ich auf das Display meines Handys.

„Hättest du nicht was sagen können?"

„Hätte ich, aber du warst so vertieft in deine Geschichte, du hast nicht einmal Raphaela, äh Sarah wahrgenommen, die dir einen verächtlichen Blick zugeworfen hat." Ich bekam große Augen.

„Den bin ich mittlerweile eh schon gewöhnt. Aber verdammt."

„Was du nicht sagst." Sofort rannte ich los.

„Vorsicht der Boden ist…" Da hatten meine Schuhe schon den Halt verloren und für den Bruchteil eines Augenaufschlags konnte ich den weißen Himmel sehen, bevor ich auf dem Boden aufschlug.

„…glatt." Ich rieb mir den Kopf und sah finster zu Flo hinüber, der sich gerade ins Schulgebäude schleichen wollte.

„Danke, das weiß ich jetzt auch!" Rief ich ihm lauthals hinterher und schleuderte einen lockeren Schneeball in seine Richtung.

„Verfehlt!" Tja, das glaubst du. Gerade als er sich mir zu wand, lief er gegen die Glastüre des Foyers. Er fluchte etwas Unverständliches und warf knurrend die Tür auf. Ich war währenddessen aufgestanden und hatte mir, so gut es ging, den Schneematsch von den Kleidern geputzt. Zurück in meinem Klassenzimmer johlte die Menge so laut, dass es mir fast in den Ohren wehtat. Es fühlte sich ziemlich unangenehm an, sich mit nassem Hosenboden auf den Stuhl zu setzen. Noch unangenehmer waren jedoch die höhnischen Blicke, die unzählig auf mir lagen. *Ja, ja das ist total witzig. Na wartet, wenn ich das nächste Mal Cami… Cami.* Ich lies mein Kopf deprimiert auf den Tisch fallen und ignorierte meinen Lehrer, der gerade die Klasse zu beruhigen versuchte. Ebenso den beginnenden BWL Unterricht.

„Herr Mai, können sie mir die drei volkswirtschaftlichen Produktionsfaktoren nenne, oder möchten sie lieber weiterschlafen?" Erneut lachte meine Klasse und im selben Moment bekam ich ein zerknülltes Stück Papier an den Kopf.

„Beruhigt euch wieder. Kann mir dann jemand anders die Frage beantworten?" *Ich muss es wieder in Ordnung bringen. Wir haben uns jetzt lange genug angeschwiegen. Das muss ein Ende habe. Jetzt!* Wie von der Tarantel gestochen sprang ich von meinem Stuhl auf, das dieser umkippte, packte meinen Schulranzen und stürmte zur Tür.

„Sorry, ich muss weg!" Rief ich dem Lehrer noch zu, der mir völlig verwirrt nachsah, bis ich die schwere Tür hinter mir zuwarf. Ich musste das mit Cami in Ordnung bringen. Ich wusste zwar nicht wie, aber ich musste etwas tun. Mit etwas Glück hatte Raphaela mit ihrer Aussage Recht! Ein, zwei Gespräche. Hoffentlich war Camaela auch dazu bereit. Ich rannte durch den Flur, die Treppe hinunter, rempelte ein paar Schüler an und fegte aus dem Schulgebäude zur Bushaltestelle. Die eisige Luft brannte in meinem Hals und matschiger brauner Schnee spritzte bei jedem Schritt meine Hosenbeine nach oben. *Egal.* Meine Gedanken nur bei Camaela. *Was würde sie sagen? Was würde ich sagen? Oder kam es überhaupt zu einem Gespräch?* Ich wischte das Eis vom Busfahrplan und sah zeitgleich auf meine Uhr. Verdammt. Der nächste Bus würde erst in einer halben Stunde kommen. Fuck. Ich schlug mit der Faust gegen den Pfosten, an dem der Fahrplan montiert war. Er wippte leicht nach und Schnee klatschte mir auf den Kopf.

„Auuuuaaaa!" Ich rieb mir die Hand, die wie verrückt pochte und lehnte mich gegen den Fahrplan. Ich seufzte. *Verdammt, heute ist nicht mein Tag. Ohne Camaela aber auch kein Wunder.* Plötzlich schwankte der stählerne Pfosten und ein dicker Batzen Schnee traf mich wieder am Kopf.

„Na, tut die Hand weh? Ich würde sie ja heilen, aber ich will nicht." Ich sah nach oben und sah Raphaela auf dem großen schmalen Bushalteschild sitzen. Ihre schneeweißen Flügel warfen lange Schatten. *Oh nein, nicht Die schon wieder. Leide ich denn noch immer nicht genug?*

„Was machst du hier? Hast du mich die Tage noch nicht genug fertiggemacht?" Sie lachte lauf auf.

„Dich? Genug?" Wieder lachte sie blasiert. „Du wirst nie genug leiden für deine Taten. Aber nein. Ich bin nur hier, weil ich denke das Cami jetzt so weit ist. Und du wie ich sehe auch. Was für ein lustiger Zufall. Allerdings würde ich schon gerne noch weiter machen. Du hast noch nicht genug blaue Flecken."

„Ja, ja. Ist ja gut, ich weiß auch das ich Mist gebaut habe. Hatte ja genug ruhige Zeit zum Nachdenken… sag mal woher wusstest du das ich hier bin?"

„Da man mich noch immer zwingt, die Schulbank zu drücken, leider genau zwei Bänke hinter dir, war mir klar dass du hier an der Bushaltestelle stehen musst. Wie du aus dem Klassenzimmer gestürmt bist, war einfach genial. Du hättest den Lehrer sehen sollen. Göttlich sag ich dir. Göttlich."

„Oh, ach so." Sofort hatte ich wieder die Bilder von Raphaela vor Augen, als sie noch nur Sarah war und kein nervender Erzengel. *Oh Gott, jetzt ist mir schlecht.*

„Hey, du siehst plötzlich so grün aus, alles in Ordnung?" Ich sah sie finster an.

„Als ob du dir wirklich Sorgen machen würdest. Komm erst mal da runter und sag mir endlich, was du hier willst. Wenn dich da oben noch wer sieht."

„Ist doch mir egal." Sie lachte und sprang dann vor mir auf den Boden, das mir brauner, kalter, Matsch ins Gesicht spritzte. Elegant faltete sie die Schwingen zusammen und zog sie in ihren Rücken.

„Ups", sagte sie biestig. Sie strich sich die Falten aus ihrer Daunenjacke und seufzte. *Daunenjacke, ich schmeiß mich weg. Die kann sie ja sogar selbst nachfüllen.*

„Kannst du dich jetzt mal entscheiden, Freund oder Feind?"

„Warum sollte ich?" Sie lief pirschend um mich herum.

„Für euch Menschen ist immer alles nur Schwarz und Weiß. Findet ihr das nicht auch langweilig und ermüdend?" Sie gähnte aufgesetzt und warf ihre Haare zurück. Recht suspekt kam es mir vor, als sie näher trat und mir sorgfältig den Dreck aus dem Gesicht wischte.

„Was ist denn Camaela, wenn es nur schwarz oder weiß für dich gibt?"

„Das habe ich nie gesagt", versuchte ich alles abzustreiten. Was kläglich an der mangelnden Motivation meinerseits scheiterte.

„Aber du dachtest es." *Als ob ich denken würde.*

„Nein… ja, gut aber ich lerne noch es anders zu sehen."

„Meine Güte du hattest fast drei Monate Zeit es zu kapieren. Geht das nicht in dein Erbsenhirn rein oder wie?" Sie setzte mir ihren perfekt manikürten Zeigefinger auf die Stirn.

„Hetz mich nicht." Der Erzengel verschränkte die Arme vor der Brust und sah mich missbilligend an. Ihre Körperhaltung glich nun einem Model mit leichter Schräghaltung.

„Also, was ist nun deine Meinung?"

„Naja, ich…" Wieder ein stechender Blick ihrerseits.

„Ja, Camaela ist mehr so was wie Grau?" Sofort hob ich schützend die Hände vors Gesicht, doch der erwartete Hieb blieb aus.

„Geht doch, zwar immer noch irgendwie falsch. Cami ist natürlich blutrot, aber im Ansatz ganz ok. Dann müsstest du es jetzt langsam mal kapiert haben."

„Öhm." Genervt drehte sie sich um und atmete tief aus.

„Warum hat sie sich ausgerechnet in dich verliebt. In so einen Schwachkopf."

„Hey, ich stehe hinter dir, ja! Ich habs gleich, Moment."

„Mir fallen gleich keine Beleidigungen mehr ein. Das ist hier kein verdammtes Quiz." *Was zur Hölle wollte sie eigentlich gerade von mir? Das Cami grau ist, war doch richtig?* Geprügelt sah ich sie an. Frostig traf mich ihr Blick. Da dämmerte es mir. *Verdammt, hab ich mich bescheuert angestellt.*

„Du glaubst ich kapiere es nie? Eben doch." Sie sah mich verwirrt an.

„Moment, ich meine", ich stieß die Luft aus, „ich habs verstanden. Ich war nur eine Zeit lang,… verwirrt."

„So so, eine Zeit lang."

„Hey, ich bin davon ausgegangen, dass ein guter Engel auch ein guter Mensch ist. Wer würde das auch nicht. Ich konnte ja nicht ahnen, dass ihr auch böse sein könnt." Sie gab mir einen Klaps auf den Hinterkopf, von dem ich fast nach vornüber gefallen wäre.

„Wer sagt dass ich böse bin? Ich versuche nur meine beste Freundin zu beschützen." Sie grinste und stolzierte um mich herum.

„Kannst du das nicht auch etwas netter?"

„Nein, ich habe in der Hinsicht schon einmal versagt, weil ich zu nett zu ihrem Lover war. Und du siehst was es gebracht hat. Sie ist in der Hölle gelandet. Verstehst du das, in der Hölle! So etwas Schlimmes darf sich nicht wiederholen. Niemals." Sie schnitt mit einem Arm die Luft entzwei und ihre Stimme verlor an Kraft. Da verstand ich ihren Gräuel gegen Männer oder ihren übertriebenen Hass gegen mich. Sie wollte nur verhindern dass ihrer Freundin noch einmal etwas Ähnliches passiert. Und dann komm ich und bringe sie auch noch in so eine Gefahr. *1A Riesenfettnäpchen. Super gemacht Michael.*

„Das waren Tausende von Jahren ohne sie. Hast du eine Ahnung wie es ist, wenn der einzige Engel den man liebt einfach verschwindet? Man plötzlich völlig allein ist? Ja, im Gegensatz zu Camaela hatte ich noch Michaela und Zadkiel, aber die sind halt, naja… Gott, nicht auszudenken, wie es

185

ihr ergehen musste. Allein, in einer fremden Welt. Nein, ich werde nicht zulassen, dass uns so etwas noch einmal passiert. Ich darf sie nicht wieder verlieren. Ich glaube, das würde ich nicht verkraften." Mittlerweile hatte sie ihr Gesicht in meinen Hals vergraben und heulte wie ein Schlosshund.

„Nicht nur du. Mir geht's doch genauso." Sie sah zu mir auf und lächelte Tränenverschmiert.

„Ah, verdammt." Sie wischte sich den verlaufenen Kajal weg und ging wieder auf Abstand.

„Wenn du ihr auch nur ein Wort davon sagst, bring ich dich eigenhändig um. Erzengel oder nicht, dass ist mir dann egal." Ich schluckte schwer.

„Und glaub ja nicht, dass ich jetzt nett zu dir bin, bloß weil du das von mir weißt." Sie drehte sich wieder um und zerrte einen kleinen Spiegel aus ihrer Jackentasche. *Ja, ja, das Make-up.*

„Keine Sorge", flüsterte ich fast, „ich werde nicht zulassen, dass ihr je wieder getrennt werdet."

„Na das hoff mal für dich, sie ist wie eine kleine Schwester für mich. Wenn ihr deinetwegen etwas passiert, mache ich dich genauso kalt."

„Verstanden", sagte ich eingeschüchtert.

„Gut. Dann komm jetzt, Cami und du, ihr habt einiges zu besprechen." Ich schaute betreten zu Boden, als sie mich unter den Armen griff und mit mir davon flog. Vier Flügel sind schon praktisch. Camaela konnte bei diesem Wetter ja nur unter größter Anstrengung fliegen.

„Sag mal, wirkt es nicht etwas auffällig, wenn du kurz nach mir aus dem Klassenzimmer rennst?"

„Wer sagt dass ich das gemacht habe?"

„Wie?"

„Kurz nachdem du, wie der geölte Blitz los gerannt bist, hat die Schulglocke geläutet. Ein Blick auf die Uhr hätte dir sicher einigen Ärger erspart. Tja doof bleibt doof. Ich hab dem Wurst dann was vorgelogen à la ich hab meine Tage

und bin dir hinter her geschlendert." *Unser BWL Lehrer heißt Wurst mit Nachnamen? Ach du Scheiße, wieso krieg ich das erst jetzt mit? Mmmmh lecker, Leberwurst.*
„Das hatte übrigens etwas sehr schön dramatisches, ein wenig wie in einem Bolly-, äh Hollywoodfilm vor, auch wenn es vollkommen verblödet und überaus sinnlos war."
Ich kniff wütend über mich selbst die Augen zu und fluchte murmelnd vor mich hin.
„Die Augen zukneifen bringt dir in dem Fall auch nichts mehr. Stress hast du deswegen trotzdem noch vor dir." Ich knirschte mit den Zähnen und verschränkte wie ein schmollendes Kind die Arme.
„Lass mich einfach fallen dann hab ich meine Ruhe."
„Wieso? Das ich dann den Ärger habe. Nein Danke. Du wirst die Suppe schön selbst auslöffeln, dich mit Cami versöhnen und morgen deine schulische Strafe abholen."
Was für ein Gespräch. Hunderte von Metern in der Luft fliegend werde ich zurechtgewiesen, von einem Engel der nicht älter aussieht als meine Freundin, aber daher redet wie meine Mutter.

11

Ohne zu landen, warf sie mich kurz vor dem Haus in einen Berg Schnee und setzte auf einer Straßenlaterne auf, um zu beobachten wie ich mich aus dem dreckigen Schneehaufen kämpfte. Kichernd sah sie auf mich herab, als ich mir den nassen Matsch von den Kleidern wischte. Ich knurrte und hätte sie am liebsten von dort herunter geholt. *Warum können diese Erzengel nie landen, bevor sie mich absetzen? Camaela macht das ja auch gerne.* Ich zögerte einen Moment, bevor ich mich entschied eine Handvoll Schnee zu einem Ball zu formen.

„Wag es nicht."

„Wag was nicht?" Beide begannen wir, hinterhältig zu grinsen. Mit aller Kraft warf ich die Kugel in ihre Richtung. Ich konnte noch sehen wie sie auswich, bevor ich den Schneeball in meinem Ausschnitt fühlen konnte und sie mir eine Handvoll Schnee ins Gesicht drückte.

„Danke."

„Bitte gern doch." Irritiert sah ich mich um und entdeckte sie boshaft grinsend, auf dem Vordach sitzend.

„Hach, das könnte ich den ganzen Tag machen, aber ich muss dann mal weiter." Mit vollkommen verzogenem Gesicht, kramte ich in meinem Pullover noch immer nach dem eisigen Klumpen, der nach und nach unten herausfiel.

„Willst du denn nicht bleiben?" Fragte ich sie, obwohl ich das nicht einmal wollte.

„Um zu sehen, wie du dich bei ihr entschuldigst und sie dich dann flachlegt? Nein Danke, lieber nicht. Ich dachte mehr an so etwas wie: Wenn ich mir schon mal selbst schulfrei gegeben habe, kann ich das natürlich auch ausnutzen und ein oder zwei Runden einkaufen gehen."

„Gutes Argument. Du meinst echt sie wird mir so leicht verzeihen?"

„Klar, ich habs dir ja schon vor ein paar Tagen gesagt. Es ist Cami! Aber das hast du ja irgendwie auch noch nicht gerafft. Sie hat es vermutlich längst vergessen. Und schweigt dich nur an, weil sie nicht weiß was, sie sagen soll. Mach den ersten Schritt. Sei ein Mann und sie wird dir vergeben." Ich stieß einen tiefen Seufzer aus, wischte den letzten Rest Schnee aus den Haaren und legte einen wirren Blick auf.

„Du meinst ich hab mir umsonst Sorgen gemacht?"

„Das hab ich nicht gesagt. So, ich bin dann mal weg. Bye Bye."

„Wie?… was?… toll!" Zähneknirschend ging ich zur Tür, während Raphaela schon hinter einem Haus verschwand. Mit hängenden Schultern schloss ich die Haustüre auf und ging zaghaft die Stufen hinauf.

In Gedanken versunken nahm ich einen Absatz nach dem anderen und schaute währenddessen betreten auf meine Füße, die schmatzende Laute von sich gaben. *Was sollte ich nur sagen? Wie sollte ich es sagen?* Ich erreichte den obersten Treppenabsatz, als vor mir plötzlich Camaelas Krallen auftauchten.

„Roar!" *Was zum?!* Erschrocken sah ich auf, blickte in ihr Zähne bleckendes Gebiss und stolperte rückwärts.

„Hab dich." Im 45°-Winkel stand ich von der Kante ab und hätte fast eine schmerzhafte Erfahrung mit der Treppe gemacht, hätte Cami mich nicht am Ausschnitt gepackt.

„Tz tz, so leicht kommst du mir nicht davon, in dem du dich einfach die Treppe runterstürzt." Leicht hysterisch grinste ich sie an und schluckte. Während sich ihre Klauen Faden für Faden durch den Stoff fraßen.

„Das würde ich doch niemals machen. Könntest du mich aber vielleicht mal hoch ziehen?"

„Ich weiß nicht, was meinst du?" Wie aus dem Nichts stand plötzlich Raphaela neben ihr und sah zu mir herunter. Mir fielen die Augen fast aus dem Kopf und mein Mund klappte nach unten.

„Ich weiß nicht, es ist dein Freund, aber ich persönlich bin ja dafür ihn fallen zu lassen. Er gibt sicher einen guten

Fußabtreter ab." Augenblicklich erstarrte ich, als sie mich finster anfunkelte.

„Nein, nein, bitte nicht, ich bin zu jung zum Sterben."

„Schatz sie macht doch nur Spaß." Damit holte sie mich wieder in die Horizontale und zog mich ganz dicht an sich.

„Ja, ja ihren Spaß kenn ich", seufzte ich und stieß erleichtert die Luft aus meinen Lungen. Sicherheitshalber sah ich dabei zu Boden. Trotzdem konnte ich Raphaelas finsteren Blick auf mir spüren. Mir lief es in kalten Schauern den Rücken hinunter.

„Wolltest du nicht den Tag sinnvoll verbringen?" Sie grinste mich immer noch wirklich gruselig an.

„Ja das hatte ich vor, aber ich hab mir schon gedacht, dass du dich wieder dumm anstellst, also bin ich umgedreht und durch das offene Fenster rein gekommen. Und ich muss sagen es hat sich gelohnt. Du hättest dein Gesicht sehen sollen. Wobei, ich glaube ich hol mal einen Spiegel, du siehst immer noch zum Schießen aus. Wie ein verschimmeltes Stück Brot. Weiß und naja gut hässlich bist du ja sonst auch."

„Würdest du jetzt mal aufhören, du hattest deinen Spaß", würgte Cami sie da ab. Glücklicherweise. Missmutig knurrte Raphaela und zwängte sich an uns vorbei.

„Schade, es wurde doch gerade lustig. Dann gehe ich jetzt mal besser, bevor ihr mir die gute Laune durch irgendwelches Gesäusel doch wieder verderbt."

„Das ist eine gute Idee", warf ich ihr hinterher, während sie die Treppe im Laufschritt nahm und schon die Türklinke in der Hand hatte. Da traf mich noch einmal ihr böser Blick, das mir plötzlich eiskalt wurde uns es mir eine Gänsehaut auf den Leib trieb. Da fiel auch schon die Tür ins Schloss und ich atmete erleichtert auf. *Halleluja. Endlich ist sie weg.* Endlich konnte ich mich wieder meiner Freundin widmen. Da stießen unsere Nasen auch schon zusammen und unsere Blicke trafen sich. Uuund, es stank verdächtig nach verbranntem Haar. Instinktiv rieb ich mir über die

Augenbrauen und schielte nach oben. *Neeeeeiiiiin, die sind doch grade so schön nachgewachsen.*

„Ups", grinste sie unschuldig und ich stieß einen Seufzer aus.

„Ist schon gut, die wachsen ja wieder nach." Sie nickte mir zu.

„So lang malen wir dir halt welche auf." *Wenn das so weiter geht, muss ich sie mir wohl tätowieren lassen.*

„Ja das machen wir." Erst jetzt bemerkte ich, dass sie meine Hand fest in ihrer hielt und grinste irgendwie zufrieden. Händchen haltend und uns anlächelnd, stiegen wir dann die letzte Treppe hinauf.

Wir hatten kaum die Türe geschlossen, als wir gleichzeitig tief Luft holten und unsere Zungen sich endlich lösten.

„Es tut mir Leid."

„Nein mir tut es Leid." Beide lachten wir los, während dicke Tränen unsere Wangen hinunter liefen. Naja gut, meine, ihre verdampften nach oben.

„Wir hätten nie allein dort hingehen dürfen,…"

„Ich hätte dich beschützen müssen..."

„Du hast getan, was du konntest. Es war meine Schuld. Ich habe Raphaela nichts davon erzählt."

„Nein, es war meine Schuld, ich hätte vorher etwas sagen müssen. Ich hab uns in Gefahr gebracht, ich konnte dich nicht beschützen."

Augenblicklich begannen wir beide doppelt so laut loszulachen. Was unter Tränen ein wirklich sonderbarer Anblick war.

„Wir haben beide schuld wies aussieht, was?" Cami grinste und wischte sich um die Augen herum.

„Wieder alles in Ordnung zwischen uns?" Platzte Cami zuerst heraus, das ich nur lächeln und nicken konnte.

„Im Gegensatz zu Weihnachten war das doch gar nix."

Cami grinste und unsere Lippen fanden ihren Weg zueinander. Mühelos riss sie mir die Kleider vom Leib und zog mich aufs Bett.

Versöhnungssex ist doch was Tolles. Wenn einem die Freundin nicht kurz bevor man kommt etwas echt Schlimmes an den Kopf wirft.
„Übrigens habe ich in zehn Tagen Geburtstag." *Und das sagt sie mir, während wir gerade mitten drin sind? Na Danke.*
„Und das sagst du mir jetzt?"
„Hast du nicht zugehört, ich sagte es doch gerade."
„Ich meine warum gerade in diesem Moment?"
„Na weil sich irgendwie keine passende Gelegenheit ergeben hat."
„Soso und während wir gerade miteinander Sex haben, findest du passend?"
„Ja." Sie grinste unschuldig und küsste mich auf die Wange.
„Können wir jetzt weiter machen?" *Ich glaube nicht.* Wie auf Kommando fiel er zusammen wie ein Sack Zement und rührte sich auch nicht mehr.
„Menno, was soll denn das?" Protestierte sie, als hätte ich das mit voller Absicht gemacht. Sie seufzte und warf mich von sich runter, dass ich rückwärts rollte, einen Purzelbaum schlug und Kopf voran auf den Boden donnerte.
„Autsch."
„Hoppla, Entschuldigung, ich äh, ist alles in Ordnung Schatz?" Ich fiel zur Seite und rieb mir den Hinterkopf. Bevor ich mich am Bett nach oben zog und in Camis Gesicht sah, die zum Fußende gekrabbelt kam. Ich grinste sie an, obwohl sich an meinem Kopf wohl in den nächsten Minuten eine Beule in die Höhe erheben würde.
„Alles klar, es tut gar nix weh."
„Sehr gut. Dann hoch mit ihm. Will weiter machen."
Schwerfällig schob ich mich aufs Bett und ließ mich ins Kissen fallen.

„Sorry Schatz, aber für heute geht nix mehr." Enttäuscht grub sie ihre Krallen in den Bettrahmen und knirschte mit den Zähnen.

„Verdammt." *Du sagst es. Mein armes Bett.*

Als ich am nächsten Tag aufwachte, war das Bett neben mir leer. Leer und kalt. Ziemlich kalt. Was nur bedeuten konnte, dass sie schon seit Stunden weg sein musste. *Was hat sie nun wieder vor? Zuerst macht sie unsere Versöhnungsnacht kaputt und verschwindet dann am Morgen danach einfach so. Dieses Mädchen macht mich noch ganz verrückt.* Noch gähnend rollte ich aus dem Bett, als mich ein weiteres Gähnen aufschreckte. Ich sah nach links, ich sah nach rechts, dann sah ich nach oben, rümpfte die Nase und schüttelte ungläubig den Kopf.

„Na wohl nicht so gut geschlafen?" Fragte ich Camaela, die mit weit offenem Mund gähnte. Während sie Kopfüber an der Decke hing.

„Doch schon, aber irgendwie hatte ich keine Lust. Musste ja meinen Geburtstag planen, sodass ich erst heute Morgen eingeschlafen bin."

„Aha." Kurz hielt ich inne. *Sie ist heute Morgen eingeschlafen. Ich bin aber wach. Da konnte doch etwas nicht stimmen?*

„Aber du bist doch gerade wach?"

„Und? Wer sagt das jetzt morgens ist? Laut meinem Bauch dürfte jetzt so etwa Zwölf Uhr mittags sein." Leicht hysterisch grinsend, lies ich mich auf meinen Sessel fallen.

„Wieso hast du mich nicht geweckt wie sonst auch?"

„Wie soll ich das denn machen, wenn ich selbst schlafe?" *Gutes Argument.*

„Und jetzt?"

„Hast du halt die Schule verschlafen und kannst dich daran machen, meinen Geburtstag zu organisieren. So wie ich. Weswegen ich heute auch noch was vorhab." Ich kaute und zupfte an meiner Unterlippe herum, um eine Lösung für

193

mein Dilemma zu finden. Und für den Moment dachte ich sogar eine gefunden zu haben.

„Sag mal, Gabriel kann nicht zufällig meine Lehrer resetten?" Sie verzog ihre Mundwinkel und sah so aus als würde sie nachdenken, so wie sie mein Terrarium fixierte. „Ach ja, und bevor du irgendwas sagst, würdest du bitte da herunter kommen, ich kriege schon einen steifen Hals." Kurz unterbrach sie ihr grübeln uns grinste mich hämisch an.

„Solang es nur der Hals ist, was anderes wäre mir lieber. Du schuldest mir noch eine Liebesnacht Schatzi."

„Schenk ich dir zum Geburtstag, aber jetzt runter da." Sie legte einen Schmollmund auf, bevor sie wieder zu grinsen begann. Das konnte nichts Gutes verheißen.

„Fang mich", rief sie da plötzlich voll kindlicher Freude. In der nächsten Sekunde lag ich schon auf dem Boden, sie auf meinem Gesicht sitzend. Nackt. Trotz der höllischen Kopfschmerzen begann sich in meinen Shorts etwas zu regen. Doch Cami stand nur auf, sammelte sich ein paar Kleider vom Boden und ging zur Tür.

„Sorry, jetzt nicht. Keine Zeit. Meine Freunde laden sich schließlich nicht von selbst ein. Warte nicht auf mich. Küsschen." Mir war noch schwindelig, als ich die Tür zuschlagen hörte. *Moment. Was?!* Schlagartig saß ich, spürte mein Hirn in meinem Schädel umher fliegen und sah mich um. Mist, sie war schon weg. *Freunde einladen? Wofür? Oh scheiße, sie erwartet eine Party! Nur die Ruhe, keine Panik. Ich habe noch neun Tage und außerdem einen Flo. Den Partylöwen schlechthin.* Ich rappelte mich auf und fasste mir an den Hinterkopf. Ich betrachtete ausgiebig meine Finger und stieß erleichtert die Luft aus. Kein Blut. Glück gehabt. Und während diese Beule langsam zu wachsen begann, wurde die andere wieder kleiner.

Allerdings brauchte ich auf den Schrecken erst einmal etwas zu trinken. *Und damit meine ich nicht Wasser.*

Mit starken Flügelschlägen durchschnitt Camaela voller Vorfreude einige Wolken und flog im Slalom durch mehrere Strommasten. Auf dem Rücken, auf der Seite, in Spiralen, vorwärts, rückwärts, sich in die Tiefe stürzend und wieder auftauchend. Schmolz lachend mehrere Funkmasten und erreichte schließlich überglücklich ihr Ziel. Einen kleinen Ort in der Nähe. Kaum halb so groß wie Sulzdorf. Sie zog die Flügel schon in der Luft ein und ließ sich auf das Dach eines Hauses fallen, das der Dachfirst auseinanderstob und Dachziegel sich lösten. Elegant schritt sie aus dem verursachten Loch und sah sich für eine Sekunde um, konnte aber niemanden entdecken, der ihrem Unterfangen im Weg stand. Aufmerksam schaute sie von ihrem Aussichtsplatz unter sich und entdeckte ein Garten mit einer Rutsche, einem Sandkasten und einer großen steinernen Terrasse. *Komischer Platz für Ein Portal.* Sie zuckte mit den Schultern und sprang leichtfüßig auf die gesehene Terrasse, das der Boden sich unter ihr verformte und ein paar Platten sich erhoben. Für einen kaum greifbaren Moment hielt sie Inne. Ein Geräusch lies sie aufhorchen. Überrascht legte sie den Kopf schräg. Ein kleiner Junge, kaum fünf Jahre alt, stand vor ihr, mit einem Eis in der Hand. Sein Mund stand erschrocken offen und seine Augen waren riesen groß.

„Hi", sagte Cami, drehte sich um und ging zu einer kleinen Baumgruppe, am Ende des Gartens. Für Menschen war dies nur ein paar Bäume. Nicht jedoch für Engel und Dämonen. Sie tat einen Schritt weiter in Richtung einer großen Buche, als Diese vor ihren Augen verschwamm, wie das Flimmern heißer Luft über Asphalt, und sich vor ihr ein Wirbel auftat. Spiralförmig drehte sich die Luft um eine unsichtbare Achse, wurde heißer und entzündete sich schließlich. Ein rot gelber Flammenwirbel war entstanden, der die Baumstämme in ein rotes Licht tauchte. Er war in seinem Durchmesser fast zwei Meter groß und seine Enden verfehlte die Rinde der Bäume nur um wenige Zentimeter.

Cami schüttelte den Kopf. *Einfach ein komischer Ort für ein Portal.* Dann blickte sie noch einmal zurück zu dem Jungen, der völlig erstarrt da stand und sie anglotzte.

„Finger weg von Eis, Eis ist böööse." Mit einem Mal fiel ihm das Eis aus der Hand und klatschte auf den Boden. Zeitgleich begann er wie am Spieß zu schreien, bevor er wie von Sinnen gegen die Terrassentür lief.

Boing!

Camaela grinste amüsiert, als er wie ein Baum fiel. Nur um kurz darauf freudig in das Höllenportal zu springen.

Keine Sekunde später wurde sie von Diesem regelrecht ausgespuckt, dass sie Mühe hatte ihre Form zu halten und mit dem Gesicht voran auf hartem Lavastein landete. Sie prustete und blies heißen Staub auf.

„Ich hasse diese Art des Reisens, können die nicht endlich mal so was wie einen Aufzug einbauen?" Murmelte sie in sich hinein, stand auf, wischte sich das Kinn ab und blickte in die Ferne.

„Hach", seufzte sie beim Anblick der verkohlten Weiten völlig in Erinnerungen versunken und starrte Löcher in den schwarzen Himmel. *Ich bin wieder da.* Da wurde sie unverhofft von schallendem Gelächter und lauten Pfiffen herausgerissen. Perplex starrte sie in die lachenden Gesichter zweier Dämonenjünglinge, die keine zehn Meter vor ihr saßen. Instinktiv fauchte Camaela, doch Die johlten unbeeindruckt weiter.

„Was ist so lustig?" Brüllte sie und ließ ihren Schweif bedrohlich durch die Luft peitschen.

„Nichts", antwortete Einer und lachte weiter. Da fiel es Camaela wie Schuppen von den Augen und sie legte beschämt die Hand vors Gesicht. Sie stand vollkommen nackt da. Ihre Kleider waren, während sie geträumt hatte, zu Asche verbrannt. Ein entscheidender Nachteil der Hölle, wie sie fand. Hastig legte sie die Flügel um ihren Körper.

„Manno", hörte sie die Beiden enttäuscht rufen.

„Ihr wisst schon, wen ihr da vor euch habt, oder Jungs?"

„Klar, die geilste Schnalle weit und breit."

„Soso." Cami grinste.

„Wenn ihr meint." Energisch nickten die Beiden.

„Ich gebe euch einen Tipp. Es gibt nur zwei von uns in der gesamten Hölle. Wer bin ich?" Augenblicklich erschraken die Jungen.

„Oh Scheiße. Entschuldigt bitte. Wir wussten ja nicht…"

„Jetzt wisst ihrs. Nu gebt mir eure Klamotten, bevor ichs mir anders überlege und eine kleine Jagd veranstalte." Sofort begannen die Beiden zu tuscheln und zu flüstern.

„Sollen wir…?"

„Ich weiß nicht. Vielleicht blufft sie nur."

„Glaubst du wirklich es ist Sie?"

„Möglich wärs, aber…" Die beiden jungen Dämonen wanden sich wieder Camaela zu.

„Wir haben beschlossen, dir nicht zu glauben und dir unsere Klamotten nicht zu geben. Kann ja jeder behaupten Sie zu sein", gaben sie nach einer kurzen Bedenkzeit einstimmig zurück. Argwöhnisch sah der Erzengel die Beiden an und verschränkte dann die Arme vor der Brust.

„Ist das euer letztes Wort?" Unsicherheit legte sich auf die Gesichter. Sie waren zweifelsfrei unerfahren und noch nie in ihrem Leben einem Erzengel begegnet.

„Also, naja…", begannen sie zu stottern, wobei der Eine etwas selbstsicherer die Arme zum Trotz verschränkte.

„Ja, ist es!"

„Na gut", gab Camaela fast süß zurück und grinste perfide.

„Mist, ich hätte sie vielleicht doch nicht abfackeln sollen." Sagte sie kurze Zeit später geknickt zu sich selbst und hielt einen geschwärzten Fetzen eines Fells in den Fängen.

„Naja was solls, vielleicht kann mir ja Cheza was Schönes für hier schneidern." Sie seufzte laut und warf das Stück Stoff weg.

„Kann man nix machen." In Gedanken sprang sie von dem Felsen, landete ein paar Meter darunter in der Hocke, richtete sich auf und folgte einer kleinen Formation aus riesigen, ausgebleichten Knochen. Ehrfürchtig ließ sie ihren Blick darüber schweifen. Es war das Skelett eines ausgewachsenen Höllendrachen. Offenbar hatte sie das Portal nördlich der großen Lavaseen ausgeworfen. Dem Gebiet der Drachen. Hier war sie schon lang nicht mehr gewesen. Nicht seit sie aus dem Himmel hinab gestoßen wurden in die brennende Hölle des Todes. Neugierig wie sie nun einmal war, hatte sie, kurz nachdem sie Herrscher der Hölle geworden waren, einen Erkundungsausflug mit Uriel dorthin unternommen. Einem stämmigen und immer grimmig dreinblickenden Blackfeet Indianer, der zwar kaum zwei Jahre älter als sie war, sich aber immer benahm als wäre er ihr Großvater. Trotzdem war er sehr nett und neben Gabriel, der seit seiner Machtergreifung kaum noch Zeit für sie hatte, ihre einzige Unterhaltung. Jophiel war ja auch schon zu dem Zeitpunkt ein Schwein gewesen. So zogen die Beiden meist allein los. Ihre neue Heimat musste ja komplett unter die Lupe genommen werden. Zu dem Zeitpunkt besaßen sie allerdings noch keine benutzbaren Flügel, was die Sache erheblich erschwerte. Mehrmals begegneten ihnen auf dem Weg Dämonen, die mit der neuen Herrschaftsriege ganz und gar nicht konform gingen. Die meisten von ihnen stellten jedoch keine große Herausforderung dar. Die Beiden durchquerten eine Talenge zwischen einer Vulkanformation, als jedoch ein weiterer Dämon ihren Weg kreuzte. Der so ganz anders war, als die Vorherigen. Berial. Ein stierköpfiger Dämon, der mit seinen drei Metern Größe und seiner schwarzen, von Höckern übersäten Haut durchaus Furcht hervorrufen konnte. Sein Körper war von beeindruckenden Muskelpaketen bedeckt. Sein Mut und seine sicherlich enorme Stärke trieb beiden Erzengeln einen gehörigen Schauer über den Rücken. Sie hatten sich unterhalten, als dieser Berg von einem Dämon plötzlich aus der Luft fiel und vor ihnen landete, dass die Erde erzitterte und Gestein zu beiden Seiten der engen Schlucht auf sie nieder fielen. Seine gelben Augen funkelten bedrohlich, während er mit einem seiner mächtigen Hinterbeine zu scharren begann und sein dicker, muskulöser Schweif bedrohlich umher schwang.

„Halt, halt, wir wollen keinen Ärger", versuchte Uriel ihn sogleich zu beruhigen. Mit seinen Händen verlieh er seiner Aussage noch mehr Nachdruck. Jedoch völlig unbeeindruckt grinste der Dämon, von dessen Nacken eine Flamme bis zu seinem Steißbein züngelte.

„Ach nein? Dann verschwindet von hier. Seit euer Gabriel hier aufgetaucht ist, wird mein Vater vermisst. Also wollt ihr doch Ärger, da ihr zu dem dreckigen Engelspack gehört."

„Erzengel", verbesserte Uriel, was ihn jedoch nicht zu kümmern schien. Ohne Vorwarnung stürmte er auf ihn zu und rammte ihm eine Faust in den Bauch, das er viele Meter durch die Luft flog, bevor er gegen eine Felswand krachte und bäuchlings auf den Boden fiel. Staub wirbelte auf und in der Nähe explodierte ein kleiner Aschegeysir.

„Nicht schlecht", gab der Erzengel zu Bedenken und stemmte sich vom Boden hoch. Während er sich vor dem Dämon aufbaute, spuckte er neben sich und hob die Fäuste zum Angriff.

„Dann zeig mal was du drauf hast Dämonenabschaum." Das ließ Berial sich nicht zweimal sagen und preschte erneut auf ihn los. Er hatte jedoch nicht mit Camaela gerechnet, die unerwartet ins Kampfgeschehen eingriff. Er hörte noch ihren urgewaltigen Kampfschrei und sah wie sie ihre Faust auf ihn nieder schmetterte. Völlig verblüfft und vollkommen desorientiert stürzte er zu Boden, schlitterte noch einige Fußlängen auf scharfem Lavagestein und blieb dann zu Uriels Füßen liegen. Freudestrahlend grinste Cami ihrem Freund zu und stieg triumphierend auf den Rücken ihres Widersachers.

„Meine Hochachtung Kleines", lachte der Erzengel und wischte sich den Staub von der indianisch anmutenden Rüstung, deren Hauptthema der Puma war.

„Das kleine Mädchen, das den großen Bison zu Fall gebracht hat. Meine Stammesbrüder hätten sich zu meiner Zeit sicher köstlich darüber amüsiert."

„Ach was ist doch nicht der Rede wert, war doch nur ein Dämon." Lachend hüpfte sie von Berial herunter.

„Lass uns weiter gehen, bevor er wieder zu sich kommt." Uriel nickte und die Beiden gingen weiter ihres Weges. Berial spuckte heißen Staub aus seinem Maul, als er wieder zu sich kam und sich aufzurappeln begann.

„Wie hast du das gemacht Erzengel?" Schrie er Cami hinterher, das Diese seufzte, stehen blieb und sich umdrehte.

„Wieso fragst du mich? Du warst derjenige, der uns unterschätzt hat." Sie grinste und verhöhnte den Dämon regelrecht. Er knurrte, als er sich seinen Fehler eingestand.

„Wir sehen uns wieder, kleiner Engel. Und dann werde ich als Sieger aus dem Kampf hervor gehen!" Cami hatte sich da längst wieder umgedreht und winkte ihm nur gelangweilt zu.

„Ja, ja wie du meinst."

„Noch eines, bevor ich in Schande abziehe. Wie heißt du Engel?" Ein letztes Mal drehte sich Cami um und grinste ihn an.

„Man nennt mich Camaela." Dann verschwanden beide hinter einem Felsvorsprung.

„Auf Bald Camaela", flüsterte er noch einmal zu sich selbst, bevor er beschämt den Rückzug antrat.

12

Ich stand gerade unten in der Küche und kippte einige
Gläser Piña colada herunter *(ja Mann muss ja vorbereitet
sein)* und dachte darüber nach, wie man eine Party für ein
paar Dämonen organisiert. Entschied aber nach der
Halben… na gut der ganzen Flasche das mir das zu hoch
war. Außerdem war mir schlecht und ich kotzte erstmal
gepflegt die Kloschüssel voll.

„Seit du mit Ela zusammen bist, trinkst du echt zuwenig."
Flo stand in der Badezimmertür und schüttelte die leere
Flasche herum.

„Und seit wann trinkst du sowas?" Ich schaute ihn fertig an
und zeigte ihm den Mittelfinger.

„Elas Party macht dich ja ganz schön fertig, dass du dir auf
Ex ne ganze Flasche von dem Müll reinballerst. Wenn du
fertig gereihert hast, besorg ich uns mal was Gescheites." Er
warf die Flasche in die Spüle, in der sie klirrend zu Bruch
ging und zuckte mit den Schultern.

„Hoppla, dachte die wär aus Plastik." Ich übergab mich ein
letztes Mal, stand auf, spülte und putzte mir die Zähne.

„Ich hab übrigens nen super Plan wegen deiner Party."

„Ach ja?" Ich rieb mir die Stirn. *Deine Pläne kenn ich.*

„Bael."

„Bael?"

„Jup, der kennt sich doch mit Dämonen aus."

„Der ist ja auch Einer."

„Eben. Und bei dem Stoff, den der vertickt, kennt der sicher
auch ein paar Leute."

„Gar nicht mal so dumm."

„Tja, bist eben nicht der einzige Dumme hier." Ich sah ihn
an, er verzog das Gesicht, als er seinen Irrtum bemerkte.

„Fahren wir."

Nachdenklich sprang Camaela über einen Lavabach und lies
das Drachenterritorium allmählich hinter sich. Das so viele

Erinnerungen und Gedanken aufwühlte. Die unzähligen Drachenskelette hatten sie zum Nachdenken angeregt. *Es war eine Schande, dass sie Uriels Tod so schäbig vernachlässigt hatte. Doch er war im Kampf mit Jophiel und dem Golgathaner einfach untergegangen. Den ständig neuen Erlebnissen auf der Erde. Es war einfach kein Platz für Trauer gewesen. Dabei war er über viele Jahrhunderte ein guter Freund und Weggefährte gewesen. Und so einen Tod hatte er nicht verdient. Ob Berial und Uriel sich doch noch versöhnt hatten, wie sie es ja auch getan hatte? Nääääää. Der nicht.* Sie begann zu lachen, um ihr schwer gewordenes Herz zu überlisten, während die verwüsteten Lande an ihr vorbeizogen, ohne auch nur Eines Blickes gewürdigt zu werden. *Wie es Berial wohl die letzten Monate ergangen war?* Sie grinste leicht, als ihr mit einem Mal bewusst wurde, dass er sich wohl schon bei ihrem ersten Treffen, damals in der Schlucht, in sie verguckt haben musste. *Wie schwer es wohl für ihn war, etwas für einen Erzengel zu empfinden und es geheim halten zu müssen? Es für Jahrzehnte, Jahrhunderte in sich ganz tief zu vergraben, bis sie sich erneut begegnet waren.* Dann begann sie plötzlich unverhofft zu lachen. *Und dann hat die Beziehung kaum fünfzig Jahre gehalten. Wie bescheuert.* Sie schüttelte über sich selbst den Kopf und spürte, wie die Schwere nachließ. Gleichzeitig sprang sie ab, segelte einige hundert Meter und stoppte dann überrascht an einem Berghang. „Och nöööö." Entnervt lies sie ihren Blick über die Seenplatte schweifen, die sich zwischen ihr und dem zentralen Teil von Ignis erstreckte. Selbst mit maximaler Geschwindigkeit würde es knapp zwei Stunden dauern, sie zu überqueren. Zwei Stunden voller Langeweile und nichts außer kochender Lava unter sich. Sie seufzte. Es half ja nichts. Sie breitete ihre Flügel aus und sprang in die Luft.

Völlig vertieft in ein Schere Stein Papier Spiel mit ihrem Schwanz, flog sie über drei Stunden später frontal gegen einen Vulkan und rieb sich verdutzt ihre Nase.

„Aua. Hey, wir habens geschafft!" Sie klatschte ihr Anhängsel ab und kletterte und sprang den Vulkan bis zum Krater nach oben. Ein Schwarm Feuervögel brach kreischend aus dem Inneren hervor und verschwand Richtung Norden, um zu ihren Jagdgrünen zu fliegen. Für einen kurzen Augenblick überblickte Cami die Weite und sprang dann in die Tiefe. Mit wenigen Flügelschlägen hatte sie wieder an Höhe gewonnen und donnerte in halsbrecherischem Tempo zwischen zwei Vulkanen hindurch. *Nur noch ein paar hundert Kilometer, dann würde sie es geschafft haben.* Die dichten Aschesäulen, die viele Kilometer in die Höhe reichten, schienen ihr wie ein riesiges Tor. Das sie rasch hinter sich lies und unter sich fast beiläufig den Pfad der Schädel entdeckte, den sie in ihrem Temp fast übersehen hätte. Der Weg, welcher seit Anbeginn der Zeit gewissermaßen die Hauptstraße der Hölle darstellte und sich über die gesamte Unterwelt erstreckte. Wie ein Kolibri stand sie in der Luft und blickte sich um, um sich noch einmal zu vergewissern, dass sie richtig war. Dann zog sie die Flügel ein und ließ sich einfach fallen. Mehrere Sekunden genoss sie das Gefühl des freien Falls, bevor sie mit unvergleichlicher Leichtigkeit in der Mitte des Pfades auftrat. Ein paar Schädel sprangen zur Seite weg und rollten klappernd umher. Wie einen Mantel schlang sie ihre Flügel wieder um sich und lief, voll Vorfreude grinsend schneller, dass ihr Gewand aus Haut wild flatterte. *Gleich würde sie ihre beste Freundin in der Hölle wiedersehen.* Doch dann bemerkte sie, dass sie sich seit fast einem halben Jahr nicht mehr gesehen hatten. Da fiel ihr das Grinsen aus dem Gesicht und ihr Gang wurde langsamer. *Was, wenn sie böse sein würde, dass sie sie vernachlässigt hatte? Klar, sie hatte ihr Grüße überbringen lassen, aber das war es auch schon.* Sie schluckte schwer als auch schon ihre Höhle in der Ferne auftauchte. Ihre Schritte wurden kleiner und vorsichtiger, je näher der riesige Drachenschädel rückte, der den Eingang markierte. Für einen Moment stoppte sie sogar gänzlich. Der Schädel war gewaltig. Für einen Moment dachte sie an seinen einstigen Besitzer. Allerdings nur kurz. Denn entsetzliches Gebrüll, das so tief war wie Donnergrollen und so laut wie ein startender Kampfjet, ließ sie zusammen zucken. Da war ihr Überraschungsmoment dahin.

„Verdammt, ich wusste doch, dass ich etwas vergessen habe."

Da wurden auch schon gewaltige Flügel geschlagen und hinter einem Berg tauchte das majestätische Tier auf, das diesen Laut von sich gegeben hatte. Der Höllendrache. Chezaras Haustier, ihr Wachhund und bester Freund. Halt…, Freundin. Shina war wieder ein ganzes Stück gewachsen, seit letztem Jahr. Ihre Schuppen noch dunkler, sogar fast schwarz. Kraftvoll landete sie vor ihr, sodass es sie fast von den Füßen gerissen hätte. Sie fauchte und stieß riesige Flammen aus den Schlitzen oberhalb des Nackens aus. Immer wieder zischte die lavafarbene Zunge zwischen den monströsen Kiefern hervor, bevor sie Cami vorsichtig mit ihrer langen Schnauze anstupste.

„Ja, Kleines, es freut mich auch dich zu sehen. Na, wo hast du denn dein Frauchen gelassen?" Sie streichelte dem Drachen über seinen geschuppten Kopf, strich sanft über seine Hörner, die zu beiden Seiten des Kopfes nach unten gezogen waren und kratzte über die verstärkten Schuppen an seinem langen Hals. Die Drachendame gurrte vor Behagen und ließ sich von ihren vier Beinen nieder sinken. Sie hatte ihren Kopf gerade auf eine Vorderpfote gelegt, als Cami ihre beste Freundin erblickte, die mit verschränkten Armen im Höhleneingang lehnte. Als die Blicke der Beiden sich trafen, trat sie aus dem Schatten hervor, an Shina vorbei in Camaelas Richtung. Sie strich dem Drachen kurz über den Kopf, bevor sie vor Cami zum Stehen kam. Diese vermochte den Gesichtsausdruck ihrer Freundin nicht zu deuten. War sie nun sauer oder nur überrascht?

„Ach, lässst sssiich der Erzengel auch mal wieder hier blicken wassss?" Ihre Stimme war rau und zischend, klang jedoch sehr angenehm in den Ohren. Fast ein wenig beruhigend. Cami schluckte und wusste nicht was sie sagen sollte. Für eine Sekunde standen sie nur voreinander, was beiden Zeit gab die jeweils andere ausgiebig zu mustern. Ihre schwarzen Haare rahmten ihr Gesicht ein und fielen ihr locker über den Rücken. Als besäße es ein Eigenleben, wand es sich um ihre Unterarme, die mit je drei langen Dornen gespickt waren. Aus grünen katzenartigen Pupillen sah sie gerade an ihr hinab, während Camis Blick ihre Lippen streifte. Leicht geöffnet waren sie und gaben die langen Giftzähne frei. Ihre grüne Krokodils-Haut hatte sie wie immer, wenn Cami sie traf, in irgendwelche bedeutenden Personen gepackt. Sie konnte diesen Spleen ihrer Freundin nicht verstehen. *Es gab in der Hölle genug andere Dinge, mit denen man sich schmücken konnte, warum also sich in die Haut eines Toten wickeln? Aasvögel und Höllendrachen besaßen schließlich auch sehr schöne Häute und Federn. Wen sie wohl heute am Leib trug?* Sie erschauderte bei dem Gedanken daran. *Tote essen ja, sie zerlegen, foltern, umbringen ja. Alles voll in Ordnung. Sie anziehen, nein.* Da spürte sie eine schlängelnde Bewegung an ihrem Bein, die sich darum zu winden schien. Sie zuckte erschrocken zusammen, als sich dieses schlängelnde Etwas, seinen Weg unter ihre Flughäute, in Richtung Scham bahnte. Reflexartig machte sie einen Satz nach hinten und hüpfte angeekelt von einem Bein auf das andere. Chezara begann lauthals los zu lachen. Fauchend und fast kichernd zog sich ihr Schwanz zurück, an dessen Ende ein Schlangenkopf saß, bis er neben ihr auf halber Höhe stehen blieb. Camaela biss tobend über ihre eigene Vergesslichkeit in einen Felsen, und Chezara trieb es Tränen in die Augen. Cami knurrte und sah sie finster an.

„Gott, bist du süß. So schreckhaft kenn ich dich ja gar nicht. Du bist ganz schön weich geworden da oben." Sagte Chezara, die sich vor lachen den Bauch hielt. Der Erzengel löste seine Zähne aus dem Stein, drehte sich zu ihr um und spuckte ihr Steine ins Gesicht.

„Bäh!" Ihr eigener Schwanz schwang unruhig umher.

„Hey, hey, hey, lass Deinen mal schön unten. Ich hab dir nur die Aktion von letztem Jahr zurückgezahlt." Cami sah sie etwas verdutzt an.

„Als ich dachte Aras fasst mir zwischen die Beine und ihm daraufhin ordentlich eine gedonnert habe? Dabei war es eigentlich dein Schwanz, der mal wieder nicht stillhalten konnte. Ich dachte eben nur, eine bessere Gelegenheit kriegst du nie mehr."

„Hoppla." Cami grinste und ließ ihren Schweif sinken. Kurz dachte sie daran den Rückzug anzutreten. Auf einen Streit hatte sie jetzt keine Lust. *Wie konnte sie sich da nur raus winden?* Da tauchte ihr Schwanz wieder hinter ihrem Rücken auf und schlängelte wie eine Kobra, die sich bedroht fühlte.

„Du brauchst dich jetzt gar nicht angegriffen zu fühlen", zischte Chezara. Erschrocken sah sich Cami ihr Anhängsel an.

„Ich hab gar nichts gemacht und ich fühle mich doch von dir nicht bedroht, er hat halt seinen eigenen Kopf, so wie deiner."

„Ich weiß."

„Warum hängst du dich dann so daran auf?"

„Weiß nicht. Eigentlich wollte ich etwas anderes sagen."

„Was denn?"

„Schön dich wieder zu sehen, Süße?" Damit fielen sich die beiden Freundinnen um den Hals und drehten sich, dass einem Menschen glatt schwindelig geworden wäre.

„Oh ja, das wars. Schön dich wieder zu sehen, Süße." Chezara lächelte freudig.

„Was machst du hier, bist du endlich zur Besinnung gekommen? Und Judas, schau dich an, wo sind denn deine Klamotten geblieben? Du kommst mal besser schnell rein, Kleines. Du holst dir ja so noch den Tod." Camaela entzog sich ihrer Umarmung und zog eine Augenbraue nach oben.

„Kleines? Du bist 2000 Jahre jünger und fünf Zentimeter kleiner als ich! Und tot bin ich auch schon lange. Tz, tz."

„Kleiner? Davon träumst du, vielleicht wenn ich auf meinen Fersen stehe."

„Erzengel träumen nicht, das weißt du. Und du kennst mich, ich werde nie zu Besinnung kommen." Sie sah an sich herunter.

„Tja, weißt du, man kann leider nichts von oben, nach hier unten bringen." Argwöhnisch wurde sie beäugt. Dann lächelte die Schlangenfrau.

„Da kann man nichts machen, was führt dich dann also wieder her? Oh, und wir reden mal lieber drinnen weiter, ich muss echt nicht die halbe Hölle in meinem Vorgarten haben, weil da das schärfste Mädchen, seit Dämonengedenken ungeniert völlig nackt hier herumsteht." Camaela lachte, und ließ sich von ihrer Freundin unter den großen Drachenoberkiefer ziehen. Voller Ehrfurcht und mit einer gewissen Melancholie blickte sie hinauf. Mittlerweile jährte sich sein Tod schon zum zweihundertsten Mal. *Wie schnell die Zeit vorbei geht. Heute fliegt man noch mit dem größten und mächtigsten Höllendrachen, den die Hölle je gesehen hat und plötzlich steht man unter seinem Kiefer und fragt sich wo die Zeit geblieben ist.*

„Kommst du?"

„Oh, ja, sorry. Bin nur etwas in Gedanken gewesen."

„Das kenn ich. Jeden Tag stehe ich vor seiner Schnauze und höre seinen letzten Herzschlag. Immer wieder." Chezara schüttelte den Kopf, ihre Augen waren wässrig.

„Ach lassen wir das." Mit schnellen Schritten verschwand sie im Inneren der Höhle. Mit respektvollem Abstand folgte Camaela, bis sie sich in einer Art Wohnzimmer befanden.

Links befand sich ein kleiner Tisch aus menschlichen Knochen, umringt von mehreren Hockern aus demselben Material. Am Boden lag das Fell eines Schreckensläufers, die Wände zierten kunstvoll geformte Lavaströme, die angenehm warmes Licht spendeten. Und überall lagen Nadeln aus Knochen, Garn aus Fellen und andere Nähutensilien herum. Während Camaela sich zu Chezara auf einen Hocker setzte, konnte sie noch einen Blick zur Treppe, direkt gegenüber des Eingangs, erhaschen. Man konnte das leise Blubbern von geschmolzenem Gestein hören. Innerlich begann sie zu grinsen. Cheza war die einzige Dämonin, mit einem Lavapool in ihrer Höhle. Überhaupt hatte die Schlangendämonin eine der luxuriösesten und größten Höhlen, die sie kannte. *Es zahlt sich eben aus, wenn man die beste Schneiderin auf Ignis und vermutlich der gesamten Hölle ist.* Cami schüttelte etwas neidisch den Kopf und schlug die Beine übereinander.

„So, jetzt, ach sag hast du Durst?" Camaela kaute unschlüssig auf ihrer Unterlippe. Ohne eine Antwort abzuwarten, stellte Chezara eine Flasche und zwei Gläser aus Knochen auf den Tisch.

„Leichensaft, frisch gezapft." Cami rümpfte die Nase.

„Was ist? Ist der Erzengel seit sie auf der Erde lebt etwa Besseres gewöhnt und mag nicht mit ihrer Freundin trinken?"

„Öh, doch doch, ist nur so lange her, das ich das getrunken habe."

„Na dann, musst du erst recht einen Schluck trinken." Cheza goss sich und Camaela ein Glas ein. Die Flüssigkeit war fahl und roch stark nach Verwesung. Was aufgrund seiner Herkunft auch nicht verwunderlich war. Er gärte Monatelang im Bauch einer Leiche. Hastig trank sie das kleine Glas auf ex und hustete.

„Mild…", keuchte sie und schlug das Glas auf den Tisch. Noch immer hustend, begann sie ihr eigentliches Anliegen vorzutragen.

„Weißt du Chezalein, ich bin eigentlich nur hier um dich zu meinem Geburtstag einzuladen. Der diesmal auf der Erde gefeiert wird."

„Oh, wow! Hattest du nicht erst letztes Jahr?"

„Klar, aber das war ja letztes Jahr und wir haben dieses Jahr." Sie kratzte sich am Kopf. *Ja sie war nicht die Hellste.*

„Ist schon wieder ein Jahr herum?"

„Logisch, würde ich dich sonst zu einer Geburtstagsparty einladen?"

„Ja das klingt einleuchtend. Und wie äh komm ich da hin?"

„Keine Sorge ich klär das mit Gabriel, du und meine anderen Gäste werdet eine Sondererlaubnis bekommen. Und euch natürlich auch hochbringen."

„Meinst du das macht er so einfach?" Camaela nahm einen weiteren Schluck des scharfen Gebräus und hustete erneut.

„Oh, ja, das wird er!" Cheza lachte und nahm einen großen Schluck direkt aus der Flasche.

„Na dann. Das ist cool."

„Eben. So ist das geklärt. Ich muss dann aber auch schon weiter."

„Hey, hey, hey, nicht so schnell. Erzähl mir mal was du so geplant hast und wenn du schon mal da bist. Erzähl mir doch gleich mal was von oben." Chezara grinste leicht angeheitert und zeigte mit dem Zeigefinger in die Höhe.

„Aber, aber…"

„Lohos, ich bin so neugierig."

„Hmm, na gut. Ich weiß ehrlich gesagt gar nicht was ich an meinem Geburtstag mache. Mein Schatz organisiert alles." Chezas Augen wurden riesig.

„Du hast nen Freund? Seit wann? Ich will alles wissen."

„Aaalso…" Und Camaela erzählte ihrer Freundin von ihrem Leben an der Oberfläche, von ihrem Freund, ihren Freunden und natürlich dem guten Essen. Bis es irgendwann am Höhleneingang klopfte.

„Einen Moment." Chezara wankte nun schon ziemlich betrunken zum Eingang. Camaela beobachtete neugierig die

Situation. Eine große bullige Dämonin stand vor der Schlangendämonin, unter dem Arm zwei Menschen, die noch ziemlich frisch wirkten und wohl erst vor kurzem zur Hölle gefahren waren. Zwei Frauen. Beide lebten noch. Cami sah wie die Dämonen sich zunickten und die muskulöse Dämonin fortging.

„Oh man, keinen Tag Ruhe hier." Mit den zwei Menschenfrauen im Schlepptau, die sich verängstigt umblickten, kam Chezara wieder. Ohne mit der Wimper zu zucken brach sie ihnen die Genicke und warf die Leichen in ihre Aufbewahrungskammer.

„Ok, erzähl weiter." Sie setzte sich wieder auf ihren Hocker. Cami kam jedoch nicht dazu viel zu erzählen, denn schon nach kurzer Zeit gähnte ihre Freundin wie ein Löwe.

„Ach verdammt, es ist schon wieder Schlafzeit. Du bleibst doch oder?" Da es in der Hölle keine Nacht gab, wurde die Zeit, in der alle Dämonen schlafen mussten einfach Schlafzeit genannt. Nicht sehr originell, aber zutreffend. Cami seufzte und lies den Kopf hängen.

„Sieht so aus." Eine Übernachtung hatte sie eigentlich nicht eingeplant gehabt, doch es machte keinen Sinn Freunde zu besuchen, die alle schliefen. Also legte sie sich notgedrungen in das Ding, das Chezara Bett nannte. Was es aber nie und nimmer sein würde.

Nachdem wir Bael am gestrigen Tag nicht angetroffen hatten, waren Flo und ich am darauffolgenden Tag erneut auf dem Schulhof und hofften ihn diesmal zu finden. Schließlich hielten wir uns schon mehr als genug in der Schule auf. Also saßen wir gemütlich auf einem Geländer und warteten. Und warteten und warteten. Flo hatte sich mittlerweile die vierte Zigarette angezündet.

„Der kommt heut auch nicht mehr."

„Der muss aber kommen."

„Und wenn er nicht kommt?"

„Dann sind wir beide tot."

„Wieso ich auch? Es ist deine Freundin, deren Party du verpatzt."

„Als ob ich allein untergehen würde."

„Arsch. Oh hey, sieht so aus als müssten wir das nicht." Er zeigte mit der Zigarette in der Hand hinter mich. Eigentlich wollte ich ihn verbessern, folgte aber zunächst seinem Arm. Augenblicklich begann ich zu grinsen.

„Es gibt wohl wirklich einen Gott." Noch ohne uns gesehen zu haben, schlenderte Bael gerade um eine Ecke mit einem Tütchen voll feinstem Gras in Händen.

„Na, wen haben wir denn da?" Erschrocken schaute er zu uns auf, lies die Tüte fallen und flüchtete. Sofort nahmen wir die Verfolgung auf… Ich nahm die Verfolgung auf. Flo begutachtete erst einmal ganz gemütlich seine Beute.

„Bleib stehen oder ich verpetz dich bei Cami!" Schrie ich dem Dämonen in Menschengestalt hinterher und hörte ihn kurz darauf laut seufzen. Er wurde langsamer und lies die Schultern hängen.

„Was willst du?" Fragte er deprimiert. „Du hast schon das Spanferkel bekommen. Reicht`s nicht langsam mal mit euren Erpressungen?"

„Auf gar keinen Fall. Hey, wo sind deine Bodyguards?"

„Haben heute frei. Also los, mach schnell, was willst du diesmal? Ein Auto, ein Haus, Schmuck?"

„Eine Party." Bael schaute mich verwirrt an.

„Cami hat in sieben Tagen Geburtstag."

„In sieben Tagen? Das klingt irgendwie vertraut." Bael lachte kurz auf und seufzte dann. „Und da auch Dämonen kommen werden, soll ich das organisieren." Wieder seufzte er.

„Was hab ich davon?"

„Wir sehen über das Gras gerade hinweg." Ich schaute zu Flo, der ganz fasziniert den Beutel begutachtete.

„Alter, gib ihm sein Zeug wieder." Doch er schaute mich nur aus traurigen Gollumaugen an.

„Nein, meins. Mein Schatz!" Ich warf ihm einen genervten Blick zu.

„Ach man, das ist 1A Zeug. Darf ich mir davon wenigstens eine Tüte basteln?"

„…"

„Du bist so ein Spielverderber geworden. Ich hoffe auf der Fete gibt's wenigstens dann gescheiten Alk." Ich schaute zurück zu Bael.

„Dämonen und Alkohol. Aber ok, wird es. Wo soll`s stattfinden?"

„Im Schenkenseebad."

„In nem Schwimmbad? Ihr seid ja bescheuert. Wie kommt ihr denn auf so `ne schwachsinns Idee? Ach egal, ich frag besser nicht. Geht klar, ich kümmer mich drum. Aber das war dann der letzte Gefallen, ist das klar?" Ich nickte, Flo schüttelte den Kopf, nach einem kurzen Blick nickte er ebenfalls. Bael drehte sich um und ging, knurrend und fluchend. Und wir Zwei gaben uns einen High Five.

„Partyyyyyyyy!" Wir verfehlten uns allerdings gepflegt und kamen ins Straucheln. Plötzlich blieb Flo wie angewurzelt stehen und drehte sich um.

„Alter, wie bist du eigentlich auf die Idee mit dem Schwimmbad gekommen? Du hast ihr doch nicht zugehört oder son Beziehungsscheiß?"

„Du bist schon ein ganz schöner Vollarsch, das weißt du ja? Kein Wunder das bei dir keine Beziehung lang hält, aber das ist dir ja eh egal." Er nickte breit grinsend.

„Warts mal ab, irgendwann wird ne Frau kommen, die arschiger ist als du, und die wirst du dann nicht mehr los." Er begann zu lachen.

„Wers glaubt."

„Und um zum Thema zurück zu kommen. Klar höre ich meiner Freundin zu. Ich liebe sie! Aber nein, das war es nicht." *Verdammt, jetzt musste ich ihn auch noch anlügen. Ausgerechnet den Lügenbaron schlechthin. Da hilft nur eines. Genau. Die Wahrheit. Und dann die Lüge.* Er starrte mich neugierig an.

„Ja?"

„Wir hatten Sex in nem Schwimmbad und das hat ihr so gut gefallen, dass ich dachte, das wäre eine gute Idee. Und überhaupt steht sie total auf Schwimmbäder, weiß der Teufel warum."

„Haha, klar genau. Ela und Wasser. Wie war das noch mit dem Regen? Und außerdem, du würdest dich das doch nie trauen." Wie erwartet, die Wahrheit als Lüge abgetan, nun folgt die Lüge, die als Wahrheit aufgenommen wird. Ich lachte.

„Hast du grad echt versucht mich anzulügen? Mich? El Cheffe?" Es läuft wie geplant.

„Warum? Das war die Wahrheit, ich schwörs."

„Und ich schwöre, ich werde nie wieder trinken."

„Okay, okay. Cami wollte es mal ausprobieren, da dachte ich, ich überrasch sie damit."

„Geht doch. Jetzt ist mir auch klar warum du mich anlügen wolltest. Das ist mega lahm." Er legte mir einen Arm auf die Schulter und tippte mir mit dem Zeigefinger auf die Brust.

„Seit du mit ihr zusammen bist, bist du echt weich geworden."

„Tja, Beziehungen verändern Einen halt. Das wirst du auch noch merken." Er schaute zum Himmel und seufzte.

„Nicht solang es da draußen so viele heiße Mädchen gibt, die man abfüllen und vögeln kann." Nun lachte ich. Da *bin ich ja mal gespannt.*

„Oh man hab ich Kopfschmerzen", stöhnte Chezara am nächsten Tag. „Wie viel hab ich denn getrunken?"

„Zu viel." Camaela saß auf einen Hocker und beobachtete ihre Freundin, die sich ein wohltuendes Bad im Lavapool genehmigte.

„Ahhh, das tut gut. Sag mal, wo waren wir eigentlich gestern stehen geblieben?"

„Ich wollte eigentlich gestern noch weiter, aber dann kam dein neuer Auftrag und dann wars auch schon Schlafzeit."

„Ach verdammt, klar stimmt. Dann sollte ich dich wohl mal langsam rauswerfen was? Sonst werd ich mit dem Kleid für die Kundin nicht rechtzeitig zu deinem Geburtstag fertig."

„Ja, solltest du. Ich hab ja auch noch Einiges vor. Berial und natürlich Gabriel besuchen. Sagst du Dione und den Anderen Bescheid? Dann muss ich das nicht machen"

„Klar kann ich machen. Oh, hey, bevor du gehst muss ich dir unbedingt noch etwas zeigen." Ächzend hob sie sich aus dem geschmolzenen Gestein und schlüpfte in ein knappes halterloses Top und einen ebenso knappen Rock, die beide zweifellos aus Menschenhaut gemacht waren.

„Was denn? Vorher wollte ich dich aber noch etwas fragen. Äh, hast du mir vielleicht was zum anziehen? Irgendwas?" Cheza seufzte und wackelte mit dem Kopf.

„Hmm, ich dachte mir schon das du das fragst. Ich hab leider erst vor kurzem ausgemistet, ich habe gerade nur noch eine Handvoll Promis da. Aber da du sowieso keine Menschen anziehst wird es schwierig. Obwohl… oh warte mal, ich glaube ich hab da noch was." Sie sprang von ihrem Hocker auf und verschwand durch eine Tür im hinteren Teil ihrer Höhle. Cami kratzte sich verlegen am Kopf und platzte innerlich fast vor Neugier. *Was Cheza mir wohl zeigen möchte?* Nach ein paar Minuten der Stille, kam die Schlangendämonin zurück. In ihren Händen trug sie einen großen Ballen schwarzen Materials.

„So, wieder da. Wenn du magst schneidere ich dir eben daraus etwas zum anziehen." Verwirrt blickte Cami den Ballen an, den sie vor ihr auf den Tisch legte.

„Was ist das?"

„Das ist ein Teil von Shinas Haut. Sie stammt von ihrer letzten Häutung, ich dachte mir die kann ich vielleicht noch gebrauchen. Und voilà ich brauche sie so wie es aussieht.

Tut mir leid, sie ist etwas durchsichtig, aber etwas anderes habe ich momentan nicht." Freudestrahlend wurden Camis Augen größer und größer. Energisch nickte sie.

„Ja, ja, ich will, will, will. Bitte, bitte!" Rief sie voller Freude. *Sie allein durfte die Haut eines Höllendrachen tragen. Sie konnte es nicht glauben.*

„Ich, ich darf wirklich?"

„Jap, gib mir ne halbe Stunde. Hast du noch dieselben Maße?" Cami nickte. Und sofort begann sich Chezara an die Arbeit zu machen.

Belämmert sah Camaela drein, als sie sich die Haut des Drachen übergestreift hatte. Es waren kaum mehr als ein paar Fetzen. Ein Top und ein Minirock. Beide zeigten mehr als sie verdeckten. Sie sah an sich herunter. Etwas durchsichtig sagte sie…

„So, steh da nicht rum wie eine Statue, komm schon." Trotz ihrer Neugier, war sie völlig in ihre neue Kleidung vertieft. *Und damit soll ich wirklich raus? Da hätte ich ja gleich nackt bleiben können.*

„Los, komm jetzt!"

„Wie, was?! Oh ja. Komme!" Die Beiden verließen die Höhle. Shina lag noch immer, oder schon wieder an ihrem Platz und schlief. Camis Augen wurden größer, als sie an dem Höllendrachen vorbei gingen, der sich überhaupt nicht stören ließ. Sie bogen kurz vor Chezaras Höhle auf einen kleinen Trampelpfad, der sich, wie Cami feststellte um den gewaltigen Berg schlängelte. Ohne Mühe gingen sie den Weg entlang, der mit leichter Steigung nach oben führte. Immer zappeliger wurde das Engelsmädchen. Vergessen war das Unbehagen, das von ihrer Kleidung ausging.

„Wann sind wir endlich da?"

„Gleich."

„Wann ist gleich?"

„Demnächst."

„Wann ist demnächst?"

„Psst, wir sind da. Also ist jetzt demnächst."

„Ach so." Chezara hielt sie etwas zurück, als sie um eine Kante bogen.

„Pass auf. Du musst ganz leise sein, sie sind sehr leicht zu…."

„Roar, roar, roar!"

„…wecken." Da bogen auch schon drei kleine (stiergroße) Höllendrachenbabys um die Ecke.

„Hoppla." Chezara warf Cami einen missbilligenden Blick zu, bevor sie von einem Drachenbaby zu Boden geworfen wurde.

„Wenn ich von dir je wieder ein Hoppla höre, mache ich nen Kleiderständer aus dir." Camaela wollte noch etwas erwidern, war aber schon von den verbliebenen Drachen unter sich begraben worden. Heftig schleckten sie über ihr Gesicht.

„Oh Gott bitte nein." Camaela lachte völlig losgelöst. Die rauen Zungen der Babys kratzten wie Sandpapier über ihre Haut. Was ihr aber auf sonderbare Art und Weise gefiel und sie etwas zurückgeben wollte. Jeweils links und rechts schnappte sie sich einen Kopf und kratzte ihnen über die dreieckigen Schuppen. Sie begannen zu schnurren, doch Chezara stoppte ihr Spiel abrupt.

„Stop. Aus!" Die Drei sahen sie einen Moment an, bevor sie hastig die Flucht ergriffen und zurück in ihr Nest aus Knochen und Häuten stürmten.

„Warum hast du das gemacht", fragte Cami enttäuscht und rappelte sich auf.

„Wir dürfen nicht zu lange mit ihnen zusammen sein, sonst gewöhnen sie sich zu sehr an uns."

„Ach so, schade." Traurig sah sie den Kleinen nach, die sich ebenso enttäuscht in ihr Nest kuschelten.

„Sind das Shinas Junge?" Chezara nickte.

„Die sind so niedlich. Am liebsten würde ich sie alle sofort mitnehmen und mit ihnen kuscheln."

„Schmink dir das ab. Ich wollte sie dir nur zeigen, weil ich nicht wusste wann du das nächste Mal herunter kommst. Vielleicht wären sie da schon lange Flügge."

„Du hast Recht. Ich wusste ja nicht mal selbst wann ich wieder komme. Apropos kommen, du kommst doch?"

„Aber klar."

„Gut, wollte nur noch mal sicher gehen. Und nicht vergessen!"

„Dione und den Anderen die Botschaft überbringen. Geht klar." Camaela machte einen Luftsprung vor Freude. Verabschiedete sich mit einer innigen Umarmung und warf sich mit einem beherzten Sprung vom Berg.

„Sie ist euch entwischt?"

„Naja schon, irgendwie."

„Ihr hattet nur den Auftrag diese Dämonenschlampe zu beschatten, sonst nichts. Ihr wisst doch, dass wir ihre Angewohnheiten, ihre Lebens und Fressgewohnheiten studieren wollen, bevor wir sie wieder zurück in ihr Höllenloch schicken aus dem sie gekrochen kam. Also, wie konnte das passieren?"

„Naja, also wir sind ihr von dem Haus ihres Freundes bis in dieses kleine Kaff gefolgt, das ging noch ganz gut. Aber dann ist sie einfach so verschwunden."

„Wie verschwunden? So jemand wie sie verschwindet nicht so einfach."

„Offenbar schon oder wie erklärst du dir das sonst?"

„Vielleicht ist sie durch einen Gulli entkommen oder ist wieder davon geflogen."

„Marc, wir haben das Haus, an dem wir sie verloren haben zwei Mal gecheckt, da gab es keinen Gulli und Roman hatte den Himmel die ganze Zeit im Blick."

„Habt ihr im Haus nachgesehen? Wer wohnt da? Habt ihr das überprüft?"

„Ja, jein, nur ne Familie mit Kind, nichts Besonderes und soweit wir wissen, hat sie das Haus nicht betreten."

„Verdammt!" Marc drosch mit seiner Faust auf die Armlehne seines Stuhls und ließ sich dann nach hinten fallen. Ohne zu zögern erhob sich die Brünette, schüttelte ihr langes Haar und bewegte sich lasziv auf ihn zu. Doch er stoppte sie mit einer Handbewegung.

„Baby, jetzt nicht. Ich brauche jetzt keine Ablenkung, ich brauche eine Lösung für unser Problem." Geknickt setzte sie sich wieder auf ihren Stuhl zu den Anderen. Alle saßen sie um einen Tisch herum. Der Pole, der Glatzköpfige, der Kräftige, mit der Statur eines Bodybuilders und die junge Frau mit den kurzen, blonden Haaren.

„Also, was wissen wir?" Fragte der Anführer schließlich, nach einigen wenigen Schweigesekunden. Patrick antwortete zuerst.

„Wir wissen, dass die Beiden superstark sind."

„Und das die eine Feuer speien kann", fügte Georg hinzu.

„Sie können fliegen und sie können ein Schwert beschwören das aus Feuer gemacht ist, nicht zu vergessen die Flammensäulen, die aus dem Boden kommen." Bemerkte Roman. Dann herrschte wieder Stille.

„Das wird nicht leicht. Aber zumindest wissen wir mit was wir es zu tun haben. Gute Arbeit Freunde. Sobald der Dämon wieder auftaucht, und das wird er ganz sicher, schlagen wir zu und erledigen ihn."

„Du meinst Sie", warf der Glatzköpfige ein, was Marc zu einem Augenrollen veranlasste.

„Ja, Sie. Jetzt hast du mich aus dem Konzept gebracht." „Entschuldigung Chef."

„Schon gut." Er wandte sich der jungen Frau zu, die ihm gegenüber saß und ihn gespannt ansah.

„Anja, konntest du alles besorgen?" Sie nickte energisch und spielte etwas nervös an einer ihrer kurzen Haarsträhnen.

„Gut, Roman, konntest du auch alles besorgen?"

„Ja, es ist alles da und bereit, nur die Panzerfäuste, werden erst in den nächsten Tagen eintreffen. Die Bullen haben sie leider erwischt."

„Mist."

„Mach dir keine Sorgen, mein Bruder hat das schon erledigt. In ein oder zwei Tagen dürften wir sie hier haben." Marc grinste und stand auf um sich vor seinen Freunden aufzubauen.

„Meine Freunde, bald ist es soweit, dann hat sich die ganze Vorbereitung gelohnt. Unsere Zeit, unsere Mühen und unser Geld, werden sich auszahlen. Dann wird die Rache unser sein, dann wird diese Dämonenschlampe das kriegen was sie verdient hat. Den Tod!"

Gedankenverloren starrte Camaela in die schwarzen Wolken während sie dem Schädelpfad gen Süden folgte. Dass ihr schon seit einigen Kilometern etwas folgte, war ihr allerdings trotzdem nicht entgangen. Immer wieder zuckten ihre Ohren auf, als hinter ihr Steine ins Rollen gebracht wurden. Vulkanasche aufgescharrt wurde und das leise Trippeln von kleinen Pfoten auf hartem Stein sie mit jedem Meter mehr in Hochstimmung versetzte. Der schwache, aber vertraute Geruch ließ ihre Nase kräuseln, als sie ihn aus der Schwefel geschwängerten Luft filterte. Sie grinste breit. Sie wusste, was ihr da folgte, doch sie wollte es im Moment nicht erschrecken und ging einfach weiter. Die morschen Schädeldecken, knackten unter ihren Krallen. Der Pfad hatte viel von seinem alten Glanz im Laufe der Jahrtausende eingebüßt. Alte zerbröckelnde und eingetretene Schädel waren schon lange nicht mehr ausgetauscht worden. Nicht seit der Großteil der Toten um ein vielfaches länger gequält wurde als noch vor 2000 Jahren. Sie seufzte still, als vor ihr ein einzelner Schädel auf dem Weg lag. Vermutlich hatte ihn irgendwer heraus gerissen und dann liegen lassen. Sicher waren es ein paar junge Dämonen, dachte sie und hob ihn auf. Die Schädeldecke war vollkommen zertrümmert. Sie sah in die leeren gebrochenen Augenhöhlen und dachte an ihr erstes Mal auf dem Schädelpfad. Sie selbst hatte damals auch Einen aus dem

Straßenbelag gezerrt. Wie die jüngeren Dämonen konnte auch sie nicht glauben, dass dieser Weg wirklich mit den Schädeln toter Menschen gepflastert war. Sie wurde eines besseren belehrt. Sie sah ihn sich ein letztes Mal an und warf ihn dann viele hundert Meter weit in einen Lavastrom, der träge abseits des Pfades dahin floss. Sie starrte ihm noch ein Weilchen nach, obwohl er längst in der rot glühenden Masse verschwunden war. *Hoppla, jetzt hatte sie doch glatt schon wieder die Zeit vergessen.* Sie hatte den Gedanken kaum gedacht, kicherte sie leise vor sich hin. *Die Zeit vergessen, in einem Land in dem Zeit keine Bedeutung hatte. Hier gab es keine Uhren oder Sonnenuntergänge. Das ewig brennende Feuer der Hölle, das an jeder Stelle aus dem Boden brach, war ihre Sonne. Es war das Leben, wie die Sonne auf der Erde.*
Nur noch wenige Kilometer bis zu Berials Höhle. Sie lag etwas abseits des Pfades, aber genau unter Gabriels Refugium im Süden. *Ob er überhaupt zuhause war?* Irgendwann tauchte ein Dämon wie aus dem nichts vor ihr auf und stapfte an ihr vorbei. Er war sicher an die vier Meter groß. Die Schädel erzitterten bei jedem seiner Schritte. Kurz sah er zu Camaela, kaute dann aber genüsslich weiter an seiner Wegzehrung. Einer ausgemergelten Leiche. Immer noch schrie der Leichnam, in seinen vier fingrigen Klauen, der irgendwann einmal ein Mann gewesen sein musste. Zumindest versuchte er es, doch er besaß keinen Hals mehr geschweige denn eine Zunge. Sicher hatte der Dämon ihm zuerst die Kehle zerfetzt. *Wer will auch schon durch lautes Geschrei beim Essen gestört werden, vor allem wenn das Essen selbst einen anbrüllt.* Sie hatte schon einige Zeit kein Menschenfleisch mehr gegessen, zumindest nicht in der Hölle, oder um sich zu ernähren. Da war der Dämon auch schon verschwunden und hatte sie mit der Frage allein gelassen, ob ihr Leichen noch schmecken würden. *So ein Arsch, ich hätte zu gerne einmal kurz davon probiert, nur um zu wissen wie es schmeckt.* Plötzlich stand sie vor der

großen schwarzen Höhle, zu deren Seite ein kleines Lavarinnsal floss, bevor es in einem Riss verschwand. Überrascht sah sie sich um, ihr war gar nicht bewusst gewesen das sie weiter gelaufen war. Als wären ihre Beine ohne sie voran gegangen. Ihr wurde klar, dass nicht der Dämon verschwunden war, sondern sie. Naja auch gut, dachte sie und hämmerte an den gezackten Steinblock, der die Tür markierte. *Komisch, der fühlt sich aber seltsam an.* Auf einmal hallte da Berials Stimme in ihren Ohren wider. „Na, na, früher hat man sich noch umarmt, heute wird man zur Begrüßung geschlagen." Erschrocken fuhr sie zusammen und wandte ihren Blick nach oben. Vor ihr tauchte der rot geäderte Bauch des Stierdämonen auf, der noch immer so durchtrainiert war wie eh und je. Stahlhart zeichnete sich jeder Bauchmuskel unter seiner schwarzen Haut ab. Sie musste schlucken. Sie hatte gar nicht gewusst, wie anziehend Berials muskelbepackter Körper auf sie wirkte. Als er vor Monaten auf der Erde bei ihr gewesen war, hatte sie überhaupt nicht darauf geachtet.

„Ist alles in Ordnung bei dir?" Völlig benebelt lenkte sie ihren Blick weiter nach oben, noch immer von seinem Körper geblendet.

„Wie, was? Ich, äh, ich wollte nur…" Sie stammelte als ihre Augen seine Brust betrachteten. Angesichts dieser kraftvollen, puren Männlichkeit biss sie sich in die Unterlippe, sodas ihr das rote Blut nur so von den Lippen tropfte. *Oh verdammt. Jetzt bloß nicht mein Blut sehen.*

„Ist mit dir wirklich alles in Ordnung, Cami? Magst du mit rein kommen?"

„Ja, gern", antwortete sie wie in Trance und schwebte hinter ihm in die Höhle, die von einem nie erlöschenden Lavastrom erhellt wurde.

„Setz dich doch, was gibt es denn, das du den weiten Weg in die Hölle auf dich genommen hast?"

„Was?" Ihre Augen verfolgten jede Bewegung seiner Muskeln, als er sich auf einen schwarzen Stein setzte, der mit Terrorwolfleder bezogen war. Breitbeinig ließ er sich nieder, dass der hautfarbene Lendenschurz zwischen seinen Beinen leicht wehte. Völlig weggetreten starrte sie auf das dünne Stück menschlicher Haut, das er um seine Hüften trug. Ihr ganzer Körper kribbelte, als sie wie besessen nach einem Riss, einem Loch, in dem Leder suchte. Ihr Mund war schon längst wie ausgetrocknet. Sie hatte sich ihm gegenüber in einen ähnlichen Sessel gesetzt und grub nun ihre Krallen in den harten Fels. Brennendes Verlangen breitete sich in ihr aus, dass sie komplett vergaß, weshalb sie gekommen war. Sie spürte wie sich die knöchernen Schuppen zwischen ihren Beinen teilten, als Berial plötzlich aufstand.

„Cami, Schatz, da ist doch etwas, was du mir sagen willst. Ich bin nicht blind, ich sehe doch wie du mich anstarrst und wie du dich nach mir verzehrst." Langsam kam er näher. „Ich wusste doch, dass du irgendwann zu mir zurückkommen würdest, du kannst mir einfach nicht widerstehen." Noch immer war sie wie betäubt von seinem unwiderstehlichen Körper, seinem schwefeligen Geruch. Wie von selbst legten sich ihre Hände auf seine Brust. Sie konnte kaum atmen, ihr Herz schlug schneller. Sie fühlte sich so unglaublich heiß. Da spürte sie die knöchernen Lippen des Stierdämonen auf ihren, seine Zunge, wie sie versuchte in sie einzudringen. Ihr Verstand setzte aus, sie erwiderte den Kuss, ließ ihn gewähren. Er umfasste ihren Rücken, drückte sie an sich und ließ sie seine Männlichkeit spüren. Er leckte über ihren Hals.

„Ich wusste, eines Tages würdest du mir erliegen. Schlaf mit mir. Dein Freund wird es nie erfahren." Auf einmal machte es Klick. Mit einem Schlag war ihre Lust verflogen. Ihre Augen öffneten sich schlagartig und fixierten die seinen. Vollkommen überrascht und geschockt blickte sie auf seine Arme, die sie hielten.

„Was zum?" Sie stieß ihn von sich und sprang nach hinten weg. Sie spuckte und wischte sich den Mund an ihrem Unterarm ab.

„Dein Blut ist eine wahre Freude an meinem Gaumen", knurrte er, noch immer voller Lust.

„Was sollte das, ich dachte wir wären Freunde? Hatten wir das nicht so ausgemacht? Du kannst mich doch nicht einfach so küssen, ich habe einen Freund!" Keifte und Fauchte sie.

„Mmhh, das fühlte sich gerade aber anders an." Er leckte sich einmal über die Lippen.

„Scheiße. Ich weiß doch auch nicht was das gerade war. Ich wollte das nicht."

„Red dir das nur schön ein. Du hast deine Jungfräulichkeit zwar diesem Menschen geschenkt, doch dein Körper weiß nun was er wirklich will."

„Ja, er will dir in die Fresse schlagen. Dabei bin ich bloß gekommen weil ich dich zu meinem Geburtstag einladen wollte. Das kannst du natürlich jetzt vergessen."

„Oh, okay?"

„Arsch." Noch einmal lies sie ihren Blick über seinen gestählten Körper gleiten. Dann zischte sie.

„Dein Körper ist einfach… argh, ach vergiss es. Wag es ja nicht oben aufzukreuzen und wehe du erzählst irgendwas davon meinem Freund. Ich schwöre dir, ich schlachte und fresse dich!"

„Dämonen schmecken scheußlich."

„Das ist mir doch egal!" Damit stampfte sie aus der Höhle und schwang sich mit einem Sprung in die Luft.

Sauer über sich selbst verzog sie die Mine zu einer bösen Grimasse. *Verdammt, verdammt, was hatte sie da nur wieder getan. Was war da eben passiert? Sie hatte die Kontrolle über ihren Körper verloren. Ihr Kopf hatte einfach abgeschaltet und sich der fleischlichen Lust hingegeben. Bevor sie mit ihrem Freund geschlafen hatte, hatte Berial nie etwas Derartiges ausgelöst.* Augenblicklich tauchten wieder die Bilder in ihrem Kopf auf. Muskelbepackte Oberschenkel, die unter einem einfachen Hautfetzen verschwanden. Zähneknirschend versuchte sie die unheilvollen Bilder zu verbannen. „Denk an was anderes", schimpfte sie mit sich selbst. Doch auch der nächste Gedanke schlug sie regelrecht nieder. *Sollte sie Michael alles beichten, oder doch besser für sich behalten? Das letzte Mal als sie ihm etwas gebeichtet hatte, war das beinahe das Ende ihrer Beziehung. Aber wenn sie ihm das nicht erzählte, würde es ihrer Beziehung sicher auch schaden.* Sie stieß einen tiefen Seufzer der Ratlosigkeit aus bevor sie die großen Schwingen anzog und auf dem Schädelweg landete. Sie setzte so hart auf, dass sie knöcheltief im Straßenbelag steckte. Sie schüttelte die Köpfe ab und ging weiter. Völlig neben sich stehend vergaß sie sogar die Flügel in ihren Rücken zu ziehen. Wie ein weiter Umhang flatterten die Flughäute in der leichten Briese. *So hatte sie sich ihren Ausflug nicht vorgestellt. Zuerst wurde sie von ihrer Freundin viel zu lange festgehalten, dann hatte Berial sie geküsst, was kam als nächstes?* Mit hängenden Schultern und nieder geschlagenem Haupt ließ sie Meter um Meter hinter sich, schließlich stolperte sie sogar und fiel auf die Nase. Wütend knurrte sie und rappelte sich etwas ungelenk auf. Dann setzte sie sich auf einen Felsen und zog die Beine eng an den Körper. *Und das alles nur wegen Berial dem Arsch. Noch nie hatte sie über eine Entscheidung nachdenken müssen. Selbst als sie die Schlucht hinunter geklettert war um den Wolf zu retten, hatte sie nichts gedacht. Sie hatte es einfach getan. Doch dafür war es nun zu spät. Sie hatte darüber nachgedacht und das ließ sich nicht mehr ändern.* Wieder ließ sie den Kopf sinken. Ihr Gang wandelte sich von einem grazilen gazellenartigen, zu einem schwerfälligen Trottenden. Kopflos lief sie westwärts.

13

Laut seufzte sie und warf den Kopf in den Nacken, ihren Blick an die schwarzen, stinkenden Wolken gerichtet, die die Höhlendecke bedeckten. Wie die Wolken den Himmel, nur das hier der Himmel aus einer Felsendecke bestand und man keinerlei Freiheit besaß. Rot goldene Blitze zuckten durch Diese. Manchmal schlugen sie in Vulkane ein, oder holten unachtsame Dämonen aus der Luft. Ziellos schaute sie in die schwarze Masse. Sie sollte schon längst auf dem Rückweg zur Erde sein. Doch sie trödelte unbewusst. Ächzend erhob sie sich, streckte noch einmal ihre Flügel und Arme und gähnte laut. Nur beiläufig warf sie noch einen Blick zum Himmel. Wandte sich ab und drehte sich dann hastig wieder um. *Hatte sich da gerade nicht etwas bewegt, etwas das keine Wolke und kein Blitz war?* Ach was, war sicher nur ein Dämon, dachte sie, um sich selbst zu beruhigen. Es schien immer näher zu kommen und immer größer zu werden. Angestrengt kniff sie die Augen zusammen. Mit rasender Geschwindigkeit stürzte der schattenartige Körper in ihre Richtung. *Das war kein Dämon!* Die schwarze Masse zerfloss in alle Richtungen und gab den Blick frei auf schwarz glänzende Flügel, die kraftvoll geschlagen wurden. Camaelas Augen weiteten sich vor Angst! War ja klar, dachte sie noch, wenn der Tag scheiße läuft, dann richtig. In der Hölle durfte man keine Schwäche zeigen, keine Angst oder das kleinste Anzeichen von Niedergeschlagenheit. Tat man es doch, rief man in den meisten Fällen die Dracons auf den Plan. Riesige Monster, die in den Aschewolken des Himmels hausten. Wie man Cami vor langer Zeit erklärt hatte, waren es einst gefallene und korrumpierte Drachen. Rasend und voller Wut waren sie zu mordgierigen Bestien verkommen, nachdem sie in die Hölle gekommen waren. Sie hatten es nicht ertragen, als so machtvolle und edle Wesen in das Land des Elends verbannt zu werden. Deshalb machten sie seit vielen

Tausend Jahren Jagd auf all jene, die es wagten ihr Elend mit der Welt zu teilen und war es noch so schwach. Meist traf es die Toten, doch von Zeit zu Zeit endeten auch niedere Dämonen zwischen ihren gewaltigen Kiefern, die keine Chance hatten. Sie waren so stark, dass sie selbst Dämonen der ersten Generation verspeisen konnten. Nur wann war so Einer schon einmal depressiv oder niedergeschlagen? Quasi nie, denn sie waren schließlich die Stärksten der Hölle. Und obwohl Camaela noch um ein vielfaches stärker war als ein Generationserster, hatte sie doch unheimliche Angst vor einem Dracon. Was ihn umso gefährlicher machte. Wie angewurzelt stand sie da und wühlte in ihrem Kopf nach einem Ausweg. Zu spät bemerkte sie, dass der gefallene Drache die Distanz zwischen ihr und sich längst überwunden hatte.

Scharfe gebogene Klauen umschlossen ihren Bauch, zogen sie grob von ihren Füßen, rissen sie in die Luft. Sie quiekte erschrocken und schlug panisch und kopflos um sich. Das Monster krümmte seinen langen Hals zu ihr hinunter und fauchte sie mit seinen nadelspitzen Zähnen an. Offenbar gefiel es dem Monster überhaupt nicht, dass sein Mittagessen in dem Moment mit aller Kraft auf seine Zehen drosch. Seine giftgrünen Augen leuchteten auf, als der Knochen durchbrach und im selben Augenblick wieder zusammenwuchs. Camaela fluchte und zappelte wie ein Fisch, um sich aus der tödlichen Umklammerung zu befreien. Nach einiger Zeit gab sie enttäuscht auf und ließ sich hängen. Trotzig verschränkte sie die Arme vor der Brust. *Das ist definitiv der schlimmste Tag seit langem. Wo will der überhaupt mit mir hin?* Der Dracon drehte eine ansteigende Schleife. *Ach da will er hin.*

„Neeeeeeiiiin." Wie ein Pfeil schoss er schließlich steil in die Höhe und verschwand mit ihr in die dichte Wolkendecke. Vor ihren Augen wurde es schwarz und ihre Sinne wurden benebelt. Noch nie war sie in dieser Höhe geflogen. Immer dichter wurde die schwarze Masse, zäh und dickflüssig wie schwarzer, übel riechender Quark. Er drückte ihr ins Gesicht und ließ sie ihre Augen schließen. *Boah ist das eklig. Aber ganz ruhig, Camaela, gaaaaanz ruhig. Es ist nur ein Dracon. Nur ein Dracon, der dich fressen will. Aber doch nur ein Dracon, und ich bin ein Erzengel.* Sie schlug mit ihrer Handfläche auf die Stirn. *Warum hatte sie nicht schon früher daran gedacht? Sie war ein Erzengel. Und zwar einer, der mit seinem Flammenschwert sehr gut umzugehen vermochte. Wie blöd von mir, dass ich daran nicht gedacht habe.*

„So mein Lieber, jetzt reichts aber, ich bin doch kein Snack!" Mit einem Hieb durchtrennte ihre Klinge das Bein und ein Stück Flügel der Kreatur. Vom Verlust des Körperteils gepeinigt, brüllte es auf und verlor die Kontrolle über sich. Es schlingerte, brüllte, fiel.

Camaela erging es nicht besser, mit aller Kraft drückte sie gegen die Klauen, die sie noch immer fest umschlossen. Schließlich schaffte sie es einen ihrer Flügel auszubreiten und begann sich um die eigene Achse zu drehen, wie ein abstürzender Hubschrauber. Sie riskierte einen Blick nach unten. *Gleich würde sie die finsteren Wolken verlassen und im freien Fall hinunter stürzen. Was vermutlich ziemlich wehtun würde.* Unter sich hörte sie Gebrüll, lautes Kampfgeschrei, gefolgt von Schmerzenslauten. Offenbar waren andere Dracons über ihren Kameraden noch in der Luft hergefallen und hatten ihn wie ein Schaf zerrissen. Camaela wurde langsam schwindelig. Da tauchte aus dem Nichts etwas neben ihr auf, das sie neue Hoffnung schöpfen ließ. *Heute wohl doch kein Omelette à la Camaela,* dachte sie und durchbrach mit neu gewonnenem Mut die stählernen Klauen. Ihr zweiter Flügel war nun frei, er flatterte zwar etwas taub in der Luft, doch das würde genügen. Nun schlug sie angestrengt mit beiden Flügeln. Hastig, immer schneller flatterte sie wie eine Fledermaus, brachte all ihre Kraft auf, um zu dem Objekt zu kommen, dass sie gesehen hatte. Ein riesenhafter rot glänzender Stalaktit hing in unmittelbarer

Nähe von der Decke. Mindestens so groß wie ein Bus. *Das sie den nicht bemerkt hatte?* Noch immer war ihre Sicht eingeschränkt und der Fels mit bloßen Händen nicht zu greifen. Dann… ein letzter schwerer Schlag katapultierte sie näher. Ihre Fänge verfehlten den Stein. *Mist.* Nicht jedoch die Krallen an ihren Flügeln. Schwungvoll schlugen die zwei Flügelklauen in den heißen Fels, rutschten quietschend, wie Kreide auf einer Tafel ab, fingen sich wieder. Glitten erneut ab und schnitten tiefe Furchen in das Gestein. Bevor sie jedoch weiter abrutschen konnte, warf sie ihren anderen Flügel hinterher. Ohne Probleme hakten die Klauen ein. Mit einer Faust jubelte sie für einen Augenblick, atmete tief durch und sah dann zum Vorsprung hinauf. Sie schluckte und entschied dann, dass es zu früh war um sich zu freuen. Zwei Zentimeter trennten sie von einem Absturz. Sie begann in Angst zu japsen und zu keuchen. Sie warf den anderen Flügel ein weiteres Mal aus und diesmal hakte auch er ein. Sekunden verstrichen. Wie ein nasser Sack hing sie am Felsgestein. *Das hätte auch schief gehen können.* Angesichts ihres Triumphs begann sie nun laut zu lachen und bewunderte zugleich die Auswüchse an ihren Flügelknochen. *Wer hätte jemals gedacht dass ich die einmal gebrauchen kann?* Völlig fertig hing sie von der Decke, wie ein erschöpfter Ringer in den Seilen. *Jetzt aber schleunigst hier weg.*

Erschöpft und deprimiert durchquerte sie kurze Zeit später die Öffnung zu Gabriels Heimstätte. Wie ein kleiner Tornado war sie auf allen Vieren, so schnell sie konnte, durch die Hölle gefegt. Doch kaum hatte sie die Flammen passiert, schwanden ihre Kräfte und sie sank nieder auf die Knie. Langsam begann sie zu schniefen und zu weinen. So hatte sie sich ihren Ausflug nicht vorgestellt. Sie krabbelte noch ein paar Meter und lies sich dann nach hinten fallen. Das lebende Fleisch unter ihr zuckte, was sie als äußerst eklig empfand.

„Gabriel bist du da?" Rief sie mit tränengetränkter Stimme und kaum mehr verständlich. Es dauerte ein paar Sekunden, bis der Flammensee in Bewegung kam, doch Camaela konnte nicht warten.

„Gabriel!"

„Ich bin ja da Kleines, ich bin ja da." Tönte es aus der Tiefe, bevor sein unmöglich gehörnter Schädel aus dem brennenden Gestein auftauchte. Augenblicklich huschte ein gequältes Lächeln über ihr Gesicht und sie fiel leicht zur Seite. Donnernd hob sich der schwarze Körper des Teufels herauf. Majestätisch und kraftvoll schlugen die schwarzen Feuerflügel einmal, bevor er ans Ufer schwebte. Obwohl er es für gewöhnlich nicht tat, setzte er auf dem zuckenden Boden aus Muskeln auf. Cami nicht aus den Augen lassend. Elegant und erhaben wie ein König schritt er auf sie zu und kniete sich zu ihr herunter. Sie sah ihn wie ein verängstigtes kleines Mädchen an und schniefte.

„Kleines, was ist denn los?"

„Es ist alles doooooof!" Überrascht blickte er sie an, wobei die Wülste über seinen Augen sich zusammenzogen und tiefe Falten warfen. Er wollte gerade etwas erwidern, da warf sich Camaela ihm an den Hals und begann bitterlich zu weinen. So sehr, dass sein Kopf in eine große weiße Wolke gehüllt wurde.

„Na, na, na, erzähl mir doch erst einmal was los ist. So hab ich dich ja schon seit tausenden von Jahren nicht mehr weinen gesehen." Er strich ihr liebevoll übers Haar und stellte sie dann vorsichtig an den Hüften vor sich.

„A, ein Dracon... und Berial und, und Schatzi..."

„Beruhig dich erstmal und erzähl mir dann ganz in Ruhe was passiert ist Liebes." Extra laut zog Cami ihre Nase hoch und wischte mit dem Handrücken ihre Wangen entlang, wie es ein weinendes Mädchen tun würde.

„Tief durchatmen und dann erzähle mir was los ist." Sie schnaufte und schluckte und blickte zu Boden.

„Ich wollte nur alle zu meinem Geburtstag einladen, weißt du. Alle mal wieder besuchen kommen, aber, aber dann hat mich der doofe Berial einfach geküsst. Das kann der doch nicht einfach so machen, wir sind doch Freunde."

„Hmm. Das ist doch aber kein Weltuntergang."

„Doooch, weil ich ihn zurückgeküsst hab. Ich bin so doof. Und dann hat mich das so fertig gemacht, ich musste ihn ja wieder ausladen und hab gegrübelt, ob ich es Schatzi sagen soll oder nicht. Und dann hat mich ein riesengroßer Dracon angegriffen." Sie rieb sich einmal über die laufende Nase.

„Und dann gibt's da noch diese dummen Menschen die meinen Liebling entführt hatten, klar er ist wieder da, aber ich mache mir trotzdem Sorgen. Was wenn die das nochmal tun. Oder noch schlimmer, meinen Geburtstag kaputt machen!" Gabriel begann zu lachen.

„Ey, was soll das, hör auf zu lachen. Ich bin echt am Ende gerade und weiß nicht was ich machen soll."

„Mir ist nur gerade etwas eingefallen. Erinnerst du dich noch an unsere ersten Jahre hier unten?"

„Ja klar, wie kann man die denn vergessen?"

„Nicht einmal da hast du so geweint wie gerade."

„Das ist gar nicht wahr, das hast du nur nicht mitbekommen."

„Oh doch ist es. Du hast das letzte Mal so schlimm geweint, als du viele viele Jahre später deine Augen verloren hast."

„Das war ja auch schlimm. Das du das noch weißt…"

„Klaro und nicht nur weil ich der Teufel bin."

„Ja ja." Sie blickte ihn schelmisch von der Seite an.

„Sehe ich das richtig, dir geht's besser? Ist da ein kleines Lächeln über dein Gesicht gehuscht?"

„Ja, aber ich weiß immer noch nicht was ich tun soll und außerdem hab ich dir das Schlimmste noch gar nicht erzählt."

„Oh, hast du nicht?"

„Nein."

„Dann mal raus mit der Sprache. Aber setz dich mal besser woanders hin. Hier direkt im Eingang muss ja auch nicht sein." Sie streckte ihm die Zunge heraus und lief dann zum Ufer, setzte sich an die Kante und hängte die Beine in die Lava.

„Besser so?" Wieder lachte der Teufel laut aus dem Bauch heraus. Dann setzte er sich zu ihr.

„Ja, viel besser."

„Also." Sie atmete tief ein. „Ich hab wegen der doofen Cheza ein Abendessen verpasst. Und wenn das so weiter geht, verpass ich nochmal Eins." Gabriels Gelächter erschallte daraufhin über den gesamten See.

„Ich bring dich schon rechtzeitig nach oben, keine Sorge. Dann kriegst du wenigstens heute wieder was Anständiges zu essen."

„Wirklich, das würdest du tun?" Sie fiel ihm um den Hals und blieb dann mit dem Kopf auf seiner Schulter liegen.

„Danke, danke, danke. Du bist der Beste." Er lächelte zurück. Bemerkte aber dann schmunzelnd:

„Soll ich deinen Begleiter auch mitnehmen?" Überrascht schaute Cami zum Eingang und sah da das Kleine Etwas vorsichtig schnüffelnd und vorwärts tapsend. Sie begann breiter zu grinsen als eine Frau mit Platinkreditkarte. Voller Freude beobachtete sie, wie die Kreatur die Schnauze nach oben reckte und sie zu suchen schien. Sofort sprang sie auf und ging schnell in seine Richtung.

„Na wen haben wir denn da, na komm mal her mein Kleiner. Na komm. Komm zu Mami." Scheu trat das Tier näher, die Umgebung nach Möglichen Gefahren absuchend.

„Es ist alles gut. Feines Drachilein. Hier tut dir niemand etwas." Sie blickte scharf zu Gabriel. „Oder?" Er lachte kopfschüttelnd.

„Na dann, darf ich euch bekannt machen? Höllendrachenbaby von Shina, das ist Gabriel. Gabriel, das ist…"

„Schon gut. Es ist dir bis hierher gefolgt? Nicht schlecht."

„Ja oder? Es ist soooooo süß." Camaela ging etwas in die Hocke. Die Beiden sahen sich tief in die Augen. Es schien ihr zu vertrauen und wirkte von einer Sekunde auf die Andere wesentlich sicherer.

„So ists brav mein Kleiner." Der junge Drache legte den Kopf schief, sah sie an und sprang mit einem Satz auf sie. Es donnerte als das riesige Etwas auf ihr landete. Es knurrte vergnügt, als es sie abschlabberte wie ein Hund. Dass seine Zunge dazu führte, dass sich selbst die feinen Hautschuppen in Camis Gesicht aufrichteten und zu einem stahlharten Stück Schleifpapier wurden, schien es nicht zu kümmern. Vermutlich weil seine Eigene ja selbst so rau war. Unablässig schleckte das Junge weiter über ihren Kopf, das ihre Haare wie ein klebriges Netz zusammenhingen. Gabriel kam aus dem Lachen nicht mehr heraus.

„Typisch Mann, immer gleich alles flachlegen wollen", lachte Cami und hob den Drachen hinter den Vorderläufen nach oben um ihn an der Brust zu streicheln.

„Kleines, es ist ein Weibchen, ihr fehlt das zusätzliche Horn auf der Schnauze." Sie lies ihn wieder herunter und betrachtete die großen Hörner auf dem Kopf, die wie die eines Nashorns nach vorn standen. Sie zuckte mit den Schultern und begann ihn wie wild an der Kehle zu kraulen, dass sie für einen Augenblick sogar vergaß wo sie war.

„Na, na, na, jetzt ists aber mal genug ihr Zwei." Erschrocken rappelte Cami sich auf und strich ihre Kleider zurecht.

„Äh. Entschuldigung." Freudig wedelte der Schwanz des Drachenbabys umher.

„Ich denke es wird langsam Zeit."

„Oh ok." Camis Gesicht wurde mit einem Mal trauriger. „Ich denke sie darf wohl nicht mit oder?"

„Leider nein. So gern ich es dir gönnen würde. Ein Drache der Hölle gehört nunmal nicht auf die Erde. Tut mir Leid Kleines." Ihr Schwanz hing nun ganz schlaff herunter und auch das Drachenbaby spürte wohl ihre Trauer und sah geknickt drein. Sie ging auf die Knie und versuchte nicht wieder zu heulen, während sie ihm über den Kopf streichelte und ihre Wange an seiner rieb.

„Ich komme dich bald wieder besuchen, versprochen." Sie wand sich zurück an Gabriel.

„Ok, gehen wir, bevor ich wieder anfange zu heulen." Er nickte und hob sie sanft an Beinen und Rücken hoch. Sie hielt sich derweil an seinem Hals fest.

„Los geht's."

Er hatte es kaum ausgesprochen, schon standen sie vor den Portalen. Er entließ sie vorsichtig und fast schon liebevoll auf den kalten Boden.

„Wow, das ging schnell." Sie sah verschmitzt zu ihm auf.

„Du hättest mich auch direkt ganz nach Hause bringen können." Gabriel lachte.

„Hätte ich können ja, doch nach den letzten Ereignissen muss ich gerade etwas den Ball flach halten."

„Da bist du aber selber Schuld."

„Ja, ja."

„Schließ du mal lieber dein loses Mundwerk Fräulein." Sie streckte ihm die Zunge heraus.

„Ich kann dich zwar jetzt nicht zurück auf die Erde bringen, aber ich kann wenigstens dafür sorgen, dass du auch am richtigen Ort wieder herauskommst. Du weißt ja sie sind recht unzuverlässig."

„Recht unzuverlässig? Sehr nette Umschreibung für die zufällige Auswahl des Zielportals. Aber ich will ja nicht meckern. Andrerseits will ich auch nicht wie Berial mitten in der Nordsee rauskommen. Bin ja kein Fischi. Blub blub."

„Wirst du nicht, keine Sorge. Na dann ist jetzt wohl mal wieder die Zeit des Abschieds gekommen was?"

„Ja, aber nicht für lange. Ich komme wieder, versprochen. Und Apropos kommen…"

„Da muss ich dich leider enttäuschen, du weißt ja, die Regeln und…"

„Und den Ball flach halten, ja ja. Du bist schon echt teuflisch. Mir zuerst den Golgathaner auf den Hals hetzen und dann deshalb nicht zu meinen 2518ten Geburtstag kommen können.

„Tut mir echt Leid. Ich machs wieder gut ja?" Sie sah ihn scharf an.

„Versprochen?"

„Versprochen. Hey, würde ich dich anlügen?" Sie nickte energisch.

„Ja, das würdest du."

„Ich verspreche es trotzdem ok?"

„Sagt der Herr der Lügen. Aber ok, glaub ich dir das ausnahmsweise Mal. Sorgst du dann wenigstens dafür, dass meine Freunde alle rechtzeitig da sind ja?"

„Klar mach ich." Ein letztes Mal lachte der Teufel lautstark, während Camaela durch das vorbereitete Portal sprang.

Direkt mit dem Fuß auf einer vereisten Fläche landend, spuckte das Portal sie kurze Zeit später wieder aus. Und während Camaela wild mit den Armen ruderte und einige Meter rutschte, löste sich der Übergang im Nichts auf. Laut schreiend schlidderte sie gegen eine Brüstung.

„Ju… hu. Ich bin wieder zuhause." So fest sie konnte schlug sie ihre Krallen in den Beton und sog so tief sie nur konnte die kalte Luft in ihre Lungen. Ob sie nun Schwefel oder Sauerstoff atmete war ihr zwar ziemlich gleich, aber der Geruch und der Geschmack, der reinen, sauberen Luft auf der Erde nicht. Für einen Augenblick fühlte sie sich, wie ein Junkie auf Droge. Ein kühler Wind blies ihr um die Nase und lies sie frösteln. Es dämmerte außerdem bereits. Sie hatte ganz vergessen, dass es auf der Erde noch Winter war. Hastig wickelte sie sich in ihre Flughäute und begann zu realisieren wo sie sich befand. Sie stand auf einem großen Bürogebäude. Neugierig blickte sie über die Brüstung hinunter. Ein großes Banner hing an der Fensterfront hinunter. Dass sie zwar nicht lesen konnte, jedoch direkt gegenüber die große Bausparkasse entdeckte. Sie war also kurz vor der Innenstadt gelandet. Was sie als äußerst praktisch empfand. Allerdings wäre es noch praktischer gewesen, man hätte sie direkt in Michaels Bett ausgespuckt. Sie grinste. *Oh ja, das wäre was gewesen.* Sie stieß einen tiefen kehligen Seufzer aus und setzte sich auf einen Lüftungsschacht. Wehmütig dachte sie an das Höllendrachenbaby.

„Ich hätte ihr doch so gern einen Namen gegeben. Manno." Sie schlug halbherzig auf das Blech, das sich stark verbog und sie zur Seite kippte. Sie rutschte zur anderen Seite und schaute in die Ferne.

„Ich mag jetzt nicht fliegen. Warum kann Schatzi mich nicht abholen." Sie stützte das Kinn auf die Handflächen und knurrte vor sich hin.

„Menno, menno, menno."

Kurze Zeit später erweckte ein vorbei fahrender Bus ihre Aufmerksamkeit und ein teuflisches Grinsen umspielte ihre Lippen, dass ihre Fangzähne weiß aufblitzen. Ich glaube, ich fahre heute Bus…

14

„Schatz, du stinkst!" Ja das waren meine Worte, während Cami mir am Abend um den Hals gefallen war. Doch sie sagte darauf nichts und schien einfach nur überglücklich wieder hier sein zu können. Es musste in der Hölle wohl nicht so schön gewesen sein, wie erhofft. Ich war erleichtert und ebenfalls froh, dass sie heil wieder da war. Hatte ich mir doch die letzten vierundzwanzig Stunden Sorgen gemacht, ob sie überhaupt zurückkommen würde. Ob es ihr gut ging, ihr etwas zugestoßen sein könnte. Ich hatte mir die schlimmsten Szenarien ausgemalt und die Nacht auch kaum geschlafen. Denn sie war zwar ein Erzengel, aber gleichzeitig ja auch ein verletzliches Mädchen. Mein Mädchen. Und irgendwie waren die Sorgen ja auch berechtigt gewesen, zwar auf eine andere Art und Weise, aber sie waren es. Sie sah ziemlich ramponiert aus und stank fürchterlich nach faulen Eiern. Sie war dreckig und wirkte vollkommen erschöpft. Sie trug seltsame Fetzen am Leib, aus schwarzen Schuppen, die regelrecht durchsichtig waren. *Auweia, das muss ja was gewesen sein da unten.* Aber es war schön, dass sie wieder da war. Das war die Hauptsache. Sie küsste mich gerade überschwänglich, als sie sich diese Fetzen vom Körper riss und ziemlich schläfrig fragte: „Gibt's noch Abendessen?" Ich lächelte breit und trug sie zum Bett. Sie fiel einfach hinein.
„Ich hol dir was."
„Danke Schatz. Ich liebe dich…" Hörte ich sie im Halbschlaf noch sagen. Als ich aus der Küche wieder kam, schlief sie seelenruhig und ich stellte die Wurstplatte auf den Nachtisch.
„Was hast du da unten nur alles erlebt", flüsterte ich ihr zu und sie schmatzte.
„Schlaf schön Liebling, ich dich auch."

Es war der nächste Abend, als ich durch lautes Getrampel und kreischendem Metall aufgeschreckt wurde. Camaela schlief noch, sie hatte die ganze Nacht und den ganzen Tag verschlafen, was ihr gar nicht ähnlich sah. Doch sie es offenbar nötig hatte. Ich rollte auf jeden Fall vom PC weg und schaute zum Fenster hinaus.

„Schaaaaaaaatz!!!" Cami gähnte laut und streckte sich.

„Was ist, schrei doch nicht so."

„Du hast Besuch." Augenblicklich spitzten sich ihre Ohren und ihr Näschen schnupperte aufgeregt umher. Dann sprang sie plötzlich auf und rannte zum Fenster, doch ich hielt sie auf.

„Na, na, erst anziehen." Sie lies den Kopf hängen und fluchte etwas leise mit den Zähnen knirschend. Schnell sprang sie in einen kurzen, schwarzen und glatten Rock und ein weinrotes Top, das sie etwas Vorsichtiger hätte anziehen sollen. Denn es war innerhalb von zwei Sekunden zu einem Putzlappen geworden. Ich stand noch immer am Fenster, sie hüpfte aufgeregt wie ein Sack Flöhe hinter mir Auf und Ab.

„Wer ist da, was ist da? Lass sehen. Will sehen." Bevor ich zur Seite gehen konnte, wurde ich von ihr in eine Pflanze weggedrängelt.

„Oh mein Gott, oh mein Gott, oh mein Gott!!!"

„Erklärst du mir was das ist und warum es auf dem Metallschrott des Nachbarn schläft?"

„Äh, das ist ein Höllendrachenbaby. Hä? Ist das nicht ein Auto?"

„Jetzt nicht mehr."

„Hoppla."

„Passiert." Wie ein Wirbelwind stürmte sie aus dem Zimmer, die Treppen hinunter und durch die Gartentür. *Ja, mit Glas hat sie noch immer ein paar Probleme.*
Ich stand kurze Zeit später neben ihr. Sie streichelte mittlerweile den Kopf des Kolosses.

„Ihr braucht eine neue Terrassentür, die Jetzige ist kaputt."

„Hab ich gehört. Danke." Ich musterte das Riesenteil aufmerksam. Es sah ja schon ganz süß aus, wie es da auf dem circa fünfzig Zentimeter hohen Auto lag.

„Sag mal, können Menschen den eigentlich sehen?" Cami überlegte scharf und kratzte sich mit einer Kralle am Kinn.

„Ich weiß nicht."

„Dann bring ihn mal lieber in den Garten, am besten den Rosenbogen hinunter." Sie nickte und streckte dem Ungetüm die Hand hin.

„Komm meine Kleine, komm." Er folgte ihr wie ein Hund durch dass gusseiserne Gartentor, das sich quietschend verbog. Mutters Phlox konnte das allerdings nicht und wurde zertrampelt, der Rosenbogen eingeknickt und die steinerne Treppe, die zum restlichen Grundstück führte, naja… Treppe? Welche Treppe? Die Erde bebte leicht, als er sich unter dem großen Holunder niederlegte und gähnte. Cami saß derweil breit grinsend bei ihm.

„Darf ich ihn behalten? Darf ich, darf ich. Bitte, bitte." Mir hing noch immer die Kinnlade herunter. *Wie soll ich das denn meiner Mutter erklären???* Mit Daumen und Zeigefinger rieb ich mir den Nasenrücken. *Camaela darf man wirklich keinen Moment aus den Augen lassen.* In dem Moment tauchte Flo in den Überresten des Gartentors auf, die er überrascht begutachtete.

„Mahlzeit. Whoa was ist denn hier passiert? Sieht ja aus wie…" Dann sah er den restlichen Garten.

„Ach du scheiße. Ich glaub ich wills gar nicht wissen. Dagegen war Hiroshima noch aufgeräumt. Aber wer will denn nu eigentlich wen behalten?"

„Camaela ihren brennenden Höllendrachen, der vor ihr liegt und mich anstarrt als wäre ich sein Mittagessen."

„Oh, okay. Was?!" Er reckte seinen Kopf zu Cami hinunter.

„Und wo soll der sein? Ich seh da weder nen Drachen, geschweige denn nen brennenden Höllendrachen. Ich seh da überhaupt nichts. Außer halt das ihr mal wieder gärtnern solltet."

„Du siehst nie was."

„Sag bloß nix", warf ich mitten hinein und hielt mir die Stirn. *Das gibt wieder Kopfschmerzen.*

„Danke du auch nicht, Blindschleiche."

„Schaaaaatz, er hat mich Blindschleiche genannt, hau ihn für mich."

„Süße, Du weißt doch noch nicht einmal was eine Blindschleiche ist, also verlang von mir nicht meinen besten Freund zu schlagen, für etwas, das im Grunde gar keine Beleidigung darstellt." Sofort warf sie mir einen bösen Blick zu und bleckte die Zähne, dass ein dünner Rauchfaden aus ihren Mundwinkeln entkam.

„Mein Tag war so grauenhaft heute, also schlägst du ihn jetzt für mich?" *Ihr Tag? Und Meiner?*

„Dein Tag war grauenhaft? Schatz du hast ihn verschlafen!"

„Oh, äh dann der davor."

„Schon gut, schon gut."

„Aua, hey was soll denn das?" Schmerzverzerrt rieb Flo sich die Schulter, auf die ich ihn eben locker geschlagen hatte.

„Und war es eine Beleidigung?" Fragte sie mich sofort.

„Ja, schon, irgendwie."

„Na siehst du." Sofort streckte sie Flo die Zunge heraus, schließlich wähnte sie sich im Recht.

„Zurück zum Thema, wies aussieht können Menschen ihn also nicht sehen. Ein Problem gelöst."

„Was aber vielleicht wiederum zu ein paar, na ja, anderen Unstimmigkeiten führen könnte." Florian begann zu lachen.

„Hey was ist so witzig Aasfresser?" Obwohl Camaela ihn gerade ziemlich beleidigt hatte, lachte Flo unverdrossen weiter, rieb sich die Tränen aus den Augen und versuchte uns zu erklären wieso er lachte."

„Stell dir das Mal bildlich vor Micha, sie läuft mit ihrem Drachen Gassi, was glaubst, wie die Leute auf der Straße gucken werden, wenn sie mit einer schwebenden Hundeleine herumläuft. Oder wie groß ist er denn?

Vielleicht kann sie ihn wie einen Chihuahua in eine Handtasche stecken."

„Ja, das sähe lustig aus, wobei er wohl eher mit ihr Gassi gehen würde, so große Handtaschen gibt's nämlich nicht. Er ist so groß wie ein Elefant." Augenblicklich fiel Florian das Lachen aus dem Gesicht.

„Okaaaay." Mehr brachte er nicht heraus. Das war das erste Mal seit Langem, das ich ihn sprachlos sah. Was jedoch nur kurz anhielt.

„Und wo kommt er her?" Noch bevor Camaela etwas erwidern konnte, hatte ich ihm eine gewischt. Vergnügt grinste sie.

„Gern geschehen."

„Hey wofür war das jetzt?"

„Manchmal stellst du dich echt dämlich an, weißt du das?"

„Öh, ist das ne Fangfrage?" Wir schüttelten nur die Köpfe.

„Er ist ein Höllendrache, wo wird er wohl herkommen? Vom Nordpol oder was glaubst du?"

„Guter Einwand. Und wirst du ihn behalten?"

„Darüber haben wir gerade geredet. Sie kann ihn doch nicht einfach behalten, nur weil er ihr zugelaufen ist." Für einen Moment hielt ich Inne und beobachtete Flo, wie es in seinem Kopf zu rattern begann.

„Moment, wie kann ein Drache aus der Hölle dir auf der Erde zulaufen? Du warst doch nicht etwa in der Hölle?" Sofort begann sie unschuldig zu wirken und streichelte ihren Drachen.

„Wäre möglich."

„Und warum?"

„Warum nicht? Ich darf doch wohl ein paar Tage vor meinem Geburtstag meine Freunde in der Hölle besuchen? Außerdem hatte ich Schatzi gesagt, dass ich meine Freunde besuchen gehe. Ha!" Triumphal hob sie ihre Nase in die Luft. Stimmt, das hatte sie gesagt. Nur ich hatte es einfach vergessen Flo mittzuteilen. *Ups.*

„Uuuund, sehr wohl kann ich sie behalten!" Wand Cami derweil ein und kratzte dem Monster über den gehörnten Schädel.

„Und wenn er,… halt es ist eine Sie? Noch größer wird, was soll er, äh sie fressen? Du frisst uns ja schon die Haare vom Kopf, wie sollen wir denn das Monster da auch noch ernähren?"

„Stimmt gar nich, hast doch noch genug. Na gut am Hinterkopf sind sie vielleicht schon etwas dünner geworden aber das ist ja nicht meine Schuld." Sofort tastete ich panisch meinen Hinterkopf ab. *Puh noch genug da.* Cami kicherte.

„Du hättest dein Gesicht mal sehen sollen. Ich mach doch nur Spaß. Ach ja, so viel größer wird die Kleine nicht mehr, vielleicht noch so groß wie ein Doppeldeckerbus. Und mach dir da mal keine Sorgen mein Lieber." *Ja, ja jetzt bin ich wieder ihr Lieber, nur damit ich ja sage. Tz tz. Halt, so groß wie ein Bus?!*

„Sie kann sich selbst ernähren. Soviel braucht sie nicht, nur ein oder zwei Menschen im Monat. Stimmts nicht meine kleine Süße?" Die Höllenbestie gurrte vergnügt, als Cami ihren Kopf an ihrem rieb und die Arme um ihren geschuppten Hals legte.

„Ach, nur ein oder zwei Menschen im Monat? Was, wenn du mit ihm, äh ihr einkaufen bist und sie mal eben in der Fußgängerzone Hunger bekommt?" Florian grinste. Wir beide wussten wieso. Das artete gerade in einen Kleinkrieg aus, bei dem ich nur verlieren konnte.

„Na, dann frisst sie halt jemand, mein Gott, so schlimm ist das jetzt nu auch wieder nicht."

„Ach nein? Und wenn sie ausversehen mich, oder Flo frisst?"

„Das wird sie nicht, dafür sorge ich schon, ich passe schon auf sie auf. Ich will ja nicht, dass sie Magenschmerzen bekommt. Außerdem steht sie nicht so auf Junk Food."

„Ah ja, du passt auf sie auf und wer passt auf uns auf?"

„Öhm."

„Apropos, wo ist sie eigentlich und Flo?" Cami zeigte nur mit ausgestrecktem Arm zum Haselnuss.

„Da haben wir es, so fängt es an."

„Ach, sie will nur spielen." Schnell eilte ich aus unserem kleinen Gärtchen, die zerstörte Treppe hinunter zur angrenzenden Wiese. Wie angewurzelt blieb ich stehen und starrte zum Nussbaum empor. In schwindelerregender Höhe baumelte Florian an seinem Mantel hängend.

„Hätte einer von euch die Güte mich hier runterzuholen? Und mit einer von euch meine ich Camaela. Schließlich hat sie mir das eingebrockt."

„Tja, die Kleine kommt ganz nach ihrem Frauchen. Außerdem bist du selber schuld wenn du auf den Baum kletterst. Wenn das Spielzeug sich bewegt machts schließlich noch mehr Spaß. Solltest du doch von deiner letzten Hundebegegnung wissen." Cami grinste und nickte mir zu, während Flo knurrte.

„Zum Glück hat mich der Hund gebissen und nicht dieses Drachenvieh. Also ich bin,…" Ich machte hinter Camis Rücken, das Kopf ab Zeichen.

„… entschieden dagegen das Ding zu behalten."

„Tja, wenn du so denkst, macht es dir sicher nichts aus, da oben hängen zu bleiben, bis…" Cami überlegte eine Sekunde, „…morgen früh."

„Tja, Flo, ich hab versucht dich zu warnen."

„Und du mein Lieber holst ihn da nicht runter, sonst gibt's Sexverbot für eine Woche."

„Sorry Flo."

„Ey, was ist mit Bruder geht vor Luder?"

„Erstens hör ich das zum ersten Mal, zweitens sind wir keine Brüder, und drittens, hast du sie nicht gehört? S-E-X V-E-R-B-O-T! Du würdest doch genauso machen." Flo verschränkte die Arme vor der Brust und schmollte.

„Auch wieder wahr."

„So ists brav mein Schatz. Tja er weiß halt was gut für ihn ist, nicht so wie manch andere Leute." Camaela drehte sich auf dem Fuß und war im Begriff dabei die Treppe hinauf zu gehen, als wir etwas rufen hörten. Mir war klar, das es etwas mit dem Höllenmonster zu tun haben musste, schließlich war sie mal wieder nicht da wo sie sein sollte. Bei uns. Wir hechteten die Treppe hinauf und aus dem Garten auf die Straße. Zu unser beider Überraschung stand da Raphaela. Mit einer Hand hielt sie das Monster an seinem Kehllappen fest.

„Ihr habt da was verloren."

„Hi, Raphaela. Nicht wir, nur sie", sagte ich und ging schon mal vorsorglich in Deckung.

„Ey", fauchte sie.

„Huhu, Raphaelchen. Kann ich sie bitte wieder haben?"

„Was willst du denn mit dem Ding. Du willst ihn doch nicht etwa behalten?"

„Doch das hatte ich vor. Und er ist eine Sie. Was dagegen?"

„Ja, entschieden."

„Hilfeeeeeee." Hallte es da hinter uns vom Baum hervor.

„Camaelchen?" Raphaela warf ihrer Freundin einen abstrafenden Blick zu.

„Hey, ich war das nicht." Wie ein Unschuldsengel schaute sie und zeigte zugleich auf ihr Schoßtier, das daraufhin verächtlich knurrte.

„Was habt ihr mit ihm gemacht?"

„Ihr? Wir gar nix, er ist da selbst rauf geklettert." Mit einem „Halt mal", übergab sie das Tier wieder in Camis Obhut und eilte Florian zu Hilfe. Schnell hatte sie ihn herunter geholt und war zurück zu uns gekommen.

„Danke Raphaela."

„Kein Problem, wofür hat man denn Freunde."

„Um sich vor mordgierigen unsichtbaren Bestien auf Bäume flüchten zu müssen." Flo streckte Cami die Zunge heraus um seinen Triumph voll auszukosten.

„Hey, ich dachte du wärst meine Freundin", knurrte Cami gekränkt.

„Das bin ich, aber ich bin auch Flos Freundin und ich bin auch ein Engel, schon vergessen? Und als Engel sage ich, dein Höllendrache muss zurück in die Hölle! Menschenfressende Monster haben auf der Erde nichts zu suchen. Und schon gar nicht in der Umgebung."

„Aber…"

„Nichts aber, bring ihn zurück."

„Aber, aber sie ist mir nachgelaufen."

„Das spielt keine Rolle, er muss zurück." *Wow, sie spielt die Rolle der großen Schwester mal wieder erschreckend gut.*

„Ja Mami. Und er es ist eine sie, eine Sie, sie, sie!"

„Okay, das ist gerade echt schräg, das wisst ihr schon, oder?"

„Ja, wissen wir", antwortete Raphaela mir und erhob noch ihren Zeigefinger gegen Cami um die Szenerie zu perfektionieren und ihrer Forderung Nachdruck zu verleihen. Mir lief ein Schauder über den Rücken, das war keine große Schwester mehr, das war eine ausgewachsene Mutter!

„Kann ich noch…"

„Nein, auf der Stelle."

„Hey, du weißt gar nicht was ich sagen wollte."

„Klar weiß ich das. Hey, dich kenne dich seit zwei einhalb Jahrtausenden, du wolltest ihn, äh sie noch einen Tag behalten. In der Zeit hättest du versucht, sie vor mir zu verstecken. Was kläglich gescheitert wäre. Ich hätte sie gefunden und dich so richtig ausgeschimpft."

„Stimmt gar nicht, da lagen nämlich 1500 Jahre dazwischen, in denen du oben und ich unten war." Raphaela warf ihr wieder einen strafenden Blick zu.

„Bäh, na gut. Also komm meine Kleine gehen wir." Der Drache schnaubte, als Cami ihm über die Schnauze strich und ihn an einem Horn die Straße hinauf führte. Wir sahen ihr noch nach, bevor sie hinter einem Haus verschwand und wir unsere Konversation fortsetzten.

„Wie sich das anhört, sie oben und Ela unten."

„Du hast sie ja nicht mehr alle an so etwas zu denken, noch dazu wo meine Freundin die Untere ist."

„War ja nur so ein Gedanke." Er grinste verschmitzt.

„Den du auf der Stelle wieder vergisst."

„Würdest du anders reagieren wenn Camaela die Obere wäre?" Auf der Stelle versuchte ich ihn zu treten, doch er entwischte mir. Hämisch grinste er, was er aber gleich wieder ließ, als ihn Raphaela finster anstierte.

„Und das „Ela" könntest du auch endlich mal wieder vergessen."

„Vielleicht. Was krieg ich dafür?"

„Einen Tritt in den Allerwertesten wenn du nicht aufhörst Scheiße zu labern."

„Gut, das ist ein Deal."

„Könnten wir mal zurück zum Thema kommen? Was machst du eigentlich schon wieder hier? Du bist mir in letzter Zeit definitiv zu oft bei uns zu Hause." Raphaela verschränkte lässig die Arme vor der Brust.

„Aus dem selben Grund, weswegen Camaela in der Hölle war."

„Oh verdammt", ich linste auf die Uhr auf meinem Handy.

„Ich hab mich schon gefragt, wann es dir wieder einfällt", bemerkte Raphaela unmotiviert.

„Mist, wir haben nur noch…" Im Kopf versuchte ich die Zeit bis Camis Geburtstag zu errechnen.

„Zwei Stunden später…"

„…ja, ja, ich habs gleich lass mich mal rechnen." Da fiel mir der Engel ins Wort.

„Sag einfach, wir haben genug Zeit."

„Hey ich hätte es auch gleich gehabt."

„Wenn gleich bei dir eine Woche ist, dann ja. Aber ich hielt es für besser dir das Ergebnis sofort mitzuteilen, schließlich müssen wir eine Party für eine Achtzehnjährige planen."

„Ja, ja, hast ja Recht."

„Du klingst leicht gestresst, wirst du etwa hysterisch?"

„Ich bin ihr Freund, ich werde nicht hysterisch."

„Panisch?"

„Ja, panisch passt perfekt. Ok, noch haben wir Zeit, ich hab alles im Griff. Raphaela, Flo, ihr schnappt euch meine Schwester und kümmert euch um die Verpflegung, die Musik und sonst halt alles was nötig ist."

„Alter kümmert Bael sich denn nicht um alles?" Warf da Flo ein und ich kratzte mich am Kopf.

„Ok, Kommando zurück, alle ruhig bleiben. Bael macht das schon."

„Vergiss es, ich überlasse den Geburtstag meiner besten Freundin doch nicht irgendeinem dahergelaufenen Dämonen. Während der sein Ding macht, werde ich mal dafür sorgen dass auch alles glattgeht. Ich werd mir mal wirklich deine Schwester schnappen."

„Äh, okay."

„Die wird uns doch dabei helfen oder etwa nicht?"

„Ach püh, klar. Die feiert doch selbst gerne."

„Ah. Verstanden. Und was machst du?" Fragte Raphaela mich schließlich.

„Ich kümmere mich noch um ein ganz besonderes Geschenk."

15

Noch eine Nacht bis zum großen Tag. Ich lag auf dem Bett und blätterte unruhig in einem Buch herum. Die letzte Woche war so schnell vergangen, und so vollgepackt gewesen, dass ich kaum noch wusste, was ich getan hatte. Sie lag fast wie hinter einem Schleier verborgen. Ich wusste nur, dass bislang alles glatt gelaufen war. Ich klappte das Buch zu, seufzte und ließ meinen Kopf ins Kissen fallen. Ich war innerlich so aufgeregt, als wäre es mein Eigener. Nach Außen hin ließ ich mir jedoch nichts anmerken und hoffte, dass niemand meine Unruhe bemerken würde. *Wenn das vorbei ist mach ich drei Kreuze.* Kaum den Kopf hebend, schüttete ich mir ein Glas Bacardi Cola in den Rachen und zählte im Kopf noch einmal alle, mir bekannten Gäste durch. Theoretisch kam ich auf acht. Was mir jedoch etwas wenig erschien für den Aufwand, den wir betrieben.
„Vergiss aber nicht, dass Dämonen nicht gerade für ihre Diskretion bekannt sind. Was ich damit sagen will ist, es könnten auch viiiiel mehr Leute kommen. Es reicht schon, wenn Dione mal nicht den Mund halten kann, dann hast du gleich mal hundert Leute mehr da stehen. Und ich weiß wovon ich rede." *Hundert Leute mehr?!*
„Ach, das kriegen wir trotzdem hin." *Bin ich froh einen Dämon engagiert zu haben. Der wird das mit den Redefreudigen Dämonen ja hoffentlich wissen oder?*
„Du kennst meine anderen Geburtstagspartys nicht."
„Guter Einwand." Ich drehte mich auf den Rücken. Cami hing über mir an einem Deckenbalken und kletterte etwas vorwärts.
„Wo würdest du denn eigentlich gerne feiern?" *Bitte sag Schwimmbad, bitte sag Schwimmbad.*
„Schwimmbad." *Halleluja. Danke Gott.*
„Im Schwimmbad? Wirklich?"
„Ja Schatzi, im Schwimmbad." Noch während sie äußerst lustvoll die Worte ausstieß und mit ihrer Zunge über ihre

Lippen leckte, konnte ich spüren wie ihr Schwanz sich über meine Beine schlängelte. Gefühlvoll ließ sie ihren Schweif meinen Oberschenkel hinauf in das Hosenbein gleiten. Ich hörte sie leise kichern und sah zu ihr hinauf. Die Schere schob sich durch den Hosenbund und unter mein Shirt, den Bauch hinauf. Es war ziemlich unheimlich zu sehen, wie sich etwas unter dem Stoff auf mich zu schlängelte. Sie grinste verschlagen und zwickte mich zart in eine Brustwarze. Langsam spürte ich die Hitze in mir aufsteigen. Da zog sie ihre bekrallten Finger aus dem Holz und ließ sich kopfüber hinunter. Sie war gelenkiger als jeder Kunstturner. Immer mehr bog sie ihren Rücken durch, bis ihre Lippen sanft meine Stirn berührten. Ein Lächeln huschte mir übers Gesicht, als sie die Zähne im Spiel bleckte und mir in die Nase schnappen wollte. Sie zögerte jedoch einen Augenblick und entschied, mich nicht zu beißen. Stattdessen sog sie meine Nasenspitze an ihre Lippen. Ihre Schere war wieder in meinen Shorts und zerrte von innen daran. Rasch tat ich ihr den Gefallen und zog sie aus. Wie eine Kobra in Angriffsstellung baute sich ihr Anhängsel vor mir auf, um nur kurz darauf an meinem Shirt zu ziehen. Ich grinste sie an und kam ihrer Bitte nach es auszuziehen. Sie schob ihre Zunge zwischen meinen Lippen hindurch und führte unsere Münder so zueinander. Sie umfasste mit beiden Händen meinen Nacken, während ich mich aufsetzte, das Kopfkissen hinter meinem Rücken zusammenknüllte und langsam ihr schwarzes Top vom Bauch her nach unten schob. Ein leises Schnurren ertönte aus ihrer Kehle. Sie löste ihre Umarmung und ließ sich von mir das Spaghettiträgertop über den Kopf ziehen. Ich sah, wie eine Hand wieder meinen Nacken abstützte. Sie ließ sich ein wenig herunter sinken, küsste nun mein Kinn, meinen Hals und dann meine Brust. Das war eine sehr aufregende Stellung, nun hatte ich ihren blanken Busen vor meinem Gesicht, die wie zwei reife Äpfel da hingen und mir freudig ihre steil aufgerichteten Brustwarzen entgegen reckten.

Ohne zu zögern, legte ich meine Lippen auf Eine und biss sanft hinein. Cami stöhnte lustvoll und ich sah wie sie mit ihrer freien Hand zwischen ihren Brüsten hindurch strich, ihre Krallen sinnlich über ihren straffen Bauch zog. Mittlerweile waren auch meine Hände bei ihren Brüsten und massierten sie, kneteten sie. Dann nahm ich eine ihrer Nippel zwischen Daumen und Zeigefinger und zwickte sie zärtlich, rollte sie zwischen ihnen, bis Cami leise knurrte. Ich stoppte kurz.

„Mach weiter", raunte sie und biss sich auf die Unterlippe. Ihre Hand war derweil über ihren Schamhügel zwischen ihre Beine geglitten und hatten den Stofffetzen, den sie als String bezeichnete, zerfetzt. Selbst aus meinem Blickwinkel sah ich, wie ihre Finger zwischen den weit geöffneten Knochenplatten, die sie statt großen Schamlippen besaß, verschwanden und wieder auftauchten. Laut schnurrte sie, als sie sich selbst verwöhnte. An meinen Fingern spürte ich, wie Camis Körper heißer wurde, brennend vor Lust. Plötzlich zog sie ihren Kopf etwas hoch, um mich wieder zu küssen. Dann hielt sie kurz Inne.

„Weißt du, Wasser gibt es in der Hölle nicht, deshalb die Idee mit dem Schwimmbad. Und ich selbst war da ja auch noch nicht drin." *Ich weiß aber, wo ich jetzt gern drin wäre.* „Eine sehr gut durchdachte Idee."

„Danke Schatz." Ihr Kopf sank wieder auf mich zurück und sie küsste mich wieder. Sie wurde etwas ungestümer und ich spürte wie sich etwas Scharfes in meine Zunge Schnitt.

„Mmmmhh, du schmeckst so gut", raunte Cami und leckte das Blut in meinem Mund auf. Ihre neuen Zähne waren messerscharf, ein Wunder, das bislang nichts Schlimmeres passiert war. Immer schneller waren ihre Finger zu Gange und ich spürte dass sie jederzeit kommen konnte. Ihre Hüften zuckten und ihr Atem ging schnell. Perlen von glänzendem Schweiß tropften hinunter. Ihr Schnurren wurde lauter und unbändiger. Geistesgegenwärtig löste ich meine Lippen von ihren, als sie ihren Orgasmus bekam. Sie bäumte sich auf, krampfte und presste ihre Zähne zusammen, dass sie quietschten. Sie lächelte mich an. „Entschuldigung, ich war wohl ein wenig zu sehr mit mir selbst beschäftigt." Ich grinste sie an und rutschte wieder zurück in eine liegende Position.

„Sieht so aus." Wollüstig schleckte sie sich ihre Finger ab, die gerade noch in ihr waren, um sie kurz darauf noch einmal zu versenken. Ihre Finger glänzten nass.

„Warte, das mache ich wieder gut." Ihren Schwanz um den Balken gewickelt, drehte sie sich um 180 Grad und ließ sich auf mich nieder sinken. In einem langen intensiven Kuss berührte ihr Körper meinen. Ich spürte ihre heißen weichen Brüste und die Feuchtigkeit zwischen ihren Beinen, die auf mein Gemächt tropfte. Er streifte die knöchernen Schamlippen, wurde von ihnen auf meinen Bauch gedrückt.

„Jetzt bist du dran", flüsterte sie und schob sich meinen Aufstand in ihr Intimstes. Es war ein Leichtes in sie einzudringen. Schmatzend legte sie ihre Hüfte ganz eng auf meine. Ich wollte sie küssen, und sie ließ mich, während ich sie kräftig stieß. Sie presste ihren Unterleib so fest an mich, dass wir in der Matratze versanken. Sie wollte mich ganz tief in sich spüren. Ihre Hüften rotierten und ihre Hände und Unterarme lagen auf meiner Brust. Grinsend schob sie mir ihren Zeigefinger in den Mund, den ich dankend ableckte. Mir wurde ganz schwindelig von ihrem süßlichen Verwesungsgeruch, der hier, so feucht noch stärker roch als normal. Ich legte meine Finger um ihren Nacken, strich über ihren Rücken, ihre Taille. Schließlich vergrub ich meine Hände in ihren strammen Pobacken und knetete ein wenig ihr ockernes Fleisch. Sie presste ihren schweißgebadeten Körper auf meinen, ihre heißen Brüste auf mich, dass mir das Atmen erschwert wurde. Sie musste es wohl gemerkt haben und erhob sich, um sich kurz darauf wieder sinken zu lassen. Gemeinsam beobachteten wir, wie ich wieder in ihr versank. Mit lautem Fauchen übertönte sie das glitschige Geräusch, das wir verursacht hatten. Ich spürte wie die kochende Flüssigkeit mich umschloss und an meinem Glied hinunter, auf das Laken lief. Ich biss die Zähne zusammen. Ihr Schwanz schwang über ihr abwechselnd nach rechts und links. Jeden Stoß den ich ihr beibrachte, konterte sie mit einem Druck ihres Beckens, das ich fast glaubte sie würde das Bett sprengen. Es war ein atemberaubendes Gefühl. Sie ließ ihre lange Zunge um mein Gesicht kreisen, die ich wie hypnotisiert verfolgte. Immer wieder streckte ich die Zunge heraus, dass sich die Spitzen trafen, als würden sie miteinander spielen. Sie erhöhte das Tempo ihrer auf und ab Bewegungen. Plötzlich setzte sie sich auf und legte ihre Beine links und rechts neben mir ab. Ich setzte mich ebenfalls und legte meine Hände um ihren Nacken. Jetzt saß sie auf mir und brachte mich mit ihren wippenden Brüsten völlig aus der Fassung. Da zuckte sie unverhofft zusammen und ihre Augen flammten auf. Wie eine Raubkatze fauchte sie einen weiteren Orgasmus heraus. Und in dem Moment kam es mir auch. Erschöpft ließ ich mich nach hinten fallen. Kraftlos klammerte sie ihre Arme um mich und sank auf mir zusammen. Ein tiefer Seufzer der Erleichterung kam über ihre Lippen. Noch immer glühte ihre Haut nach und die Hitze hatte die Scheiben beschlagen lassen.

„Wow", stöhnte ich geschafft, während sie voller glück grinste.

„Das war schön." Hauchte sie kaum mehr hörbar und entlockte mir damit ebenfalls ein Lächeln. Ich strich über ihre nass geschwitzten Haare und küsste sie noch einmal sanft auf ihre Stirn. Sie hob angestrengt den Kopf, die Augen halb geschlossen und ließ sich von mir auf ihre seidigen Lippen küssen.

„Ich liebe dich."

„Ich liebe dich auch mein Schatz." Ich atmete angestrengt und meine Augenlider wurden immer schwerer. Das Kopfkissen war völlig verschwitzt, das Laken von unserer Liebe eingesaut. Sie lag schlafend auf meiner Brust und viel zu schnell übermannte mich auch die Erschöpfung und ließ mich ins Land der Träume sinken.

Ich erwachte, mit Cami auf mir, noch immer eng umschlungen in inniger Umarmung. Ihr heißer Atem ging sanft und gleichmässig und ihre Brüste waren an meinen Oberkörper gepresst. Ihre Hörner schoben sich an meinem Hals langsam auf und ab. Wow, dachte ich, das war wieder ein Ritt und hob das Glas vom Nachttisch. Ich nahm einen Schluck, musste aber feststellen, dass die Kohlensäure entwichen, und der Bacardi warm war. Was nicht sonderlich überraschte, bei der Wärme die Cami entwickelte. Wahnsinn, einfach der Wahnsinn, dachte ich. Sex mit Camaela war wohl das schönste Erlebnis, das ein Mann sich wünschen konnte. Ich grinste breiter als ein Honigkuchenpferd. Plötzlich fiel die Tür auf und mein Grinsen wurde von blankem Entsetzen ersetzt.
„Ich sehe, ihr seid endlich mal wieder dazu gekommen. Wurde auch langsam Zeit. Camaela war ja schon leicht zickig die Woche deshalb." Ich war starr und wusste nicht was ich tun sollte. Raphaela stand plötzlich wie ein Geist vor dem Bett und ließ sich völlig relaxt in den Sessel fallen.
„Na Cami schläft wohl noch, da hast dus ihr aber ordentlich besorgt." *Wie, was, ich, äh?*
„Äh, naja."
„Stimmt, als ob du das könntest."
„Was willst du hier? Schon wieder. Warum ziehst du nicht gleich hier ein?" Das Cami und ich noch nackt und eng umschlungen in fast sitzender Position da lagen, schien sie offenbar nicht zu stören. Also versuchte ich mich ebenfalls so normal wie möglich zu verhalten.
„Nein, besser nicht. Ich muss dich ja so schon genug ertragen. Was ich hier tue? Na, nach Cami sehen. Was sonst? Was aber offenbar unnötig war, denn jetzt ist ja wieder alles in Ordnung. Hast ja jetzt auch wieder mehr Zeit." Ungeniert schaute sie auf unsere nackten Körper,

während ich mit einer Hand erfolglos versuchte die Decke zu greifen.

„Gib dir keine Mühe, bei euch gibt's sowieso nichts, das ich nicht längst gesehen hätte." Sie drehte eine Runde mit meinem Sessel.

„Oh, gar nicht schlecht der Sessel, kein Wunder das Flo da ständig drin faulenzt." Ich durchbohrte sie mit fragenden Blicken und erhaschte endlich die Decke, nur um dann festzustellen, das Camaela mit einem Bein darauflag und ich sie nicht nach oben ziehen konnte. *Mist.*

„Ich wollte dich nur noch ein letztes Mal in Kenntnis setzen, dass alles läuft wie geplant."

„Und das musst du mir JETZT sagen?" Ich blickte zeigend auf die schlummernde Cami.

„Ja, irgendwie schon."

„Ich hab Cami heut übrigens noch einmal zur Sicherheit gefragt wo sie feiern möchte. Es bleibt beim Schwimmbad." Raphaela lachte auf.

„Nicht so laut, du weckst sie sonst auf."

„Entschuldige. Das sieht meiner äh unserer Cami ähnlich." Ich strich ihr eine Haarsträhne aus dem Gesicht.

„Ja."

„Dann hätten wir ja alles. Ah, oder nein, gibt's was Neues bezüglich der Anzahl der Gäste?" Raphaela schüttelte den Kopf.

„Nachdem was ich weiß, rechnet Bael zur Sicherheit mit fünfundsiebzig, aber das ist nur eine Vermutung seinerseits. Wie viele tatsächlich kommen, kann noch niemand sagen."

„Oha, okay. Hey vielleicht findest du bei so vielen Dämonen ja mal nen Kerl."

„Haha, Vollidiot. So, dann verschwinde ich mal wieder."

„Im Übrigen hättest du auch anrufen können."

„Hätte ich, aber dann hätte ich nichts zu lachen gehabt." Sie deutete mit ihrem Blick auf mein schlaffes Teil. *Ach verdammt.*

„Bis dann." Mit breitem Grinsen schwebte sie aus der Tür.

„Ihr hättet eventuell abschließen sollen, da kann ja jeder rein", waren ihre letzten Worte, bevor die Tür zu fiel. Ich knurrte. *Diese...* Da steckte sie ihren Kopf ein letztes Mal durch die Tür.

„Zum Geburtstag kriegt Cami einen Keuschheitsgürtel von mir geschenkt, stell dich schon mal drauf ein." Ich hätte mir am liebsten die Haare gerauft, doch ich wollte meine Hände nicht von Camis Rücken nehmen. Ihre Haut, die aus Millionen kleinster Schuppen bestand war einfach zu wohltuend. Ein leichtes Stöhnen entfuhr ihrem Mund.

„Ja, Schatz, schlaf du nur ruhig weiter. Du hast morgen einen anstrengenden Tag vor dir.

„Sind die Raketenwerfer mittlerweile angekommen?"

„Ja, sie werden eben von den Lastwagen in unser Lagerhaus gebracht."

„Sehr gut. Bisher scheint unser Plan gut zu funktionieren. Sind die Söldner auch alle bereit?"

„Ja. Ich hoffe nur dass sie reichen werden. Nach allem was wir von den Dämonen wissen sind sie harte Brocken."

„Sie werden reichen. Auch Dämonen lassen sich umbringen."

„Aber was wenn nicht?"

„Mach dir darüber keine Gedanken. Sie werden sich töten lassen. Und wenn ich ihnen höchstpersönlich ihre Köpfe wegballern muss. Aber unsere Rache lassen wir uns nicht nehmen. Wir haben zu viel Blut, Schweiß und Geld investiert um uns jetzt von diesem Abschaum schlagen zu lassen. Morgen wird unser Tag sein, der Tag der Abrechnung. Seid ihr alle bereit?"

„Ja!" Im Chor riefen die zwei Frauen und vier Männer ihre Kampfeslust hinaus.

„Sehr gut. Dann legt euch jetzt schlafen. Morgen wird ein harter Tag werden. Für uns alle." Lachend standen die anderen von ihren Stühlen auf und ballten ihre Hände zu Fäusten.

„Hörst du uns, Dämon? Wir kriegen dich!" Schrie der junge Mann hinaus, der am langen Ende des Tisches stand und schlug einmal mit der Faust auf den metallenen Tisch.

Marc konnte nicht schlafen. Er lag auf einer einfachen Pritsche und wälzte sich von einer Seite zur Anderen. Zwar schlief er seit dem verhängnisvollen Anruf vor drei Monaten allgemein schlecht, doch diese Nacht war besonders schlimm. Es war die letzte Nacht, bevor er und seine Freunde endlich ihre Rache bekommen würden. Immer wieder ging er alles in Gedanken durch. Immer wieder spielte er verschiedene Szenarien nach, oder dachte an seinen Bruder. Dachte an die pompöse Beerdigung, den prunkvollen Blumenschmuck und die vielen anwesenden Gesichter. Wie fremd er sich gefühlt hatte. Wie die gesichtslosen Menschen miteinander gesprochen hatten. Und keiner der Anwesenden auch nur den kleinsten Versuch unternommen hatte etwas zu tun. Wie er vor seinem Sarg gestanden und ein paar Blumen niedergelegt hatte. Wie er seine Hand auf den teuren Eichensarg gelegt und seinem Bruder ein Versprechen abgegeben hatte. Oder er dachte daran, wie seine Eltern ihn zu einer Psychotherapie drängen wollten. Er lachte leise. *Sie sagten, mein Verhalten wäre nicht normal. Ich müsse loslassen. Reiche verwöhnte Schnösel. Mein Verhalten ist nicht normal ja? Für wen ging denn das Leben danach einfach so weiter, mit dem ewigen Lächeln und der betonierten Fassade? Nur weil mein Bruder mir etwas bedeutet und ich Gerechtigkeit für seinen Tod will bin ich also nicht normal ja? So sei es dann.*
Er dachte daran, wie er sich sein Erbe vorzeitig hatte auszahlen lassen, seine Lebensversicherung, Sparbücher, einfach alles geplündert hatte. Nur für diese eine Sache. Die schon morgen vorbei sein würde. Wie er sich eine eigene kleine Armee aus Söldnern zusammengestellt hatte. Söldner aus Ländern, die er nicht einmal aussprechen konnte und denen es egal war worauf sie schießen würden, solange das

Geld stimmte. Er wusste, dass er nicht alle bezahlen müsste. Sie hatten den Dämon schließlich gut studiert und wussten was sie konnte. Viele würden dabei drauf gehen. Ein notwendiges Übel, das er sogar fest einkalkuliert hatte. Mit viel Glück müsste er so nur die Hälfte der angeheuerten Söldner auszahlen. Die Waffen waren glücklicherweise günstiger zu beschaffen gewesen. Roman, oder wie sie ihn nannten, den Polen, besaß gute Kontakte in Osteuropa. Es war ein Leichtes gewesen die Waffen über die Grenze zu schmuggeln, sagte er. *Na, wenn er das sagt.* Nur die Raketenwerfer, die sie für Notfälle bereithalten wollten, wurden einmal am Zoll aufgehalten. Mit einer guten Portion Charme und viel Schmiergeld, war das Problem jedoch auch schnell gelöst gewesen. Er seufzte, angesichts der Tatsache, dass am morgigen Tag wirklich schon alles vorbei sein sollte. Es hatte ihm viel Spaß gemacht den Anführer dieser kleinen Gruppe zu spielen. Zudem war die Lust nach Rache längst nicht mehr das Einzige was ihn Antrieb. Es war die Vorfreude darauf jemanden zu töten. Obwohl sie ein Dämon war, sah sie aus wie ein Mensch. Was ihn schon beim alleinigen Gedanken daran in einen Rausch versetzte. Er würde ihr eine Kugel durch den Kopf jagen, ihr Hirn an eine Wand klatschen sehen. Ihr das Leben nehmen. Ein wohliger Schauer lief ihm den Rücken hinunter. Freudig blickte er noch einmal auf seine Ausrüstung, die griffbereit neben dem Feldbett lag. Ein taktischer Kampfanzug und alles was dazu gehörte. Einiges davon hatte er bei seiner Grundausbildung bei der Bundeswehr vor ein paar Monaten mitgehen lassen. Die großkalibrige Pistole, die in ihrem Halfter an einem Haken hing, war allerdings neu.

Was ihn aber am meisten in Hochstimmung versetzte, war der Gedanke an das Objekt unter seiner Pritsche. Mehr als das bevorstehende Blutbad, mehr als die Kugeln, die er abfeuern würde. Er lächelte verschmitzt und musste ein Lachen unterdrücken. Schon jetzt rauschte bei dem Gedanken daran das Adrenalin durch seine Adern und ließ seinen Puls in die Höhe schnellen. Ein letztes Mal vor dem Großen Tag holte er das, in ein Leinentuch gewickelte Artefakt hervor. *Ich hoffe du versprichst, was die Legenden über dich erzählen.* Vorsichtig wickelte er es aus und strich über einen grün leuchtendes Juwel. *Falls der Dämon wirklich immun gegen Geschosse ist, werde ich deine Macht in Anspruch nehmen.* Doch noch glaubte er daran, dass die Kugeln der Gewehre sie durchsieben würden. *Sie machen blutiges Hackfleisch aus ihr und dann werde ich auf ihre Leiche spucken.* Der Mond stand fast kreisrund am Himmel, als er einschlief und von Tod und Zerstörung träumte, die er über Camaela bringen wollte. Morgen Nacht würde der Mond voll sein und unter seinem gelben Licht, würde die Erde mit dem Blut eines Dämons besudelt werden.

Zum Glück für Camaela, war sie kein Dämon.

16

Die Kirchturmuhr hatte gerade zum zwölften Mal geschlagen. Verschlafen rieb ich mir die Augen. Ich musste wohl erneut eingeschlafen sein. Camaela lag noch immer auf mir und schlief selig. Dabei hätte ich bei Flo geschworen, sie würde aufspringen sobald die Uhr Zwölf geschlagen hatte. Aber das tat sie nicht.

„Du hast Geburtstag mein Schatz", flüsterte ich in ihre langen spitzen Ohren, über die ich noch zusätzlich strich. Wie Katzenohren knickten sie ab und stellten sich wieder auf, bewegten und drehten sich. Was unheimlich süß aussah. Im Schlaf wischte sie sich mit ihrer Hand immer mal wieder über Diese. Dazu knurrte und fauchte sie und die Ohren zuckten unruhig. Offenbar träumte sie. Ich küsste sie auf ihre Nase. *Na gut, du schläfst sicher noch länger, dann kann ich schon dein Geburtstagsfrühstück vorbereiten.* Vorsichtig schob ich sie von mir herunter, sie fiel zur Seite und zog ihre Beine eng an den Körper. Ich widerstand dem Drang mich an sie zu kuscheln und deckte sie stattdessen zu. Ich schlüpfte in mein Shirt, klaubte die Boxershorts und die Skatershorts vom Boden und schlich zur Tür. Eigentlich war es egal wie leise ich war, würde sie es wollen, sie würde jedes noch so kleine Geräusch wahrnehmen. Ich hätte schon tot sein müssen, um nicht von ihr bemerkt zu werden, wäre sie wach gewesen. Auf Zehenspitzen ging ich die Treppe hinunter, die trotzdem noch Tote durch ihr Gekrächze aufwecken konnte und nahm die zweite Treppe ebenso. Ich schloss die Terrassentür hinter mir und trat ins Freie. Es war saukalt. Dennoch überquerte ich barfüßig die Terrasse, die Überreste der Betontreppe und durchquerte den Garten zum Haus unserer Nachbarn. Eine Straßenlaterne warf tiefe Schatten in die nachtschwarze Gasse zwischen den Häusern. Ich ging den kleinen gepflasterten Weg entlang zur Kellertür, sah mich um wie ein Einbrecher und klopfte dann drei Mal. Quietschend öffnete sich die morsche Holztür. Ein Kopf wurde herausgestreckt.

„Ah, da bist du ja, du bist spät dran", flüsterte Jana leise und winkte mich zu sich.

„Entschuldige, konnte mir ja schlecht einen Wecker stellen."

„Schläft sie?"

„Das hoffe ich. Ist er schon aufgetaut?"

„Ja fast, willst du ihn gleich mitnehmen?"

„Ja."

„Ok, Moment." Sie huschte zurück in den Keller und kam wieder mit einer großen Silberplatte. Sie schnaufte schwer, als sie sie mir übergab.

„Und du bist sicher sie will DAS zum Frühstück?"

„Ja, das bin ich. Danke das du ihn für mich aufbewahrt und vorbereitet hast."

„Keine Ursache. Ich hoffe sie freut sich darüber."

„Das tut sie ganz bestimmt. Na dann, lass ich dich mal weiter schlafen."

„Ach was, ich bin noch gar nicht müde. Ich bin zu aufgeregt. In ein paar Stunden werde ich mit Engeln und Dämonen Geburtstag feiern. Das ist so… unglaublich. Es wirkt so surreal, als wäre das nur ein Traum, den jemand anders träumen würde." *Mein Gott, jetzt fängt die auch noch an zu labern. Hey, ich muss ein Geburtstagsfrühstück vorbereiten.*

„Bist du nicht auch aufgeregt?" Oh doch. Aber das musst du ja nicht wissen.

„Öh, nein. Ich hab nur jeden Tag Sex mit einem Dämon. Als ob mich da eine Dämonenparty noch nervös machen könnte."

„Du bist doof." Ich drehte mich schon um zu gehen, als ich ein Geräusch hörte.

„Hörst du das auch?" Fragte Jana. *Ja leider.*

Ding!

Ding!

Ding!

Ding! Krallen die in Stein geschlagen wurden.

„Och Schatz, jetzt hast du mir die Überraschung verdorben", rief ich hinauf, ohne mich von Jana abzuwenden.

„Woher wusstest du, dass ich es bin?"

„Schatz, du bist die Einzige Person hier, die aus dem Fenster klettert und ihre Krallen in blanken Stein schlagen kann, um eine Wand hinunter zu klettern."

„Gar nich wahr. Dieser Spinnentyp kann das auch."

„Der ist aber nicht real Liebes."

„Oh, okay, dann, dann, beweis es!"

„Ich sehe dein Spiegelbild in einem Fenster."

„Das bin ich nicht. Äh, das ist ein…"

„Versuch gar nicht erst dich rauszureden. Und nimm deinen Schwanz weg vom Frühstück."

„Menno." Beleidigt schwang sie ihren Schweif in die Luft, der gerade noch über mir schwebte.

„Jetzt bin ich dafür extra aufgestanden."

„Das hättest du nicht müssen, ich wollte dir das ans Bett bringen." Ich hörte sie schnuppern und schnurren.

„Versuch gar nicht erst herauszufinden was unter der Abdeckung ist." Das darunter ein Truthahn war, gefüllt mit Hähnchen, das wiederum mit Wachteln gefüllt war, wollte ich ihr so lang wie es nur ging vorenthalten. Jana sah ziemlich verstört aus, wie Cami an der Wand kopfüber hinunter kletterte.

„D, d, d, deine Freundin klettert gerade die Wand da runter."

„Ich weiß, gewöhn dich schon mal daran, Dämonen machen ständig einen auf Spiderman. Nichts wovor man Angst haben muss." Ihr stand der Mund offen. Sicher revidierte sie gerade ihren Plan, zur Party zu kommen.

„Geh du mal ins Bett und schlaf gut. Die Party wird sicher anstrengend." Noch immer von Camis Klettereinlage paralysiert, nickte sie und zog sich wortlos ins Haus zurück.

„So, Schatz, jetzt zu dir", wand ich mich meiner Freundin zu.

„Was ist mit mir?"

„Du wirst ebenfalls zurück ins Bett gehen und bis zum Frühstück schlafen."

„Ich muss nicht schlafen, ich bin ein Erzengel."

„Oh doch, du wirst schlafen!"

„Versuch nicht mich einzuwickeln, pass lieber auf. Hinter dir versucht grad eine Katze dein Geschenk zu mopsen." Hektisch drehte ich mich um, ich hätte den Truthahn nicht abstellen sollen.

Fup!

Ding, ding, ding, ding!

„Haha, reingelegt." Ich sah noch das Paket an ihrem Schwanz, hinter dem Dach verschwinden. *Verdammt! Kleines Luder. Da will man ihr ein Geschenk zum Geburtstag machen und sie klaut es einem vor der Nase weg.* Obwohl es sinnlos war, rannte ich ihr nach, setzte mich nach einem kurzen Sprint dann aber geknickt auf die kleine hölzerne Bank auf der Terrasse. Die himmelblau angestrichen war, aber im Dunkeln aber einfach nur grau wirkte. *Dabei hatte ich mir so eine Mühe gegeben, es vor ihr zu verstecken.* Laut schmatzende Fressgeräusche waren für einen Moment vom Dach zu hören.

„Nicht traurig sein Schatz. Ich habe mich über dein Geschenk sehr gefreut. Es war voll lecker." Wie ein Schatten tauchte sie aus der Dunkelheit über mir auf und versetzte die Oberfläche des Teichs mit sanften Flügelschlägen in Schwingungen.

„Es sollte aber eine Überraschung werden."

„Das war es. Jetzt komm. Ich mache es wieder gut." Sie streckte die Hand aus.

„Komm." Nur widerwillig stand ich auf und ging zum Rand der Holzterrasse. Ich sah in ihre lodernden Augen, die wie Irrlichter in der Nacht schwebten. Obwohl es ziemlich kalt hier draußen war, umschlossen sie mich mit Wärme. Ich nahm ihre Hand und sie zog mich von den Füßen in den Himmel. Sie umschlang mich mit ihrem Schwanz und ich legte meine Arme um ihre Hüften.

„Ist dir nicht kalt?" Fragte ich sie.

„Mit dir nicht." Flüsterte sie zurück.

„Herzlichen Glückwunsch zu deinem Geburtstag." Sie lächelte, so herzlich, das ich die misslungene Überraschung sofort vergaß.

„Danke."

Flo, Maja, Jana, Raphaela, Cami und ich saßen am späten Nachmittag in meinem Zimmer zusammen. Nachdem Camaela und ich, zur Feier des Tages die Schule geschwänzt hatten. *Na wenn das nicht demnächst wieder einen Brief gibt.* Und so gingen wir gemeinsam noch einmal letzte Details durch, plauderten und schlugen zum größten Teil auch nur die Zeit tot. Wobei das eigentlich nur Jana und ich taten. Die anderen waren zu beschäftigt, sich gegenseitig die Hölle heiß zu machen. Flo saß lüstern neben Raphaela, die auf Camis Schoß Platz genommen hatte. Gleichzeitig traktierte sie ihn mit ihrem Schwanz. Maja saß allerdings noch dazwischen. Die diskutierte mit Raphaela aufgeregt über die neusten Frisurentrends, die dem Erzengel allerdings ziemlich egal waren (ihre Haare wuchsen schließlich nicht). Nebenher lief noch der Fernseher, aus dem Cami die neusten Verwicklungen in ihren Lieblingssoaps saugte. Das es Wichtigeres gab, schien hier niemanden wirklich zu interessieren. Zugegeben, es gab ja eigentlich auch nichts zu besprechen, was irgendwie wichtig hätte sein können. Bael hatte alles organisiert. Und Raphaela und Maja hatten ihn so lange mit Forderungen genervt, das er sich umbringen wollte. Es lief also alles wie am Schnürchen. *Wer hätte je gedacht dass ein Ex-Feind mal eine Dämonengeburtstagsparty für uns schmeißen würde.*

Neunzehn Uhr dreißig. Seit einer Stunde stand Camaela im Bad, seit einer halben Stunde allein. Raphaela saß mittlerweile auf dem Sofa im Esszimmer und Jana neben ihr. Maja und ich lümmelten auf den unbequemen Esszimmerstühlen herum. Selbst Raphaela stöhnte angesichts Camis Schminkmarathon. Flo wollte uns vor Ort treffen. Wer hätte das gedacht. Er war schlauer als er aussah.

„Schatz bist du bald fertig, wir kommen noch zu deinem eigenen Geburtstag zu spät."

„Ich bin fertig wenn ich fertig bin."

„Und wann bist du fertig?"

„Wenn ich schön genug bin und du aufhörst durch das Schlüsselloch zu spicken. Dadurch werde ich auch nicht schöner." *Mist ertappt.*

„Du bist schön genug, lass uns gehen, Bael wartet sicher schon."

„Ich weiß."

„Warum bist du dann immer noch da drin?"

„Ähm, naja weil. Ach weil einfach. Ich habs gleich." Das will ich hoffen. Kopfschüttelnd trottete ich zurück zu den anderen und ließ mich auf einen Stuhl sinken.

„Und was sagt sie?" Fragte Jana, doch Raphaela winkte sofort ab.

„Frag nicht."

„Warum?" Da ging die Tür auf und Camaela flog durch die Küche zu uns. Blitzschnell stand ich auf.

„Tadaaaa!" Mir fielen die Augen aus dem Kopf, vor Verblüffung. Und nicht nur mir. Auch die anderen sahen sie mit großen Augen an. Eiskalt lief es mir den Rücken hinunter, sie sah so wunderschön aus. Das Warten hatte sich wirklich mehr als gelohnt.

„Heilige…" Ihren perfekten Körper hatte sie in ein schwarzes Minikleid gehüllt, das sich trägerlos an ihre Haut legte. Ein rotes Band war unter ihrer Brust geschnürt und aufwendige Raffungen ließen es sehr edel wirken. Ein kurzer Rockteil mit zwei Volants schloss es nach unten hin ab. Mein Mund wurde trocken und ich musste mich setzen. Meine Augen wanderten ihren Hals hinauf, blieben bei ihren sinnlichen schwarz geschminkten Lippen hängen, die in einem strahlenden Lächeln geöffnet waren. Ihre Nasenflügel waren leicht gebläht, als ich ihre Augen bewunderte. Dick schwarz eingefasst waren die rot flackernden Flammen und ich meinte zu erkennen, dass sogar die Wimpern getuscht waren. *Wow. Schmilzt die Farbe nicht bei der Hitze?* Ein paar Strähnen ihres schwarzroten Haares hingen ihr ins Gesicht, doch das meiste war zu einem lockeren Pferdeschwanz gebunden. Sie drehte sich auf dem Fuß und präsentierte sich. Eine rote Fledermaus, an einem Haarband hielt die Haare im Zaum. „Gehen wir. Ich bin fertig", sagte sie zwitschernd und hob mir eine Hand vor die Nase. Etwas überrascht sah ich ihre Krallen an, die gefährlich nah vor meinem Gesicht waren. Selbst die Klauen waren für diesen Abend hergerichtet worden. Schwarzer Nagellack bedeckte, die sonst bluttriefenden Mordwerkzeuge. Den man allerdings nur mit der Lupe erkennen konnte, schließlich waren ihre Krallen schwarz!

„Wow Schatz, du, du siehst hinreißend aus", stammelte ich. „Ich weiß, hat ja auch lange gedauert", antwortete sie nur, ganz selbstsicher.

Wie auf Kommando sprangen die anderen Frauen auf und bekundeten ihr, wie gut ihr das Kleid doch stand und wie toll sie geschminkt war. Ich stand derweil daneben und hätte in der Aufregung fast mein Geschenk für Cami vergessen, das ich speziell für sie anfertigen lassen hatte. Zum Glück stieß mich Raphaela heftig mit dem Ellenbogen in die Seite. „Ouuuh!" *Oh Gott, ich glaub sie hat mir die Rippen gebrochen. Wieso tut die sowas nur immer wieder?* Also verschwand ich für einen Moment im Schlafzimmer meiner Mutter und ließ die Anderen verdutzt zurück. Argwöhnisch wurde ich beäugt, als ich mit einer schwarzen Samtschatulle wiederkam, die mit einer roten Schleife umbunden war.

„Alles Gute zum Geburtstag Liebling. Ich weiß du magst keinen Schmuck, aber ich hoffe es gefällt dir trotzdem." Ich öffnete sie nach vorn und beobachtete wie die Gesichter der Mädchen zu strahlen begannen und Camis Schwanz vor Aufregung kein Halten mehr kannte. Ich kam gerade dazu sie zu schließen, als sie mir um den Hals fiel und mich abküsste.

„Danke, danke, danke. Ich liebe dich. Liebe, liebe dich. So sehr." Ich grinste sie breit an.

„Ich dich doch auch." Ich bedeutete ihr sich umzudrehen und legte ihr eine silberne Kette an, an der ein selbst entworfenes C baumelte. Ich war so gefesselt von ihrem Anblick. Sie drehte sich wieder zu mir, grinste und hüpfte quitschend umher. Alle vier Mädchen kreischten nun und lachten und ich dachte nur: Ach was solls, ob ein oder zwei Stunden zu spät, spielt auch keine Rolle mehr. *Obwohl. Eine Partygesellschaft die zu 99 Prozent aus Dämonen besteht, warten lassen? Vielleicht nicht die beste Idee. Aber gut ist ja nicht mein Geburtstag.* Ich warf mich auf die, noch angenehm warme Couch und nutzte die Gelegenheit, um mir noch einmal die Anderen genauer anzusehen. Was ich bei meiner Schwester lieber gelassen hätte. Klar gut, wir wollten feiern und tanzen und Spaß haben, da war es sicherlich nicht unvorteilhaft. Aber das war dann doch etwas übertrieben. Ein Minirock in schwarzem Lack, der nicht größer als ein Gürtel war und ein Top das auch ein Bikinioberteil sein hätte können. Mir wurde fast schlecht bei dem Gedanken, dass sie offenbar nicht einmal einen BH trug. *Was zur Hölle wollte sie damit bezwecken? Gut, eigentlich will ichs ja gar nicht wissen.* Ich schüttelte mich vor Ekel und schmachtete Jana an, beziehungsweise versuchte es nicht zu tun. Sie sah wundervoll aus mit ihrem Ferrari roten Faltenkleid, dass bei jeder Bewegung ihre tollen Beine freigab. Ich seufzte innerlich. Was für eine

Gemeinheit, das mir Cami den Kopf abreißen würde, wenn ich sie länger ansehen sollte. Vielleicht würde aber auch Jana selbst mir vorher einen Tritt in die Weichteile verpassen. Mir lief es in kalten Schauern den Rücken hinunter und in Gedanken hielt ich schützend die Hände vor den Schritt. Das könnte schmerzhaft werden. Zur Sicherheit lenkte ich meinen Blick schnell zu Raphaela, die allerdings nicht weniger hinreissend aussah in einem Pailletten besetzten, weißen Wickelkleid. Dazu trug sie schwarze Stoffhandschuhe, die bis zu den Oberarmen gingen und ein paar schwarze Plateustiefeletten. Um den Hals trug sie ein Collier aus funkelnden Steinen in Silber eingefasst. Wieder seufzte ich.

„Jammer nicht", rief Raphaela plötzlich. Ich zuckte zusammen. *Mist zu laut geseufzt.*

„Ich sag doch gar nichts", versuchte ich mich zu verteidigen. Was angesichts der weiblichen Übermacht allerdings Aussichtslos war. *Hilfe ich will hier weg!*

„Und hör auf Jana auf den Arsch zu starren." Ich schluckte. *Wer hat das gesagt?* Ich bereitete mich innerlich schon auf Schmerzen jenseits von gut und böse vor. In schlimmer Erwartung schloss ich die Augen und biss die Zähne zusammen, wie ich es immer tue wenn etwas wirklich Schlimmes bevorsteht.

„Hab ichs nicht gesagt? Er ist und bleibt ein Waschlappen. Her mit der Kohle Maja." Raphaela dieses Miststück.

„Ihr habt gewettet dass ich Schiss kriege, wenn Cami das mitkriegt, dass ich Jana auf den Hintern gestarrt habe?"

„Aha, wusst ichs doch. Du hast mir auf den Arsch geschaut."

„Ich äh."

„Was hör ich da, du hast jemand anderem als mir auf den Po geschaut?" *Oh verdammt.*

„Äh..."

„Du hast es selbst zugegeben. Versuch nicht dich rauszureden Bruderherz."

„Ich..." *Oh Mist, was mach ich jetzt bloß? Wegrennen vielleicht und verstecken? Nein, schlechte Idee. Camaela würde mich erschnüffeln und mich verprügeln.*

„Was er jetzt grad wohl überlegt?" Hörte ich Jana beiläufig sagen.

„Er überlegt wie er mir entkommen kann. Das klappt aber nicht Schatz. Und das weiß er auch." *Wie was?* Noch völlig in Gedanken versunken sah ich meine Freundin auf mich zukommen.

„Wie er das wieder gut machen will?" Hörte ich Maja neben mir zuckersüß sagen. Da hatte mich Camaela schon am Kragen gepackt und in die Luft gehoben. Sofort schloss ich die Augen so fest, dass es schon wehtat. Ich spürte ihre Hitze näher kommen, dann ihren Atem, der meine Haut erwärmte. Was hat sie jetzt wohl vorhat? Völlig unerwartet pressten sich ihre seidigen Lippen auf meine, und ich schmolz dahin wie Butter. Leblos wie ein Sack Mehl baumelte ich da und ließ mich küssen. Ich versuchte ihn zu erwidern, doch sie war so stürmisch, das ihre Zunge über mein ganzes Gesicht leckte, und ich nicht mitkam.

„Geht ihr schon mal vor, wir kommen gleich nach", sagte Cami etwas undeutlich. Steckte ihre Zunge doch gerade in meinem Ohr. Ich konnte die Mädchen kichern hören.

„Aber nicht zu lange. Es ist schließlich deine Party."

„Der ist doch eh nach zwei Minuten fertig." Schmunzelnd und glucksend, bemerkte ich, wie sie gingen. Ich hörte sie die Treppe hinuntersteigen, dann waren sie zur Eingangstür hinaus. Ich atmete tief durch. War ich froh dass sie weg waren.

„Keine Sorge Schatz, ich bin dir nicht böse. Das war sowieso Raphaelas Idee. Du weißt doch wie gern sie dich ärgert." *Warum überrascht mich das jetzt nicht?*

„Da bin ich ja beruhigt. Und jetzt? Wollen wir auf die Party gehen? Weißt du denn eigentlich schon wo es hin geht Liebling?" Sie hatte mich inzwischen wieder abgesetzt, küsste mich aber weiter unablässig. Dann stoppte sie plötzlich und blickte mich fragend an.

„Auja, äh nein." Sie sah sichtlich verwirrt aus. Dann ließ ich die Bombe platzen.

„Es geht ins Schwimmbad!" Ihre Augen wurden größer und größer, dann begann sie zu kreischen und freudig im Kreis zu hüpfen wie ein Kanninchen.

„Oh mein Gott, oh mein Gott, oh mein Goooooott!" Auf einmal stoppte sie.

„Äh, alles klar?" Sie grinste mich lüstern an und ich grinste zurück. Sofort sprang sie auf mich und klammerte ihre Beine um meine Hüfte. Kurz kam ich ins taumeln, konnte mich aber noch durch einen beherzten Griff an den Esstisch halten. Stürmisch und mit einer ungewohnten Wildheit küsste sie mich und klammerte ihre Hände an meine Schultern. Sie knabberte an meinem Hals, während ich mich völlig losgelöst drehte. Dann fauchte sie und ich fiel nach hinten auf die Couch.

„Schatz, ich will dich jetzt." Hauchte sie wieder an mein Ohr und nestelte am Reißverschluss meiner Hose. Ich half ihr und sie holte sich ohne zu zögern was sie wollte. Ich wusste gar nicht wie mir geschah, als ich ihre Feuchte spürte. Derweil waren meine Finger unter ihren Rock gewandert. Doch bevor ich sie berühren konnte schlug sie sie weg.

„Nein, bitte nicht", raunte sie und dirigierte mich in sich. Da ließ sie sich auf meinen Schoss sinken und ich durfte ihre Enge spüren. Mit ungeahnter Geschwindigkeit und einem Rhythmus, der mir die Sinne raubte, bewegte sie ihre Hüften auf und ab. Kreisend, und fordernd, das ich glaubte ich müsste explodieren. Doch bevor ich das konnte, stöhnte sie und bohrte ihre Krallen in meine Schultern. Mit spitzem Kreischen und tiefem grollenden Gebrüll zuckte sie zusammen und ließ ihrem Orgasmus freien Lauf. Mehrmals kam ich daraufhin ebenfalls, bevor sie von mir herunter stieg und sich vor mich stellte. *Wow, das nenne ich einen*

Quickie. Und ich dachte der Badezimmerquickie war schnell.

„Hui, äh, wo kam das denn jetzt her? Oh Gott Schatz, du blutest." Fürsorglich legte sie ihre Hände auf die Wunden, zog sie aber schnell wieder weg, als ich das Gesicht vor Schmerz verzerrte.

„Mist, und Raphaela ist schon vorgeflogen. Und viel zu spät kommen wir auch noch." Ich hatte kaum Zeit meinen Reißverschluss zu schließen, da zerrte sie mich schon auf und trabte mit mir durch die Küche, die Treppe hinunter und in den Garten.

„Halte durch Schatz." Sie packte mich unter den Armen und hob ab.

„Raphaelchen flickt dich schon wieder zusammen." *Ja, und so lang blute ich halt meine ganzen Klamotten voll. Ist ja nicht so wild, ist ja nur mein eigenes Blut. Und war ja auch gar nicht teuer das Sakko und das Hemd.*

Eine geschätzte halbe Stunde später setzten wir vor dem Schwimmbad auf. Von dem Blutverlust war mir schon ganz schwindelig und ich begann zu taumeln. Meine Knie waren schon ganz weich. Raphaela und die anderen erwarteten uns schon freudig aber auch ungeduldig winkend.

„Was hast du denn wieder mit Michael gemacht?" Hörte ich Jana sagen. Cami sprang derweil hektisch winkend Auf und Ab.

„Du musst Schatzi heil machen, ganz ganz schnell bitte." Der Erzengel schüttelte nur den Kopf und kam auf mich zu *(es könnten natürlich auch zwei oder drei gewesen sein)*. Schon spürte ich ihre heilenden Hände auf mir. Mit der einen griff sie unter meinen Nacken und hob meinen Kopf etwas an.

„Kannst du ihn nicht einmal vögeln ohne ihn gleich fast umzubringen?" Sofort ließ sie den Kopf hängen und zog einen traurigen Schmollmund. Nur Sekunden vergingen und ich war wieder völlig geheilt.

„Geht's wieder?"

„Ja, ja, ich glaube schon."

„Gut." Schon zog sie ihre Hand unter meinem Hals weg und mein Kopf schlug hart auf das Pflaster.

„Autsch."

„Jammer nicht, du stehst doch drauf."

„Ey! Das war echt nicht nett Raphaelchen." Zeterte Cami und legte zärtlich eine Hand unter meinen Kopf.

„Öhm."

„Er wird's doch überleben. Und du, sag nichts, das waren jetzt schon zu viele Informationen. Und du willst doch nicht das mir schlecht wird und dich vollkotze, oder?"

„Ähm."

„Boah, du bist so eklig. Los, hoch mit dir." Sie gab mir mit angewidertem Ekelausdruck auf ihrem Gesicht, die Hand und zog mich vom Boden hoch.

„Danke."

„Nichts zu danken. Ich hab das ja nicht für dich gemacht sondern…"

„…sondern für Cami, ja, ja ich weiß. Du kannst ihr ja schlecht die Feier versauen, durch meinen Tod."

„Hey, der Waschlappen denkt mit." Knurrend ging ich hinter ihr her. Immerhin hielt Camaela meine Hand und lächelte mich verzückt an.

„Oh, jetzt schmollt er, der Lappen. Wie süß." Ich beschloss diesmal nichts zu sagen und fluchte still vor mich hin.

Irgendwann platze ich noch vom vielen fluchen.

„Na alles, wieder fit?" Fragte meine Schwester mich sofort.

„Ja, logisch."

„Ja, deinem Bruderherz geht's wieder gut." Sie drückte mir einen Kuss auf und wir wollten gerade weiter gehen, als Bael neben mir auftauchte.

„Hey", sagte ich, doch er ging direkt über zum Geschäftlichen.

„Meine Leute und i..., nein eigentlich nur meine Leute, haben schon alles klar gemacht, das Buffet ist hergerichtet.

Und die komplette Anlage bereit zum Party machen, relaxen und natürlich auch zum schwimmen. Das Wasser ist vorgeheizt und Musik und DJ ist soweit auch klar." *Einen DJ? Wie Cool ist das denn?*

„Klasse. Seid ihr auf irgendwelches Personal gestoßen? Beziehungsweise, gab es Probleme?" Augenblicklich druckste der Dämon herum.

„Ähm, also naja, Probleme gab es keine, nicht einmal beim aufhängen und verkabeln der Beleuchtung."

„Aber?"

„Nix aber, sagen wir es einfach so, meine Männer hatten schon ihren Partysnack für heute." Ich wusste für einen Moment nicht was ich sagen sollte. Stattdessen stieß ich einen tiefen Seufzer aus und rieb mir die Stirn.

„Naja trotzdem, gute Arbeit."

„Danke. Meine Männer und ich verabschieden uns dann mal."

„Ok, ist gut." Er wandte sich gerade zum gehen und hob noch die Hand, als er noch beiläufig etwas rief, das ich nur gerade so verstehen konnte.

„Noch was, das Buffet ist in Dämonen und Menschen aufgeteilt, ich weiß nur nicht welche Hälfte, welche ist. Aber das findet ihr dann schon noch raus. Bis dann." Da war er schon zu seinen Dämonendienern gelaufen, die, als menschliche Muskelberge getarnt, an seinem Wagen lehnten, um ihm gleich darauf die Tür zu öffnen. Ja, ja Bael war schon ein komischer Dämon. Einen auf dicke Hose machen, aber dann noch selbst auf Schulhöfen Drogen verkaufen müssen. Jeder normale Drogendealer hatte für so etwas doch Untergebene, oder etwa nicht? Auch wenn ich das gar nicht gut heißen konnte. Nein, überhaupt nicht. Aber so lange Camaela und ich ihn auf dem Kieker hatten, würde er sowieso bald zum Ein Euro Jobber werden. Grinsend stand ich da, als ich einen Stoß von hinten verspürte und eine Sekunde später, mit dem Gesicht im Dreck, Pardon auf hartem Waschbeton lag.

„Hat`s wehgetan?" Über mir stand Raphaela und lachte.
„Nein, nicht wirklich."
„Mist. Deine Schwester meinte, ob ich dich nicht aus
deinem Tagtraum holen möchte. Hach, kaum zu glauben das
ihr verwandt seid." Ich hob meinen Blick und mein
aufgeschrammtes Kinn in Richtung Eingangstüre. Mit leicht
trübem Blick, sah ich Maja breit grinsen. Während Cami
schon mit der Nase an der Türe klebte und von unserem
Geplänkel nichts mitbekam.
„Komm hoch du Lappen. Ey, nur am herum liegen heut. Du
lagst doch vor Fünf Minuten erst, und davor ja auch schon
mal. Fauler Sack." *Halt die Fresse du olle Zicke. Du hast
mich doch selbst umgestoßen. Wieder mal.* Ich stemmte
mich auf die Hände und richtete mich auf, strich meine
Kleidung zurecht und ließ den Erzengel einfach stehen.
„Spielverderber." Ohne mich umzudrehen hob ich ihr
meinen Mittelfinger entgegen und schloss zur Eingangstür
auf. *Oh mein Gott, was hab ich mir da bloß für Mädchen ins
Haus geholt…*
„Was hast du denn so lang gemacht Schatz?"
„Nichts, nichts Schatz, lass uns deinen Geburtstag feiern."
Sie nickte energisch und stieß mit beiden Händen die
Doppeltür auf.

Dunkelheit umfing uns und warmfeuchte Luft drückte uns
entgegen.
„Warum ist es hier so dunkel?"
„Ich weiß nicht Süße." Ich nahm Cami an die Hand und wir
gingen in den Eingangsbereich, der wenigstens schwach
beleuchtet war. Raphaela, Maja und Jana liefen hinter uns.
Die Mädchen sahen ein wenig verängstigt aus, im
schwachen Schein zweier Snackautomaten. Wir ließen die
Kasse hinter uns und gingen durch eine Glastür hindurch,
direkt auf die Galerie.
„Hey das kenn ich, aus dem Fernsehen", rief da Camaela
und rannte etwas vor, bis sie etwa in der Mitte des

Überhangs angelangt war und sich über die gläserne Brüstung beugte.

„Ich kann euch…"

Mit einem Mal wurde die ganze Schwimmhalle von den großen Deckenleuchten in ein weißes Licht getaucht, der gewaltige Raum wie ein Blitz durchflutet. Musik dröhnte im selben Augenblick aus großen schwarzen Boxen von der Decke.

„Happy Birthday Camaela", schallte es im Chor vom Rand des großen Schwimmbeckens zu uns herauf. Jubelgeschrei, Pfiffe und andere Partygeräusche erfüllten den Raum.

„…sehen." Cami stand wie angewurzelt da. Ihre Hände am Geländer. Ihr Gesicht strahlte vor Glück. Kleine Dampfwölkchen verpufften vor ihren Augen. Tränen der Freude. Ihr Schwanz kannte kein Halten mehr und zertrümmerte mehrere Fliesen. Sprachlos warf sie die Hände vors Gesicht und blickte auf die Menge, die ihr zujubelte.

„Aaaaahhhh! Du bist der beste Freund den ein Mädchen sich wünschen kann", kreischte sie schließlich, ohne den Blick von der johlenden Menge zu nehmen. Ich genoss das Kompliment und lächelte. Plötzlich fiel sie mir um den Hals und küsste mich so stürmisch das wir auf die Fliesen fielen. Noch immer weinend vor Glück setzte sie sich auf mich.

„Das ist der schönste Geburtstag meines Lebens, und du weißt ich hatte schon viele Geburtstagspartys."

„Ich weiß." Ich sah durch das Glas hinunter in die Menge. „Halt das mal."

„Wie?" Da lagen ihre Kleider plötzlich auf meinem Gesicht. Hektisch zog ich sie weg um etwas sehen zu können. Da brachen ihre mächtigen Flügel schon durch die Haut und entfalteten sich, am gläsernen Geländer entlang, zu ihrer vollen Größe. Ich kam kaum dazu sie zu bewundern, da zwinkerte sie mir schelmisch lächelnd zu, gefolgt von einem Luftkuss. Dann sprang sie beherzt, mit leicht angezogenen Schwingen hinunter und tauchte sie elegant in das kühle Nass, das kaum Wasser verdrängt wurde. Ich sah wie sie unter der Oberfläche dahinschwebte, wie ein Manta. Lautlos und anmutig, die Flügel als riesige Flossen nutzend. Für den Augenblick verstummte die grölende Menge, die nach einem kurzen Blick aus etwa fünfzig Dämonen bestand. Was natürlich nur eine grobe Schätzung war. Gespannt verfolgte jeder das Schauspiel, sogar der DJ, der die Musik für diesen Moment ganz leise gedreht hatte. Umso lauter erschien es, als sie durch die Wasseroberfläche hervorbrach. Wie ein Tornado wirbelte sie um 360 Grad herum, lachte die nass gespritzten Gäste herzhaft an, um kurz darauf wieder im Wasser zu verschwinden.

Wir Vier hatten inzwischen die Treppe genommen und uns zu den Gästen gesellt.

„Ob sie da auch nochmal rauskommt?" Fragte jemand neben mir.

„Spätestens wenn sie Hunger kriegt." Sagte eine weibliche Stimme irgendwo in der Menge. Ich musste schmunzeln. *Wie wahr, wie wahr.* Kaum hatte sie es ausgesprochen, tauchte am Beckenrand Camis krallenbewehrte Hand auf, kurz darauf die Andere. Mir blieb die Spucke weg, als sie sich wie ein Bademodenmodel aus dem Becken zog und die Hände lasziv in die Hüften stemmte. Ich hatte meine Freundin ja schon öfters in aufreizenden Kleidern und auch nackt gesehen, aber das war der Wahnsinn. Sie trug ein schwarzes Triangelbikinioberteil, das ihre Rundungen perfekt zur Geltung brachte. Und dazu passende Hotpants, durch die ihre Knochenplatten sich deutlich abzeichneten. Mir wurde ganz anders bei dem Anblick, der Klos in meinem Hals wurde immer größer. Mal ganz zu schweigen von dem Ding in meiner Hose. *Deshalb wollte sie meine Finger vorhin nicht spüren, sie wollte mich damit wohl überraschen. Das ist ihr definitiv gelungen.* Sinnlich strich sie sich eine Strähne hinters Ohr und gewährte mir einen Augenaufschlag voller Sex und Magie. Es war, als wäre sie aus einem Traum entsprungen. Etwas abträglich waren nur die Wasserfälle, die aus ihren Augen flossen. Plötzlich streckte sie eine Faust in die Luft.

„Lasst uns feiern, wooohooo!" Schrie sie der Menge zu, die klatschte und jubelte und die Arme in die Luft warf. Vor Freude machte sie Luftsprünge und die Gäste tobten. Unsere Blicke trafen sich. Ihrer war der eines Tigers, ihr Gang der eines Geparden. Lasziv und voller Lust.

„Gefällt dir was du siehst Schatz? Zu dem hat mir deine Schwester geraten." Mir stand der Mund offen. Ich war sprachlos und stand völlig neben mir.

„Schatz?" Völlig abwesend starrte ich sie an.

„Halloho? Ich glaube es ist doch besser du gibst mir meine Kleider wieder. Ich meine, ist schön das es dir gefällt, aber du weißt das ich es nicht mag wenn man mich anstarrt."

„Wie? Was? Oh, ja klar." Ich fühlte mich wie an unserem ersten Treffen. Wie ein nervöser Junge vor seinem ersten Date reichte ich ihr die Sachen. Wie vor Monaten die Decke, nachdem sie ohne Kleidung in meinem Zimmer gelandet war. Auf was für seltsame Gedanken man kommt, wenn man seine Freundin anstarrt ist schon manchmal seltsam. In dem Moment wurde mir nämlich klar, dass ein Teleportationszauber, bei dem sich sämtliche Kleider auflösen, ziemlich dämlich ist. *Ich mein, wie bescheuert ist das denn? Und wenn Cami jetzt nicht schlank und sexy gebaut gewesen wäre, sondern eher vom Typ fette alte hässliche Großmutter? Dann wäre ich jetzt blind. Andrerseits wäre ich dann jetzt wohl auch noch Single. Vielleicht aber auch nicht. Ob ich sie mir dann eventuell schön getrunken hätte? Flo hätte das sicher gekonnt. Der könnte sich auch unsere Englischlehrerin schön trinken. Und die ist eher das alte verschrumpelte Hausmütterchen. Apropos trinken. Wo treibt sich der eigentlich herum? Sicher an der Bar. Hoffentlich hat Bael an die Bar gedacht. Ob ich da auch einmal vorbei schauen sollte? Ach nein, noch nicht. Sicher will Cami mir erst noch ein paar Leute vorstellen.*

„Weißt du was mit ihm los ist?"

„Nicht wirklich."

„Meinst du ein erfrischendes Bad im Schwimmbecken wird ihn wieder normal machen?"

„Klar. Versucht es."

„Dann auf Drei."

„Eins."

„Zwei."

„Drei!"

PLATSCH!

17

„Das war absolut fies."

„Entschuldige Schatz. Aber du hast mich angestarrt."

Eigentlich ja nicht, aber ok. Klitschnass saß ich mit einem Handtuch um den Nacken auf dem gekachelten Rand eines Whirlpools, der leise vor sich hin sprudelte.

„Ich weiß." Breit grinsend stand Camaela vor mir, während ich gerade mein Sakko auswrang und es neben mich legte.

„Na hat dir mein Auftritt soooo gut gefallen?"

„Oh jaaaaa."

„Das freut mich. Hier darfst du noch einmal einen Blick drauf werfen, bevor ich mich wieder anziehe." Freudig erregt lächelte ich, als sie für einen Moment das große Handtuch öffnete, dass sie sich umgebunden hatte, und mir ihren Bikini zeigte. Der Himmel.

„Ach ja, darf ich dir jemanden vorstellen?" Plötzlich wurde mir das Paradies vor der Nase zugeschlagen und zwei Mädchen standen neben Cami, die gerade das Handtuch über der Brust verknotete. Noch verdattert vom abrupten Ende meiner höchst eigenen Peep Show, sah ich nach links und rechts. Das eine Mädchen war Jana, das andere eine Dämonin.

„Das ist Dione. Die Beiden haben dich ins Wasser geworfen. Du warst ja wie weggetreten."

„Dione, mein Freund. Mein Freund, Dione."

„Hi", sagte sie und winkte mir. Ich sah an Cami vorbei und schenkte ihr ein gewinnendes Lächeln.

„Schön dich kennenzulernen Dione."

„Ach ja Schatz, du bist ein Luder. Habe ich das schon einmal erwähnt?"

„Äh, kann sein." Aus den Augenwinkeln konnte ich sehen, wie beide Mädchen fast zeitgleich eine ihrer Brauen hoben und die Arme vor der Brust verschränkten. *Gruselig.* Und dann diese Dione. Irgendwie machte mir diese weibliche Dämonin doch ein klein wenig Angst. Ihre Haut grau, die schulterlangen Haare weiß wie Schnee und Unterarme die mit einer Reihe knöcherner Stacheln besetzt waren, jede so lang wie meine gesamte Hand. Spitze Dornen die hinter ihrem Rücken hervor ragten und ihr Gesicht, trotz frechem Lächeln, glich es einer grotesken Totenmaske. Sie besaß keine Nase, nur Löcher, ihre weißen pupillenlosen Augen leuchteten gespenstisch. Gebogene Fangzähne im ganzen Mund und Dornfortsätze aus den markanten Wangen, ließen mich doch schlucken. Ihr Kleid war allerdings unglaublich. Ein kurzes Cocktailkleid aus schwarzem und türkisfarbenem Material, mit einem netzartigen Einsatz auf einer Seite. Beiläufig hörte ich die Mädchen sich darüber austauschen.

„Wow Dione, wahnsinniges Kleid. Chezara?"

„Jup, aber schon vor ein paar Monaten. Ich hatte bisher nur nie die Gelegenheit es zu tragen."

„Hehe, glaub ich. Ein Wolf oder?"

„Ja, Terrorwolf und noch irgendetwas Anderes."

„Cool." Ich blinzelte kurz zu Jana herüber, die etwas unbeteiligt dabei stand und sich wohl fragte was ein Terrorwolf war. *Würde sie, wenn sie das wahre Ich des Dämons sehen könnte, wohl auch noch so entspannt daneben stehen?* Ich schmunzelte. Im Leben nicht. Jana würde sich gerade wohl eher auf der Toilette übergeben.

„So. Genug Spaß für dich, für heute. Du kommst jetzt mit, ich will dich noch ein paar anderen Freunden von mir vorstellen." Meine Freundin packte mich ohne Gnade am Unterarm und zog mich hoch.

„Wir sehen uns später noch, amüsiert euch gut", war das letzte was ich in dem Moment hörte, als ich in die Menge gezogen wurde. Treibsand und Hilfe, waren alles was ich zu der Zeit dachte. Immerhin hatte sie das Anziehen vergessen. Und im Nachhinein war es dann auch gar nicht so schlimm. Mal ganz davon abgesehen, das die weiblichen Dämonen mich anstarrten, wie ein ausgehungerter Löwe ein Steak *(Hey wir haben hier ein Buffet Ladys und ich gehöre ganz sicher nicht dazu).* Ich hätte mir doch etwas anziehen sollen, um meinen nackten Oberkörper zu bedecken. Aber gut, hinterher ist man immer schlauer. Und wenn man so darüber nachdenkt, waren die weiblichen, im Gegensatz zu den Männlichen, noch ganz angenehm.

Die nämlich, lachten entweder über mich, weil ich ja nur ein Mensch war, und somit keine Konkurrenz für ihre Männlichkeit. Oder aber sie sahen mich als Konkurrenz *(gerade die Kleineren)* und wetzten schon ihre Klauen um mich irgendwann um die Ecke zu bringen und mich dann als Paarungsgeschenk darzubringen. Ich fühlte mich doch ein klein wenig unwohl.

Noch immer schleifte Cami mich von einer Freundin zur nächsten. Hin und wieder zu einem Kumpel *(von denen sie offen gesagt doch ein paar zu viel hatte für meinen Geschmack)* und dann ans Buffet, an dem sie sich allerdings nur das ein oder andere Glas Bowle genehmigte. Sie war so aufgeregt und so überspannt, dass sie darüber hinaus sogar das Essen vergaß. Wie einen Schoßhund schleifte sie mich mit. Wenn sie gekonnt hätte, hätte sie mich sicher in eine Handtasche à la Paris Hilton gesteckt. Die musst du kennen lernen und die, und den auch noch. Kennst du den schon? Das war der reinste Stress. Einmal sah ich meine Schwester, die mit einem Dämon redete. Offenbar verstanden sie sich gut. Hoffentlich nicht zu gut.

„Mach dir keine Sorgen", sagte Cami immer wieder, „meine Freunde sind alle ganz nett, die würden niemanden hier im Raum auch nur ankratzen. Nicht einmal Raphaela." *Dein Wort in Gottes Ohr Liebling.* Irgendwann entdeckte ich Flo, der mit Raphaela an der, extra aufgebauten, Bar saß. *Zig weibliche heiße Dämonen und er sitzt ausgerechnet mit Ihr an der Bar? Die werden doch beide nicht jetzt schon blau sein?*

„Oh, hey Schatz, siehst du die da drüben?" Schon völlig entnervt schaute ich in die Richtung, in die Camis Finger zeigte.

„Ähm, ist das ne Fangfrage?"

279

„Die Grüne." Ah eine Information, die ich zur Abwechslung mal gebrauchen konnte. Wie eine Oase in der Wüste, blitzte eine Dämonin mit grüner Haut, aus der sonst eher schwarzen und roten Masse heraus.

„Ja, sehe ich, und?" Da drehte sich die Schlangendämonin unverhofft um.

„Wow, die ist ja Wahnsinn, ich hätte nicht gedacht das Dämonen so heiß sein können." *Hoppla, zu laut gedacht.* Camaela sah mich abschätzig mit geschlitzten Augen und zusammen gepressten Lippen an.

„Wag es ja nicht daran zu denken. Ich glaube ich muss dir mal in den Kopf beißen. Nur so." *Was zum? Hilfe. Hilfe.* Demonstrativ fletschte sie ihre Zähne.

„Dämonen, nicht Erzengel. Dass Erzengel heiß sind wissen wir ja. Aber sieh sie dir nur mal an, in ihrem Lederteil. Das ist einfach heiß."

„Das Lederteil, wie du es nennst gehört Chezara, einer meiner ältesten Freundinnen da unten. Die ich dir gerade vorstellen wollte."

„Ups. Egal. Trotzdem ist sie heiß."

„Es geht das Gerücht um, ihr Vater habe Sex mit einer Blutviper gehabt. Natürlich ist das nur ein Gerücht, ich bin mir fast sicher, das ihre Mutter eine Go,.. Go…"

„…Gurke war?" Cami schaute mich total verwirt an, bis mir bewusst wurde, was ich da eben gesagt hatte.

„Äh."

„Nein. Goooo, ah, Gorgone. Ihre Mutter war eine Gorgone. Ist sie noch immer heiß?"

„Ähm." Darauf mit der Wahrheit zu antworten war nun sicher nicht das schlauste.

„Bevor du was sagst. Ihr Kleid ist aus Menschenhaut."

„Ich glaub mir wird schlecht", sagte ich und machte die passende Geste dazu.

„Nicht nur dir. Naaaaa, noch immer heiß?"

„Na ja."

„Sie hat von solchen Sachen den ganzen Kleiderschrank voll."

„Du legst es echt drauf an, dass ich heut noch kotze, kann das sein?"

„Könntest du Recht haben. Aber vorher wirst du mir zwei Gläser Apfelsaft holen, danach darfst du gerne kotzen, soviel du willst."

„Zwei?"

„Eins für mich, eines für Chezara."

„Ich äh."

„Büüüütttee."

„Bin schon weg." Diesem süßen Blick kann man einfach nicht widerstehen.

Ich kam gerade zu Cami zurück, als Chezara ebenfalls dazu stieß, und ich ihr gerade noch die beiden Gläser übergeben konnte.

„Hey, hi Cheza, na hat alles geklappt?" Die beiden umarmten sich überschwänglich und lachten wie zwei verknallte Teenies.

„Hi Camaelchen. Jup, Gabriel hat uns sogar Asmodeus als Eskorte mitgegeben. Ein echter Vollarsch, aber da läuft man gleich wesentlich schneller." Chezara lachte und roch dann an ihrem Kleid. Während Cami leise knurrend vor sich hin murmelte.

„Der sollte euch doch selbst hinbringen. Arsch."

„Ich hoffe nur dass ich jetzt nicht stinke, nach dem Marsch durchs stinkende Labyrinth." *Sie trägt die Haut einer verwesenden Leiche. Stinkt die nicht immer?*

„Riech mal dran."

„Nein, ich werd jetzt nicht an dir riechen."

„Och komm schon, bitte. Du sollst ja auch nicht an mir riechen, sondern an meinem Kleid. Oder riechen meine Haare etwa auch? Oh Gott, sie riechen stimmts?"

„Cheza?"

„Ja?"

„Entspann dich, es ist alles in Ordnung."

„Puh, da bin ich aber beruhigt. Klasse Party im Übrigen. Wesentlich besser als die letztes Jahr. Und wer ist eigentlich dein Freund, der, der da so verloren rumsteht?" *Wie, was, verloren?* Ich sah mich zu beiden Seiten um.

„Danke. Das stimmt. Hat diesmal ja auch alles mein Schatz organisiert. Ähm das, das ist übrigens mein Schatz. Von dem ich dir erzählt hab. Michael, darf ich dich bekannt machen, das ist Chezara."

„Freut mich endlich deine Bekanntschaft zu machen Michael. Cami hat mir schon viel von dir erzählt." Sie reichte mir ihre klauenbewehrte Hand, die ich dankend annahm.

„Echt? Oh mein Gott. Ich meine, äh, gleichfalls. Hey hübsches Kleid hast du da an." *Puh, das nenne ich einen guten Themenwechsel.* Camaela schüttelte angefressen den Kopf über mein Kompliment und machte das überall auf der Welt gültige Zeichen für, sei still, oder auch, ich hack dir den Kopf ab. Ich glaube in dem Moment stand es wirklich für: Ich hack dir gleich den Kopf ab. *Ok, doch kein guter Themenwechsel.*

„Ähm Danke, es ist aus der Haut von Dschingis Kahn. Er braucht sie da unten nicht mehr." Ich spürte wie sich mir der Magen abermals umdrehte. *Hätte ich bloß nichts gesagt.* Das Buch von Amun`zul war damals ja schon schlimm gewesen, aber ein ganzes Kleid aus Menschenhaut war echt zu viel. Naja fast. Darauf musste ich erst einmal etwas trinken. Trinken, genau das Stichwort, noch immer stand Cami mit ihren Gläsern da. Sofort knuffte ich sie mit dem Ellenbogen in die Seite.

„Oh, äh, hier, ich hab dir etwas zu trinken mitgebracht. Ich hoffe es schmeckt dir. Es ist Apfelsaft. Musst du unbedingt probieren." Etwas verwirrt schaute sie auf das Glas, das Cami ihr soeben in die Hand gedrückt hatte, während Cami mich mit nach oben gezogenen Lippen grimmig anschaute.

Es dauerte einen Moment, in dem sie auf die gelbliche Oberfläche starrte, bevor sie ihre Worte wieder fand. „Danke." Sie schnüffelte kurz neugierig, ob des fremden Geruchs. Dann konnte ich sehen wie eine lange gespaltene Schlangenzunge zwischen einer Furche zwischen den Lippen hervor trat und sich langsam in Richtung Saft bewegte. Zaghaft nahm sie einen Tropfen der Flüssigkeit auf.

„Ja, ist ganz in Ordnung. Aber mir steht der Sinn doch eher nach etwas härterem. Können wir kurz an die Bar gehen?"

„Ja klar, warum nicht."

„Super. Moment." Das Schlangenmädchen wandte sich unverhofft an mich.

„Darf ich dir deine Kleine kurz an die Bar entführen? Ich bringe sie dir auch gleich wieder, einverstanden?" Ich nickte freundlich, auch wenn mir es überhaupt nicht passte. Beste Freundinnen waren etwas sehr gefährliches. Sicher würden sie über mich reden. Raphaela und Camaela zusammen waren ja schon schlimm genug. Die Zwei drängten sich durch die Menge und setzten sich an die Bar, an der sich die Schlangendämonin auch gleich etwas mixen ließ, (wir hatten sogar Dämonenbarkeeper). Der aber ganz normal aussah in seiner Menschenverkleidung. Bael hatte wirklich an alles gedacht. Seine Leute hatten doch tatsächlich das gesamte Buffet und die Bar am Beckenrand aufgebaut, was wirklich super war. Jedes mal, wenn man einen Drink wollte, den Gastronomiebereich im ersten Stock aufsuchen zu müssen, hätte die Party wohl buchstäblich ins Wasser fallen lassen.

Während die zwei Frauen schon angeregt miteinander tratschten, gab es mir die Gelegenheit mich ein wenig zurück zu ziehen. Obwohl ich mich ja eigentlich volllaufen lassen wollte. *Verdammt. Wie soll ich denn jetzt hier Spaß haben?*

„Was gibt's Cheza? Schön dass du kommen konntest, es bedeutet mir viel das du da bist. Eine Party wäre nur halb so lustig ohne dich."

„Danke für die Blumen, aber ich wollte dich nur auf etwas hinweisen."

„Was denn?"

„Du hast gar nicht erzählt, das dein Freund ein Mensch ist, das weißt du schon oder?"

„Klar weiß ich das, mach dir mal keine Sorgen. Warum glaubst du wohl feiere ich auf der Erde und nicht unten?"

„Dann ist ja gut. Ich dachte du würdest hier feiern wegen Raphaela, weil sie doch nicht nach unten kann."

„Das wäre natürlich auch ein Grund gewesen. Nein, ich feiere hier weil ich auf der Erde schon viele Freunde gefunden habe und ich dachte es wäre mal etwas anderes, als immer zwischen Lava und schwarzen Steinen zu feiern. Wie du siehst ist mir die Party gelungen."

„Ja, die ist dir wirklich gelungen, aber das konntest du ja schon immer, also Partys schmeißen", antwortete Chezara und rührte mit dem Schirmchen in ihrem Drink herum, bevor sie einen kräftigen Schluck der Bloody Mary nahm, „Ah, das ist schon besser. Sorry, aber dieser Apfelsaft ist wirklich nichts für mich. Trinkst du nichts?"

„Nein, ich darf nicht. Bei Alkohol muss ich immer Feuer speien." Chezara nickte verständnisvoll.

„Das ist schade, vor allem an deinem Geburtstag." Cami seufzte.

„Wem sagst du das. Aber wenn ich hier die Bude anzünde killt mich mein Freund."

„Camaelchen, das hier ist doch ein Schwimmbad, so mit Wasser und so?"

„Ähm…"

„Das hast du vergessen stimmts?"

„Möglich."

„Darf es was bestimmtes sein?"

„Das was mein Freund immer trinkt."

„Was ist das?"

„Öhm."

„Ich rate mal so, das hast du auch vergessen?"

„Nein gar nicht, ich weiß es nur gerade nicht."

„Aha?"

„Irgendwas mit Alkohol."

„Nein wirklich? Kleines, dann bestell ich dir was." Cami nickte nur.

„Einmal Wodka Orange für meine Freundin bitte."

Ich hatte mich in der Zwischenzeit in meine Badeshorts geschwungen und dümpelte etwas lustlos im großen Becken herum. Neben mir hatte sich Flo breit gemacht, die Füße Im Wasser, und die Zigarette im Mund. Er nahm einen großen Schluck aus seinem Glas und stellte es wieder neben den Beckenrand. Das ein paar Meter hinter uns an der Bar gerade eine meterhohe Flammensäule empor schoss, hatten wir mit einem einstimmigen Nicken beiderseits, einfach mal, naja abgenickt.

„Hey gib mir auch mal nen Schluck." Ich schwamm um seine Füße herum und versuchte nach seinem Glas zu greifen, das er mir dummerweise vor der Nase wegzog und den Alkohol auf einen Zug hinunter kippte.

„Nö, meins. Hol dir selbst was."

„Verdammt." Er zog gelassen an seiner Zigarette und lies meine Frustration einfach an sich abprallen.

„Sag ma, wer ist denn das heiße Mädel bei Camaela?"

„Die Grüne?"

„Grün? Na die in dem Lederteil."

„Das ist Chezara, ihre beste Freundin, also lass lieber die Finger von ihr."

Platsch!

„Flo?" Ich verdrehte die Augen, als ich meinen Kumpel in Richtung Bar schlendern sah. *Idiot. War ja klar dass er sie anbaggern geht. Zuerst Raphaela und nun Die? Masochist.*

Ich drehte mich wieder um und legte die Arme auf den Beckenrand. *Wo ist denn Raphaela eigentlich hin?* „Bombeeeeee!" Schrie da ein Dämon und sprang neben mir in das Becken. Eine riesen Welle klatschte mir ins Gesicht. *Na Danke auch.* Ich wischte mir das Wasser aus dem Gesicht und sah dem Idioten hinterher, der da so bescheuert war. Viel war von ihm nicht zu sehen. Nur eine Art Kamm aus langen Stacheln ragte aus dem Wasser hervor, zwischen denen Haut gespannt war und einer Art Flosse sehr nahe kam. Auch konnte man erkennen dass sein Rücken geädert von Türkisfarbenen Blitzen war, was wirklich cool aussah. Der Dämon glitt unter der Wasseroberfläche entlang, als wäre es sein Element. Vermutlich schwamm er in der Hölle in den zahllosen Blutseen. Ich sah ihm ein paar Minuten dabei zu. Schon praktisch wenn man nicht zum atmen auftauchen musste. Als er aus meiner Sichtweite verschwand, legte ich den Kopf zurück und schaute mir die Party etwas an. Die Stimmung war ausgelassen, aber doch sehr laut. Dämonen tanzten und sprangen umher, während aus den Boxen harter Deathmetal hallte. *Wenn die hier anfangen zu moshen haben wir ein echtes Problem.* Die meisten der Dämonen waren relativ unauffällig gerade so groß wie Menschen, doch zwischendurch gab es auch recht ausgefallene Exemplare. Zwei, drei Meter groß, oder aber so bullig und gruselig, dass man sie als Mensch besser gemieden hätte. Nach einiger Zeit entdeckte ich dann auch Raphaela wieder. Sie stand auf der Empore, übers Geländer gebeugt und sah recht deprimiert aus. Als sie meinen Blick entdeckte, zog sie sich zurück. *Was wohl mit ihr los ist?* Eilig sprang ich aus dem Wasser und ging ihr hinterher. Fragte mich jedoch auf halbem Weg weshalb. Ich seufzte und stieg die Treppe hinauf. Ich bin einfach zu nett. Nach einem kurzen Rundumblick entdeckte ich sie draußen vor der Tür stehend. Kopflos wie immer, ging ich ihr hinterher. „Was gibt das wenns fertig ist?" Keifte sie mich sofort an.

„I, ich wollte nur nachschauen wie es dir geht, du sahst recht traurig aus."

„Bist du jetzt völlig übergeschnappt?"

„Na ja. Vermutlich. Und obwohl du mir ständig auf die Eier gehst und Schlimmeres, sind wir ja doch irgendwie Freunde."

„Den Scheiß hast du von Flo nicht?"

„Schon."

„Ich weiß nicht ob ers dir schon erzählt hat. Aber ich habe kein Interesse daran eure Freundin zu werden. Ich gebe mich nur mit euch ab, weil es Camaela tut. Ist das soweit verständlich?"

„Oh, okay, nein hat er nicht."

„Gut, dann weißt dus jetzt von mir. Und nein, ich bin weder deprimiert, noch traurig. Ich mag einfach nur keine Partys. Punkt. Aber meine Süße tuts, also unterstütze ich sie dabei so gut ich kann." Ich stellte mich neben sie.

„Weißt du, du bist echt ne gute Freundin." Sie funkelte mich böse an.

„Geh bloß wieder rein, bevor du dir noch was abfrierst. Ich hab kein Bock, dich schon wieder heilen zu müssen." Ich nickte mit klappernden Zähnen.

„Ist gut."

„Was hast du dir nur dabei gedacht in der Badehose rauszugehen Schatz?" Ich sah Camaela schräg von unten an, während ich mich im Whirlpool aufwärmte. Sie hatte sich hingekniet, die Ellenbogen auf dem Rand und den Kopf in die Handflächen gestützt.

„Ich? Gar nichts."

„Warum warst du überhaupt draußen?"

„Ach, ich Depp wollte Raphaela Gesellschaft leisten, sie wirkte so niedergeschlagen."

„Du bist echt doof Schatz. Sie war schon immer so, sie mag einfach keine…"

„…Partys ich weiß."

„Ich wollte eigentlich Geburtstage sagen."

„Mir hat sie was Anderes erzählt."

„Raphaelchen halt. Partys, Geburtstage, alles dasselbe für sie."

„Komische Frau." Cami lachte nickend. „Aber gibt schlimmeres."

„Oha, seit wann das? Was denn?" Ich grinste sie mit zusammengebissenen Zähnen an und sah ihr tief in die Augen.

„Das ich mir da draußen fast die Eier abgefroren hätte."

„Oh." Sie grinste kurz und begann zu kichern.

„Na dann muss ich wohl mal nachschauen ob noch alles dran ist." Augenblicklich sprang sie auf und stürzte sich kopfüber in das sprudelnde Wasser. Ich spürte wie sie mir unter Wasser die Badehose auszog. Ich begann zu japsen und fuchtelte wild mit den Armen umher. Ihr Schwanz schwang wild und unkontrolliert in der Luft herum.

„Wa, was hast du vor?" Rief ich. Da tauchte ihr Kopf wie ein Fels aus dem Wasser auf, hinter ihren Hörnern floss das Wasser wie kleine Niagarafälle hinab. Lasziv öffneten sich ihre Augen, die sogleich die orange lodernden Flammen freigaben.

„Ich muss doch sichergehen, dass da nix erfroren ist und noch alles funktioniert." *Die kommt auf Ideen. Schön und gut wenn sie das „nachprüfen" will, aber wenn zwei Meter weiter ihre Geburtstagsparty läuft?* Ich konnte von hier aus, die zuckenden Lichter und die Musik hören, sogar ein paar Gesprächsfetzen konnte ich entziffern. Flo schien gerade irgendeine Dämonin anzugraben.

„Offenbar hast du dir wirklich etwas abgefroren Schatz. Er ist so schlaff." *Wen er da wohl gerade anmachte?*

„Halloho?"

„Wie was? Tut mir Leid Süße, ich war in Gedanken versunken. Du darfst gern weiter machen wenn du magst."

„Das muss ich mir schon stark überlegen." Sie kniff die Augen zusammen und sah mich fast schmollend an. Ich lächelte sie nur an. Ich wusste dass sie sich von mir nicht abhalten lassen würde. Sogleich verschwand sie wieder unter Wasser, so stürmisch das sie ihren Schwanz gegen die Decke schlug und mehrere Kacheln heraus brachen. Ich spürte zwischen den sprudelnden Blasen wie sich ihre Lippen um meinen Aufstand stülpten. Mein Herz raste. *Wenn uns nun jemand erwischt? Ach was solls.* Ich streckte meine Arme nach links und rechts aus und hielt mich an der Einfassung des Beckens fest. Gleichzeitig versuchte ich mit aller Kraft dagegen anzukämpfen keine allzu lauten Lustgeräusche zu machen. Musste ihr aber doch mitteilen wie gut sie das tat was sie tat.

„Oh Schatz, das tut so gut, mach weiter, hör nicht auf", stöhnte ich.

„Wer soll mit was nicht aufhören?" Erschrocken riss ich die Augen auf und sah nach rechts. Da stand meine Schwester.

„Hast du Camaela gesehen? Ich wollte sie was fragen." Sofort sah ich an mir herunter in das Sprudelbecken. Keine Camaela. Nur eine gewaltige Beule in meiner Badehose.

„Halloho, hast du sie gesehen?" *Hatte ich das eben nur geträumt? Mist, ich war wohl eingeschlafen. War ja auch zu schön um wahr zu sein.*

„Nein, habe ich nicht. Was gibt es denn?"

„Nichts", sagte sie unschuldig, „und wenn ich dir das sage, lässt du eh bloß wieder den Bruder raushängen."

„Ich und den Bruder raushängen lassen? Das wollen wir doch mal sehen."

„Darf ich vorstellen. Kronos." Da trat ein Dämon hinter der Wand hervor.

„Hi", sagte er schuldbewusst. *Oh nein, ich wusste es. Sie hatte sich so zurecht gemacht um einen Dämonen aufzureißen. Was sie ja wohl offensichtlich geschafft hatte.*

„Ich wollte mich bei ihr für die Party bedanken und verabschieden. Kronos und ich wollten noch ein wenig um die Häuser ziehen und sowas." *Und sowas. Aha. Soll ich jetzt was dazu sagen? Wenn ich etwas sage heißt es wieder ich bin ein nerviger Bruder. Aber sollte ihr nicht jemand sagen mit was sie da ausgehen wollte? Klar für einen Dämonen sah er jetzt weniger furchterregend aus als Berial oder vielleicht Nephilion, was ihn natürlich nicht harmloser machte. Er wirkte mit seiner bronzefarbenen Haut sogar ein wenig edel. Trotzdem. Wenn sie wüsste mit was sie da weggehen will, würde sie es auf der Stelle lassen.*

„Sagst du ihr dann Bescheid Bruderherz? Wir gehen dann mal. Ich habe Kronos noch viel zu zeigen." Ich sah noch wie sie ihm zuzwinkerte und mit ihm Hand in Hand davon ging. *Verdammt. Ich verzog das Gesicht. Ich will gar nicht wissen was sie ihm alles zeigen will. Na gut was solls. Was soll schon passieren. Sie ist erwachsen und darf schlafen mit wem oder was sie will. Hey immerhin fallen Geschlechtskrankheiten oder eine ungewollte Schwangerschaft aus. Von daher ist es für sie vielleicht sogar sicherer als mit einem normalen Typen. Und da Cami mir versichert hat das sie harmlos sind wird er das wohl auch sein. Haken an der Sache ist nur, das meine Schwester nicht harmlos ist. Der arme Dämon. Da hat er sich auf etwas eingelassen. Er wird nicht wissen wie ihm geschieht, wenn ihn erst einmal meine Schwester in ihren Fängen hat.* Grinsend stieg ich aus dem Whirlpool. Meine Finger und Zehen waren schon ganz verschrumpelt. *Wo Camaela wohl steckt?* Ich schlüpfte in ein paar Badelatschen und bog um die Wand, hinter der die Party in vollem Gang tobte. Mittlerweile war der Boden bedeckt von dicken dampfenden Schwaden und aus den Boxen dröhnte laut eine mir unbekannte, psychedelische Musik, die die Dämonen in Trance zu versetzen schien. Bunte Scheinwerfer warfen gespenstisch, immer wechselndes Licht an Wände und Decke. Grüne Laser tauchten die Szenerie in Kombination mit dem blitzenden Stroboskoplicht in ein Meer aus abgehackten Bewegungen. Arme, Klauen, Beine und Schwänze bewegten sich rhythmisch und fast ekstatisch im, aber auch gegen den Takt. Ein paar Dämonen hatten es sich dagegen am Beckenrand gemütlich gemacht. Bis zu den Hälsen untergetaucht paddelten sie mit den Beinen, während sie in der Hand jeweils einen Drink hielten. Zwei davon sahen zum schiessen aus, wie sie im Takt der Musik nickten, die Köpfe immer wieder weg und zueinander drehten. Ich lehnte mich gemütlich gegen die Wand und begann die Partygesellschaft von außen ein wenig zu studieren. Der typische Chlorgeruch war mittlerweile vom schwefeligen Geruch, den die Dämonen verströmten, überlagert worden. An der Bar standen zwei weibliche Dämonen, denen man ihre dämonische Herkunft erst beim zweiten Blick ansah. So schön waren ihre Kleider, die aus einem lederartigen Material zu bestehen schienen. Es reflektierte das bunte Licht. Die Beiden saßen dort aber nicht lange zu zweit. Schon näherte sich ein männlicher Dämon, der von seiner Statur her an einen Bodybuilder erinnerte. *Man ich sollte auch mal ein paar Jahre in der Hölle verbringen, dann hätte ich auch so einen Astralkörper und müsste mich nicht mit Sport abmühen um in Form zu kommen.* Ich fuhr mit einer Hand über den leichten Bauchansatz und seufzte.

Zur gleichen Zeit war Jana mit einem männlichen Dämon am Menschenbuffet in ein Gespräch vertieft, in dem es sicher nicht ums Essen ging. Eine seiner bekrallten Hände lag an ihrer Hüfte. *Blöde Kuh. Mich abblitzen lassen, aber sich von einem Dämon nach der ersten Stunde schon begrapschen lassen.* Sie legte ihr freundlichstes Lächeln für ihn auf. Da warfen plötzlich zwei Weitere einen Dritten, direkt neben ihr ins Becken. Sie kreischte laut, als sie von einer enormen Fontäne komplett nass gespritzt wurde. Sofort verwandelte sich das feuerrot in ein dunkles Kirschrot und hing schwer an ihr herunter. Ihre Haare klebten an ihrer Stirn. Ich musste schmunzeln. Ein begossener Pudel sah noch besser aus als sie. Sicher war sie jetzt beleidigt und würde auf der Stelle nach Hause wollen. Denkste. Sie strich sich grinsend die dicken Strähnen aus dem Gesicht. Ich staunte nicht schlecht, als sie plötzlich aus ihrem Kleid schlüpfte und ein dunkelroter Badeanzug zum Vorschein kam. *Jana unsere sonst so Brave. Wer hätte das gedacht.* Ich bekam regelrecht Stielaugen. Ich kannte sie bisher nur in angezogenem Zustand, und auch dann war sie sehr hochgeschlossen gekleidet. Das übertraf meine kühnsten Vorstellungen. Sie war der Wahnsinn. Die Beine waren sehr weit ausgeschnitten, der Rücken frei. Sie lächelte den Dämon neben sich an, nahm ihn an der Hand und sprang mit ihm ins Becken. Ich sah mich um wie ein Dieb, als ich ihr noch etwas nach starrte, wie sie aus dem Wasser auftauchte und ihre Begleitung nass spritzte. Schmunzelnd und ziemlich aufgegeilt, warf ich mich in einen Bademantel und schlenderte gemütlich an die Bar. *Der perfekte Zeitpunkt für den ersten Drink des Abends.*

Ich hatte gerade meinen wohlverdienten ersten Drink in der Hand als meine Freundin um mich herumzuschleichen begann. Leider hatte sie sich inzwischen angezogen. Elegant setze sie sich auf einen Barhocker neben mir und legte eine Hand auf den Tresen.
„Schatz, du trinkst entschieden zu viel." *Wa…, was tu ich?*
„Das ist mein Erster heute."
„Ich meine überhaupt." *Ach so. Ach, so viel ist das doch gar nicht. Oder?*
„Wieso fragst du? Klar, ich trinke auf Partys, in Bars, in Kneipen, auf Geburtstagen, auf Hochzeiten, auf Beerdigungen, mit Flo, ohne Flo, in den Ferien, während der Schule, an Wochenenden und nicht zu vergessen nüchtern… du hast recht ich trinke zu viel. Aber wieso stört dich das neuerdings?"
„Warum mich das stört? Weil ich immer nur zusehen darf, deshalb."
„Dann trink doch auch mit, es hält dich niemand davon ab. Ich hab dich heute übrigens auch schon trinken sehen."

„Da ist aber jemand sehr lustig drauf heute. Und heute zählt nicht." *Ach nein?*

„Wer jammert nach einer Woche rum, dass alle seine Lieblingskneipen in der Stadt bis auf die Grundmauern abgebrannt sind?"

„Ich?"

„Eben. Siehst du. Aber ich kann gerne einmal in deinem Zimmer etwas trinken, wie würde dir das gefallen?"

„Naja so ein Lagerfeuer wäre schon mal wieder toll. Aber du hast recht im Zimmer ist das eine blöde Idee."

„Eben. Also wenn ich nichts trinken kann, wirst du gefälligst ab sofort ebenfalls damit aufhören."

„Aber du kannst dich doch dafür heute... noch mehr zuschütten?"

„Könnte ich, aber mir schmeckt der Alkohol hier nicht."

„Ähm."

„Keine Widerrede."

Sie zog den Saum ihres Kleides bis zu der Hüfte nach oben und mein Widerstand war sofort geplatzt wie eine Seifenblase. *Das Mädchen macht mich noch wahnsinnig!*

„Ok, ich bin ab jetzt so trocken wie die Sahara."

Augenblicklich schüttete ich meinen Drink hinter mich.

„So ist es brav, dann darfst du dir jetzt deine Belohnung abholen."

„Ne Belohnung? Jetzt?"

„Klar warum nicht?"

„Fällt es nicht auf wenn das Geburtstagskind die eigene Party verlässt?"

„Na gut, wir können auch gleich hier?"

„Äh, schon gut, schon gut." *Obwohl? Ich wollte schon immer mal vor den Augen meiner Nachbarin Sex haben, na gut eigentlich eher mit der Nachbarin, aber das ist ja wohl fast dasselbe.*

„Wo hattest du dir denn gedacht es zu tun?"

„Keine Ahnung, ich dachte du sagst hier und jetzt, los lass es uns tun."

„Oh, naja ich wäre dann doch glaube ich eher für…", ich sah mich um, „wie wärs mit dem Außenpool?" Cami zuckte mit den Schultern.

„Ok, klar warum nicht."

„Man, man schaut euch die an, wie die schwarzen Mörderkaninchen", hörte ich noch Dione sagen, die offenbar mit einer anderen Dämonin am Lästern war. Dabei waren Kaninchen nicht einmal halb so aktiv wie wir. Grinsend ließ ich mich von Camaela an der Hand führen. Nachdem wir aus Sichtweite der anderen waren begann sie sich langsamer als nötig aus ihrem Kleid zu schälen. Sofort stieg ich aus dem Bademantel und hängte ihn über ein Geländer. Dann sah ich zu ihr. Sie war bis zu den Schultern im Wasser versunken, ihr Haar schwamm an der Oberfläche, ebenso ihr Bikinioberteil. Ihr Kleid lag etwas entfernt am Boden.

„Kommst du?" Sagte sie und bedeutete mit ihrem Zeigefinger näher zu kommen, an dem ihr Höschen hing. Ich schluckte, ein wenig unwohl war mir schon dabei, während einer Party mit Cami Sex zu haben.

„Komm mein Schatz", hauchte sie und lächelte und all meine Bedenken waren vergessen. Ich zog mir die Badeshorts aus und stieg zu ihr ins Wasser.

„Geht doch." Sie umarmte mich und küsste mich leidenschaftlich. Es fühlte sich wundervoll an. Dann tauchte sie ab und schwamm unter dem Kunststoffvorhang hindurch in das große beheizte Außenbecken. Da ich aber ein wenig Wasserscheu war, lief ich ihr nur hinterher. Lautlos glitt sie durch das Becken, auf dem der Dampf wie ein seichter Nebelschleier lag. Ich watete durch das Becken bis zu dessen Ende, an dem einige Massagedüsen das Wasser aufwirbelten. Wie ein Fisch umschwamm Cami da meine Beine und tauchte direkt vor mir auf. Sofort umfasste ich sie und drückte sie gegen die Düsen. Wasserblasen sprudelten an ihrem Körper entlang nach oben.

„Weißt du, das, das der beste Geburtstag ist, den ich jemals erleben durfte Schatz?"

„Ja, du hast es mir gerade gesagt." Sie spritzte mir einen Schwall Wasser ins Gesicht und begann dann langsam mich zu küssen.

„Nein, wirklich das ist der schönste Geburtstag den ich je hatte. Wirklich."

„Wirklich wirklich?"

„Wirklich, wirklich!" Sie umschlang meinen Nacken und presste mich damit regelrecht auf ihre Lippen, als ich es plötzlich donnern hörte. Im Augenwinkel sah ich noch wie sich der Himmel zugezogen hatte. Ich spürte ihren Körper der sich an Meinen drückte. Die Wasserblasen umschlossen uns. Völlig anders als sonst spielten unsere Münder miteinander, vergaßen alles um uns herum. Unsere Augen waren geschlossen, unsere Körper so eng aneinander das nicht einmal ein Blatt Papier hindurch gepasst hätte.

„Ich liebe dich", hauchte sie mir ins Ohr, das ich ebenso flüsternd erwiderte.

„Ich dich auch meine Süße." Dann spürte ich etwas auf meiner Nase. Und alles war zunichte. Ein kalter Wassertropfen hatte mich getroffen. Camaela kreischte, befreite sich aus meiner Umarmung und sprang senkrecht in die Luft. Schon war der eine Tropfen zu einem Dutzend geworden, dann zu einigen Hunderten. In Sekunden regnete es Sturzbachartig. Ein eiskalter Platzregen prasselte auf uns nieder. Cami hatte ihre Flügel über den Kopf geschlagen und kreischte wie ein aufgescheuchtes Huhn. Und genauso rannte sie um das Becken herum.

„Hilfe, Hilfe, ighitighit", kreischte und quietschte sie. Sie hatte ihre Augen so fest zugekniffen das sie nicht mehr sah wo sie hin rannte. Geistesgegenwärtig sprang ich ihr hinterher und versuchte sie am Oberarm zu packen.

„Cami beruhige dich", rief ich ihr zu, doch sie strampelte weiter. Da warf sie ihre Arme in die Luft, und mich kurzerhand mit. Ich flog in hohem Bogen wieder zurück ins

Becken. *Na hoffentlich hat das keiner gesehen. Auf einer Skala von eins bis Zehn war das nämlich eine Minus Fünf.* Ich tauchte völlig benebelt wieder auf und wischte mir das Gesicht ab. Links von mir ragten zwei Hörner aus dem Wasser und ein paar Lippen blubberten unter Wasser ein „Entschuldigung". Ihre Hörner kamen auf mich zu wie die Rückenflosse eines Hais. Das es in der Zwischenzeit weiter auf ihren hübschen Kopf regnete, war ihr wohl entgangen. Sie ist manchmal schon wirklich seltsam drauf.

„Alles wieder gut?"

„Mmhh", nickte sie unschuldig. Dann blitzte es. Und alles begann von vorn. Sie preschte durch das Wasser, sprang auf, rannte mit flatternden Armen im Kreis und stürmte völlig außer sich wieder in Richtung Schleuse. Ich hinter her. *Wie das wohl von drinnen ausgesehen haben muss?*

„Camaela warte." Und dann standen wir wieder in der Halle. Keuchend hielt ich mich am Geländer der Treppe fest, während Cami sich wie ein nasser Hund schüttelte.

„Brr, schon besser. Igitt war das eklig." Da bog plötzlich Jana um die Ecke.

„Hi, du", sagte Camaela nur, während Jana wie angewurzelt stehen blieb und langsam rot anlief. Oh verdammt. Ich sah an mir herunter und bedeckte schnell meine Blösse. *Wo war nur dieser blöde Bademantel hin?*

„Was ist?" Fragte Cami weiter, doch sie war wie festgefroren.

„Ich, äh, ich, wollte fragen… ob ihr Raphaela gesehen, äh habt? Ich wollte äh, noch mit ihr sprechen." *Ja, ja unsere kleine erzkonservative Jana, hat wohl noch nie eine nackte Frau außer sich selbst gesehen.* Ich konnte sehen wie sie meine Freundin ausgiebig musterte, die ja auch noch zusätzlich recht breitbeinig da stand. Was ihr augenscheinlich nichts auszumachen schien, aber ich konnte sehen wie ihr Schwanz umher wedelte. Ihr Schwanz log nicht, sie mochte es noch nie angestarrt zu werden. Egal ob von mir, oder jemand anderem, auch wenn sie diese

Reaktion bei vielen hervorrief. Vor allem bei Männern rief sie so etwas fast immer hervor. Ich spürte wie ich meinen Druck auf meine Scham erhöhen musste, da sich etwas gegen meine Hände drückte. Hastig suchte ich mit meinen Augen den Boden ab um wenigstens meine Badehose zu finden. *Na Klasse sie schwamm im Wasser. Wie kommt die denn da hin?*

„Kann sein, dass sie noch draußen ist." Ihr Schwanz schlug immer stärker aus.

„D, d, Danke. Ich denke ich sollte jetzt wieder gehen. Äh, viel Spaß euch noch." Mittlerweile war ihr Gesicht angelaufen wie eine Tomate.

„Ja das solltest du", gab ich hinterher. Sie drehte sich um und ging. Als hätte ich die ganze Zeit die Luft angehalten lies ich mich hängen.

„Meine Güte, ich dachte die geht nie." Camaela grinste.

„Bei dem Anblick wäre ich auch nicht gegangen." Sie fuhr demonstrativ mit ihren Augen, meinen Körper ab.

„Naja."

„Tu nicht so. Du siehst sehr gut aus Schatz." Sie gab mir einen Kuss auf die Wange. Dann rannte ich hastig zu meiner Badehose um sie wieder anzuziehen.

„Hey, was wird das?"

„Ich zieh mich an?"

„Warum?"

„Willst du etwa jetzt noch weiter machen?"

„Klar." *Oh mein Gott.*

18

Wir waren gerade dabei uns anzuziehen, nachdem wir das Wasser ordentlich aufgeheizt hatten und standen noch am Beckeneinstieg, als wie aus dem Nichts die Schlangendämonin vor uns stand, mit Florian im Schlepptau.

„Ja?" Sagte ich ungläubig zu ihr, doch meine Freundin übernahm glücklicherweise sofort die Gesprächsführung.

„Ok, dann geh ich uns was zu trinken holen ja?" Cami nickte mir zu und ich schlenderte mit breitem Grinsen Richtung Bar.

„Na amüsiert ihr euch gut?", fragte Cami sie.

„Hey, klaro, die Party ist super. Und so fertig wie ihr ausseht könnte ich mir denken, ihr auch."

„Du hast echt nette Freunde hier." Sie lächelte Flo an, das dieser schnell verlegen einen Schluck aus seinem Glas nahm.

„Hey Flo, pass ein wenig auf dich auf, Chezara kann gern mal etwas giftig sein."

„Was kann ich?"

„Giftiger als du und Raphaela zusammen ist sie sicher nicht." Lachte er.

„Und warum verschwindet dein Schwanz gerade hinter Flos Nacken?" Da fiel ihm das Lachen aus dem Gesicht.

„Ups. Verdammt."

„Was?" Flos Augen schlossen sich in unglaublichem Tempo und sein Körper sackte wie ein Mehlsack zusammen. Chezara konnte ihn gerade noch unter dem Rücken fangen. Das Glas jedoch zerbrach in Tausend glitzernde Einzelteile.

„Keine Sorge, in Vierundzwanzig Stunden bist du wieder fit", sagte sie und sah ihn mitleidig an.

„So Chezalein, dass hast du ja toll hingekriegt. Tja nun musst du ihn nach Hause bringen. Beziehungsweise zu uns nach Hause.

„Was soll ich? Und die Party?"

„Tja du hast ihn eingeschläfert, du wirst die Suppe wieder auslöffeln. Und die Party wird nachher auch noch da sein."

„Was ist denn das für ne Logik und überhaupt, was für eine Suppe?"

„Meine, und jetzt husch husch. Nicht das noch jemand auf ihn drauf tritt, solang er da am Boden liegt."

„Was ist denn mit Flo passiert?" Da kam ich gerade zu der Situation dazu.

„Zuviel getrunken. Kennst ihn ja. Chezara bringt ihn zu uns nach Hause, damit er seinen Rausch ausschlafen kann. Das ist doch ok so?"

„Typisch, alter Säufer." Und ich nahm einen kräftigen Schluck aus einem der beiden Gläser.

„Ja ist ok."

„Supi. Und Chezara..."

„Ja?"

„Keine Dummheiten anstellen ist das klar?"

„Kennst mich doch."

„Ja, gerade deshalb sag ich's noch mal."

„Sagt gerade die Richtige." Gerade noch rechtzeitig konnte ich mich unter ihrer rechten Hand wegducken, die wie eine Sense über mich hinweg schwang.

„Hast du heute wieder ein Glück."

„Tjaha, bin ein Glückspilz."

„Ich erwisch dich schon noch. Mach dir da mal keine Sorgen." Wie angewurzelt stand immer noch Chezara neben uns und beobachtete schmunzelnd die Situation.

„Du stehst ja immer noch hier. Hop hop." Keine Reaktion ihrerseits.

„Was?"

„Ich weiß nicht wo ihr wohnt." Ich schmatzte grinsend und rannte so schnell ich konnte davon.

„Warum rennt der denn so?" Camaela stemmte die Hände in die Hüften.

„Der versucht sich zu drücken." Knurrend sah sie sich um.

„Nie ist ein Navi da, wenn man einen brauch."

„Einen was?"

„Na nen Kerl."

„Ach so."

„Hmm, weißt du was? Ich hab eine Idee. Warte kurz hier."

„Hey was soll das?" Ich wurde gerade rückwärts am Kragen meines Bademantels über die Fliesen geschleift. Dann lag ich plötzlich zu Füßen der Schlangendämonin und hätte dieser fast unter ihr Kleid sehen können. Wäre ich nicht im selben Moment mit einer Hand nach oben gezogen worden.

„Da, riech dran, da wo der Gestank am schlimmsten ist, da wohnen wir."

„Hey, wer stinkt hier?" Wie ein Hund schnüffelte Chezara an meinem Hals.

„Boah ist ja schlimm, dass kann ich gar nicht verfehlen."

„Hey!" Herzhaft lachte sie auf.

„Ach was, ich mache nur Spaß. Riechst sehr gut. Dann gehen wir mal Florian." Wie einen Sack warf sie ihn sich über die Schulter. Und gab ihm einen Klaps auf den Hintern.

„Mmmh, lecker." Hörte ich sie flüstern. *Das ich lieber nicht gehört hätte.*

„Äh, wir gehen dann mal", versuchte sie sich hastig aus dem Staub zu machen, als sie bemerkte, dass ich sie ertappt hatte.

„Wir kommen bald nach", sagte Camaela und umarmte sie.

„Bis später, und feiert nicht zu dolle." Cami winkte ihr noch, als sie sich ihren Weg durch die Menge bahnte, Richtung Treppe und Dämonenbuffet. Wie selbstverständlich drängelte sie sich zwischen ein Pärchen, das sich soeben an den rohen Fleischbrocken bediente. Bael hatte sich wirklich ins Zeug gelegt. Ganze Rinder und Schweineschenkel lagen da zwischen Truthähnen, Puten und Hühnchen. Vorwitzig schnappte Chezara sich etwas, das aussah wie eine ganze Rinderkeule, klemmte es sich zwischen die Kiefer, die sie wie bei einer Schlange einfach aushängte und sprang mit ihrer Beute die Treppe hinauf. Sie grinste noch einmal uns zu, winkte und verschwand dann, einer Eidechse gleich durch die Eingangstüren.

Mittlerweile war es 23:15 Uhr.
„Wie sieht es aus Leute, läuft alles nach Plan? Sind alle Männer da, alle Waffen verladen?"
„Ja, alles läuft perfekt wie geplant. Alle Männer sind da und hoch motiviert."
„Wunderbar. Sag den Männern, in Fünfzehn Minuten fahren wir los."
„Mach ich."
„Und Georg?"
„Ja Marc?"
„Gute Arbeit. Weiter so. Heute werden wir uns nehmen was uns zusteht. Unsere Rache!" Georg grinste breit. Der Mann mit den langen schwarzen Haaren verließ die Halle, in der sich mehrere Dutzend Männer aufhielten.
„Anja, Sina, wollt ihr nun mitkommen oder lieber nicht?" Fragte er die beiden Frauen die gerade an einem langen Tisch saßen. Anja, die junge Frau deren kurze blonde Haare frech in die Höhe standen, hatte ihre schwarzen Stiefel auf dem Tisch.
„Klaro bin ich dabei, so etwas erlebt man nur einmal im Leben." Marc nickte zuversichtlich.
„Super."
„Sina mein Engel, wie sieht es mit dir aus?" Die Frau strich sich ihre dunkelbraunen Haare aus dem Gesicht, sie sah etwas fertig aus.
„Ich weiß nicht, klar müssen wir unseren Freund und deinen Bruder rächen. Aber meinst du, dass ist alles nötig? Was wenn sie doch nur ein Mensch ist? Dann sind wir nichts anderes als Mörder."
„Du willst doch jetzt keinen Rückzieher machen? Nach all den Monaten?"
„Komm schon Süße", sagte Anja, „das wird lustig."
„Na ja, ich weiß nicht ob ein Blutbad so lustig ist."

„Kommst du nun mit oder nicht? Ich verspreche dir, es wird alles gut gehen und danach gehen wir schick Essen. In deinem Lieblingsrestaurant. Wie findest du das? Ich werde dir auch jeden Wunsch erfüllen Liebste." Die Frau zog eine Augenbraue hoch.

„Jeden Wunsch?"

„Klar, so wahr ich hier stehe." Sie seufzte.

„Na gut, aber wirklich jeden Wunsch."

„Jeden Wunsch den du hast."

Es war halb Zwölf, als ich Raphaela zusammen mit Jana aus der Sauna kommen sah, die sich im ersten Stock befand. Beide waren sie in große weiße Handtücher gehüllt. Dennoch konnte ich ein paar goldene Bänder und Träger bei Raphaela erkennen. In ein Gespräch vertieft, liefen sie die Empore entlang. Mittlerweile schien die Feier ihren Höhepunkt erreicht zu haben. Es war so laut, ich konnte meine eigenen Gedanken nicht mehr hören. Aber das musste ich an der Bar auch nicht. Und um Camaela zu beobachten, wie sie sich am Menschenbuffet gütlich tat, waren Ohren ja auch nicht nötig. Unglaublich, dass sie den ganzen Abend noch nichts gegessen hatte. Gelangweilt und etwas geschafft rührte ich in meinem Alkohol freien Drink herum. Ohne Florian fehlte der Party irgendetwas. Und auch die Gedanken, die des Öfteren um meine Schwester kreisten, machten den Abend nicht besser. Hoffentlich ging es ihr gut.

„Hey, hey hört mal alle her. Darf ich kurz um Ruhe bitten?" Hörte ich da Raphaela rufen, die sich wieder in ihr Kleid geworfen hatte. Keine Reaktion.

„Ruhe bitte." Rief sie lauter. Wieder nichts. Und ich schmunzelte.

„Haltet ihr jetzt mal eure verdammte Klappe?!", schrie sie da plötzlich. Ok, das hatte gefruchtet. Die Menge verstummte augenblicklich.

„Danke. Camaelchen kommst du mal bitte her?" Ganz überrascht drehte sie sich um. Ein Hähnchen im Mund und zeigte auf sich.

„Wasch ischt?"

„Komm mal bitte her."

„Oh, ok." Sie schluckte den Vogel fast am Stück herunter und ging zu ihrer Freundin, die sich mitten in der Menge auf einen Dämon schwang. Der Arme. Er kniete da, nach vorn gebeugt am Boden und sie stand auf seinem Rücken. Und dann stieg Cami auch noch auf ihn. *Autsch, das tut doch weh.*

„Ich möchte einen Toast aussprechen." Sie ließ sich ein Glas Sekt geben und mir fiel auf, dass ich keines hatte. *Verdammt.*

„Barkeeper, Barkeeper, einen Sekt bitte. Hallo?" Ich sah über den Tresen. *Der war doch grade noch da?* Ich beugte mich mit dem Oberkörper drüber. *Na Klasse.* Der Barkeeper lag völlig blau am Boden und schlief.

„Wir sind hier alle zusammen gekommen um unsere gute Freundin zu feiern, die heute ihren 2518ten Geburtstag feiert." *Verdammt, verdammt ich brauch auch ein Glas Sekt!*

„Klar, mag sein, dass für viele unter euch ein 2518ter nicht wirklich wichtig ist. Für mich ja auch nicht. Aber für unsere über alles geliebte Camaela ist es das und deshalb möchte ich mit euch heute auf sie anstoßen." *Ach Scheiß drauf stoße ich eben ohne Sekt an.*

„Auf Camaela!"

„Auf Camaela!" Und Reihenweise zerbrachen die dünnen Gläser unter den Pranken der Dämonen und die Menge grölte. Nur ich nicht. Ich wurde vergessen. Niemand wollte mit mir anstoßen. *Na ja was solls. Ist ja nicht mein Geburtstag. Und so lange Cami glücklich ist, bin ich es auch.* Da kam sie auf mich zu geflogen. *Wenn man vom Teufel spricht.* Sie fiel mir um den Hals.

„Schaaaaatz?"

„Ja?"

„Heute ist doch mein Geburtstag und ich darf mir was wünschen oder?"

„Klaro."

„Supi, ich weiß, bei so einem tollen Geburtstag sollte ich mir eigentlich nichts mehr wünschen…"

„Ach was", unterbrach ich sie, „ist schon ok. Wann feiert man schon mal einen 2518ten."

„…aber trotzdem möchte ich mir etwas wünschen."

„Dann erzähl, was möchtest du?"

„Ähm…"

„Ja?" Einen Augenblick lang sagte sie nichts.

„Na, was ist? Sag schon."

„Das du mir nicht böse bist,…" Sie holte tief Luft.

„WeilichmitBerialgeknutschthab, bittebittenichtbösesein." Donnernd brachen da hinter mir viele Fliesen auseinander und ich traute mich gar nicht, mich umzudrehen. Betonbrocken kullerten an mir vorbei und plumpsten ins Becken.

„Berial?!", hörte ich Cami kleinlaut wie ein Schulmädchen sagen. Dann drehte ich mich doch um. Wie ein Panzer stand er vor mir. An die drei Meter groß, ein Kopf wie ein Stier und locker an die 200 Kilo schwer. Ein Muskelberg, der seinesgleichen suchte, die Haut schwarz und von Höckern besetzt. An den Ellenbogen lange Knochenklingen und gelb glühende Augen, die mich in dem Moment anstarrten.

„Hallo Berial", sagte ich ein wenig eingeschüchtert.

„Hallo, Michael."

„Du kommst spät, hatte mich schon gewundert wo du steckst." *Eigentlich hatte ich das ja nicht, aber man will ja nett sein. Beziehungsweise sollte man, zu einem Monster, das recht empfindlich war.*

„Hat dir Camaela nichts erzählt?"

„Upsi." Ganz langsam setzte sie zu einem geordneten ungeordneten Rückzug an. Denn sie fiel rückwärts und plumpste auf den Boden. Sie knurrte laut.

„Was erzählt? Ich glaube das wollte sie gerade, als du ankamst."

„Na, sie hat mich ausgeladen, weil sie verhindern wollte, dass ich dir etwas erzähle."

„Du bist zu spät Berial, ich habs ihm schon gesagt", zeterte da Cami dazwischen, „Ätsch!"

„Was gesagt?"

„Na das eben?"

„Ach das, dass hab ich nicht verstanden, du hast vor lauter Aufregung so schnell gesprochen, dass ich kein Wort verstanden hab." Ihr fiel die Kinnlade runter und sie verschränkte die Arme vor der Brust. Dann drehte sie sich auf dem Fuß um.

„Püh", keifte sie, „dann sag du es ihm Berial. Mir egal."

„Was zickt sie jetzt so rum?" Wandte ich mich an Berial, der sich kräftig über sie amüsierte.

„Ach nichts, es ging nur darum, dass wir, als sie bei mir zu Besuch war, uns geküsst haben."

„Ihr habt was?!" Plötzlich wurde rechts von uns eine Tür hart aufgestoßen, die sonst zu den Duschen und Umkleideräumen führte. Männer in Tarnanzügen und grünem Camouflage stürmten herein und bauten sich in Windeseile direkt an der Wand auf. Vollkommen erstarrt ließen Dämonen ihr Essen fallen und blickten verwirrt auf die Neuankömmlinge.

„Na Klasse." *Meine Freundin küsst ihren Ex-Freund, ich musste alleine anstoßen und jetzt stürmt hier auch noch eine Einheit von bewaffneten Männern rein. Ihr könnt mich alle mal, ich geh nach Hause.* Schnaubend stampfte ich in Richtung der Männer, die sich nun vor mir in zwei Reihen aufgebaut hatten, als mich etwas hart am Oberarm packte. Ich sah an meinem Arm hinauf, und sah in Berials gelbe Augen. *Toll, dass hat mir noch gefehlt.*

„Hey was soll das, bist du nicht mehr ganz dicht?" *Nein, ich bin nur wütend!*

„Was wenn die dich erschießen?"

305

„Sollen sie doch, ich hab grad echt keine Lust mehr." Ich versuchte mich loszureißen. Was mir aufgrund seiner gewaltigen Pranke natürlich nicht gelang.

„Lass mich los!", schrie ich ihn an.

„Nein." Da zog er mich plötzlich ruckartig zurück, dass ich mit den Füßen in der Luft baumelte. Er drehte mich wie einen Dönerspieß, damit ich ihm ins Gesicht sehen konnte.

„Was?" Knurrte ich ihn an.

„Sie liebt nur dich. Vergiss das mit dem Kuss einfach." *Ja, das weiß ich. Aber dieser Gedanke. Ihre Lippen auf Seinen brrr.* Ich kochte vor Wut und Eifersucht. Vor allem wenn man bedachte, was Berial für eine Stierschnauze besaß. Mit einer ebensolchen Zunge und auch solchen Nüstern. *Hat der denn überhaupt Lippen?*

„Ich weiß."

„Gut." Dann drehte er mich wieder Richtung der bewaffneten Männer und ließ mich runter fallen. *Aua! Danke du Arsch!* Ich rappelte mich wieder auf und wollte gerade den Rückzug antreten, als ich sah, dass ein Mann von hinten durch die offene Türe näher kam. Die Männer machten ihm Platz, als er sich zwischen ihnen aufbaute. Ich musterte ihn sofort ausführlich, während Cami neben Berial Stellung bezog und Berial hinter mir stand und über meinen Kopf hinweg die Männer betrachtete. Er war ein Mann so um die Zwanzig schätzte ich, was aufgrund der langen schwarzen Haare nicht einfach war. Sie hingen ihm ins Gesicht, glänzend und schwer. Auch seine Konstitution war schwer zu sagen, trug er doch einen grünen Tarnanzug, unter dem sich eine dicke Schutzweste abzeichnete. Seine Füße steckten in schwarzen Springerstiefeln und um seine Hüfte hing ein Patronengurt. *Ob der wohl echt ist? Sieht ein wenig nach made in Taiwan aus.*

„Tach." Sagte ich ganz lässig und unvermittelt zu ihm.

„Was gibt's?" Er sah ziemlich überrascht aus, als ich ihn ansprach. Ich schmatze gelangweilt, als er nicht reagierte. Er schien sich in der Halle umzusehen um die anwesenden Personen zu zählen. Auf einmal stürmte Raphaela nach vorn und schubste Berial und mich einfach zur Seite, als wären wir aus Pappe. Na gut, Berial war noch aus Plastik.

„Hatte ich euch Möchtegern Marines nicht gesagt, ihr sollt uns in Ruhe lassen? Ihr habt Nerven am Geburtstag meiner Freundin hier aufzutauchen. Das muss man schon sagen, Eier habt ihr, wenn auch nicht mehr lange." Aus Raphaelas keifen war ein selbstgefälliges Grinsen geworden. Dann zuckte sie mit den Schultern.

„Tja wenn ihr jetzt sterbt seid ihr selbst schuld."

„Du bist also diese Dämonenschlampe, die meinen Leuten eingetrichtert hat, ihr wärt Engel? Pah, was für ein riesiger Haufen Scheiße. Wir werden nicht sterben, ihr seid es die jetzt zurück in die Hölle geschickt werden. Dreckiger Abschaum."

„Tja, dann halt nicht. Ich hatte euch ja gewarnt. Ach ja, noch etwas, falls ihr vorhabt auf uns zu schießen, vermeidet es auf meine Freundin zu feuern, dass wäre ziemlich ungesund für euch. Aber macht doch was ihr wollt. Glaubt aber ja nicht, nur weil ich ein Engel bin, kann ich euch nicht wehtun. Ich kann, und ich werde!" Bellte Raphaela. Sie war es also, die die Demon Hunters gewarnt hat, deshalb auch die Aussage, dass sie uns schon wieder helfen musste. Jetzt ergab das auch einen Sinn.

„Mäht sie nieder!" Was ist denn das für ein Arsch, sich nicht einmal vorstellen und schon los ballern, waren meine letzten Gedanken, bevor sie vom Lärm des aufkommenden Kugelhagels überdröhnt wurden. Gelb rotes Mündungsfeuer blitzte mit dem weißen Stroboskoplicht um die Wette. Ich sah mich um. *War ja klar dass ich bei so einer Scheiße wieder ganz vorne stehe.* Hinter und neben mir warfen sich die Gäste zu Boden. Gerade noch rechtzeitig, konnte ich mich durch einen beherzten Sprung Richtung Whirlpool und Dampfbad retten. Ein schwächerer Dämon neben mir hatte nicht so viel Glück. Er fiel taumelnd in den Pool. Rote Fäden zogen sich von ihm durch das Wasser und lösten sich auf. Weitere Dämonen stürzten. Da prasselten auch schon die ersten Kugeln gegen meine Deckung und sprengten Fliesen und Putz ab. Immer wieder lugte ich vorsichtig hervor. Ich erblickte Berial, der wie ein Fels in der Brandung da stand und wütend brüllte.

„Berial bring die Leute hier raus! Aber schnell!" Hörte ich mich selbst schreien, wusste aber nicht, ob er mich verstanden hatte. Er nickte und rannte mit einem Dämonenmädchen unter seinem Arm durch eines der großen Fenster. Kugeln sausten nur Zentimeter an mir vorbei und rissen große Löcher in einen Whirlpool. Schützend hob ich mir die Hände vor die Augen und suchte die Umgebung nach Jana ab. *Wo ist sie bloß?!* Erleichtert entdeckte ich sie in der Nähe der flüchtenden Menge. Sie lag am Boden, sah aber unverletzt aus. Ein Generationszweiter stolperte über sie, rappelte sich auf und stürmte weiter.

„Jana!", schrie ich ihr zu. Ich konnte noch sehen wie sie ihre Hände vom Gesicht nahm und zu mir schaute. Krachend landete ein kräftiger Dämon zwischen uns und versperrte mir die Sicht. Als er sich wieder aufstemmte und ich wieder zu meiner Nachbarin sehen konnte, war sie verschwunden.

„Jana!", schrie ich noch einmal und blickte mich panisch um. *Wo ist sie, wo ist sie hin?* Da konnte ich Berial wieder sehen. Mit Erleichterung stellte ich fest, dass er Jana unter seinem Arm hielt und mit ihr ins Freie rannte. Weitere Dämonen fielen vor meinen Augen zu Boden. Einige stürzten auch in das Wasserbecken, dessen Wellen platschend zusammenbrachen. Das Blau war längst einem leichten Rosa gewichen. Ströme aus Blut flossen über die Fliesen. Dicke rote Blutlachen, brachten Fliehende zu Fall und ein dunkler, heißer Nebel breitete sich über dem Boden aus. Als ich ihn berührte, zog ich schmerzverzerrt die Hand zurück. Er war kochend heiß, aber auch die Luft wurde drückender. Das Atmen wurde zur Qual. Ich hustete. Das heiße Dämonenblut verwandelte das Schwimmbad in eine,

nach Schwefel stinkende Sauna. Ich hielt mir den Unterarm
vor Mund und Nase, als ich in der chaotischen Ansammlung
von panischen und toten Gesichtern, wie von Geisterhand
ein Loch auftat. Strahlendes weiß entfaltete sich in der
blutenden Menge. Meine Augen tränten, doch ich konnte
nicht wegsehen. Mit weit geöffneten Augen verfolgte ich,
wie es sich elegant in die Lüfte erhob. Fast wie ein Vogel
aus purem Licht. Vor mir konnte ich ein Stück dieses
Lichtes sehen, wie es sanft im Blut versank. Gebannt hob
ich es auf. Es war eine leuchtend weiße Feder, die mit
vielen weiteren, wie ein warmer Sommerregen nieder fiel.
Voller Ehrfurcht verfolgte ich, wie der Erzengel über unsere
Köpfe hinweg segelte. Ihre vier Flügel erzeugten einen
starken Wind, der den kochenden Blutnebel fortwehte. Ihre
goldene Rüstung leuchtete wie ein Licht in der Dunkelheit.
Ich rieb mir ungläubig die Augen. Ihre Flügel schlugen
kräftig, als sie neben mir in der Luft stand. Majestätisch und
mit einer unfassbaren Präsenz. Für einen Sekundenbruchteil
konnte ich in ihre leuchtenden Augen blicken, die so blau
waren wie Saphire und eine ungeheure Stärke ausstrahlten.
Es war seltsam, aber auf einmal hatte ich das Gefühl, sie in
meinen Gedanken zu hören.
„Bring dich in Sicherheit, ich lenke sie ab", sagte sie. Wie
ein Pfeil schoss sie in die Höhe und lenkte so jegliche
Aufmerksamkeit auf sich.
„Lasst sie nicht entkommen, holt sie da runter!" Brüllte
einer im Kugelhagel und war fast nicht zu verstehen. Mit
Schrecken sah ich, wie sich ein Mann in Tarnkleidung etwas
Röhrenförmiges auf die Schulter legte, das zweifelsfrei
schwer war. Meine Beine wurden weich wie Pudding. *Ein
Raketenwerfer?!* Raphaelas Augen waren wütend und von
Argwohn geschlitzt.
„Feuer!" Das Geschoss aus dem Rohr flog sausend, mit
grauem Schweif durch die Luft. Da erhob Raphaela ihre
linke Hand. Und alles versank in einem Feuerball, als die
Rakete explodierte und in einem Umkreis von mehreren

Metern ein Sturm wütete, der Flaschen, Stühle, Gläser und Körper umherwarf. Mir dröhnte es in den Ohren, mir wurde schwindelig. Verschwommen sah ich wie der Erzengel gegen die Decke der Halle geschleudert wurde, und zu Boden stürzte. Für einen Moment sah es so aus als wäre sie ohnmächtig, doch schon schüttelte und streckte sie sich. Offenbar hatte sie es geschafft ihr Flammenschild rechtzeitig zu zücken. Doch nun schien sie zum Angriff übergehen zu wollen. Aus beiden Händen wuchsen Äxte aus Feuer. Ihre Haare flatterten wild.

„Ihr wagt es den heilenden Gott anzugreifen? Den General der himmlischen Armeen? Oh was seid ihr nur für törichte Gestalten. Ich werde euch zeigen wozu ein Erzengel imstande ist!" Erneut erhob sie sich in die Luft und schlug einmal wuchtig mit den Flügeln. Blitze zuckten voller Groll aus ihren Augen. Sie fauchte und kreuzte die Flammenäxte vor der Brust. Teuflisch grinsend umhüllte eine Art von Aura ihren Körper. Blau wie ihre Augen.

„Ihr spielt mit Mächten, denen ihr nicht gewachsen seid!" Ich schluckte. Ihre Stimme war dröhnend und verzerrt und erinnerte mich entfernt an Camis Dämonenstimme. Doch ihre war höher und schnürte mir die Kehle zu vor Angst. Das hier war etwas völlig Anderes. Eine andere Art von Wut, geschürt vom tiefen Wunsch, die Ihren zu beschützen.

„Raphaela…, nein! Tu es nicht!" Hallte da Camis von Trauer erfüllte Stimme in meinen Ohren wieder, als würde man durch ein Kissen zu mir sprechen. Und der Engel stoppte und blickte zu ihr. Die Aura verging, die Waffen lösten sich auf. *Verkehrte Welt. Normal war Cami die Bestie und Raphaela musste die Menschen retten.*

„Feuer!"

„Was?!" Die in letzter Sekunde schützend zusammengefalteten Flügel empfingen den Flugkörper mit einem lauten Knall. Die Explosion dröhnte mir erneut in den Ohren und riss mich nach hinten. Die letzten Scheiben zersplitterten und brachen aus ihren Rahmen. Im Schock starrte ich noch immer auf die Stelle, an der Raphaela eben noch war. Weiße und schwarz verbrannte Federn stoben wie ein Sturm umher und ein Körper flog wie ein Komet aus einer schwarzen Rauchwolke herunter. Die Männer jubelten über ihren Sieg. Brennend klatschte der Engel auf die Wasseroberfläche und versank in der Tiefe. Ohne zu zögern verließ ich meine Deckung, unsere Angreifer waren zu sehr damit beschäftigt zu applaudieren und sich auf die Schultern zu klopfen. Ich warf mich über eine Dämonenleiche und hechtete in die rote Brühe. Nur schemenhaft erkannte ich die Silhouette des Engels zwischen mehreren anderen Körpern, die aufgetürmt am Boden des Beckens lagen. „Raphaela", schrie ich in Gedanken und griff nach ihrem Arm, der leblos in die Höhe ragte und sich in der leichten Strömung wiegte. *Raphaela!* Mit aller Kraft zerrte ich an ihr, stieß mich vom Boden ab an die Oberfläche.

„Lass gut sein du Idiot. Ich habe versagt", vernahm ich ihre Stimme, doch mit Schrecken sah ich in ihr Gesicht. Es war kein Gesicht mehr, nur noch Fleisch und Knochen und Fetzen. Ihr ganzer Körper schien sich im Wasser in meinen Händen aufzulösen.

„Nein hast du nicht", flüsterte ich ihr zu und begann zu heulen.

„Süße, ich wünsch dir noch viel Spaß und lass ja keinen am Leben ja?", hörte ich sie sagen. *Wie konnte das sein?* Da drehte sich Cami zu uns. Wie angewurzelt stand sie da. Fassungslos starrte sie zu uns herüber. Sie stand in einer riesigen Blutlache, die in dunklem Karmesinrot glänzte. Entsetzt, aber auch irgendwie glücklich sah sie mich an, sah Raphaela an und ich konnte sehen wie ein Schalter in ihrem Kopf umgelegt wurde.

„Ist schon gut", hauchte Raphaela, „ich werde zurückkehren. Man sieht sich." *Man sieht sich?* Gleisendes Licht umhüllte sie, dass so viel Wärme ausstrahlte, als würden all deine Sorgen einfach weggewaschen werden. Doch das konnte es nicht. Nicht dieses Mal. Ich wurde von tiefer Trauer übermannt, als sich das Wasser um uns herum wie Dampf erhob. Wie ein Schwarm aus blau leuchtenden Fliegen löste sich ihr Fleisch auf und verschwand. Sie war weg. Einfach so. Fassungslos starrte ich auf meine Hände in denen sie eben noch gelegen hatte. Gelähmt und unfähig auch nur einen Gedanken zu fassen. Sie war tot. Wirklich tot…

Camaela war wie hypnotisiert, wie eine Statue, doch ich spürte dass in ihr ein Sturm von epischen Ausmaßen tobte. Da brach der Kugelhagel erneut los, noch verheerender als zuvor, wie mir schien. Sie machte keine Anstalten ihnen auszuweichen. Sie breitete gar ihre Arme aus. Der Körper meiner Freundin wurde geschüttelt wie eine Stoffpuppe, als sie die Kugeln in Empfang nahm. Als wären sie etwas Gutes, ein Geschenk. Und das war es auch. Ein Geschenk, das ihren Untergang besiegeln würde. Als würde die Zeit still stehen fiel sie nach hinten, nachdem Hunderte Kugeln ihren Körper zerfetzt hatten. Ich spürte wie sie mir zu lächelte. Doch keines ihrer süßen, liebevollen Lächeln. Ein hysterisches, ein Dunkles. Ein Lächeln des Todes. Dann schlug sie auf den Fliesen auf und das Chaos war wie zuvor. Die Männer stellten das Feuer ein.
„Wir haben sie Männer, wir haben sie besiegt", schrie Einer. Erleichterung schwang in seiner Stimme mit. Ein paar Männer klatschten sich ab, jubelten des Sieges gewiss. Der Kampf war vorbei, sie hatten auch das letzte Monster besiegt. Für eine kurze Zeit herrschte Stille im Schwimmbad. Eine Stille wie auf einem Friedhof. An manchen Stellen brannten kleine Feuer. Die Männer sprangen in die Luft und schrien vor Freude. *Wenn ihr euch da mal nicht irrt.* Ich zog mich hastig aus dem Wasser und stolperte über die glitschigen Fliesen. So schnell ich konnte verschwand ich durch ein geborstenes Fenster. *Viel Spaß in der Hölle ihr Wichser. Niemand wird euch jetzt noch retten können. Ihr habt den wahrhaftigen Tod entfesselt.*

„Das läuft ja wie geschmiert, wer hätte gedacht dass es so einfach werden würde. Die zwei Oberdämonen sind tot, der eine liegt im Wasserbecken und der andere fast daneben. Perfekt. Und sogar ein paar Kleinere konnten wir erledigen. Dann wollen wir mal sehen mit was für einer Ausgeburt der Hölle wir es da zu tun haben …oh verdammt, scheiße was ist das?!"

Alle starrten plötzlich zum Whirlpool, aus dem sich total tollpatschig Dione quälte. Sie hing über dem Rand, rutschte Kopfüber herunter, schlug einen Purzelbaum und lehnte für einen Moment an dessen Rand. Sie sah sich um, als würde sie sich fragen, wo die Party geblieben war. Dann strich sie sich ihr Kleid zurecht und stand auf. Einer Diva gleich, ging sie elegant und sicheren Schrittes in Camis Richtung. Dann beugte sie sich über ihren Körper.
„Mädchen, du sieht schlimm aus. Aber ich sag dir was. Nie wieder in einem Schwimmbad. Ich kann regelrecht spüren, wie mein Kleid geschrumpft ist." Mir fiel die Kinnlade herunter und unsere Angreifer schienen von ihr wie paralysiert. Ohne von uns Notiz zu nehmen zupfte sie an ihrem Kleid, das kaum noch ihren Po verdecken konnte und ging weiter. Sie war schon fast an der Fensterfront angelangt, da hörte ich dann allerdings doch noch einen zittrig gerufenen Feuerbefehl.
„F…, F…, Feuer!" Dem nur niemand nachkam. Dione warf hochtrabend ihr Haar nach hinten. Da traute sich ein etwas jüngerer Mann doch noch, nachdem ihm jemand auf den Kopf geschlagen hatte. Es löste sich allerdings nur ein Schuss. Der laut knallend an Diones knöchernem Rücken abprallte. Sie schnaubte.
„Ey, was erlaubt ihr euch? Einer Lady einfach in den Rücken zu schießen?" Sie rieb sich die Stelle und seufzte.
„Noch mal Glück gehabt, kein Kratzer." Da donnerte ein weiterer Schuss, der sie nur knapp verfehlte.

„Ok, jetzt reichts aber!" Aufgebracht knurrte sie und ihr Schwanz erhob sich. Ich sah kaum eine Bewegung, da fiel der Schütze vornüber. Die Anderen zuckten erschrocken zusammen. In seinem Kopf steckte ein langer, knöcherner Dorn.

„Kleines, ich denke du hast jetzt lang genug da herumgelegen. Bring ihnen mal etwas Manieren bei. Bis bald." Damit verschwand sie um eine Kante hinter dem Gebäude. Ein paar Männer nahmen ihre Helme ab und kratzten sich fragend an den Köpfen, oder blickten ratlos auf ihren Kameraden.

„Die war aber komisch. Was meinte die denn?" Hörte ich jemanden fragen, als sich die gesamte Aufmerksamkeit des Raums auf Camaela fokussierte. Ihr blutüberströmter Körper lag flach am Boden. Ihr Brustkorb hob und senkte sich. Und auf einmal begann sie hysterisch zu lachen. Hoch und schrill, das die gesamte Halle vibrierte. Ihr Körper hatte sich regeneriert.

19

„Ihr wollt MICH töten?" Ihre lange Zunge fuhr aus ihren
Kiefern und leckte das Blut aus ihrem Gesicht.
„HAHAHAHAHA." Kraftvoll warf sie sich zurück auf die
Füße. Die Menschen wussten nicht wie ihnen geschah, als
sich der Tod selbst auf sie stürzte. Ich lehnte an der
Rückwand des Gebäudes und hielt mir die Ohren zu. Doch
ihre Schreie durchdrangen meine Finger mühelos. Ein
abgetrennter Arm, der noch sein Gewehr in der Faust hielt,
flog an mir vorbei. Kurz darauf ein Fuß. Camis Gelächter
übertönte bald die immer seltener werdenden Todesschreie.
Vereinzelt hörte ich noch Kugeln, doch auch die
verstummten in Sekundenbruchteilen. Ich hörte wie sie
schmatzte, wie Knochen zerbissen wurden. Neugierig wie
ich war, wagte ich einen vorsichtigen Blick um die Kante.
Den ich besser nicht gewagt hätte. Inmitten eines Berges aus
Gliedmaßen und abgetrennten Körperteilen stand Camaela,
blutverschmiert. Ich musste würgen, konnte jedoch nicht
widerstehen sie anzusehen. Nackt stand sie da und kaute auf
einem Bein herum.
„Mehr, ich will MEHR!" Knurrte sie mit dämonischem
Unterton in ihrer Stimme. So hatte ich sie noch nie erlebt.
Nichts Menschliches war mehr an ihr. Sie warf den
abgenagten Oberschenkelkochen gegen eine Wand und
leckte sich lasziv über die Lippen. Ich musste mir die Hand
vor den Mund halten um mich nicht zu übergeben. Sie
konnte wirklich ekelhaft sein. Sexy und heiß und zugleich
richtig widerlich, das einem wirklich alles hoch kommt.
Plötzlich hob sie die Nase in die Luft und schnupperte.
„Hey, da ist ja noch jemand. Kommt raus, kommt raus. Ich
will doch nur spielen… mit euren toten Körpern!" Sie
knurrte und schritt zielsicher in eine Richtung. Sie hob ihre
Knie weit an und stampfte kraftvoll auf einen Körper. Ein
Brustkorb gab knackend unter ihren Krallen nach.

„Kommt verdammt noch mal raus!" Schrie sie, dass es mir durch Mark und Bein drang.

„Lebende Beute mag ich lieber." Ihre Ohren spitzten sich und sie richtete ihren mordgierigen Blick auf die Empore. „Ich kann euren Herzschlag hören, er hört sich nett an. Voller leben und voller... Angst!" Mit einem großen Satz hatte sie die gläserne Begrenzung überwunden und sah sich plötzlich einem Gewehrlauf gegenüber.

„Stirb endlich du Monster!" Brüllte der Mann, der kurz geschorene blonde Haare hatte und offenbar kein dummes Kanonenfutter war. Er biss die Zähne zusammen, als er den Abzug seiner Schrotflinte zog.

„Bam!"

Ich übergab mich, als ich Camis halbes Gesicht durch die Gegend fliegen sah. Das war zu viel gewesen. Sie schleuderte durch das Glas und stürzte wieder hinunter. Fliesen barsten und zogen viele kleine Bruchlinien.

„Tz, tz, tz, kleiner Mensch", sagte Cami mit zuckersüßer Stimme. Schwarzer Rauch zischte aus ihrem Hals hervor. Schon hatte sie sich aufgerappelt. Etwas verwundert schien sie mit einer Flamme ihre fehlende Hälfte zu begutachten, bevor der Knochen, die Muskeln und die Haut es so aussehen ließen, als wäre nichts gewesen. Sie warf ihren Kopf nach links und rechts, dass ihre Wirbel knackten, hob ihn langsam, und ließ blutgierig die Zunge aus dem Maul hängen. Von purer Angst zerfressen stand der Mann noch immer da, die Flinte fiel ihm aus den Händen und landete scheppernd zu seinen Füßen.

„W, w, w, was bist du?" Seine Zähne begannen zu klappern und seine Hose nässte. Schwarzer Qualm zischte aus Camaelas Kiefern hervor.

„Ich bin Camaela, Erzengel erster Generation, verstoßen aus dem Himmel. Gefallen und unglaublich... hungrig!" Noch während sie die Worte sprach und der Mann wie Espenlaub zu zittern begann, krabbelte sie auf allen Vieren die Wand zur Terrasse hinauf. Noch während sie die Kante erreichte, wuchsen ihre Flügel aus den Schulterblättern und die beweglichen Dornen schnappten sich den Körper wie zwei große Arme.

„Ritsch, Ratsch!" Als wäre er ein Stück Papier, rissen ihn die Klauen entzwei.

„Wer will als Nächstes, dass macht Spaß." Rief sie blutgierig und hielt sich eine Körperhälfte an die Fänge. Mit lauten Fressgeräuschen riss sie ein paar Bissen Fleisch heraus.

„Oh verdammt, oh verdammt." Hörte sie das leise Wimmern einer Frau hinter einer Wand.

„Ja, ihr seid verdammt. Mich an meinem Achtzehnten Geburtstag anzugreifen." Sie ließ die Überreste fallen und schien den Ursprungsort der kläglichen Stimme zu orten. Plötzlich schnellte ihr rechter Flügel hervor, durchstieß eine Betonwand und durchbohrte den Körper der jungen blonden Frau, deren Freund gerade in zwei Hälften gerissen wurde. Mit gurgelnden Geräuschen fiel sie zu Boden.

„Zwei tot, bleiben noch…", sie lauschte kurz den schlagenden Herzen, „ui noch vier. Das wird lustig."

Da durchschlug etwas ihren Brustkorb.

„Hoppla", sie sah an sich herunter. Ein langer hölzerner Pfeil steckte in ihrer linken Brust.

„Sehe ich vielleicht aus wie ein Vampir?" Ohne Probleme zog sie den Pfeil mit der linken Hand heraus. Die Wunde schloss sich sofort. Knurrend zog sie den Flügel aus der Wand und stürmte auf ihren Angreifer zu. Blitzschnell hatte sie die Armbrust samt seiner Hand zerquetscht und den Mann mit einem Hinterlauf zu Boden gedrückt.

„Gnade, bitte Gnade", flehte er, mit osteuropäischem Akzent, was Cami ein flüchtiges Lächeln entlockte.

„Ihr denkt ich bin ein Dämon, stürmt meine Party, tötet meine beste Freundin und erwartet, dass ich gnädig bin?" Der Mann, der wohl polnischer Abstammung war, wurde nicht begnadigt. Nicht von einem gefallenen Engel im Blutrausch.

„Da habt ihr euren Dämon!", fauchte sie und kicherte kurz darauf während sie ihren Fuß in seinem Körper versenkte. „Nächster." Freudig erregt spazierte sie die Empore entlang, in Richtung der Saunalandschaft, wo sie weitere Herzschläge zu hören glaubte.

„Oh, da will wohl jemand vor mir davon laufen", bemerkte sie und wischte vorwärts. So schnell, dass ihre Konturen verschwammen. Ein dickerer junger Mann mit Glatze keuchte und stöhnte. Mit panisch aufgerissenen Augen sah er nach hinten, während er seinen massigen Körper in Sicherheit zu bringen versuchte. Für einen Moment verlor er sie aus den Augen. Dann war sie über ihm. Hing an der Decke und funkelte ihn an.

„Buh!" Er kam nicht mehr zum schreien. Sein Herz hatte bereits aufgehört zu schlagen, als er zu Boden fiel. Herzinfarkt.

„Hey was soll das, jetzt sterben die schon ohne mein zu tun." Entnervt knirschte sie mit den Zähnen und strich sich eine Strähne aus dem Gesicht. Noch zwei.

Ein Presslufthammer und ein fast normal schlagendes Herz. *Seltsam.* Sie erschnüffelte die Fährte des schnell schlagenden Herzens in Millisekunden.

Eine Frau.

Lecker.

Auf Händen und Füßen sprintete sie los, schlidderte durch einen Gang, knurrte, brüllte, krachte gegen eine Wand und hinterließ zerrissene Fliesen auf ihrem Sprint. Tiefe Furchen zogen sich durch weiße Kacheln. Vor ihr tauchte eine hölzerne Tür auf, umrahmt von hellem Holz. Eine Sauna. Ganz deutlich spürte die blutgierige Bestie den Adrenalin geschwängerten Herzschlag der Frau im Inneren. Schlechtes Versteck, dachte Cami und brachte die Tür mit einem Tritt ihrer starken Beine zum bersten. Zitternd und völlig verängstigt kauerte eine junge Frau auf einer der oberen Liegen, im hintersten Eck. Ihre langen braunen Locken klebten ihr am Kopf. Gelähmt vor Angst starrte sie das blutverschmierte Mädchen an, das nackt vor ihr stand und mit einem Fußtritt eine Holztüre aus den Angeln getreten hatte.

„Bitte", begann sie zu stammeln, „wir wollten nicht, wir wollten nur."

„Ihr wolltet was nicht? Meinen Geburtstag ruinieren? Meine Freunde umbringen? Mir meine beste Freundin wegnehmen? Für Rechtfertigungen ist es zu spät kleiner Mensch. Seit Monaten habe ich mich auf diesen Tag gefreut. Mit meinem Freund und meinen Freunden zu feiern. Aber ihr musstet ja alles kaputt machen." Sie stapfte zu dem Häufchen Elend, ging vor ihr in die Hocke und sah ihr in die verheulten Augen.

„Wir wussten doch nicht, wir wollten nie… aaaahhhrrggg!"

Völlig verausgabt fand ich Camaela auf einer Bank sitzend, die Knie aneinander gepresst und die Hände in den Schoss gelegt. Fast hatte es den Anschein, als würde sie weinen, während ich vorsichtig näher kam, doch das war sicher nur ein Trugschluss.

„Na Blutrausch beendet?" Sagte ich mitfühlend lächelnd und stellte mich vor sie. Sie machte ein Geräusch, das sich wie ein Schniefen anhörte.

„Ja, er ist vorbei."

„Darf ich mich zu dir setzen?"

„Wenn du dich traust." Sie grinste mich mit ihren Haifischzähnen an. Das Gesicht noch immer voller Blut, ihr Körper rot, als hätte man sie in einen Farbbottich getaucht.

„Hey, in Einhundert Jahren feiern wir eben den 2618ten umso größer." Sie schmunzelte. *Ob wir den Geburtstag dann in der Hölle feiern müssten?* Ich nahm ein Taschentuch aus meiner Hosentasche und wischte ihr sanft das Blut von einer Wange. Es fing feuer und ich musste es weg werfen.

„Versprochen?"

„Versprochen. Und was sagte Raphaela? Sie wird zurückkehren? Dann ist sie bis dahin sicher auch wieder bei dir. Aber komm erst mal, lass uns gehen. Die Polizei wird sicher bald hier auftauchen und Berial und die anderen sind auch schon weg." Sie nickte schwach lächelnd, ich nahm sie an der Hand und zog sie auf.

Plötzlich tauchte in den Schatten, am anderen Ende des Ganges eine Gestalt auf.

„Wer zur Hölle ist das jetzt noch?"

„Der Letzte." Camaela ließ meine Hand los und stellte sich selbstsicher neben mich.

„Ich wusste, dass du noch da bist. Dein Herz hat als einziges völlig ruhig geschlagen, und nun schlägt es… gar nicht mehr?"

„Du hast recht", sagte die Gestalt mit seltsam verzerrter Stimme, „mein Herz schlägt nicht mehr. Ebenso wenig wie Deines. Oder fühlst du den Schmerz? Fühlst du wie es dich auffrisst, wie es mich aufgezehrt hat?" Der Mann machte ein paar Schritte in unsere Richtung. Camaela knurrte. Ich konnte spüren, wie die Wut in ihr aufstieg.

„Nein, bestimmt nicht. Ein herzloses Monster wie du ist ganz sicher nicht zu einem Gefühl wie Liebe imstande." Er warf sich locker einige Haarsträhnen aus dem Gesicht.

„Was für eine Farce. Um meinen toten Bruder zu rächen musste ich selbst sterben, um einen Untoten umzubringen. Wäre es nicht so dumm, wäre es fast lustig."

„Was meinst du Arsch damit?" Mischte ich mich ein, sehr darauf bedacht meinen aufkeimenden Zorn zu unterdrücken. Doch er lachte nur. Da trat der Unbekannte in das Licht einer der letzten verbliebenen Deckenleuchten, die noch funktionierte. Es flackerte, genügte aber, um die Person sehen zu können. Der Mann, der vor uns auftauchte, sah ziemlich ungesund aus. Seine Haut war grau und an vielen Stellen gerissen wie Pergamentpapier, sein Gesicht eingefallen mit schwarzen Augenringen, die seine weißen pupillenlosen Augen noch mehr hervortreten ließen. Lange schwarze Haare, mit einem unnatürlichen grünen Glanz, rahmten sein knöchernes Totengesicht ein. Soweit ich sehen konnte, war sein Oberkörper unbedeckt, seine Beine steckten in einer Tarnhose. Irgendwie wirkte sein ganzer Körper wie ein Skelett, über das eine dünne Papierhaut gezogen worden war. Seine Finger waren nicht mehr als dünne Spinnenbeine und sein Bauch war eingefallen, als wäre er leer und ohne Eingeweide. Fasziniert starrte ich auf den Dolch, der tief in seiner Brust steckte. Mit goldenem Griff, der Kunstvoll gearbeitet war und mit schwarzen Schriftzeichen bedeckt, wirkte er äußerst wertvoll.

„Nettes Teil hast du da stecken, aber ist der nicht unbequem?"

„Schweig still Mensch", sagte er aufgebracht und streckte eine Hand aus. Plötzlich fühlte ich wie ein unsichtbarer Windstoß mich erfasste und von den Füßen riss. Ich schlug hart gegen eine künstliche Palme und fiel nach vorn auf meine Hände.

„Nicht schlecht, aber wenn das schon alles ist, hast du gegen meinen Schatz keine Chance."

„Ist schon gut", winkte Cami ab und half mir auf die Beine. „Wer bist du?"

„Ich bin Marc Wexler, du hast vor drei Monaten meinen Bruder kaltblütig umgebracht."

„Püh, er war selbst schuld. Man schlägt einem Erzengel auch nicht auf die Nase." Abfällig drehte sie ihren Blick weg und verschränkte die Arme vor der Brust.

„Ausflüchte!"

„Nein gar nicht!" Marc knurrte, sichtlich von Cami zur Weißglut getrieben, was wohl nicht allzu schwer gewesen war.

„Lassen wir das unnütze Geplänkel, mit einem Dämon,…"

„Erzengel!"

„…zu diskutieren, ist als würde man mit einem Brot sprechen."

„Hey, jetzt reichts aber mal", mischte ich mich ungefragt ein um meine Freundin in Schutz zu nehmen. Klar war sie manchmal nicht die hellste, aber trotzdem noch kein Grund sie als Getreideprodukt zu beschimpfen.

„Hatte ich nicht gesagt du sollst still sein?" *Oh mist.* Wieder traf mich die Kraft, die aus seinen Händen zu kommen schien und schleuderte mich davon. Wie von einem Orkan erfasst, taumelte ich durch die Luft und sah die gläserne Brüstung unter mir vorbei ziehen. *Oh nein.* Sekunden später landete ich mit einem lauten platschen im rot getönten Schwimmbecken. Keuchend tauchte ich auf und wischte mir die ekelhafte Brühe aus dem Gesicht.

„Alles in Ordnung, nix passiert. Ich bin in was Ekelhaftem gelandet", gab ich Entwarnung für eventuelle Sorgen meiner Camaela.

Während ich mich aus dem Wasser zog und auf die Fliesen hievte, konnte ich sie reden hören.

„Gut, jetzt reichts aber mal. Einfach meinen Freund weg zu werfen geht einfach mal gar nicht!" *Genau!*

„Das darf nur ich, das dass klar ist!" *Was!?* Klappernde Geräusche, die zweifelsfrei von Camis Klauen stammten, wurden schneller, bis sie schließlich verstummten. Zwei Körper trafen aufeinander, der Eine wurde hinfort geschleudert. Beton bröckelte. Jemand fluchte. Ich wusste nicht wer.

Marc stieg aus dem Loch, das sein Körper in eine massive Betonwand geschlagen hatte, nachdem ihm der Dämon in Menschengestalt mit beiden Füßen einen Tritt gegen die Brust versetzt hatte. Einige Knochen waren gebrochen, oder angeknackst. Aber wen kümmerte das. Er war ja längst tot. Zähneknirschend stapfte er wieder zurück zu ihr.

Unglaublich, sie steht nur da und gähnt gelangweilt.

„Hey, da bist du ja wieder, ich dachte du kommst nicht mehr. Willst du dir noch eine fangen?" *Pah, tön du nur, gegen mich hast du keine Chance, du Ausgeburt der Hölle.*

„Du wirst schon sehen was du davon hast, mich zu verhöhnen. Dämon!"

„Erzengel! Erzengel!" *Das bringt dich wohl auf die Palme du Monster.* Sie fauchte und ließ ihren Schwanz wie eine Peitsche umher schnellen. Die Holzbank auf der sie eben noch gesessen hatte, wurde mit einem Hieb in zwei Teile gespalten. Für einen Moment schien Marc inne zu halten. *Was war das? Ist da etwas, dass ich nicht sehen kann? Etwas Unsichtbares. Ich muss aufpassen.* Plötzlich tauchte sie hinter ihm auf. *Verdammt, sie ist schnell.* Eine Hand umfasste seinen knochigen Hals von hinten und warf ihn über sich, mit dem Kopf auf den Boden. Er konnte hören, wie seine Schädeldecke brach und seine Augenhöhlen zusammen gestaucht wurden. *Zum Glück fühle ich keinen Schmerz mehr.* Er rappelte sich schnell auf.

„Jetzt bin ich am Zug." Erschrocken sah sie ihn an. *Ja, du hast nicht gedacht dass ich so schnell bin. Das wird dir jetzt zum Verhängnis.* Ein schneller Fausthieb drosch in Camis Gesicht, das sie wie eine Puppe umherwirbelte, bevor sie in einen Snackautomaten schlug. *Na wie war das?* Wutentbrannt zerriss sie den Automaten und sprang zurück auf die Füße. Ein prüfender Blick in eine Glasscherbe am Boden. Ein Seufzen. Kein Blut, er hatte nur ihre Wange getroffen und sie etwas erröten lassen. *Was? Sie hat keinen Kratzer. Nichts! Vielleicht habe ich sie nicht richtig getroffen? Ich habe gesehen, wie sie heilt, aber es muss doch eine Schwachstelle geben?* Zu spät entkam er seiner Gedankenwelt. Etwas unsichtbares, bohrte sich wie ein Speer durch seinen Leib. Ein klaffendes Loch, ausgefranst wie eine Federstola, prangte in seinem Bauch. Hinter ihm hing der Dämon an der Decke. *Wie hat sie das gemacht?* Er sah an sich herunter um herauszufinden was ihn da getroffen hatte, doch Camaela ließ ihm keine Zeit.

„Und jetzt stirb endlich." Brüllte sie und sprang auf ihn. Er spürte seine Knochen aneinander reiben, aber auch ihre Krallen, die durch seine Haut hindurch seine Schulterblätter ergriffen. *Oh nein, tu das nicht! Neeeeiiin!* Seine Augen wurden größer. Mit einem kräftigen Ruck hatte sie seine Schultern von ihm getrennt. Seine Arme hingen nun mehr schlaff herunter.

„Was hast du getan?" Seine Stimme kam einem Wimmern gleich.

„Ach, kann der Herr etwa nicht heilen? Ich mag es nicht, wenn man mir ins Gesicht schlägt. Hast du eigentlich eine Ahnung wie weh das tut?" Etwas perplex sah er sie an, nachdem sie von ihm herunter gesprungen war und um ihn herum lief. Seine Arme lagen vor ihm auf dem Boden.

„Du Monster!", brüllte er, langsam hysterisch werdend. *Jetzt bin ich zwar unsterblich, aber verkrüppelt. Wie soll ich mich nun rächen? Was für ein Monster. Niemals ist sie ein Engel, Engel tun so etwas nicht. Sie hat, sie hat mir die Arme herausgerissen.* Seine Wut wich mit einem Mal tiefer Hoffnungslosigkeit und Resignation. Kraftlos und entmutigt sank er auf die Knie, den Kopf geneigt. *Was bringt mir die Unsterblichkeit wenn ich mein Werk nicht vollenden kann? Ob sie mir wenigstens den Gefallen tut und mich mit meinem Bruder zusammen führen kann?*

„Du hast gewonnen Dämon. Beende es nun. Du hast mich um meine Rache gebracht, nun sorge wenigstens dafür, dass ich mit meinem Bruder vereint sein kann."

„Mit dem größten Vergnügen." Grinsend umfasste Cami seinen Kopf mit beiden Händen und drehte ihn mit einem Ruck um 180 Grad.

„Hmm, da gibt es nur ein kleines Problem. Du bist schon tot." Sie stemmte nachdenklich die Hände in die Hüften.

„Ok, probieren wir mal das." Mit einem schnellen kraftvollen Krallenhieb, zerriss sie seine gebrochene Wirbelsäule und der Kopf flog in hohem Bogen über den Gang.

„Und bist du schon tot?" Der Kopf seufzte.

„Das ist dann wohl ein nein. Gut nächster Versuch." Sie lief dem Schädel hinterher und setze einen Fuß auf seine Schläfe.

20

„Halt, warte." Rief ich Cami zu, die im Inbegriff war, den
Schädel unter ihren Krallen zu zermalmen. Tropfnass stand
ich vor dem zusammen gesunkenen Körper. Beide sahen zu
mir herüber. Na ja, so gut der Schädel eben konnte.
„Vielleicht versuchen wir einfach mal den Zahnstocher
herauszuziehen, bevor ihr da noch ne Woche herummacht?"
Ohne großen Kraftaufwand zog ich den Dolch zwischen
seinen Rippen heraus. Grünes Licht, wie Staub, floss aus der
entstehenden Wunde, wand sich, schlängelte sich um den
Körper, der augenblicklich zusammen fiel.
„Danke", hauchte der Kopf. Haut und Haare lösten sich auf,
wurden zu Staub. Mit leisem Klappern zerfiel der kniende
Körper auf dem Boden zu einem, sich auflösenden Haufen
Knochen. Sekunden später, in denen wir fassungslos dem
Schauspiel zugesehen hatten, war nur noch Staub von dem
Mann übrig. Seine Hose lag noch da und seine Schuhe. Ein
leichter Luftzug wehte den Toten davon.
„Komischer Kauz", bemerkte Cami und kam zu mir.
„Gut gemacht Schatz." Sie drückte mir einen Kuss auf und
ging an mir vorbei. *Und jetzt? Das wars? Keine Explosion
oder ein ultracooler Showdown? Ich bin wirklich
enttäuscht.* Ich sah auf den Dolch in meiner Hand. *Immerhin
ist der Dolch abgefahren.* Ich warf ihn über meine Schulter
und ging hinter ihr her. Klimpernd fiel er zu Boden. *Nur,
wann braucht man schon mal einen Dolch, der einen als
hässlichen Zombie wieder auferstehen lässt.*
„Macht es dir nichts aus, dass da ein Haufen Dämonen im
Wasser treibt?"
„Wie meinst du das? Klar macht es mir was aus, dass waren
meine Freunde!", sie keifte mich an, „oder hälst du mich für
so kaltherzig? Ich bin nicht so wie der Typ gesagt hat. Aber
vielleicht bist du ja so, hääää?" Sie streckte mir ihren Kopf
entgegen, dass ich mit meinem zurückwich. Ich erwiderte
nichts und sah ihr nur in die Augen.

„Ups, du meinst… ahja, aber es lässt sich momentan nicht ändern…", ich nickte zustimmend.

„Ich meine die toten Körper."

„…Moment, doch, lässt sich." Sie begann diabolisch zu kichern.

„Oh nein, du wirst doch nicht?"

Hunderte von Metern züngelten die Flammen aus dem Gebäude in den Nachthimmel empor.

„Schön sieht das aus, nicht wahr?"

„Ja Schatz, das tut es, wie ein großes Lagerfeuer. Hast du fein gemacht."

„Ja, wie mein Lagerfeuer über dem mein Weihnachtsgeschenk, sich langsam am Spieß drehen wird."

„Na ja ganz so groß wird es nicht werden."

„Oh doch das wird es. Dafür wird mein Schatz schon sorgen, stimmt doch oder?"

„Von welchem Schatz redest du da, kenn ich den?" Sofort gab mir Cami einen Klaps auf den Hinterkopf, sodass ich vom Dach fiel, auf dem wir gerade saßen und das brennende Schwimmbad genossen. *Aaaaaaaaaaah!*

„Hab dich." Sie fing mich auf und hielt mich in ihren Armen, während sie an Höhe gewann. Mein Herz klopfte schneller als ein Presslufthammer.

„Hmm, irgendwas ist hier falsch."

„Du kannst gerne mich auffangen wenn du willst, aber ohne Flügel etwas schwer zu bewerkstelligen, findest du nicht?" Ich lachte nur. *Ach in Dirty Dancing hats auch funktioniert. Auch ohne Flügel.*

„Ja Schatz." Ich küsste sie und sah ihr tief in die Augen. Bedeckte ihr Lippen mit vielen kurzen Küssen.

„Ich liebe dich Camaela, auch wenn das mit dem Kuss nicht so toll war. Aber ich lasse dir das noch einmal durchgehen."

„Danke Schatz. Ich liebe dich auch und es tut mir leid. Das wird nie wieder vorkommen. Ich liebe nur dich."

„Ich weiß. Es ist schon ok." Ich machte eine Pause und blickte sie einfach nur an, während wir wieder auf dem Gebäude landeten.

„Wie geht es dir eigentlich?"

„Naja, es geht, ich weiß noch nicht. Ich habe eben meine beste Freundin ein zweites Mal verloren. Sie hat zwar gesagt, dass sie zurückkommen wird, aber trotzdem. Ich habe Angst dass sie vielleicht doch nicht wieder kommt. Und ich kriege das Bild nicht aus meinem Kopf, wie sie da bei dir im Wasser lag. Und wie du geweint hast."

„Ich, äh, habe nicht geweint, ich bin ein Mann. Männer weinen nicht. Das war äh, wegen dem Wasser."

„Red dich nur raus. Ich weiß das du sie auch magst, auch wenn ihr euch immer zanken müsst." Ich lächelte sie an und drückte sie.

„Und was machen wir jetzt? Die Nacht ist noch jung."

„Ja, ja wechsel ruhig das Thema." Kleine Dampfwolken stiegen aus ihren Augen auf und ich strich ihr übers Haar.

„Sie kommt wieder. Das verspreche ich." Sie versuchte zu lächeln, was ihr allerdings noch nicht so recht gelang.

Da kam mir eine Idee.

„Kannst du tanzen?" Sie sah mich völlig verwirrt an.

„Ich glaube nicht, du denn?"

„Nein." Beide begannen wir zu lachen und ich strich ihr über die Wange.

„Warum fragst du das dann?"

„Dachte es wäre eine gute Idee. Und hast du Lust?" Energisch nickte sie einmal und grinste. Ihre Fangzähne leuchteten im Mondlicht.

„Aber bitte tritt mir nicht auf die Füße." Ich sah sie an.

„Pass du lieber auf, dass du mir nicht auf die Füße trittst, deine Krallen tun etwas mehr weh als meine Füße und du weißt, dass wir niemanden mehr haben der mich heilen könnte." Ihre Mundwinkel zogen sich nach unten.

„Och Schatz, tut mir leid. Ich wollte nicht… Sie wird sicher bald wieder bei dir sein." Und sie begann erneut zu weinen.

Ich drückte sie an mich und sie legte ihren Kopf auf meine Schulter.

„Kleines, sie kommt doch bald wieder, oder nicht?" Sie sah mich aus großen Augen an.

„Ja das stimmt, aber es kann einige Monate dauern bis sie wieder ganz hergestellt ist."

„Aber sie ist doch ein Erzengel und Gott und so?"

„Ja, aber auch Erzengel haben Regeln und eine gewisse Disziplin, an die sie sich halten müssen. Und da ein Erzengel sowieso schon sehr schwer umzubringen ist, dauert dann halt eben die Genesung umso länger."

„Das ist blöd."

„Oh ja."

„Ein paar Monate also, ja? Das schaffen wir! Musst dich so lange nur beim Sex etwas zurückhalten." Sofort begann sie wie ein Schlosshund zu heulen und ihr Gesicht tief in meiner Schulter zu vergraben. *Hmm hier riecht es so verbrannt?*

„Schatz, Schatz, meine Haare!" Mit gesenktem Kopf und hängenden Schultern sprang sie zurück.

„Hoppla, tut mir Leid."

„Ist schon in Ordnung, das wächst wieder nach." Wie ein Häufchen Elend stand sie vor mir.

„Ach komm, komm wieder her." Sie schüttelte den Kopf.

„Was wenn ich dich wieder verbrenne?"

„Dann rieche ich halt wie ein Grillwürstchen, na und? Wirst du jetzt her kommen?"

„Guter Vergleich Schatz. Aber. Nein."

„Dann komme ich halt." Sie ließ sich auf das Teerdach fallen. Ich bückte mich zu ihr herunter und nahm sie wieder in den Arm.

„Es wird alles wieder gut mein Schatz. Ich werde immer bei dir sein. Egal wie oft du mich noch verletzt." Ich hob ihr Kinn sanft an und sah ihr tief in die flackernden Augen.

„Ich liebe dich und möchte mit dir zusammen sein. Und jetzt steh auf Kleines, vor so einer Kulisse hat sicher noch nie ein Pärchen getanzt."

„Ich mit dir doch auch. Hä?" Ich nahm ihre Hand und zog sie zärtlich wieder nach oben. Sie lachte und sah in Richtung des Infernos.

„Oh ja, das ist ein schönes Feuer."

„Alles Gute zum Geburtstag mein Schatz." Ich legte meine Hände um ihre Hüften und wir sahen der Rauchwolke zu, die die Sterne verhüllte, schmiegten uns eng aneinander und begannen zu tanzten. Uns in unsichtbarem Takt zu wiegen. Sie hatte ihre Hände auf meine Schultern gelegt, ihr Schwanz stand hinter ihr in der Luft und wiegte sich im Takt der Feuerwehrsirenen. Ekstatisch wie eine Kobra schlängelte er sich umher, die Zange schnappte wie zwei klatschende Hände zur Melodie der Angst ineinander. Wie zwei Anemonen in der Strömung wiegten wir uns. Körper an Körper. Als könnte uns nichts und niemand je trennen.

Früh morgens betraten wir, noch berauscht von der gestrigen Nacht, lautstark lachend unser Haus. Wir hatten die ganze Nacht durchgetanzt, den Sirenen gelauscht und die Löscharbeiten verfolgt. Wir lachten viel, tanzten und liebten uns vor der brennenden Schwimmhalle, deren schwarzer Qualm noch lange sichtbar war.

In wilder Umarmung stieß ich die Haustür auf und polterte mit Camaela die Treppe hinauf.

„Psst, nicht so laut." Unbeeindruckt lachte Cami weiter.

„Ich bin doch ganz leise, versuch du doch ein bisschen lauter zu sein." Bevor ich etwas erwidern konnte, küsste sie mich und zerrte mich auf die Stufen.

„Hey, wir wecken noch alle auf."

„Mir doch egal."

„Aber mir nicht." Stürmisch steckte sie mir ihre Zunge in den Rachen und leckte mir über das ganze Gesicht, während ich mit ihr weiter nach oben polterte und wir schließlich vor der Küchentür auf dem Boden liegen blieben.

„So kommen wir nie zu unserem Bett", lachte ich und entzog mich ihren Küssen.

„Wer sagt dass ich da überhaupt hin will?" Sie spreizte demonstrativ ihre Beine und stellte ihre Zehen auf die Treppe.

„Gleich hier?"

„Klar warum nicht?" Ich überlegte kurz, biss mir dabei auf die Unterlippe und sah mich um. Für einen Moment war alles still, alles dunkel. Noch schliefen alle.

„Überleg nicht so lange, komm einfach her", sagte Cami schließlich frech grinsend und riss mein Hemd auseinander. Sofort zog ich es aus und ließ es hinter mir auf die Treppe fallen. Sie drückte mich mit ihrem Schwanz zu sich, umarmte mich und begann mich leidenschaftlich zu küssen. Und obwohl ich nervös war wie ein Schuljunge, versuchte ich alle Bedenken fallen zu lassen und sie jetzt und hier zu nehmen. Im Flur, am Ende der Treppe, vor uns die Küche. Hinter uns die Haustür. Meine Gedanken fuhren Achterbahn, ich hatte Angst, wir lagen hier wie auf dem Präsentierteller, jederzeit könnte man uns erwischen. Andererseits erregte mich die Situation unheimlich. Ich drückte sie etwas von mir, packte sie an der Hüfte, drehte sie gegen die Wand links von uns, drückte sie dagegen. Die alte Holztreppe knarrte verdächtig. Camaela schaute mich schmollend an und ich konnte nicht mehr anders. Ich ließ alle Bedenken fahren. Ihr Blick war einfach zu verführerisch. Ich presste mich gegen sie und küsste sie nun wild, griff mit einer Hand unter ihren Bademantel an ihre Brust. Ihre Zange schlug vor Erregung gegen das Geländer hinter uns. Ich hob sie leicht an. Wieder knarzte das Holz unter meinen Füßen. Ich vergrub mein Gesicht zwischen ihrem Busen, dann biss ich in eine Brustwarze und sie fauchte laut auf. Zu laut.

„Hey, es versuchen hier noch Leute zu schlafen!" Oh verdammt, wir hatten meinen Vater geweckt.

„Entschuldige, die Party hat länger gedauert. Wir sind schon leise", rief ich grinsend zurück.

„Man man." Ich konnte förmlich sehen wie mein Vater die Augen verdrehte und den Kopf schüttelte. Ich konnte hören wie er sich auf seiner Couch, auf der er immer schlief umdrehte und schon kurz darauf weiter schnarchte.

„Puh, das war knapp", flüsterte ich. Und Cami begann zu kichern.

„Komm jetzt, machen wir oben weiter." Sie nickte. Leise lies ich sie runter. Ich zuckte zusammen als die alten Treppenstufen wieder knackten. Was meine Freundin noch mehr zum Kichern brachte. Ich umfasste sie an der Hüfte und schob sie um das Geländer. Wir schlichen uns durch den Flur und versuchten so leise wie möglich die nächste Hürde zu überwinden. Noch eine alte Holztreppe, die noch lauter als die erste, unter jedem Schritt knirschte. Oben angekommen ging ich vor und öffnete leise die Tür. Eigentlich hätten wir aufhören können zu schleichen, aber die Situation hatte uns völlig eingenommen und das Gefühl der Spannung kribbelte am ganzen Körper. Und während Cami direkt weiter zum Bett lief, stoppte ich noch kurz am Kleiderschrank. Nicht sahnend, das ich gleich fürs Leben gezeichnet werden sollte.

Epilog

Verwirrt sah ich Camaela zu, die mit großen Augen auf unser Bett starrte. *Was da wohl so Spannendes ist?*
„Warum ist Flo nackt?" Platzte sie da plötzlich heraus und ich erstarrte in der Bewegung, mir ein paar frische Klamotten aus dem Schrank herauszunehmen.
„Oh, äh, hi Cami, Party schon zu Ende? Äh das ist, weil, naja, er sich in die Hose gemacht hat, mein Gift hat eben eine muskellähmende Wirkung." Hörte ich Chezara sagen.
„Ja, es gab da ein paar Vorfälle, na ja. Äh, und warum bist du dann auch nackt?"
„Vorfälle, ah ja. Öhm, na ja weil ich meine Sachen vollgekotzt hab. Alkohol ist wohl doch nix für mich."
„Hmm, ok, das kann ich mir auch noch vorstellen. Aber warum liegst du auf ihm?"
„Ich äh, na ja…" Da kam ich um die Ecke. Ich war einfach zu neugierig. Und da bekam ich dann, wie angekündigt, den Schock meines Lebens.
„Iiiiihhhhh, was zum…? Boah ihr Schweine, und das in meinem Bett!"
„Unserem Bett", fügte Cami hinzu.
„Also ich kann das erklären", stammelte Flo und sah an Chezara herunter, „äh, nein eher, doch nicht. Es ist einfach so passiert."
„Ja, einfach so", merkte Chezara an. Die Beiden sahen sich, wohl über sich selbst verwundert, in die Augen.
„Äh, ja. Wir gehen dann mal vor die Tür. Nehmt euch ein paar Sachen aus meinem Schrank und macht woanders weiter, oder nein, geht einfach und gut ist." Flo nickte verlegen. Ich schnappte meine Freundin an der Hand und zog sie hinter mir her. Allerdings unter Protest.
„Hey lass mich, ich wollte das sehen." Ich verzog das Gesicht.

„Was gibt's da zu sehen? Los komm jetzt." Unter größter Anstrengung zog ich sie doch noch hinaus und schloss die Tür.

„Gott, war das peinlich."

„Warum?"

„Weil das mein Kumpel und eine deiner besten Freundinen waren? Nackt? In unserem Bett?"

„Und? Ich hab Chezara schon oft nackt gesehen, wir haben oft Lavabäder zusammen genommen." *Ok, das wollte ich jetzt nicht wissen. Zwei heiße Höllenmädchen, die sich nackt in heißer Lava tummeln. Was für eine Vorstellung, mmmh.* Schon regte sich etwas in meiner Hose. Gegen meinen Willen wohlgemerkt. Genau in dem Augenblick fiel Camis Blick an mir herunter.

„Ui, das macht dich wohl an Schatz?" Sofort lag eine Hand auf der entstehenden Beule.

„Nein, nein, gar nicht." Durch die Hose hindurch, begann sie meinen Freund zu reiben und zu kneten.

„Nein, gar nicht, aber meinen Freund macht das wohl sehr an." Grinsend öffnete sie meine Hose und holte sich ohne Umwege das, was sie wollte.

„Nicht jetzt, nicht hier", stöhnte ich, „die Beiden können jederzeit raus kommen."

„Ist doch egal. Denk du nur daran, wie Cheza und ich uns in ihrem Pool miteinander vergnügen. Uns gegenseitig anfassen. Uns streicheln. Wie sich unsere Schwänze umeinander schlängeln." *Iiih! Das musste ich jetzt nicht wissen.* Ihre Hand hatte sich längst um meinen harten Aufstand gelegt, den sie gekonnt zur vollen Größe massierte. Schon Sekunden später saugten ihre Lippen an ihm und brachten mich vollkommen um den Verstand. Ihre Zunge schlängelte sich in ihrem Mund um ihn, das es fast nicht auszuhalten war. Als würde sie mir meine ganze Kraft aussaugen, musste ich mich nach hinten an die Wand lehnen.

„Langsamer Schatz, bitte mach langsamer", keuchte ich, doch es war schon zu spät. Ich spürte es in mir aufsteigen. Plötzlich flog die Türe auf. In dem Moment kam ich in Camis Gesicht. Völlig erstarrt in der Situation sah mich Flo an, und ich ihn, sah zu Chezara, die ebenfalls ihren Blick von Cami zu mir schwenkte. Und noch immer stand mein Glied wie eine Eins aus der Hose und Camis breit grinsendes Gesicht war bedeckt mit meinem Sperma. Das sie sich schön langsam herunterleckte. *Oh heilige…!*

„JA, HABT NOCH SO VIEL SPASS WIE IHR KÖNNT. DENN WENN IHR WÜSSTEST, WAS EUCH NOCH ERWARTET…"

Anmerkung des Autors:

Camaela fliegt noch immer einen Bogen um den Edeka, da ich ihr verboten hatte, ihn niederzubrennen.

Obwohl angelehnt an reale Personen, sind trotzdem alle Menschen in diesem Buch frei erfunden. Schwäbisch Hall gibt es allerdings wirklich (nein das ist nicht nur eine Bausparkasse), wurde aber in manchen Dingen verändert. Künstlerische Freiheit sozusagen. Und ob es die Hölle gibt, muss jeder Leser für sich selbst entscheiden.
Zusätzlich noch eine kleine Erklärung für alle die sich fragen, warum Engel der Dämonen? Ganz einfach.
Camaela.

Danksagung

Mein Dank gilt diesmal natürlich hauptsächlich meinen Lesern, die Band 1 und nun auch Band 2 gekauft und hoffentlich mit Begeisterung gelesen haben. Danke dafür liebe Leser.

Auch danke sage ich an dieser Stelle wieder meiner besten Freundin Angela „Ella" Carassco, die mich jede Nacht angespornt hat weiter zu schreiben und die mir immer mit Rat und Tat und tollen Ideen zur Seite gestanden hat. Und auch diesmal wieder trotz Krankheit bei der Korrektur geholfen hat. Was nicht selbstverständlich war. Also hiermit noch einmal meinen lieben Dank an dich Ella, ohne dich wäre auch dieses Buch wohl nicht fertig geworden.

Auch danke ich meinen anderen Korrektoren. Medea, Sarah und meiner Mutter (die von den Sex und Gewaltszenen wohl nun traumatisiert ist).

Zum Schluss noch. Ein ganz spezieller Dank geht an meine größten Fans Dominik, Nils und Katha raus. Ihr macht mich wahnsinnig mit eurer Ungeduld ;)

Mehr zu Engel der Dämonen, dem Autor, sowie Bildern und Leseproben gibt's auf:
www.engelderdämonen.de
oder besucht mich auf
Facebook

Schaut doch mal vorbei!

Über den Autor:

1986 als zweite Katastrophe in diesem Jahr passiert und aufgewachsen in Schwäbisch Hall. Durch Schule und Ausbildung gerutscht, um dann herauszufinden, dass ich lieber Autor wäre. Wie man sieht, bin ich nun Einer, indem ich 2015 meinen ersten Roman, veröffentlicht habe. Und sicherlich auch nicht den letzten. Bin Mitglied in der Gesellschaft für fleischfressende Pflanzen und pflege nebenbei eine wechselnde Anzahl an Rennmäusen. Liebe wie Camaela Erdbeermarmelade und pflege meinen Alltag fast ausschließlich nachts. Tagsüber scheint mir einfach zu viel Sonne oO.

ENGEL DER DÄMONEN